irmã

Rosamund Lupton

irmã

Tradução de
Ana Luiza Borges

EDITORA RECORD
RIO DE JANEIRO • SÃO PAULO
2013

CIP-BRASIL. CATALOGAÇÃO NA FONTE
SINDICATO NACIONAL DOS EDITORES DE LIVROS, RJ

L985i

Lupton, Rosamund, 1964-
Irmã / Rosamund Lupton; tradução de Ana Luiza Borges. – 1ª ed. – Rio de Janeiro: Record, 2013.

Tradução de: Sister
ISBN 978-85-01-09485-8

1. Romance inglês. I. Borges, Ana Luiza. II. Título.

13-0484

CDD: 823
CDU: 821.111-3

Título original:
Sister

Texto revisado segundo o novo Acordo Ortográfico da Língua Portuguesa.

Editoração eletrônica: Abreu's System

Direitos exclusivos de publicação em língua portuguesa somente para o Brasil adquiridos pela
EDITORA RECORD LTDA.
Rua Argentina, 171 – Rio de Janeiro, RJ – 20921-380 – Tel.: 2585-2000,
que se reserva a propriedade literária desta tradução.

Impresso no Brasil

ISBN 978-85-01-09485-8

A meus pais, Kit e Jane Orde-Powlett, pelo estímulo durante toda a vida.

E a Martin, meu marido, com amor.

"Onde encontraremos uma filha melhor, uma irmã mais generosa ou uma amiga mais leal?"*

Jane Austen, *Emma*

"Mas flores perfumadas, no inverno
Embora percam sua aparência, sua substância perdura adorável"**

Skakespeare, *Soneto 5*

---

* *Where shall we see a better daughter or a kinder sister or a truer friend?*

** *But flowers distill'd, though they with winter meet. Leese but their show, their substance still lives sweet.*

UM

Domingo à noite

Querida Tess,

Eu faria qualquer coisa para estar agora, neste exato momento, com você, para segurar sua mão, olhar seu rosto, escutar sua voz. Como o toque, a visão e a audição — todos esses receptores sensoriais, nervos ópticos, tímpanos vibrantes — podem ser substituídos por uma carta? Mas já usamos palavras como intermediárias antes, não usamos? Quando estudei no colégio interno e tivemos de substituir jogos, risos e confidências em voz baixa por cartas. Não me lembro do que escrevi em minha primeira carta, apenas que usei um quebra-cabeça desfeito para evitar os olhos curiosos de minha diretora. (Supus, corretamente, que sua criança interior, que montava quebra-cabeças, a abandonara havia muito tempo.) Mas me lembro de cada palavra de sua resposta, aos sete anos, à minha saudade fragmentada e de que sua escrita era invisível até eu iluminar o papel com uma lanterna. Desde então, a bondade tem cheiro de limão.

Os jornalistas gostariam dessa historinha, destacando-me como uma espécie de detetive de sumo de limão, já quando pequena, e mostrando como sempre fomos unidas. Na verdade, estão em frente ao seu apartamento, com suas equipes de cinegrafistas e de técnicos de som (rostos suados, jaquetas encardidas, cabos se arrastando nos degraus da escada e emaranhando-se nos corrimões). Sim, é um tanto casual, mas como lhe dizer de outra maneira? Não sei como reagirá a ser transformada, de uma maneira ou de outra, numa celebridade, mas desconfio que achará graça. Engraçado de fazer rir e engraçado de uma forma estranha. Só consigo achar estranhamente engraçado, mas nunca tive seu senso de humor, não é?

— Mas você ficou de castigo, sem poder sair da escola, e isso é grave — falei. — Da próxima vez, você será expulsa e mamãe já tem problemas suficientes.

— Você foi pega entrando com sua gata na escola. Eu era a irmã mais velha.

— Mas é um pouco divertido, também, não é, Bee? — perguntou você, com seus lábios apertados, tentando reprimir o riso, e me fazendo pensar numa garrafa de Lucozade, borbulhando, fadada a espirrar e a transbordar.

Pensar em sua risada me dá coragem e vou até a janela.

Reconheço um repórter de um canal de noticiário transmitido via satélite. Sempre vejo sua cara achatada nas duas dimensões de uma tela plasma na privacidade de meu apartamento em Nova York, mas ali, na Chepstow Road, em carne e osso e em três dimensões, ele é grande e olha para mim pela janela de seu apartamento no subsolo. Meu dedo está louco para desligar a televisão. Em vez disso, puxo as cortinas.

Mas agora é pior do que quando eu podia vê-los. Suas luzes irradiam-se pelas cortinas, seus sons reverberam nas janelas e nas paredes. Sua presença parece um peso capaz de chegar até a sala. Não é de admirar que a imprensa tenha esse nome: se a pressão continuar, vou sufocar. Sim, tudo bem, isso soou um tanto dramático; você provavelmente ofereceria um cafezinho a eles. Mas, como sabe, eu me aborreço facilmente e prezo demais meu espaço. Vou à cozinha para tentar me informar sobre a situação.

Aqui é mais tranquilo; tenho silêncio para pensar. Engraçado que, agora, as coisas mais insignificantes me surpreendem. Por exemplo, um jornal publicou ontem uma matéria sobre como sempre fomos irmãs muito unidas e sequer mencionou nossa diferença de idade. Talvez já não tenha importância, agora que somos adultas, mas, quando éramos crianças, era tão óbvio. "Cinco anos é uma lacuna grande...?", diziam as pessoas que não sabiam, com um leve aumento no volume da voz no fim da frase para transformá-la numa pergunta. E nós pensávamos em Leo e na lacuna que ele deixara, embora um vazio imenso talvez fosse mais exato, mas nunca dizíamos, dizíamos?

Além da porta dos fundos, ouço uma jornalista falando ao celular. Provavelmente, está ditando a alguém do outro lado da linha; meu nome me surpreende, "Arabella Beatrice Hemming". Mamãe dizia que ninguém me chamava pelo primeiro nome, portanto sempre presumi que, mesmo quando bebê, podiam perceber que eu não era uma Arabella, um nome com arabescos e floreios escrito numa bela caligrafia com tinta preta, um nome que contém em si garotas chamadas Bella, Bells ou Belle — tantas belas possibilidades. Não, fui Beatrice desde o começo, sensata e sem arabescos, escrito em Times New Roman, sem ninguém oculto em seu interior. Papai escolheu o nome Arabella antes que eu nascesse. A realidade deve ter sido uma decepção.

A jornalista pode ser ouvida mais uma vez, numa nova ligação, eu acho, desculpando-se por trabalhar até tarde. Levo um instante para perceber que eu, Arabella Beatrice Hemming, sou o motivo. Meu impulso é sair e pedir desculpas, mas, você me conhece, sempre sou a primeira a correr para a cozinha quando mamãe começa a bater as panelas em seu sinal de irritação. A jornalista afasta-se. Não consigo escutar suas palavras, mas ouço seu tom de voz, conciliador, um pouco defensivo, melindroso. De repente, sua voz muda. Deve estar falando com seu filho. Seu tom de voz infiltra-se pela porta e pelas janelas, aquecendo seu apartamento.

Talvez eu devesse ser atenciosa e dizer a ela que vá para casa. Seu caso está *sub judice*, portanto não tenho autorização para falar até o julgamento. Mas ela, como os outros, sabe disso. Não estão tentando conseguir informações sobre você, mas emoções. Querem que eu aperte minhas mãos, oferecendo-lhes uma imagem das articulações tensas e brancas. Querem ver algumas lágrimas escaparem e deslizarem como lesmas por minha bochecha, deixando traços de rímel preto. Portanto, não saio.

* * *

Os repórteres e seu séquito de técnicos finalmente vão embora, deixando marcas de cinzas de cigarros na escada para seu apartamento e as pontas apagadas em seus vasos de narcisos. Amanhã, colocarei cinzeiros. Na verdade, julguei mal alguns deles. Três desculparam-se por se intrometer e um cinegrafista trouxe até crisântemos comprados na loja da esquina. Sei que você nunca gostou dessa flor.

— Mas têm a cor marrom de um uniforme escolar ou um marrom outonal até na primavera — disse você, rindo por eu valorizar uma flor por sua pureza e longevidade.

— Muitas vezes, eles têm cores realmente vivas — repliquei, sem sorrir.

— Berrantes. Plantadas para serem vistas em acres de concreto em entradas de garagens.

Mas esses crisântemos murchos demonstram uma atenção inesperada, um ramalhete de compaixão tão surpreendente quanto prímulas silvestres à beira de uma via expressa.

O cinegrafista disse-me que o *News at 10* vai transmitir um "especial" sobre nossa história. Acabo de ligar e contar à mamãe. Acho que, de uma estranha maneira materna, ela está realmente orgulhosa da atenção que você está recebendo. E receberá mais: segundo um técnico de som, amanhã haverá mídia internacional. Não deixa de ser engraçado — estranhamente engraçado — que quando tentei contar isso às pessoas, alguns meses atrás, ninguém quis escutar.

Segunda-feira à tarde

Parece que agora todo mundo quer ouvir — a imprensa, a polícia, os advogados —; canetas escrevem, cabeças esticam-se à frente, gravadores chiam. Nessa tarde, dou meu depoimento a um advogado do Crown Prosecution Service (CPS), como preparação para o julgamento, daqui a quatro meses. Disseram-me que minha declaração é *vital* para a acusação, uma vez que sou a única pessoa a *conhecer toda a história.*

* * *

O Sr. Wright, advogado do CPS que toma meu depoimento, está sentado diante de mim. Acho que está na faixa dos trinta e tantos anos, mas talvez seja mais novo e seu rosto simplesmente tenha sido exposto a muitas histórias semelhantes à minha. Sua expressão é alerta e ele se inclina minimamente em minha direção, estimulando confidências. Um bom ouvinte, creio eu, mas que tipo de homem?

— Se concordar — diz ele —, gostaria que me contasse tudo, desde o começo, e selecionarei o que é relevante.

Concordo com um movimento de cabeça.

— Não tenho certeza de como começou.

— Talvez quando percebeu, pela primeira vez, que havia algo errado?

Reparo que está usando uma bela camisa de linho, italiana, e uma gravata estampada e feia, de poliéster — a mesma pessoa não poderia escolher as duas coisas. Alguma peça deve ter sido um presente. Se for a gravata, ele é um homem gentil por usá-la. Não sei se lhe contei, mas minha mente adquiriu o novo hábito de divagar quando não quer pensar na situação em questão. Ergo o olhar e encontro o seu.

— Foi a ligação de minha mãe dizendo que ela havia desaparecido.

Quando mamãe ligou, estávamos no meio de um almoço de domingo. A comida, fornecida por uma delicatéssen próxima, era bem nova-iorquina: moderna e impessoal. O mesmo pode ser dito de nosso apartamento, da mobília e das relações — nada "feito em casa". A Big Apple sem nenhuma substância. Você está surpresa com a mudança, eu sei, mas nossa conversa sobre minha vida em Nova York pode esperar.

Havíamos chegado, naquela manhã, de um "feriado romântico nevoso" numa cabana no Maine, onde celebramos minha promoção a diretora de contas. Todd se divertia contando ao grupo nosso grande erro.

— Não que estivéssemos esperando uma Jacuzzi, mas um chuveiro com água quente não faria mal e um sistema de comunicação seria útil. Nem pudemos usar o celular, porque nosso provedor não tem antena lá.

— E essa viagem foi espontânea? — perguntou Sarah, incrédula.

Como você sabe, Todd e eu nunca fomos conhecidos pela espontaneidade.

Mark, o marido de Sarah, olhou furioso para ela, do outro lado da mesa.

— Querida.

Ela devolveu seu olhar.

— Odeio que diga "querida". É um código para "cale essa boca", não é?

Você gostaria da Sarah. Talvez por isso sejamos amigas: ela me lembrou você desde o começo. Virou-se para Todd.

— Qual foi a última vez que você e Beatrice brigaram? — perguntou ela.

— Não somos histriônicos — replicou Todd, tentando, hipocritamente, depreciar aquela conversa.

Mas Sarah não se deixa vencer com facilidade.

— Então, tampouco podem se aborrecer.

Seguiu-se um silêncio incômodo, que rompi, educadamente.

— Alguém quer um café ou um chá?

Na cozinha, coloquei grãos de café no moedor, a única coisa que preparei naquela refeição. Sarah foi atrás de mim, arrependida.

— Desculpe-me, Beatrice.

— Não tem importância. — Fui a anfitriã perfeita, sorrindo, aplacando a situação, moendo. — Mark toma café puro ou com leite?

— Com leite. Nós também já não rimos — disse ela, sentando-se na bancada e balançando as pernas. — Quanto a sexo...

Liguei o moedor, esperando que o barulho a silenciasse. Ela gritou.

— E Todd e você?

— Estamos bem, obrigada — respondi, colocando os grãos moídos na cafeteira italiana de setecentos dólares.

— Ainda rindo e transando? — perguntou ela.

Abri um conjunto de colheres de café da década de 1930, cada uma de uma cor, como doces derretidos.

— Nós compramos essas colheres numa feira de antiguidades na manhã do último domingo.

— Você está mudando de assunto, Beatrice.

Mas você entenderia que eu não estava mudando de assunto e que, numa manhã de domingo, quando outros casais ficam na cama e transam, Todd e eu estávamos na rua, comprando antiguidades. Sempre fomos melhores parceiros de compras do que amantes. Eu achava que encher o apartamento de coisas escolhidas por nós era criar um futuro juntos. Posso ouvi-la debochando que nem mesmo um bule Clarice Cliff é substituto para o sexo, mas, para mim, parecia muito mais seguro.

O telefone tocou. Sarah ignorou.

— Sexo e risos. O coração e os pulmões de uma relação.

— É melhor eu atender.

— Quando acha que devemos desligar os aparelhos?

— É melhor mesmo eu atender.

— Quando devemos desfazer a hipoteca dividida, a conta conjunta e os amigos comuns?

Atendi o telefone, feliz por ter uma desculpa para interromper essa conversa.

— Alô?

— Beatrice, é a mamãe.

Você estava desaparecida havia quatro dias.

Não me lembro de arrumar a mala, mas me lembro de Todd entrando no quarto enquanto eu a fechava. Virei-me para ele.

— Qual é o número do voo?

— Só tem passagem para amanhã.

— Mas tenho de ir agora.

Você não aparecia para trabalhar desde o domingo anterior. A gerente tentou ligar, mas só foi atendida por sua secretária eletrônica. Foi à sua casa, mas você não estava. Ninguém sabia onde você estava. A polícia estava à sua procura.

— Pode me levar ao aeroporto? Pegarei qualquer avião.

— Vou chamar um táxi — respondeu ele. Havia bebido duas taças de vinho. Eu costumava apreciar sua prudência.

É claro que não contei essas coisas ao Sr. Wright. Simplesmente disse a ele que mamãe telefonou em 26 de janeiro, às três e meia da tarde, horário de Nova York, e disse que você estava desaparecida. Assim como você, ele se interessa pelo grande quadro, não por pequenos detalhes. Desde pequena, seus quadros eram grandes, ignorando a margem do papel, enquanto eu fazia desenhos meticulosos, usando lápis, régua e borracha. Mais tarde, você pintou telas abstratas, expressando grandes verdades em golpes audaciosos de cores fortes enquanto eu estava perfeitamente adaptada ao meu trabalho num escritório de design, associando cada cor no mundo a um número da escala Pantone. Sem sua competência para amplas pinceladas, contarei essa história com todos os minúsculos detalhes. Espero que, como uma pintura pontilhista, cada ponto forme um quadro que, completo, nos faça entender o que aconteceu e por quê.

— Então, até sua mãe telefonar, você não havia percebido o menor indício de problema? — perguntou o Sr. Wright.

Senti aquela onda familiar e nauseante de culpa.

— Não, nenhum.

Viajei na primeira classe, no único assento que restara. No voo pelo limbo das nuvens, imaginei-me repreendendo você por me colocar nessa situação. Fiz com que prometesse não repetir essa façanha. Lembrei-a de que seria mãe e de que era hora de se comportar como um adulto.

"Irmã mais velha" não precisa ser um cargo, Bee.

Qual era o sermão que lhe dava na época? Pode ter sido sobre tantas coisas. A questão é que sempre considerei ser a irmã mais velha um trabalho em que eu era perfeita. Durante o voo para encontrá-la, porque eu a encontraria (cuidar de você é um papel essencial na descrição do cargo) fui confortada pelo enredo familiar de ser a irmã mais velha, superior e madura repreendendo a menina frívola e irresponsável que, àquela altura, já deveria saber se comportar.

O avião descia na direção de Heathrow. O oeste de Londres estendia-se abaixo, camuflado por uma neve esparsa. O sinal para colocar o cinto de segurança acendeu-se e fiz um trato com Deus: eu faria qualquer coisa se encontrasse você sã e salva. Faria um pacto até com o diabo, se ele me oferecesse.

Quando o avião tocou, grosseiramente, a pista, meu aborrecimento imaginário se desfez numa apreensão assustadora. Deus tornou-se o herói de um conto de fadas infantil. Meus poderes de irmã mais velha se reduziram à impotência. Lembrei-me, visceralmente, da morte de Leo. A aflição, como peixe podre, contorceu-me. Eu não podia perder você também.

A janela é surpreendentemente grande para um escritório e o sol da primavera a atravessa.

— Então relacionou o desaparecimento de Tess à morte de Leo? — pergunta o Sr. Wright.

— Não.

— Você disse que pensou em Leo?

— Penso em Leo o tempo inteiro. Era meu irmão. — Estou cansada de falar sobre esse assunto. — Leo morreu de fibrose cística aos oito anos. Tess e eu não a herdamos, nascemos perfeitamente sadias.

O Sr. Wright tenta apagar a luz forte, mas, não sei por que, ela não se apaga. Ele sacode os ombros, se desculpando, e volta a se sentar.

— E, depois, o que aconteceu? — pergunta ele.

— Mamãe foi me encontrar e fui à delegacia.

— Pode me contar como foi?

Mamãe estava me esperando no portão de desembarque, usando seu sobretudo bege. Ao me aproximar, vi que não se penteara e que se maquiara de qualquer maneira. Eu sei. Não a via assim desde o funeral de Leo.

— Peguei um táxi em Little Hadston. Seu voo atrasou.

— Só dez minutos, mãe.

Ao nosso redor, amantes, parentes e amigos se abraçavam, reencontrando-se. Estávamos fisicamente constrangidas. Acho que nem mesmo nos beijamos.

— Talvez ela tenha ligado — disse mamãe.

— Ela vai ligar de novo.

Mas eu havia verificado meu celular nem sei quantas vezes desde que o avião aterrissara.

— É uma besteira minha — prosseguiu mamãe. — Não sei por que eu deveria esperar que me telefonasse. Ela praticamente parou de ligar. Incômodo demais, suponho. — Reconheci sua irritação. — Quando foi a última vez que fez o esforço de me visitar?

Eu me perguntei quando ela chegaria aos pactos com Deus.

Aluguei um carro. Eram apenas seis da manhã, mas o trânsito era intenso na M4, em Londres. A lentidão frustrante e irritante da hora absurdamente chamada do rush aumentou por causa da neve. Seguíamos para a delegacia. Não consegui ligar o aquecimento e nossas palavras eram lufadas no ar frio pendendo brevemente entre nós.

— Já falou com a polícia? — perguntei.

O aborrecimento nas palavras de mamãe pareceu contraí-las no ar.

— Sim, mas não adiantou muito. O que eu poderia saber sobre a vida dela?

— Sabe quem avisou que ela estava desaparecida?

— Seu senhorio. Amias não sei do quê — respondeu mamãe.

Não conseguíamos lembrar o sobrenome. Achei estranho que o senhorio idoso tenha relatado seu desaparecimento à polícia.

— Ele disse à polícia que ela recebera trotes ao telefone — disse mamãe.

Apesar do carro gelado, senti o suor me tornar pegajosa.

— Que tipo de trotes?

— Não disseram — respondeu ela. Olhei para minha mãe. Seu rosto pálido e apreensivo aparecia ao redor da base, uma gueixa de meia-idade sob o tom *bisque* da Clinique.

Eram sete e meia quando chegamos à delegacia em Notting Hill, mas ainda estava escuro. As vias estavam congestionadas, mas as calçadas, recentemente cobertas de cascalhos, estavam praticamente vazias. Eu só estivera numa delegacia uma única vez, para relatar a perda de meu celular. Ele sequer havia sido roubado. Não passei da recepção. Dessa vez, fui escoltada para um mundo estranho de salas de entrevistas, celas e policiais usando cinturões carregados de cassetetes e algemas. Não tinha nada a ver com você.

— E conheceu o detetive Finborough? — perguntou o Sr. Wright.

— Sim.

— O que achou dele?

Escolhi as palavras com cuidado.

— Solícito. Meticuloso. Respeitoso.

O Sr. Wright dissimulou rapidamente sua surpresa.

— Lembra-se de alguma coisa dessa entrevista inicial?

— Sim.

No começo, fiquei estupefata com seu desaparecimento, mas, depois, meus sentidos foram extraordinariamente aguçados. Vi detalhes demais, cores demais, como se o mundo fosse uma animação da Pixar. Outros sentidos também ficaram extremamente alertas. Ouvi o ruído do ponteiro do relógio, o pé de uma cadeira se arrastando no linóleo. Consegui sentir o cheiro de cigarro entranhado no paletó pendurado na porta. Havia um som ambiente a todo volume, como se meu cérebro não conseguisse desligar o que não interessava. Tudo interessava.

Uma policial levou mamãe para tomar um chá e fiquei a sós com o detetive Finborough. Suas maneiras eram educadas e até antiquadas. Parecia mais um professor de Oxford ou de Cambridge do que um policial. Através da janela, vi que chovia granizo e nevava.

— Ocorre-lhe algum motivo para o desaparecimento de sua irmã? — perguntou ele.

— Não. Nenhum.

— Ela teria lhe contado?

— Sim.

— Você vive nos Estados Unidos?

— Conversamos por telefone e trocamos e-mails o tempo todo.

— Então, são unidas.

— Muito.

É claro que somos unidas. Diferentes, mas unidas. A diferença de idade nunca significou distância entre nós.

— Qual foi a última vez que se falaram? — perguntou ele.

— Na segunda-feira passada, eu acho. Na quarta-feira, viajamos, mas só por alguns dias. Tentei telefonar para ela, de um restaurante, mas estava ocupado; ela é capaz de falar com amigos por horas seguidas. — Tentei irritar-me, afinal sou eu quem paga a conta de seu telefone. Tentei sentir uma emoção familiar.

— E o celular?

— Ela perdeu o celular há cerca de dois meses ou foi roubado. Ela é distraída assim. — De novo, tentei sentir alguma irritação.

O detetive Finborough fez uma pausa, pensando na maneira correta para se expressar. Suas maneiras eram respeitosas.

— Então, acha que o desaparecimento não foi voluntário? — perguntou ele.

— "Não foi voluntário". — Palavras delicadas para algo violento. Naquele primeiro encontro, ninguém mencionou as palavras "sequestro" ou "assassinato". Um entendimento tácito havia sido alcançado por mim e pelo detetive Finborough. Gostei de seu tato: era cedo demais para mencioná-las.

— Mamãe disse que ela recebia trotes pelo telefone — obriguei-me a falar.

— Segundo o senhorio, sim, recebia. Infelizmente ela não deu detalhes. Tess falou com você sobre o assunto?

— Não.

— E não falou sobre se sentir assustada ou ameaçada? — perguntou.

— Não. Nada. Estava normal, feliz. — Eu também tinha uma pergunta. — Você verificou todos os hospitais? — Ao fazer a pergunta, senti rispidez e crítica implícitas em minha voz. — É que me ocorreu que talvez ela tenha entrado prematuramente em trabalho de parto.

O detetive Finborough pôs a xícara na mesa; o barulho me sobressaltou.

— Não sabíamos que estava grávida.

De repente, vi uma boia salva-vidas e nadei para ela.

— Se entrou em trabalho de parto prematuramente, pode estar num hospital — continuei. — Você não checou as alas de maternidade, checou?

— Pedimos que todos os hospitais verificassem os pacientes internados, o que inclui a maternidade — respondeu ele enquanto a boia escorregava de minha mão. — Quando nasce o bebê?

— Daqui a três semanas.

— Sabe quem é o pai?

— Sim. Emilio Codi. É professor na escola de arte em que ela estuda.

Não parei nem para respirar. O período de discrição se encerrara. O detetive Finborough não demonstrou surpresa, mas, de repente, faz parte de seu treinamento.

— Fui à escola de arte... — começou ele. O cheiro de café em seu copo de isopor tornou-se nauseantemente forte.

— Deve estar muito preocupado com ela — falei, interrompendo-o.

— Gosto de ser meticuloso.

— Sim, é claro.

Não queria que o detetive Finborough me considerasse histérica, mas racional e inteligente. Lembro-me de pensar que não importava o que ele pensasse de mim. Mais tarde, eu descobriria que importava muito.

— Conheci o Sr. Codi — disse o detetive. — Ele não falou sobre sua relação com Tess, a não ser como uma ex-aluna.

Emilio continuava a renegá-la, mesmo desaparecida. Lamento. Mas a "discrição" dele sempre foi assim: irresponsabilidade escondida atrás de um nome mais aceitável.

— Sabe por que o Sr. Codi não quis que soubéssemos sobre a relação entre eles? — perguntou o detetive.

Eu sabia muito bem.

— A escola não permite que professores se envolvam com alunas. Além disso, ele é casado e obrigou Tess a obter uma "dispensa" quando sua barriga começou a crescer.

O detetive Finborough levantou-se. Suas maneiras mudaram para o que se espera mais de um policial do que de um professor de Oxford.

— Às vezes, usamos um noticiário local para tentar localizar pessoas desaparecidas. Quero fazer uma reconstrução dos últimos movimentos de Tess.

Do outro lado de uma porta emoldurada com metal, um pássaro cantou. Lembrei-me tão vividamente de sua voz que foi como se você estivesse ali comigo.

— Em algumas cidades, os pássaros já não conseguem se ouvir por causa do barulho. Após algum tempo, esquecem a complexidade e a beleza dos cantos.

— O que isso tem a ver comigo e com Todd? — perguntei.

— Alguns abrem mão do canto de pássaro e imitam alarmes de carros impecavelmente.

Minha voz soou aborrecida e impaciente.

— Tess.

— Todd ouve seu canto?

Na época, desconsiderei a intensidade estudantil de sua emoção como algo que eu superara havia anos. Mas, na sala da delegacia, lembrei-me da conversa, porque pensar no canto dos pássaros, em Todd ou em qualquer coisa era um escape quanto às implicações do que estava acontecendo. O detetive Finborough percebeu minha aflição.

— Acho melhor agirmos com cautela, especialmente sabendo que ela está grávida.

Ele instruiu o policial de patente inferior. Houve uma discussão sobre a equipe de cinegrafistas e sobre quem representaria você. Eu não queria uma estranha imitando-a, portanto me ofereci para o papel. Ao deixarmos a sala, o detetive Finborough virou-se para mim:

— O Sr. Codi é muito mais velho do que sua irmã, não é?

Quinze anos mais velho e seu professor. Deveria ter sido uma figura paterna, não um amante. Sim, admito que repeti essa frase não sei quantas vezes, até você me mandar, em muitas palavras, deixá-la em paz, quando podia apenas ter dito para eu não me meter. O detetive Finborough ainda esperava minha resposta.

— Você me perguntou se sou unida a ela, não se eu a compreendo. Agora, acho que sim, mas na época, não.

O detetive Finborough falou-me mais a respeito da reconstrução.

— Uma funcionária de uma agência dos correios em Exhibition Road lembra-se de Tess comprar um cartão e selos para envio aéreo antes das duas horas. Não disse que Tess estava grávida, mas suponho que houvesse um balcão entre as duas, de modo que ela não poderia notar.

Vi mamãe no corredor, caminhando em nossa direção, enquanto o detetive Finborough prosseguia.

— Tess postou o cartão na mesma agência, um pouco antes das duas e meia.

A voz de mamãe interrompeu-o, sem paciência.

— O cartão era para mim, pelo meu aniversário. Havia meses que ela não me visitava. E raramente telefonava. Mas me mandou um cartão, como se isso resolvesse as coisas.

Umas duas semanas antes, lembrei-a de que o aniversário de mamãe estava próximo, não lembrei?

Agora, como quero relatar essa história com franqueza, tenho de admitir que você tinha razão em relação a Todd. Ele não ouvia meu canto. Porque eu nunca, sequer uma vez, cantei para ele. Ou para outra pessoa, aliás. Talvez eu seja como esses pássaros que só conseguem imitar alarmes de carros.

O Sr. Wright levanta-se para fechar uma persiana contra o intenso sol primaveril.

— Você fez a reconstrução nesse mesmo dia? — pergunta ele.

— Sim.

O Sr. Wright tem a fita em que foi gravada a reconstrução e não precisa de detalhes complementares sobre como me vesti, mas sei que você precisa. Você adoraria saber como compus você. Não me saí mal, na verdade. Vou lhe contar sem a clareza ofuscante de saber o que aconteceria.

Uma policial de meia-idade, Vernon, levou-me a uma sala onde eu trocaria de roupa. Tinha as bochechas rosadas e aspecto saudável, como se houvesse acabado de ordenhar vacas, e não policiado as ruas de Londres. Tive consciência de minha palidez, marca deixada pelo voo noturno.

— Acha que vai adiantar? — perguntei.

Ela sorriu e me abraçou brevemente, o que me surpreendeu, mas de uma maneira boa.

— Sim, acho. Reconstruções servem para estimular a memória de alguém. E sabendo que Tess está grávida, é mais provável que alguém a tenha notado. Agora, vamos escolher suas roupas, tudo bem?

Mais tarde, soube que, mesmo já tendo quarenta anos, Vernon só estava na polícia havia alguns meses. Seu estilo refletia a mãe afetuosa e capaz que existia dentro dela.

— Buscamos algumas roupas no apartamento de Tess — prosseguiu ela. — Sabe que roupa ela poderia estar usando?

— Um vestido. Chegara a um ponto que nada mais caberia e não podia comprar roupas para grávidas. Por sorte, a maioria de suas roupas são folgadas e sem forma.

"*Confortáveis, Bee.*"

A policial abriu a maleta. Havia dobrado cuidadosamente cada peça velha e esfarrapada e as envolvido em papel de seda. Fiquei comovida com o zelo que demonstrou. Ainda estou comovida.

Escolhi o vestido menos surrado: aquele roxo volumoso, da Whistles, com a bainha bordada.

— Ela comprou esse vestido numa liquidação há cinco anos — falei.

— O que é bom dura, não é?

Era como se estivéssemos num provador da Selfridges.

— Sim, dura.

— Sempre vale a pena, se podemos comprar.

Eu estava grata à policial por manter uma conversa trivial, uma ponte verbal entre duas pessoas na mais estranha das situações.

— Será esse, então — disse ela, delicadamente, virando-se enquanto eu tirava meu tailleur elegante e desconfortável.

— Você se parece com Tess? — perguntou ela.

— Não, agora não.

— Já se pareceu?

Mais uma vez, gostei de sua conversa, mas desconfiei de que se tornaria menos casual.

— Superficialmente, sim.

— Como?

— Mamãe sempre tentou nos vestir da mesma forma.

Apesar da diferença de idade, usávamos *kilts* e suéteres estampados ou vestidos de algodão listrados, dependendo da estação. Nada espalhafatoso ou com babados, lembra-se? Nada feito com náilon.

— E usávamos o cabelo da mesma maneira.

Um corte decente, mamãe pediria, e nosso cabelo cairia no chão.

— As pessoas diziam que Tess se pareceria comigo quando crescesse, mas só estavam sendo gentis.

Surpreendi-me ao dizê-lo em voz alta. Nunca havia conversado sobre o assunto, embora eu soubesse. Sempre soube que você seria muito mais bonita do que eu. Nunca lhe disse, disse?

— Deve ter sido difícil para ela — disse a policial. Hesitei em corrigi-la, então ela prosseguiu. — Seus cabelos são da mesma cor?

— Não.

— Não é justo que algumas pessoas consigam continuar loiras.

— Na verdade, não é natural.

— Ninguém diz.

Dessa vez, uma ponta rasgou o bate-papo trivial.

— Talvez seja melhor que você use uma peruca, então.

Retraí-me, mas tentei dissimular minha reação.

— Sim.

Enquanto ela pegava uma caixa de perucas, coloquei seu vestido e senti o algodão macio, tantas vezes lavado, escorregar por meu corpo.

De repente, você estava me abraçando. Uma fração de segundo depois, me dei conta de que era apenas seu cheiro, um cheiro que eu não havia percebido antes: um misto de seu xampu, de seu sabonete e algo não identificável. Provavelmente só senti seu cheiro assim quando nos abraçávamos. Inspirei, despreparada para a vertigem emocional de sua proximidade e de sua ausência.

— Você está bem?

— Tem o cheiro dela.

A expressão maternal da policial demonstrou sua compaixão.

— O olfato é realmente um sentido poderoso. Médicos usam cheiros para despertar pacientes em coma. Aparentemente, grama recém-cortada é o aroma preferido.

Ela quis que eu percebesse que minha reação não era exagerada. Ela era solidária e intuitiva e agradeci por estar ali comigo.

Na caixa, havia todos os tipos de peruca e presumi que não eram usadas somente para a reconstrução de pessoas desaparecidas, mas para vítimas de crimes violentos. Lembraram-me uma coleção de escalpos e senti náuseas ao manuseá-las. A policial Vernon percebeu.

— Eu posso tentar. Como é o cabelo de Tess?

— Comprido; ela quase nunca o corta, então ele é irregular nas pontas. E muito sedoso.

— E a cor?

Pantone 167, pensei no mesmo instante, mas nem todos conhecem as cores por seus números na escala Pantone.

— Caramelo. — E realmente seu cabelo sempre me fez pensar em caramelo. O recheio de um doce, para ser mais precisa, fluidamente brilhante. A policial encontrou uma peruca razoavelmente semelhante, com o brilho de náilon. Coloquei-a sobre meu cabelo perfeitamente cortado, contorcendo meus dedos. Achei que havíamos terminado, mas Vernon era uma perfeccionista.

— Ela usava maquiagem? — perguntou ela.

— Não.

— Importa-se de tirar a sua?

Se hesitei?

— É claro que não — respondi, mas me importava. Até quando eu acordava, tinha os lábios rosados e blush nas bochechas, aplicados na noite anterior. Na pequena pia, com copos de café sujos equilibrados, lavei meu rosto. Virei-me e vi você. Senti uma pontada profunda de amor. Instantes depois, percebi que era apenas meu reflexo num espelho de corpo inteiro. Aproximei-me e me vi, desarrumada e exausta. Eu precisava de maquiagem, de roupas boas e de um corte de cabelo decente. Você não precisava dessas coisas para ficar bonita.

— Acho que precisaremos improvisar a barriga — disse a policial. Ao me passar uma almofada, fiz uma pergunta que estava presa em minha garganta.

— Sabe por que o senhorio de Tess não contou que ela estava grávida ao registrar seu desaparecimento?

— Não, não sei. Pode perguntar ao detetive Finborough.

Enfiei uma segunda almofada sob o vestido e tentei arredondá-las, de modo que realmente parecessem uma barriga. Por um momento, a coisa toda se transformou numa farsa ridícula e ri. A policial também riu, espontaneamente, e vi que sorrir era sua expressão natural. Devia ser um grande esforço mostrar-se genuinamente séria e solidária por tanto tempo.

Mamãe entrou.

— Trouxe algo para você comer, querida — disse ela. — Você precisa comer direito. — Virei-me e vi-a segurando uma sacola cheia de comida e seu ato maternal me tocou. Mas, quando olhou para mim, seu rosto se enrijeceu. Pobre mamãe. A farsa em que eu vi humor negro tornara-se cruel.

— Mas você precisa contar para ela. A demora só vai piorar as coisas.

— Outro dia, vi uma toalha de chá com essa frase. E, embaixo, lia-se: Nunca deixe para amanhã o que se pode fazer hoje.

— Tess... — (Ou apenas suspirei como uma irmã mais velha?)

Você riu, afetuosamente, debochando de mim.

— Você ainda tem as calcinhas com os dias da semana bordados?

— Está mudando de assunto. E ganhei essas calcinhas quando tinha nove anos.

— *E você usava mesmo, no dia certo?*

— *Ela vai ficar magoada demais se você não lhe contar.*

Olhei para a mamãe, entendendo e respondendo sua pergunta sem nenhuma palavra. Sim, você estava grávida; sim, você não havia contado; sim, agora o mundo todo, pelo menos o mundo que assistia a televisão, saberia.

— Quem é o pai?

Não respondi. Um choque de cada vez.

— Por isso ela passou meses sem ir me ver, não foi? Estava envergonhada.

Foi uma afirmação, não uma pergunta. Tentei acalmá-la, mas ela ignorou minhas palavras, usando as mãos num gesto raro.

— Ele, pelo menos, vai se casar com ela.

Ela estava olhando para a aliança de noivado, que eu ainda não tirara.

— É minha, mãe. — Fiquei absurdamente magoada por ela não perceber a aliança antes. Tirei o grande diamante do dedo e entreguei a ela, que o enfiou na bolsa sem nem mesmo olhar.

— Ele tem alguma intenção de casar com ela, Beatrice?

Talvez eu devesse ser gentil e responder que Emilio Codi já era casado. Isso alimentaria sua raiva afastaria o terror gélido por mais algum tempo.

— Vamos encontrá-la primeiro e depois nos preocupamos com seu futuro.

DOIS

A equipe de filmagem da polícia se instalou ao lado da estação de metrô South Kensington. Eu — a estrela desse pequeno filme — recebi instruções de um jovem policial que usava uma boina, não um capacete. O elegante policial/diretor disse:

— OK, ação. — E comecei a andar, saindo da agência dos correios e ao longo da Exhibition Road.

Você nunca precisou de saltos altos para ter confiança, portanto troquei, relutantemente, meus sapatos por suas sapatilhas. Eram grandes demais para mim e precisei enchê-las com lenços de papel. Lembra-se de fazermos o mesmo com os sapatos de mamãe? Seus saltos altos batiam excitantemente, o som de ser adulto. Suas sapatilhas macias moviam-se silenciosamente, discretamente; o couro macio afundando nas poças e absorvendo a água congelante. Do lado de fora do Museu de História Natural, havia uma fila comprida e turbulenta de crianças impacientes e de pais incomodados. As crianças observavam a polícia e a equipe de cinegrafistas; os pais me observavam. Fui um entretenimento grátis até entrarem para ver o animatrônico *Tyrannosaurus rex* e a grande baleia branca. Mas não me importei. Só torci para que uma dessas pessoas houvesse estado ali na quinta-feira passada e visto você sair do correio. E então o quê? O que teriam notado? Eu me perguntei como algo sinistro poderia ter acontecido com tantas testemunhas.

Recomeçou a chover granizo; a água gelada batendo na calçada. Um policial mandou que eu continuasse andando. Embora estivesse nevando no dia em que você desapareceu, granizo era suficiente. Olhei novamente para a fila do museu. Nos carrinhos de bebê, emergiram coberturas de plástico. Capuzes e guarda-chuvas cobriram os pais. A chuva tornou-os míopes. Ninguém olhava para mim. Provavelmente ninguém olhou para você. Ninguém notou nada.

A chuva ensopou a peruca e as gotas correram por minhas costas. Por baixo da jaqueta aberta, seu belo vestido de algodão, pesado com a água gelada, grudou-se ao meu corpo. Acentuou cada curva. Você acharia engraçado essa reconstrução policial se transformando num filme pornô. Um carro diminuiu a velocidade ao passar por mim. O motorista de meia-idade, aquecido e seco, olhou para mim pelo para-brisa. Eu me perguntei se alguém não teria parado e oferecido carona a você. Foi o que aconteceu? Mas não consegui pensar no que teria acontecido com você. Divagar me levaria a um labirinto de tramas horripilantes e eu enlouqueceria, mas preciso permanecer sã ou não poderei ajudá-la.

De volta à delegacia, mamãe procurou-me no vestiário. Eu estava completamente encharcada, tremendo incontrolavelmente por causa do frio e da exaustão. Não dormia havia vinte e quatro horas. Tirei seu vestido.

— Sabia que o cheiro é feito de fragmentos minúsculos que se separam do corpo? — perguntei a ela. — Aprendemos na escola. — Mamãe, desinteressada, sacudiu a cabeça, mas quando andei na chuva percebi que o cheiro de seu vestido era o resultado de partículas minúsculas de você, que haviam ficado presas nas fibras de algodão. Afinal, não foi irracional senti-la perto de mim. OK, tudo bem, de uma maneira macabra.

Entreguei seu vestido para mamãe e vesti meu elegante tailleur.

— Precisava fazê-la tão esfarrapada? — perguntou ela.

— É como ela se veste, mãe. Não vai adiantar se ninguém a reconhecer.

Mamãe costumava nos arrumar sempre que uma foto seria tirada. Mesmo nas festas de aniversário de outras crianças, ela limpava rapidamente o chocolate em nossa boca e escovava, rápida e dolorosamente, nossos cabelos assim que localizava uma câmera. Mesmo naquela época, ela dizia que você ficaria melhor "se fizesse um esforço, como Beatrice", mas eu ficava vergonhosamente feliz, porque se você realmente "fizesse um esforço" a diferença gritante entre nós ficaria clara para todos e porque a crítica de mamãe era um elogio desajeitado a mim — e seus elogios sempre foram esparsos.

Mamãe devolveu meu anel. Achei o peso ao redor de meu dedo reconfortante, como se Todd segurasse minha mão.

A policial Vernon entrou, com a pele molhada e as bochechas ainda mais rosadas.

— Obrigada, Beatrice. Você fez um ótimo trabalho. — Senti-me estranhamente lisonjeada. — Vai ser transmitido hoje à noite, no noticiário de Londres — prosseguiu. — O detetive Finborough avisará assim que receber alguma informação.

Eu estava preocupada que algum amigo de papai assistisse ao programa e ligasse para ele. A policial, emocionalmente astuta, sugeriu que a polícia francesa contasse a papai que você estava desaparecida, "cara a cara", como se fosse melhor do que telefonarmos. Aceitei a oferta.

O Sr. Wright afrouxa a gravata de poliéster: o primeiro sol da primavera surpreendeu os escritórios com aquecimento central, mas estou grata ao calor.

— Falou algo mais com o detetive Finborough nesse dia? — pergunta ele.

— Apenas para confirmar o número de telefone em que podia me encontrar.

— A que horas você saiu da delegacia?

— Às seis e meia. Mamãe saíra uma hora antes.

Ninguém na delegacia percebeu que mamãe não podia dirigir nem, muito menos, possuir um carro. A policial Vernon desculpou-se, dizendo que a levaria, se soubesse. Olhando para trás, acho que a policial Vernon teve a compaixão de ver a pessoa frágil sob a couraça de uma saia azul-marinho pregueada e do ultraje de classe média.

As portas da delegacia fecharam-se atrás de mim. O ar escuro e gelado bateu em meu rosto. Faróis e postes de luz me desnortearam; a calçada cheia me intimidou. Por um momento, eu a vi no meio da multidão. Então descobri que é comum ver, no meio de estranhos, uma pessoa querida de quem estamos separados. Algo parecido com unidades de reconhecimento em nosso cérebro sendo excessivamente aquecidas e disparadas com facilidade. O truque cruel da mente durou somente alguns instantes, mas foi longo o bastante para eu sentir, com uma força física, o quanto precisava de você.

Estacionei na calçada, em frente à escada que leva ao seu apartamento. Do lado dos imaculados vizinhos altos, seu edifício parecia um parente pobre que havia anos não conseguia arcar com uma nova camada de tinta branca. Carregando a mala com suas roupas, desci a escada íngreme e gélida até o subsolo. Uma lâmpada alaranjada num poste mal iluminava o caminho. Como conseguiu não fraturar um tornozelo nos últimos três anos?

Apertei sua campainha, com os dedos entorpecidos pelo frio. Por alguns segundos, realmente torci para que você atendesse. Então, procurei a chave sob seus vasos de flores. Sabia que você a escondia ali; você até me disse o nome da planta, mas não consegui me lembrar. Você e mamãe sempre foram as jardineiras. Além disso, eu estava concentrada demais em brigar com você sobre sua falta de segurança. Como alguém pode deixar a chave de casa debaixo de um vaso de plantas *bem do lado da porta*? E em Londres. Era *absurdamente irresponsável. Um convite a arrombadores.*

— O que acha que está fazendo? — perguntou uma voz acima de mim. Ergui o olhar e me deparei com seu senhorio. Na última vez que o vira, parecia um avô de livro de histórias: se colocasse uma barba branca, seria o próprio Papai Noel. Agora, sua expressão era dura, ele não estava barbeado e seus olhos faiscavam com a ferocidade de um homem mais jovem.

— Sou Beatrice Hemming, irmã de Tess. Já nos conhecemos.

Sua expressão abrandou e seu olhar envelheceu.

— Amias Thornton. Desculpe-me. A memória não é mais a mesma.

Ele desceu, com cuidado, os degraus escorregadios até o subsolo.

— Tess não esconde mais sua chave reserva sob o cíclame cor-de-rosa. Ela me deu a chave. — Abriu o compartimento para moedas de sua carteira e pegou a chave. Você ignorou completamente minha repreensão no passado, portanto o que a tornou, de repente, tão preocupada com sua segurança? — Abri a porta para a polícia dois dias atrás — prosseguiu Amias —, para que procurassem pistas. Alguma novidade? — Ele estava à beira das lágrimas.

— Não, receio que não.

Meu celular tocou. Ambos nos sobressaltamos e atendi rapidamente. Ele observou-me, cheio de esperança.

— Alô?

— Oi, querida. — Era a voz de Todd.

Sacudi a cabeça para Amias.

— Ninguém a viu e ela estava recebendo ligações estranhas — falei, assustada com a vibração de minha voz. — Uma reconstrução feita pela polícia vai aparecer na televisão hoje. Tive de fingir ser ela.

— Mas vocês não se parecem — replicou Todd. Achei seu pragmatismo reconfortante. Ele estava mais interessado na escolha do elenco do que no filme em si. E obviamente achou a reconstrução uma reação exagerada e absurda.

— Posso ficar parecida com ela. Mais ou menos.

Amias estava subindo, com cuidado, para seu apartamento.

— Chegou alguma carta dela? A polícia disse que ela comprou selos antes de desaparecer.

— Não, não chegou.

Mas uma carta podia ainda não ter chegado a Nova York.

— Posso te ligar depois? Quero manter essa linha desocupada caso ela tente se comunicar.

— OK, se você prefere assim. — Ele pareceu aborrecido e fiquei feliz por você continuar a irritá-lo. Ele claramente acreditava que você acabaria aparecendo sã e salva e seria o primeiro a brigar com você.

Destranquei a porta de seu apartamento e entrei. Eu estivera ali apenas duas ou três vezes e nunca por muito tempo. Todos ficamos aliviados, eu acho, por não haver lugar para nós, de modo que a única opção era um hotel. Nunca apreciei como suas janelas não fechavam. Rajadas de vento frio passavam pelas frestas. As paredes estavam impregnadas de umidade e eram frias. Suas lâmpadas, ecologicamente corretas, levavam uma eternidade para lançar uma luz decente. Liguei seu aquecimento central no máximo, mas somente os cinco centímetros superiores aos radiadores transmitiram algum calor. Você simplesmente não repara nessas coisas ou é apenas mais estoica do que eu?

Percebi que seu telefone estava desconectado. Foi por isso que ouvi o sinal de ocupado quando tentei ligar nos últimos dias? Mas certamente não o mantinha desligado. Tentei acalmar minha ansiedade contundente — você frequentemente desconectava o telefone quando estava pintando ou escutando música, ressentindo-se da exigência intimidadora por atenção não merecida. Portanto, deve ter esquecido de conectá-lo na última vez em que esteve aqui.

Coloquei sua mala de roupas no armário, recebendo, com agrado, minha habitual onda de irritação.

— Mas por que não pode colocar seu armário no quarto, para onde foi projetado? Fica ridículo aqui.

Minha primeira visita, quando me perguntei por que sua sala minúscula estava ocupada por um grande armário.

— Transformei meu quarto num ateliê — respondeu você, rindo antes de terminar a frase. "Ateliê" era um nome tão pomposo para um quarto minúsculo no subsolo de um prédio.

Uma das coisas que amo em você é que você se acha ridícula antes que os outros o façam e é a primeira a rir de si mesma. É a única pessoa que conheço que acha seus próprios paradoxos ridículos genuinamente engraçados. Infelizmente, esse não é um traço de família.

Quando pendurei suas roupas, notei uma gaveta na parte baixa do armário e puxei-a. Dentro, estavam as coisas para o bebê. Tudo no apartamento era tão surrado. Suas roupas foram compradas em bazares de caridade e seus móveis haviam sido recolhidos de caçambas de lixo, mas essas roupas de bebê eram novas e caras. Peguei um cobertor de caxemira azul-claro e uma toquinha. Tão macios que minhas mãos pareceram grossas. Eram lindos. Foi como achar uma cadeira Eames num ponto de ônibus. Você não poderia comprá-los. Quem lhe deu o dinheiro? Pensei que Emilio Codi houvesse tentado obrigá-la a fazer um aborto. O que estava acontecendo, Tess?

A campainha tocou e corri para atender. Eu estava pronta para dizer "Tess" quando abri a porta. Deparei-me com uma jovem. Engoli o "Tess". Certas palavras têm gosto. Percebi que estava tremendo por causa da adrenalina.

Ela estava com cerca de seis meses de gravidez, mas, apesar do frio, sua camiseta de lycra estava cortada e expunha sua barriga distendida e um piercing no umbigo. Achei a exposição de sua gravidez tão vulgar quanto a cor amarela de seu cabelo.

— Tess está? — perguntou ela.

— É amiga de Tess?

— Sim. Amiga. Meu nome é Kasia.

Lembrei-me de você falar sobre Kasia, uma amiga polonesa, mas sua descrição não correspondia à realidade. Você havia sido lisonjeira ao ponto da distorção, emprestando-lhe um brilho que simplesmente não existia. Ali, em sua ridícula minissaia, com a pele das pernas arrepiada e as veias dilatadas pela gravidez, achei-a muito longe de um "desenho de Donatello".

— Tess e eu nos conhecemos na clínica. Eu também sem namorado.

Reparei em seu inglês deficiente, não no que ela estava dizendo. Ela ergueu o olhar para um Escort estacionado na rua.

— Ele voltou. Três semanas.

Esperei que meu rosto demonstrasse o completo desinteresse que eu tinha por sua vida pessoal.

— Quando Tess volta?

— Não sei. Ninguém sabe onde ela está. — Minha voz vacilou, mas eu não demonstraria emoção a essa garota. O esnobismo de mamãe fora saudavelmente passado para mim. Prossegui, rapidamente. — Não aparece aqui desde quinta-feira. Sabe onde ela pode estar?

Kasia sacudiu a cabeça.

— Nós em férias. Majorca. Fazendo as pazes.

O homem no Escort buzinava sem parar. Kasia acenou para ele e pareceu nervosa. Pediu, em seu inglês capenga, que eu dissesse a você que ela havia passado por lá e apressou-se a subir a escada.

Sim, Srta. Freud, tive raiva por ela não ser você. Não foi culpa dela.

* * *

Subi e toquei a campainha de Amias. Ele atendeu, atrapalhando-se com a corrente.

— Sabe como Tess conseguiu aquelas roupas de bebê? — perguntei.

— Ela fez uma farra na Brompton Road — respondeu ele. — Ela realmente se divertiu...

Interrompi-o, impaciente.

— Eu quis dizer se você sabe como ela pagou pelas roupas?

— Eu não gostava de fazer perguntas.

Foi uma repreensão; ele tinha boas maneiras, mas eu, não.

— Por que relatou seu desaparecimento? — perguntei.

— Ela não veio jantar. Ela prometeu que viria e nunca quebra suas promessas, nem mesmo com um velho como eu.

Amias soltou a corrente. Apesar da idade, ainda mantinha a postura e era muitos centímetros mais alto do que eu.

— Talvez você deva doar as coisas do bebê — disse ele.

O comentário me causou aversão e fiquei furiosa.

— É um pouco prematuro para desistir dela, não acha?

Virei-me e desci rapidamente a escada. Ele gritou alguma coisa, mas não entendi. Entrei em seu apartamento.

— Mais dez minutos e encerraremos — diz o Sr. Wright. Sinto-me grata. Não sabia como seria fisicamente exaustivo.

— Você entrou no banheiro? — pergunta ele.

— Sim.

— Examinou o armário?

Nego, sacudindo a cabeça.

— Então, não viu nada impróprio?

— Sim, vi.

Sentia-me exausta, suja e com frio. Ansiava por um banho quente. Ainda faltavam duas horas para que a reconstrução fosse transmitida na TV, portanto eu tinha muito tempo, mas me preocupei em não escutar uma ligação sua. Então, pensei que talvez fosse uma boa ideia — seguindo a lógica de que a pessoa por quem você está apaixonada está fadada a aparecer à sua porta assim que você aplicar um creme no rosto e vestir seu pijama mais esfarrapado. OK, concordo, lógica não é o nome certo, mas achei que tomar um banho a faria telefonar. Além disso, eu sabia que meu celular registrava mensagens.

Entrei no banheiro. Evidentemente, não havia um chuveiro, mas uma banheira descascada e mofo ao redor das torneiras. Fiquei impressionada com o contraste em relação ao meu banheiro em Nova York — uma homenagem ao bom gosto modernista em cromo e calcário. Perguntei-me como você poderia se sentir limpa ao sair dali. Tive um momento familiar de superioridade e, então, vi: uma prateleira com sua escova de dentes, pasta de dente, soluções para lentes de contato e uma escova de cabelo, com fios compridos emaranhados entre as cerdas.

Percebi que eu alimentava a esperança de você ter agido como uma colegial tola e ido a um festival ou a um protesto qualquer, sendo irresponsável, como sempre, ignorando as consequências de seus mais de oito meses de gravidez e acampando num local coberto de neve. Imaginei-me repreendendo-a por sua negligência absurda. A prateleira com seus artigos de higiene destruiu minha fantasia. Não havia defesa para a esperança. Onde você estivesse, não planejara estar.

O Sr. Wright desliga o gravador.

— Vamos parar por aqui.

Balanço a cabeça, concordando e tentando apagar a imagem dos longos fios de seu cabelo enrolados nas cerdas da escova de cabelo.

Uma secretária matrona entra e avisa que o número de equipes de imprensa esperando em frente ao apartamento aumentou de maneira alarmante. O Sr. Wright é solícito, perguntando-me se desejo que ele procure outro lugar para mim.

— Não. Obrigada. Quero ficar em casa.

Chamo seu apartamento de minha casa, se você não se importa. Vivo nele há dois meses e é como me sinto.

— Quer uma carona? — pergunta ele. Provavelmente, percebeu minha surpresa, porque sorriu. — Não é incômodo. E tenho certeza de que esse dia foi uma verdadeira provação.

A gravata de poliéster era um presente. Ele é um homem bonito.

Recuso sua oferta educadamente e ele me acompanha até o elevador.

— Tomar seu depoimento levará vários dias. Tudo bem?

— Sim. É claro.

— Porque você foi a principal investigadora e é nossa principal testemunha.

"Investigadora" soa profissional demais para o que fiz. O elevador chega. O Sr. Wright abre a porta para mim, certificando-se de que eu entre em segurança.

— Seu depoimento selará o caso — diz ele, e, ao descer no elevador lotado, imagino minhas palavras agindo como resina e revestindo o casco do processo, impermeabilizando-o.

O sol de primavera aquece o entardecer e, nas cafeterias, para-sóis brancos emergem de calçadas cinza e duras. O edifício do CPS fica a apenas algumas ruas do parque St. James e penso em caminhar por essa parte do caminho para casa.

Tento um atalho até o parque, mas é um beco sem saída. Retorno e ouço passos atrás de mim; não o reconfortante barulho de saltos altos, mas os passos silenciosamente ameaçadores de um homem. Mesmo assustada, estou ciente do clichê de mulheres sendo atacadas e tento banir esse pensamento, mas os passos continuam, mais perto, com um andar pesado e mais ruidoso. Certamente, ele me ultrapassará, mostrando que não quer me fazer mal. Mas ele se aproxima mais. Sinto o frio de sua respiração em minha nuca. Corro, tendo meus movimentos convulsivos por causa do medo. Chego ao fim da viela e vejo pessoas andando na calçada movimentada. Junto-me a elas e dirijo-me ao metrô sem olhar para trás.

Digo a mim mesma que *simplesmente não é possível*. Ele está sob detenção preventiva, trancafiado na prisão, sem direito a fiança. Depois do julgamento, ficará na cadeia pelo resto da vida. Deve ter sido minha imaginação.

Entro no vagão e arrisco uma olhada em volta. Deparo-me, imediatamente, com uma foto sua. Aquela foto que tirei em Vermont, quando você nos visitou dois verões atrás, com o vento esvoaçando seu cabelo como uma vela de barco brilhante e seu rosto afogueado, está na capa do *Evening Standart*. Você está ofensivamente linda. Não é surpresa que a tenham escolhido para a primeira página. Dentro, uma foto que tirei quando você tinha seis anos, abraçando Leo. Sei que você havia chorado, mas não há o menor sinal. Seu rosto voltara ao normal assim que sorriu para mim. Ao lado da sua fotografia, um retrato meu feito ontem. Meu rosto não voltou ao normal. Felizmente, não me importo mais com a maneira como apareço em fotografias.

Desço na estação Ladbroke Grove, reparando em como os londrinos se movem com destreza — subindo as escadas e passando pelas barreiras de entrada e saída —, sem tocarem uns nos outros. Ao alcançar a saída, sinto novamente alguém atrás de mim, muito perto, seu hálito frio em minha nuca e um formigamento de ameaça. Afasto-me apressadamente, colidindo com outras pessoas, tentando convencer-me de que foi uma corrente de ar provocada pelos trens no subsolo.

Talvez o terror e o pânico, uma vez experimentados, entranhem-se em nós, mesmo quando não há razão, deixando para trás um horror adormecido e facilmente despertado.

Chego à Chepstow Road e o volume de pessoas e de veículos me atordoa. Há novas equipes, de todas as emissoras do Reino Unido e, ao que parece, do exterior. O grupo de jornalistas que estava aqui ontem parece, agora, uma pequena festa que se transformou num parque temático de uma aventura frenética.

Estou a dez portas de seu apartamento quando o técnico que trouxe os crisântemos me vê. Protejo-me com os braços, mas ele se vira. Mais uma vez, sua gentileza me surpreende. Duas portas depois, um repórter me vê. Ele se aproxima e, então, todos fazem o mesmo. Desço as escadas rapidamente, entro e bato a porta.

Lá fora, estrondos ocupam o espaço como trífides. Lentes de extensão obscena são encostadas contra a vidraça. Fecho as cortinas, mas suas luzes atravessam o tecido fino. Como ontem, retiro-me para a cozinha, mas não encontro paz. Alguém está batendo na porta dos fundos e estão tocando a campainha. O telefone se silencia por um segundo, no máximo, e recomeça a tocar. Meu celular une-se à cacofonia. Como conseguiram o número? Os ruídos são insistentes e intimidadores, exigindo uma resposta. Relembro a primeira noite que passei em seu apartamento. Pensei, naquela época, que não havia nada mais solitário do que um telefone que não toca.

Às dez e meia, assisti à reconstrução, em seu sofá, cobrindo-me com sua manta indiana, num esforço inútil para me aquecer. A distância, quase convenci como você. No fim, houve um apelo por informações e um número de telefone.

Às onze e meia, verifiquei se o telefone estava funcionando. Então, a possibilidade de alguém tentar ligar naquele instante me deixou em pânico: você ou a polícia, dizendo que a haviam encontrado.

Meia-noite e meia. Nada.

Uma hora. Senti o silêncio ao redor me sufocar.

Uma e meia. Ouvi minha voz chamando-a. Ou seu nome estava enterrado no silêncio?

Duas horas. Ouvi algo à porta. Corri para abri-la, mas era somente a gata abandonada que você adotara meses antes. O leite que estava na geladeira passara da validade havia mais de uma semana e azedara. Eu não tinha com o que calar os pedidos da gata.

* * *

Às quatro e meia, fui ao seu quarto, espremendo-me entre o cavalete e as pilhas de telas. Cortei o pé e, ao me abaixar, deparei-me com estilhaços de vidro. Puxei as cortinas e vi uma vidraça quebrada coberta com plástico. Não é surpresa que o apartamento estivesse gelado.

Fui para sua cama. O plástico batia ao vento gélido; seu barulho irregular e não humano era tão perturbador quanto o frio. Debaixo de seu travesseiro estava seu pijama. Tinha o cheiro de seu vestido. Abracei-o, com frio e ansiedade demais para dormir. Mas, não sei como, devo ter adormecido.

Sonhei com a cor vermelha: Pantone 1788 a 1807, a cor dos cardeais e das prostitutas, da paixão e da pompa, corante de cochonilha, obtido com o esmagamento desse inseto, carmesim, escarlate, a cor da vida, a cor do sangue.

A campainha me acordou.

Terça-feira

Chego ao edifício do CPS, onde a primavera começou oficialmente. O tênue aroma de grama recém-cortada é soprado desde o parque sempre que a porta gira. As recepcionistas usam vestidos de verão; seus rostos e braços devem ter sido autobronzeados na noite passada. Apesar do clima quente, visto roupas pesadas, arrumada demais e pálida, uma sobra do inverno.

Ao me dirigir à sala do Sr. Wright, tenho vontade de contar-lhe sobre a perseguição que imaginei ontem. Só preciso ouvir mais uma vez que ele está trancafiado na prisão e que, depois do julgamento, ficará lá para sempre. Mas, quando entro, o sol está inundando a sala e a luz elétrica ofusca-a, e, na claridade, a onda de medo remanescente da noite anterior empalidece e some.

O Sr. Wright liga o gravador e começamos.

— Hoje, eu gostaria de começar com a gravidez de Tess — diz ele.

Sinto-me discretamente repreendida. Ontem, ele pediu que eu começasse com "a primeira vez que percebi que havia algo errado" e falei sobre o telefonema de mamãe durante o almoço em Nova York. Mas sei que esse não havia sido realmente o começo. E sei que se eu houvesse dedicado mais tempo a você, se estivesse menos absorta em mim mesma e se a escutasse com mais atenção, talvez eu percebesse que algo estava muito errado meses antes.

— Tess engravidou após seis meses de relacionamento com Emilio Codi — falei, removendo qualquer emoção que pudesse acompanhar essa informação.

— Como ela se sentiu? — pergunta ele.

— Disse que havia descoberto que seu corpo era um milagre.

Recordo nosso telefonema.

— Quase sete bilhões de milagres por este mundo, Bee, e nem acreditamos neles.

— Ela contou a Emilio Codi? — pergunta o Sr. Wright.

— Sim.

— Como ele reagiu?

— Quis que ela interrompesse a gravidez. Tess respondeu-lhe que o bebê não era um trem. — O Sr. Wright sorri brevemente, mas gosto que tenha sorrido. — Como ela não aceitou, ele disse que ela precisava deixar a escola antes que a gravidez ficasse óbvia.

— E ela deixou?

— Sim. Emilio disse aos supervisores que haviam oferecido a ela um período sabático sei lá onde. Acho que até deu o nome de uma faculdade real.

— Quem sabia sobre a gravidez, então?

— Suas amigas e até outros alunos de arte. Mas Tess pediu que não contassem à escola.

Simplesmente não entendi por que você protegeu Emilio. Ele não merecia.

— Ele ofereceu alguma ajuda a Tess?

— Não. Acusou-a de forçar a gravidez e disse que não seria pressionado a ajudá-la ou ao bebê.

— Ela forçou a gravidez? — pergunta o Sr. Wright.

Surpreende-me a quantidade de detalhes que ele quer, mas me lembro de que devo contar tudo o que sei para que ele selecione o que é relevante.

— Não. A gravidez não foi intencional.

Lembro-me de nossa conversa ao telefone. Eu estava no escritório, examinando uma nova identidade visual para uma cadeia de restaurantes, tarefa concorrente ao papel de irmã mais velha.

— Mas como pode ser um acidente, Tess?

A equipe de design havia escolhido a versão condensada da fonte Bernard MT, o que parecia antiquado em vez de antigo, como eu havia pedido.

— Acidente soa um pouco negativo, Bee. Surpresa é melhor.

— OK, como pode ser uma "surpresa" quando há farmácias vendendo preservativos em cada rua?

Você riu afetuosamente, debochando de mim por repreendê-la.

— Certas pessoas simplesmente perdem o controle no momento.

Senti a crítica implícita.

— Mas o que você vai fazer?

— Ficar cada vez mais gorda e, então, ter um bebê.

Pareceu tão infantil; você estava agindo de maneira tão infantil. Como poderia ser mãe?

— É uma boa notícia, não se irrite.

— Ela nunca pensou em abortar? — pergunta o Sr. Wright.

— Não.

— Foram criadas como católicas?

— Sim, mas não foi esse o motivo. O único sacramento em que Tess chegou a acreditar se refere ao momento presente.

— Desculpe-me, acho que não sei...

Sei que não ajudará no julgamento, mas gostaria que ele soubesse mais sobre você, além dos fatos arquivados em pastas.

— Significa viver aqui e agora — explico. — Experimentar o presente sem se preocupar com o futuro ou se prender ao passado.

Nunca aceitei esse sacramento; é irresponsável demais, hedonista demais. Provavelmente foi incorporado pelos gregos, pelo catolicismo penetra de Dionísio, garantindo que pelo menos tivessem uma festa.

Há outra coisa que quero que ele saiba.

— Mesmo no começo, quando o bebê era pouco mais do que um conjunto de células, ela o amou. Por isso achou que seu corpo era um milagre. Por isso nunca faria um aborto — continuo.

Ele assente com um movimento de cabeça e faz uma pausa decentemente respeitosa por seu amor ao bebê.

— Quando o bebê foi diagnosticado com fibrose cística? — pergunta ele.

Fico feliz por dizer "bebê", não "feto". Você e seu bebê começam a se tornar mais humanos para ele.

— Com 12 semanas — respondo. — Com o histórico de fibrose cística em nossa família, ela fez o mapeamento genético.

"Sou eu." Eu sabia que, do outro lado da linha, você estava lutando para não chorar. "É um menino." Soube o que viria a seguir. "Tem fibrose cística." Você pareceu tão jovem. Eu não soube o que dizer. Nós sabíamos demais sobre fibrose cística para que eu usasse chavões. "Ele vai passar por tudo aquilo, Bee, exatamente como Leo."

— Então, em agosto? — pergunta o Sr. Wright.

— Sim. No dia 10. Quatro semanas depois, ela telefonou para dizer que haviam oferecido uma nova terapia genética para o bebê.

— O que ela sabia sobre o assunto? — pergunta o Sr. Wright.

— Disse que injetariam um gene sadio no bebê, para substituir o gene responsável pela fibrose cística. E seria feito enquanto ainda estivesse no útero. À medida que ele se desenvolvesse e crescesse, o novo gene substituiria o gene defeituoso.

— Qual foi sua reação?

— Fiquei assustada com os riscos que ela correria. Primeiro, com o vetor e...

O Sr. Wright me interrompeu.

— Vetor? Desculpe-me, mas não...

— É a maneira como um novo gene entra no corpo. Um táxi, se preferir. Vírus são muitas vezes usados como vetores porque são bons em infectar células e, portanto, introduzem o novo gene.

— Você é uma expert.

— Em nossa família, todos somos experts amadores no campo da genética, por causa de Leo.

— Mas pessoas morreram durante esses estudos clínicos, Tess. Todos os órgãos falharam.

— Posso concluir, por favor? Não usarão um vírus como vetor. Essa é a parte brilhante. Alguém conseguiu criar um cromossomo artificial para introduzir o gene nas células do bebê. Portanto, o bebê não corre risco. Incrível, não é?

Era incrível. Mas não me impediu que me preocupasse. Lembro-me do resto de nossa conversa. Eu usava o uniforme completo de irmã mais velha.

— OK, então não haverá problemas com o vetor. Mas e o gene modificado? E se ele não curar a fibrose cística e causar algum dano que não foi previsto?

— Quer parar de se preocupar, por favor?

— Talvez tenha um efeito colateral terrível. Talvez mexa com alguma coisa ainda desconhecida.

— Bee...

— OK, então pode parecer um risco pequeno...

Você interrompeu, empurrando-me da plataforma onde eu discursava.

— Sem o tratamento, ele tem fibrose cística. Cem por cento de probabilidade. Então preciso correr um pequeno risco.

— Disse que o cromossomo será injetado em sua barriga?

Eu podia ouvir o sorriso em sua voz.

— De que outra maneira chegaria ao bebê?

— Então esse tratamento pode afetar você.

Você suspirou. Era seu suspiro "por favor, largue do meu pé"; o suspiro de uma irmã mais nova para uma irmã mais velha.

— Sou sua irmã. Tenho o direito de me preocupar.

— E eu sou a mãe do meu bebê.

Sua resposta me surpreendeu.

— Eu te escrevo, Bee.

Você desligou.

— Ela escrevia com frequência? — pergunta o Sr. Wright.

Penso se ele está interessado ou se a pergunta tem outro objetivo.

— Sim. Geralmente quando sabia que eu reprovaria uma escolha. Às vezes, quando simplesmente precisava organizar suas ideias e me queria como uma caixa de ressonância silenciosa.

Não sei se sabe, mas sempre gostei de seus "monólogos". Mesmo me exasperando muitas vezes, me libertavam do papel de crítica.

— A polícia me deu uma cópia da carta — diz o Sr. Wright.

Lamento. Tive de entregar todas as suas cartas à polícia.

Ele sorri.

— A carta sobre os anjos humanos.

Fico feliz que ele tenha destacado o que importava a você, não o que é importante para a investigação. E não preciso da carta para me lembrar dessa parte:

Todas essas pessoas, pessoas que não conheço, pessoas sobre as quais não sei qualquer coisa, trabalharam horas sem trégua, dia após dia, por anos e anos, para descobrir uma cura. Para começar, a pesquisa foi financiada por donativos. Existem realmente anjos, anjos humanos em jalecos brancos e em saias de tweed organizando corridas divertidas e vendas de bolos e pedindo doações para que, um dia, alguém que nunca conheceram consiga curar seu bebê.

— Essa carta abrandou seus temores em relação à terapia? — pergunta o Sr. Wright.

— Não. Um dia antes que eu a recebesse, o estudo clínico dessa terapia genética foi publicado pela imprensa dos Estados Unidos. O tratamento genético do Chrom-Med para fibrose cística apareceu em todos os jornais e na TV, mas havia apenas inúmeras fotos de bebês curados e pouca ciência. Até os cartazes usavam muito mais as palavras "bebê milagroso" do que "cura genética".

O Sr. Wright balança a cabeça.

— Sim. Aconteceu o mesmo aqui.

— Mas as informações também estavam na internet, o que significou que eu poderia pesquisar profundamente. Descobri que o estudo clínico seguira todos os protocolos legais e mais, na verdade. Vinte bebês haviam nascido sem a fibrose cística e perfeitamente sadios no Reino Unido. As mães não sofreram efeito nocivo. Mulheres grávidas imploravam pelo tratamento nos Estados Unidos. Percebi como Tess tivera sorte ao oferecerem a ela o tratamento.

— O que você sabia sobre o Chrom-Med?

— Que eram estáveis e que faziam pesquisa genética havia anos. E que pagaram o professor Rosen por seu cromossomo e o empregaram para prosseguir seu estudo.

Permitindo que suas mulheres em saias de tweed parassem de sacudir chapéus em busca de donativos.

— Também assisti a algumas entrevistas com o professor Rosen, o homem que inventou a cura.

Sei que não faria diferença, mas foi o professor Rosen quem mudou minha opinião sobre a terapia ou quem, pelo menos, abriu minha mente para a possibilidade. Lembro-me da primeira vez que o vi na TV.

A apresentadora do jornal da manhã murmurou-lhe a pergunta:

— Como é ser o "homem por trás do milagre", como algumas pessoas o chamam, professor Rosen?

À sua frente, ele parecia absurdamente um clichê, com óculos redondos com armação de metal, ombros estreitos, testa vincada e um jaleco branco certamente pendurado em algum lugar fora do alcance da câmara.

— Não é um milagre. Foram necessárias décadas de pesquisa e...

— Realmente — interrompeu ela.

Era um ponto final, mas ele viu um convite para prosseguir.

— O gene da fibrose cística está no cromossomo sete. Ele produz uma proteína chamada regulador da condutância transmembrana da fibrose cística, a CFTR.

A apresentadora passou as mãos pela saia justa sobre suas belas pernas, sorrindo para ele.

— Se pudéssemos ter a versão simples, professor Rosen...

— Essa é a versão simples. Criei um microcromossomo artificial...

— Acho que nossos telespectadores — disse ela, agitando as mãos como se as informações estivessem além da compreensão de mortais. Fiquei irritada com ela e feliz que o professor Rosen tenha sentido o mesmo.

— Seus espectadores foram abençoados com cérebros, não foram? Meu cromossomo artificial pode transportar um novo gene sadio para as células sem impor riscos.

Achei que alguém provavelmente o treinara para apresentar sua ciência numa linguagem simplória. Foi como se o próprio professor Rosen houvesse sido desanimado e não pudesse continuar.

— O cromossomo humano artificial não só pode se introduzir como manter estáveis genes terapêuticos. Centrômeros sintéticos...

Ela interrompeu-o rapidamente.

— Acho que teremos de pular nossa aula de ciência, professor, porque temos um agradecimento especial.

Ela se virou para uma grande tela de TV, que mostrava um hospital ao vivo. Uma mãe, com lágrimas nos olhos, e um pai orgulhoso, abraçando seu recém-nascido sadio, agradeceram ao cientista por curar seu lindo menino. O professor Rosen achou a situação claramente desagradável e ficou constrangido. Ele não se regozijava com seu sucesso e gostei dele por causa desse comportamento.

— Então, você confiou no professor Rosen? — pergunta o Sr. Wright, sem dar sua impressão pessoal, embora provavelmente o vira na TV durante a exploração de sua história pela mídia.

— Sim. Em todas as entrevistas a que assisti, pareceu ser um cientista sério, sem nenhuma perspicácia midiática. Pareceu modesto, constrangido pelos elogios e claramente desgostoso de seu momento de fama na TV.

Não falarei ao Sr. Wright, mas ele me lembrou o Sr. Normans (foi seu professor de matemática?), um homem bondoso, mas sem qualquer habilidade com as besteiras de garotas adolescentes e que costumava vociferar equações como uma sucessão de tiros. Ausência de astúcia com a mídia, os óculos com armação de metal e semelhança com um velho professor não eram razões lógicas para finalmente aceitar a segurança do estudo clínico, mas eram o empurrão de que eu precisava para superar minhas reservas.

— Tess descreveu o que aconteceu quando recebeu o tratamento? — pergunta o Sr. Wright.

— Não em detalhes. Disse apenas que recebera uma injeção e que agora precisava esperar.

Você me ligou no meio da noite, esquecendo-se ou não se importando com a diferença de fuso. Todd acordou e atendeu. Chateado, ele passou o telefone para mim, apenas movendo os lábios para dizer: "São quatro e meia da manhã, pelo amor de Deus!"

— Deu certo, Bee. Ele está curado.

Chorei, soluçando e derramando lágrimas pesadas. Eu estava tão preocupada; não com o bebê, mas em como seria, para você, cuidar e amar uma criança com fibrose cística. Todd achou que algo terrível havia acontecido.

— Porra, isso é maravilhoso.

Não sei o que o surpreendeu mais: eu estar chorando por causa de algo maravilhoso ou ter dito um palavrão.

— Quero dar a ele o nome Xavier. Se mamãe não se importar.

Lembro-me de Leo orgulhar-se de seu segundo nome: como ele gostaria que esse fosse seu primeiro nome.

— Leo acharia muito legal — respondi, e pensei em como era triste alguém morrer ainda muito jovem para dizer "muito legal".

— Acharia, não acharia?

A secretária de meia-idade interrompe a conversa, trazendo água mineral, e, de repente, sinto uma sede incrível. Bebo toda a água no copo de papel e ela parece não gostar. Ao levar o copo vazio, noto o tom alaranjado na palma de sua mão. Provavelmente, aplicou autobronzeador na noite passada. Achei comovente uma mulher grande e pesada tentar ficar bonita para a primavera. Sorrio para ela, mas ela não vê. Está olhando para o Sr. Wright. Percebo que é apaixonada por ele e que foi por ele que bronzeou seus braços e seu rosto na noite passada e que seu vestido foi comprado para ele.

O Sr. Wright interrompe minha fofoca mental.

— Então, até onde você sabe, não havia problemas com o bebê ou a gravidez?

— Achei que estava tudo bem. Minha única preocupação era como ela seria uma mãe solteira. Na época, era uma grande preocupação.

A Srta. Secretária Apaixonada sai da sala, quase não notada pelo Sr. Wright, que está olhando para mim, do outro lado da mesa. Olho rapidamente para sua mão, em nome dela: não usa aliança de casamento. Sim, minha mente está distraída de novo, relutante em avançar. Você sabe o que vem a seguir. Sinto muito.

TRÊS

Por um momento, o toque da campainha fez parte de meu sonho vermelho. Então, corri para a porta, certa de que era você. O detetive Finborough percebeu ser a pessoa errada. Teve a elegância de parecer envergonhado e compreensivo. E percebeu minha emoção seguinte.

— Tudo bem, Beatrice. Não a encontramos.

Ele entrou em sua sala de estar. Atrás dele, a policial Vernon.

— Emilio Codi viu a reconstrução — disse ele, sentando-se em seu sofá. — Tess já teve o bebê.

Mas você me diria.

— Deve haver algum engano.

— O hospital St. Anne confirmou que Tess deu à luz na última terça-feira e foi embora no mesmo dia. — O detetive esperou um pouco, com maneiras ainda compassivas enquanto arremessava a granada seguinte. — Um bebê natimorto.

Como natimorto em inglês é *stillborn*, "nascido quieto", costumava achar que a palavra soava pacífica. *Still waters*, "águas paradas, quietas". *Be still*, "acalme-se", meu coração que palpita. Voz da consciência tranquila. Agora, acho que é uma palavra desesperadora em sua ausência de vida, um eufemismo cruel para lacrar com pregos o fato que se tenta encobrir, mas, naquela hora, não pensei em seu bebê. Desculpe-me. Só consegui pensar que havia acontecido uma semana antes e que não recebi notícias suas.

— Falamos com o departamento de psiquiatria do hospital — prosseguiu o detetive Finborough. — Tess foi automaticamente direcionada para o departamento por causa da morte de seu bebê. Um Dr. Nichols estava cuidando dela. Falei com ele em sua casa e soube que Tess está sofrendo de depressão pós-parto.

Estilhaços de uma explosão estavam rasgando nossa relação. Você não me contou que seu bebê morreu. Estava deprimida, mas não recorreu a mim. Eu conhecia todos os quadros que você estava pintando, todos os seus amigos, cada livro que você leu e o nome de sua gata. (Pudding, eu lembraria no dia seguinte.) Eu conhecia os mínimos detalhes de sua vida. Mas não conhecia o principal. Não conhecia você.

Finalmente, o diabo me oferecia um trato: aceitar que não éramos próximas em troca de você não ter sido sequestrada. Não ter sido assassinada. Estar viva. Agarrei-me ao trato.

— Continuamos preocupados com seu bem-estar, obviamente — disse o detetive —, mas não há razão para crer que existem outros envolvidos.

Fiz uma pausa breve, em nome da formalidade, para verificar os detalhes do trato.

— E os trotes?

— O Dr. Nichols acha que Tess teve uma reação exagerada, dada a fragilidade de seu estado emocional.

— E a janela quebrada? Havia cacos de vidro no chão de seu quarto quando cheguei aqui.

— Investigamos o fato quando o desaparecimento foi relatado. Cinco carros estacionados na rua tiveram seus para-brisas quebrados por um vândalo na noite de terça-feira. Um tijolo deve ter atravessado a janela de Tess.

O alívio removeu a tensão em meu corpo, substituindo-a por um cansaço opressor.

Quando partiram, fui ao apartamento de Amias.

— Você sabia que o bebê havia morrido, não sabia? — perguntei-lhe. — Por isso disse que eu deveria doar suas coisas.

Ele olhou para mim, desolado.

— Desculpe-me. Achei que você sabia.

Não quis seguir por esse caminho, ainda não.

— Por que não contou à polícia sobre o bebê?

— Ela não é casada. — Ele percebeu a incompreensão em minha expressão. — Tive medo de que pensassem que era uma leviana. De que não a procurassem.

Talvez tivesse razão, embora não exatamente como pretendera. Quando a polícia soube que você sofria de depressão pós-parto, a busca perdeu a urgência. Mas, naquele momento, sequer percebi.

— Tess disse que seu bebê estava curado... — falei.

— Sim, da fibrose cística, mas havia outra coisa que eles desconheciam. Os rins, eu acho.

Dirigi até a casa de mamãe para dar a elas as boas novas. Sim, boas novas, porque você estava viva. Não pensei em seu bebê. Sinto muito. Como eu disse, um trato com o diabo.

E falso. Enquanto dirigia, pensei em como fui boba ao ser tão facilmente enganada. Desejei tanto aceitar o trato que fechei os olhos para a verdade. Conheço-a desde que nasceu. Eu estava com você quando papai partiu. Quando Leo morreu. Conheço o principal. Você me contaria sobre o bebê. E me contaria se fosse embora. Portanto, alguma coisa — ou alguém — deve tê-la impedido.

Mamãe sentiu o mesmo alívio. Senti-me cruel ao destruí-lo.

— Não acho que estão certos, mãe. Ela não partiria subitamente, não sem avisar.

Mas mamãe agarrou-se à boa notícia com força e não deixaria que eu a arrancasse sem lutar.

— Querida, você nunca teve um bebê. Não pode imaginar o que ela está sentindo. E a depressão pós-parto já é suficientemente difícil sem o resto. — Mamãe sempre foi boa com eufemismos. — Não estou dizendo que estou feliz que o bebê esteja morto — prosseguiu ela —, mas pelo menos ela tem uma segunda chance. Poucos homens estão dispostos a assumir um bebê que não é seu. — Buscar um futuro brilhante para você, o estilo de mamãe.

— Realmente não acho que ela desapareceu voluntariamente.

Mas mamãe não quis me escutar.

— Ela terá outro bebê, um dia, em circunstâncias muito mais felizes — disse ela, mas sua voz vacilou ao tentar instalar você num futuro seguro.

— Mãe...

Ela me interrompeu, recusando-se a ouvir.

— Sabia que ela estava grávida, não sabia?

Agora, em vez de projetá-la no futuro, mamãe voltava ao passado. Qualquer coisa, menos ao que estava acontecendo com você.

— Acha que ela não teria problemas em ser mãe solteira?

— Você conseguiu. Você nos mostrou que é possível.

Pretendi ser gentil, mas a enfureci ainda mais.

— Não há comparação entre o comportamento de Tess e o meu. Nenhuma comparação. Eu era casada quando engravidei. E meu marido pode ter abandonado o casamento, mas essa nunca foi minha escolha.

Nunca a ouvira chamá-lo de "meu marido". Você já? Ele sempre foi "seu pai".

— E tenho alguma noção de vergonha — prosseguiu mamãe. — Não faria mal a Tess aprender um pouco sobre o assunto.

Como eu disse, a raiva pode aliviar o terror, pelo menos por algum tempo.

No caminho de Little Hadston para Londres, uma nevasca se instalou, transplantando a M11 para um globo de neve violentamente sacudido. Milhões de flocos caíam freneticamente, atingindo o para-brisa rápido demais para que os limpadores dessem conta. Sinalizadores ao longo da via alertavam sobre as condições perigosas e sobre o limite de velocidade reduzido, protegendo os motoristas. Uma ambulância passou rapidamente, com a sirene ligada.

— Não é um barulho, Bee.

— OK, um escândalo, então.

— A sirene é o som da cavalaria do século XXI em ação.

Você entrara na escola de arte e estava cheia de ideias que "ninguém mais tivera". E tinha aquela outra característica irritante de achar que não estudantes seriam incapazes de compreender o que você dizia.

— Quero dizer uma cavalaria de carros de bombeiros ou da polícia ou uma ambulância em disparada.

— Eu entendi, Tess, obrigada.

— Mas achou idiota demais para comentar?

— Exatamente.

Você riu.

— Sério, para mim a sirene é o som da sociedade cuidando de seus cidadãos.

A ambulância havia desaparecido, junto com sua sirene. Houve uma cavalaria para você? Interrompi meu pensamento. Não pude me permitir imaginar o que estava acontecendo com você. Mas meu corpo estava frio, assustado e só.

As vias próximas ao seu apartamento não haviam sido revestidas com cascalho e estavam traiçoeiramente cobertas de gelo. Derrapei ao estacionar e quase derrubei uma moto. Um rapaz de vinte e poucos anos estava sentado no último degrau em direção ao seu apartamento, segurando um buquê absurdamente grande e envolvido por papel celofane, onde os flocos de neve batiam e derretiam. Reconheci-o por sua descrição — Simon, o filho de um ministro. Você tem razão: o piercing em seus lábios faz seu rosto infantil parecer torturado. Suas roupas de motociclista estavam ensopadas, e seus dedos, embranquecidos pelo frio. Apesar do ar gelado, senti o cheiro da loção pós-barba. Lembrei-me de você falar sobre as tentativas desajeitadas dele e sobre sua resposta. Você deve ser uma entre as poucas pessoas que realmente cumprem a promessa, o prêmio de consolação, de tornarem-se amigos.

Contei-lhe que você estava desaparecida e ele abraçou o buquê, amassando as flores. Sua voz de rapaz educado em Eton soou comedida.

— Há quanto tempo?

— Desde quinta-feira passada.

Seu rosto empalideceu.

— Estive com ela na quinta-feira.

— Onde?

— No Hyde Park. Ficamos juntos até quatro horas, mais ou menos.

Duas horas após você ser vista nos correios. Ele deve ter sido a última pessoa a vê-la.

— Ela me ligou pela manhã, pedindo que eu a encontrasse — prosseguiu Simon. — Propôs a galeria Serpentine, em Kensington Gardens. Nós nos encontramos para tomar um café e conversar.

Seu sotaque mudara, tornando-se característico do norte de Londres. Perguntei-me qual sotaque seria o genuíno.

— Depois, pedi para levá-la em casa — continuou ele —, mas ela não quis. — Sua voz estava cheia de autocomiseração. — Desde então, não telefonei nem a procurei. E, sim, não a apoiei, mas queria que ela conhecesse a sensação de ser desprezado.

Seu ego deve ser descomunal para que possa acreditar que seus sentimentos teriam importância para você depois de seu bebê morrer ou para mim, agora que você estava desaparecida.

— Onde você a deixou? — perguntei.

— Ela me deixou, OK? Atravessamos o Hyde Park. Então, ela me deixou. Não a deixei em lugar nenhum.

Tive certeza de que ele estava mentindo. O sotaque do norte de Londres era falso.

— Onde?

Ele não respondeu.

— *Onde?!* — gritei.

— Próximo à piscina pública.

Eu nunca gritara com alguém.

Liguei para o detetive Finborough e deixei uma mensagem. Simon estava em seu banheiro, aquecendo as mãos entorpecidas na água quente da pia. Mais tarde, seu banheiro teria cheiro de loção pós-barba e eu ficaria irritada por Simon mascarar o cheiro de seu sabonete e de seu xampu.

— O que a polícia disse? — perguntou ele, ao voltar à sala.

— Que vão checar o que aconteceu.

— Que americano.

Só você pode debochar de mim dessa maneira. O que o policial dissera foi: "Investigarei imediatamente."

— Quer dizer que farão uma busca no Hyde Park? — perguntou Simon.

Eu estava tentando não pensar no que o policial quis dizer com "investigar" e havia substituído seu eufemismo britânico por um eufemismo americano, envolvendo em plástico-bolha a dura realidade que suas palavras continham.

— E eles nos telefonarão? — perguntou Simon.

Eu sou sua irmã. O detetive Finborough telefonaria para mim.

— Sim, o detetive Finborough vai me informar se descobrir alguma coisa — respondi.

Simon espalhou-se em seu sofá, manchando a manta indiana com suas botas cobertas de neve. Eu precisava fazer algumas perguntas a ele, então dissimulei minha irritação.

— A polícia acha que ela teve uma depressão pós-parto. O que achou quando a viu?

Ele não respondeu imediatamente e me perguntei se tentava lembrar ou se pensava numa mentira.

— Ela estava atormentada — respondeu ele. — Precisou tomar aquelas pílulas para estancar o leite. Disse que produzir esse alimento para seu bebê e não poder dar a ele estava entre as piores coisas.

A morte de seu bebê começava a me sensibilizar, aos poucos. Lamento que tenha levado tanto tempo. Minha única defesa é que não havia espaço para o bebê em minha preocupação com você.

Alguma coisa me incomodava em relação a Simon. Percebi imediatamente o quê.

— Você disse *estava*.

Ele pareceu surpreso.

— Você disse que ela *estava* atormentada? — repeti.

Por um momento, achei que parecia acuado, mas ele se recompôs. Sua voz voltou ao falso sotaque do norte de Londres.

— Quis dizer que ela estava atormentada quando a vi na quinta-feira à tarde. Como eu poderia saber como está agora?

Seu rosto não me pareceu infantil, mas cruel: os piercings já não eram sinais de rebeldia adolescente, mas de um masoquismo prazeroso. Eu tinha outra pergunta.

— Tess me disse que o bebê havia sido curado.

— Sim, não teve nada a ver com a fibrose cística.

— Foi por que ele nasceu três semanas antes?

— Não. Ela disse que foi algo que o mataria mesmo que nascesse no tempo certo. Alguma coisa a ver com os rins.

Preparei-me para a resposta seguinte.

— Sabe por que ela não me contou que o bebê morreu?

— Achei que houvesse contado. — Algo triunfante surgiu em sua expressão. — Sabia que eu seria o padrinho?

Ele foi embora, com má vontade, após minhas indiretas se tornarem, atipicamente, uma exigência direta.

Esperei duas horas e meia pelo telefonema do detetive Finborough e, então, liguei para a delegacia. Uma policial disse que o detetive estava inacessível. Decidi ir ao Hyde Park. Esperava que ele não estivesse por lá, que estivesse inacessível num caso mais urgente e que você houvesse sido relegada a uma pessoa que apareceria quando quisesse. Eu esperava estar errada e que ele estivesse certo: que você houvesse simplesmente partido para algum lugar depois da morte de seu bebê. Tranquei a porta e coloquei a chave debaixo do vaso que comportava o cíclame cor-de-rosa, caso você aparecesse enquanto eu estivesse fora.

Um carro de polícia com a sirene ligada me ultrapassou enquanto eu me aproximava do Hyde Park. O som me apavorou. Acelerei. Ao chegar a Lancaster Gate, vi o carro da polícia que me ultrapassou unir-se a outros já estacionados e ouvi o som estridente das sirenes.

Entrei no parque; a neve caía suavemente. Gostaria que eu houvesse esperado um pouco e tido mais uma hora de minha vida. Pode parecer egoísta para muitas pessoas, mas você conviveu com a tristeza ou, melhor, uma parte sua morreu com a tristeza, portanto sei que vai entender.

A certa distância, vi uma dúzia de policiais ou mais. Veículos da polícia se aproximavam, entrando no parque. Espectadores começavam a se dirigir ao local da atividade — um reality show inesperado.

Tantas marcas de pés e de pneus na neve.

* * *

Andei vagarosamente até eles. Minha mente estava estranhamente calma, mas notou que meu coração batia irregularmente contra as costelas e que eu estava sem fôlego e tremendo violentamente. De alguma forma, minha mente mantinha distância e ainda não fazia parte da reação de meu corpo.

Passei por um guarda do parque, em sua farda marrom, que conversava com um homem acompanhado de um labrador.

— Eles nos perguntaram sobre a piscina pública e o lago e achei que seriam dragados, mas o policial responsável preferiu fazer uma busca nos edifícios abandonados. Desde os cortes, muitos edifícios estão parados. — Outras pessoas, que caminhavam com seus cachorros ou corriam, uniram-se aos espectadores. — Os banheiros públicos ficavam naquele edifício anos atrás, mas foi mais barato construir outros do que reformá-los.

Passei por ele e por sua plateia e segui em direção à polícia, que estava isolando uma pequena construção vitoriana abandonada e semioculta por moitas.

A policial Vernon estava a uma pequena distância do cordão. Suas bochechas, normalmente rosadas, estavam pálidas; o choro inchara seus olhos e ela tremia. Um policial a abraçava. Não me viram. A voz dela soou rápida e irregular.

— Sim, já, mas somente em hospitais e nunca alguém tão jovem. Ou tão solitário.

Depois, eu a amaria por sua compaixão física. Suas palavras gravaram-se imediatamente em minha consciência, obrigando-me a participar da situação.

Alcancei o cordão de isolamento. O detetive Finborough me viu. Por um instante, não soube o que eu estava fazendo ali e, então, vi piedade em sua expressão. Ele se aproximou.

— Beatrice, sinto muito...

Interrompi-o. Se eu pudesse impedir que dissesse aquelas palavras, elas não seriam a verdade.

— Você está enganado.

Tive vontade de fugir. Ele segurou minha mão. Achei que estava me retendo ali. Agora, acho que foi um gesto de generosidade.

— É Tess.

Tentei remover minha mão.

— Você não pode ter certeza.

Ele me olhou, encarando-me. Mesmo ali, percebi que aquilo requeria coragem.

— Tess estava com sua carteira de estudante. Sinto muito, mas não houve engano. Lamento muito, Beatrice. Sua irmã está morta.

Ele soltou minha mão. Afastei-me. A policial Vernon se aproximou.

— Beatrice...

Ouvi o detetive Finborough chamá-la.

— Ela quer ficar sozinha.

Fiquei grata a ele.

Sentei-me sob árvores escuras, desfolhadas e sem vida, na neve silenciosa.

Quando eu soube que você estava morta? Quando o detetive Finborough me contou? Quando vi a palidez e as lágrimas no rosto de Vernon? Quando vi seus artigos de higiene ainda no banheiro? Ou quando mamãe telefonou para dizer que você estava desaparecida? Quando eu soube?

Vi uma maca ser tirada do edifício abandonado. Nela, havia um saco para o transporte de cadáveres. Fui até lá.

Fios de seu cabelo estavam presos no zíper.

E, então, eu soube.

QUATRO

Por que estou lhe escrevendo essas coisas? Na última vez em que me fiz essa pergunta, esquivei-me e falei sobre minha necessidade de dar sentido a tudo, unindo os mínimos detalhes para compor uma pintura pontilhista. Esquivei-me da parte real da pergunta: por que escrevo para você? É um jogo de faz de conta do quase insano? Lençóis e cobertores formam uma barraca, um navio de piratas ou um castelo. Você é o cavaleiro destemido; Leo, o príncipe aventureiro; e eu, a princesa e a narradora, contando a história como quero. Sempre fui a narradora, não fui?

Penso que você pode me ouvir? Absolutamente sim/Definitivamente não. Faça sua escolha. Eu escolho a toda hora.

Vamos colocar a coisa de maneira simples: preciso falar com você. Mamãe me disse que eu não falava muito até você nascer, quando passei a ter uma irmã com quem conversar e não parei mais e não quero parar agora. Se eu parasse, perderia uma parte de mim. Uma parte de mim de que eu sentiria falta. Sei que você não pode criticar ou comentar minha carta, o que não significa que eu não saiba quais seriam suas críticas ou adivinhe seus comentários, assim como você conhecia minhas críticas e adivinhava meus comentários. É uma conversa unilateral, mas que só poderia ser com você.

E é para lhe dizer por que você foi assassinada. Eu poderia começar pelo fim, dar-lhe a resposta, a última página, mas você faria perguntas que levariam a páginas anteriores e até onde estamos agora. Portanto, contarei passo a passo, como descobri, sem nenhuma percepção tardia.

— Um policial que eu não conhecia me pediu para identificá-la.

Conto ao Sr. Wright o que contei a você, com exceção dos tratos com o diabo e de outros desvios secundários.

— A que horas? — pergunta ele, com a voz gentil que manteve durante toda essa entrevista, mas não sei responder. No dia que você foi encontrada, as horas enlouqueceram: um minuto esticou-se por metade do dia, uma hora passou em segundos. Como num livro infantil, atravessei semanas e anos, passei pela segunda estrela à direita e segui direto para uma manhã que nunca chegaria. Eu estava numa pintura de Dalí, com relógios derretidos, num chá do Chapeleiro Maluco. Não é surpresa que Auden tenha dito "parem todos os relógios." Foi uma tentativa desesperada de agarrar-se à sanidade.

— Não sei que horas eram — respondo. Decido dar uma chance à minha verdade. — O tempo não significava mais nada para mim. Geralmente, ele altera e afeta tudo, mas o tempo não consegue mudar o fato de que alguém que você ama morreu; por mais que passe, nada mudará, portanto o tempo perde o sentido.

Quando vi seus fios de cabelo, soube que o luto é o amor transformado em saudade eterna. É um pouco demais para o Sr. Wright, concordo, mas quero que ele saiba mais sobre a realidade de sua morte. Ela não pode ser contida em horas, dias ou minutos. Lembra-se das colheres de café da década de 1930, cada uma como um doce derretido? Era como eu vivia, em minúsculas doses medidas. Mas sua morte foi um mar vasto, onde eu estava afundando. Sabe que um oceano pode ter 11 quilômetros de profundidade? Nenhum sol consegue penetrar tão fundo. Na escuridão completa, sobrevivem apenas criaturas disformes, irreconhecíveis; emoções mutantes que eu não conhecia até você morrer.

— Vamos fazer uma pausa? — pergunta o Sr. Wright e, por um momento, pergunto-me se expressei meus pensamentos em voz alta e se ele está preocupado que eu esteja louca. Tenho quase certeza de que consegui manter meus pensamentos em segredo e de que ele está sendo atencioso, mas não quero revisitar esse dia mais uma vez.

— Prefiro terminar.

Seu corpo se enrijece, quase imperceptivelmente, e sinto que está se preparando para o que virá. Eu não havia considerado que pudesse ser difícil para ele. Foi difícil para o Velho Marinheiro contar sua história, mas também foi difícil, para o pobre convidado de um casamento, ser forçado a escutá-la. Ele balança a cabeça, assentindo, e prossigo.

— A polícia trouxera mamãe a Londres, mas ela não conseguiria ver Tess, então fui sozinha ao necrotério. Um policial me acompanhou. Tinha uns cinquenta e tantos anos. Não me lembro de seu nome. Foi muito gentil comigo.

Quando chegamos ao necrotério, o policial segurou minha mão e não a soltou. Passamos por uma sala onde são feitas necropsias. As brilhantes superfícies de metal, os azulejos brancos e a iluminação fria a faziam parecer uma cozinha *high-tech* levada ao extremo. Ele me conduziu à sala onde você estava. O cheiro de antisséptico era opressivo. O policial perguntou se eu estava pronta. Nunca estaria. Assenti com um movimento de cabeça. Ele puxou o lençol.

Você usava o pesado casaco de inverno que te dei no Natal. Quis garantir que você se agasalhasse. Fiquei imbecilmente feliz por você o usar. Não existe descrição para a cor da morte e nenhum número Pantone que corresponda a cor em seu rosto. Era o oposto da cor, o oposto da vida. Toquei em seu cabelo ainda sedoso.

— Ela era tão linda.

O policial apertou minha mão.

— Sim. Ela é linda.

Usou o tempo verbal presente e achei que não havia me escutado, mas agora acho que estava tentando melhorar a situação. A morte ainda não lhe roubara tudo. Ele tinha razão; você estava linda como as heroínas de Shakespeare são lindas. Você se tornara Desdêmona, Ofélia, Cordélia: pálida e enrijecida pela morte, uma heroína tratada injustamente, uma vítima passiva. Mas você nunca foi trágica, passiva ou vítima. Você era alegre, impetuosa e independente.

Percebi que as mangas grossas de seu casaco foram encharcadas em sangue, que ressecara e endurecera a lã. Havia cortes na parte interna de seus braços, por onde sua vida se esvaíra.

Não me lembro do que ele disse ou se respondi. Só me lembro de que ele segurava minha mão.

Ao sairmos do edifício, o policial perguntou se eu queria que a polícia francesa contasse a papai e agradeci-lhe.

Mamãe me esperava.

— Desculpe-me. Eu não conseguiria vê-la assim. — Perguntei-me se ela achava que eu conseguia. — Você não deveria precisar reconhecê-la — prosseguiu ela. — Eles deveriam usar DNA ou algo parecido. É primitivo. — Não concordei. Por mais terrível, eu precisei ver a realidade brutal de sua face sem cor para acreditar que estava morta. — Você ficou bem, mesmo sozinha? — perguntou mamãe.

— Havia um policial comigo. Ele foi muito gentil.

— Todos têm sido muito gentis. — Ela tinha de achar algo bom. — Não é justo como a imprensa os ataca, não acha? Quero dizer, não poderiam ter sido mais bondosos ou... — Ela se calou; não havia algo bom no que estava acontecendo. — O rosto... Quero dizer... O rosto estava...?

— Estava sem marcas. Perfeito.

— Um rosto tão bonito.

— Sim.

— Sempre foi. Mas não se via, com todo aquele cabelo. Eu vivia pedindo que ela o prendesse ou fizesse um bom corte. Para que todos vissem como seu rosto era bonito, não porque eu não gostasse do cabelo.

Ela perdeu as forças e segurei-a. Quando se agarrou a mim, tivemos a intimidade física que precisávamos desde que desembarquei. Eu ainda não havia chorado e invejei mamãe, como se um pouco da agonia pudesse escapar por meio das lágrimas.

Levei-a para casa e ajudei-a a se deitar. Fiquei até ela finalmente adormecer.

* * *

No meio da noite, voltei a Londres. Na M11, abri as janelas do carro e gritei mais alto do que o barulho do motor e da estrada. Gritei, no escuro, até minha garganta doer e minha voz enrouquecer. Quando cheguei a Londres, as ruas estavam silenciosas e vazias, e as calçadas, desertas. Era inimaginável que a cidade escura e abandonada teria luz e pessoas pela manhã. Eu não havia pensado sobre quem teria matado você: sua morte estilhaçara qualquer pensamento. Tudo o que eu queria era voltar ao seu apartamento, como se ali eu estivesse mais perto de você.

O relógio do carro marcava três e quarenta quando cheguei. Lembro-me porque já não era o dia em que a encontraram, era o dia seguinte. Você já se tornava passado. As pessoas acham tranquilizador dizer que "a vida continua"; será que não entendem que a vida prosseguir enquanto a pessoa que você ama está morta é uma entre as piores agonias da dor? Haveria dias e mais dias que não seriam o dia em que você foi encontrada; essa esperança e minha vida com minha irmã haviam terminado.

No escuro, escorreguei na escada para seu apartamento e segurei, com força, o corrimão coberto com gelo. O choque da adrenalina e do frio impôs o entendimento de que você estava morta. Busquei a chave debaixo do vaso de cíclame cor-de-rosa, arranhando meus dedos no concreto gelado. A chave não estava ali. Sua porta estava aberta. Entrei.

Havia alguém em seu quarto. A dor sufocara todas as emoções e não senti medo ao abrir a porta. Um homem vasculhava suas coisas. A raiva atravessou a tristeza.

— O que acha que está fazendo?

No novo mar profundo de luto, até minhas palavras pareceram irreconhecíveis. O homem virou-se.

— Vamos parar aqui? — pergunta o Sr. Wright. Olho rapidamente para o relógio; são quase sete horas. Estou grata a ele por me deixar contar tudo sobre o dia em que você foi encontrada.

— Desculpe-me, eu não sabia que era tão tarde.

— Como você disse, o tempo perde o sentido quando alguém que amamos morre.

Pergunto-me se ele vai prosseguir. Sinto a desigualdade entre nossas situações. Ele desnudou meus sentimentos durante as últimas cinco horas. Há um silêncio entre nós e quero pedir que ele também se desnude.

— Minha mulher morreu dois anos atrás, num acidente de carro.

Nossos olhares se encontram e há familiaridade entre nós. Dois veteranos da mesma guerra, cansados e emocionalmente feridos. Dylan Thomas estava errado: a morte tem soberania. A morte vence a guerra e seu dano colateral é a tristeza. Nunca pensei, quando era uma aluna de literatura inglesa, que um dia eu argumentaria com poetas em vez de decorar suas palavras.

O Sr. Wright me acompanha pelo corredor até o elevador. Um funcionário limpa os escritórios com um aspirador de pó; outras salas estão às escuras. Ele chama o elevador e espera-o comigo. Entro, sozinha.

Enquanto o elevador desce, sinto o gosto de bile na garganta. Meu corpo relembra o que aconteceu junto com minha memória e sinto a náusea crescer novamente, como se eu tentasse expelir fisicamente o que sei. Mais uma vez, meu coração esmurra minhas costelas, tragando o ar em meus pulmões. Saio do elevador; minha cabeça dói tão ferozmente quanto no dia em que a encontraram. Naquele dia, sua morte detonou em meu cérebro, explodindo repetidas vezes. Enquanto eu falava com o Sr. Wright, andava num campo minado mais uma vez, com os olhos vendados. Sua morte nunca será desativada para se tornar apenas uma recordação, mas aprendi a contorná-la, em alguns dias, em bons dias. Mas não hoje.

A noite está quente, mas continuo tremendo e os pelos em meus braços estão arrepiados, tentando conservar o calor do corpo. Não sei se o que me fez tremer de maneira tão violenta naquele dia foi o frio penetrante ou o choque.

Ao contrário de ontem, não sinto uma presença ameaçadora atrás de mim, talvez porque não reste energia emocional para o medo em mim após descrever o dia em que você foi encontrada. Decido andar em vez de pegar o metrô. Meu corpo precisa dos estímulos do mundo exterior, não de manter-se no universo da memória. Meu turno no Coyote começa em uma hora, portanto tenho tempo para andar.

Você está espantada e, sim, sou uma hipócrita. Ainda me lembro de meu tom paternalista.

— Mas garçonete? Você não podia encontrar algo um pouco menos...? — Calei-me, mas você sabia como concluir a frase: "imbecilizante", "aquém", "sem futuro".

— É só para pagar as contas; não é uma carreira.

— Mas por que não procurar um trabalho diurno que leve a algum lugar?

— Não é um trabalho diurno, é noturno.

Houve certa irritação atrás de seu humor. Você havia percebido o que estava oculto: minha falta de fé em seu futuro como artista.

Bem, é mais do que um trabalho diurno ou noturno para mim; é o único emprego que tenho. Depois de três semanas de licença, a compreensão de meu chefe se esgotou. Tive de dizer a ele, *de um jeito ou de outro, Beatrice,* o que eu faria, de modo que, ficando em Londres, eu me demiti. Parece até que sou uma pessoa despreocupada, capaz de reagir a situações de maneira flexível, trocando, sem esforço, uma alta posição num escritório de design por um meio expediente como garçonete. Mas você sabe que não sou assim. E que meu emprego em Nova York, com seu salário regular, plano de aposentadoria e jornada de trabalho fixa era meu último apoio numa vida previsível e segura. Surpreendentemente, gosto de trabalhar no Coyote.

A caminhada ajuda e, depois de quarenta minutos, minha respiração desacelera e meu coração recupera seu ritmo. Finalmente, ouço você dizendo que eu deveria, pelo menos, ter ligado para papai, mas achei que sua nova esposa o confortaria muito melhor do que eu. Sim, estão casados há oito anos, mas ainda penso nela como a nova esposa — jovem, branca e cintilante com sua juventude e sua tiara de diamantes falsos, ignorante do que é a perda. Não é surpreendente que papai a tenha preferido.

Chego ao Coyote e percebo que Bettina içou o toldo verde e que está colocando as velhas mesas de madeira na calçada. Ela me recebe com os braços abertos. Alguns meses atrás, eu sentiria repulsa. Felizmente, tornei-me um pouco menos intolerante. Abraçamo-nos com força e sinto-me grata pelo contato físico. Paro de tremer, finalmente.

Ela olha para mim, preocupada.

— Está se sentindo bem para trabalhar?

— Estou bem, mesmo.

— Assistimos ao noticiário. Disseram que o julgamento será no verão.

— Sim.

— Quando acha que devolverão meu computador? — pergunta ela, sorrindo. — Minha letra é ilegível; ninguém consegue ler o menu.

A polícia levou o computador de Bettina ao saber que você o usava, buscando algo que ajudasse na investigação. Ela realmente tem um belo sorriso, que sempre me ganha. Ao pôr o braço ao meu redor e me levar para dentro, percebo que ela estava esperando por mim.

Cumpro meu turno, ainda nauseada e com dor de cabeça, mas, se meu silêncio foi notado, ninguém comentou. Sempre fui boa em cálculos mentais, portanto essa parte do trabalho era fácil, mas conversar com os clientes, não. Felizmente, Bettina fala por dois e conto com ela nessa noite, como contei com você tantas vezes. Os clientes são frequentadores habituais e demonstram a mesma cortesia comigo, sem fazer perguntas ou comentários sobre o que está acontecendo. Tato é contagiante.

Chego em casa tarde e, fisicamente destruída pelo dia, anseio por dormir. Felizmente, apenas três repórteres decididos continuam em frente ao seu apartamento. Talvez sejam freelancers que precisam de dinheiro. Não sendo parte de um bando, já não gritam perguntas ou forçam lentes em direção ao meu rosto. Ao contrário, o cenário é mais parecido com um coquetel, onde pelo menos estão cientes de que eu talvez não queira falar com eles.

— Srta. Hemming?

Ontem, era "Beatrice", e me ressinto da falsa intimidade. (Ou "Arabela", para aqueles desleixados demais para fazerem o dever de casa.) A repórter prossegue, mantendo uma distância educada:

— Posso fazer algumas perguntas? — É a repórter que ouvi além da janela da cozinha na noite de domingo, falando ao celular.

— Você não preferiria estar em casa, lendo histórias de ninar? — Ela se surpreende. — Ouvi sua conversa.

— Meu filho ficou com a tia hoje. E infelizmente não sou paga para ler história de ninar. Você gostaria que o público soubesse alguma coisa sobre sua irmã?

— Ela havia comprado tinta para pintar com seu filho.

Não sei bem por que a respondi. Talvez porque, pela primeira vez, você não houvesse vivido o presente, mas planejado o futuro. Compreensivelmente, a repórter quer algo mais. Ela espera.

Tento resumir você numa frase. Penso em suas qualidades, mas um anúncio começa a surgir em minha cabeça: "Bonita, talentosa, 21 anos, popular, gosta de se divertir, procura..." Ouço você rir. Omito o senso de humor, mas, em seu caso, é totalmente verdade. Penso em por que as pessoas amam você. Mas, enquanto listo as razões, oscilo perigosamente próxima a um obituário, e você é jovem demais para isso. Um repórter mais velho, calado até então, interrompe a conversa.

— É verdade que ela foi expulsa da escola?

— É. Ela detestava regras, especialmente regras ridículas.

Ele escreve enquanto continuo em minha busca por uma frase que a resuma. Quantas orações subordinadas podem caber num período?

— Srta. Hemming?

Encaro-a.

— Ela deveria estar aqui. Agora. Viva.

Meu resumo de seis palavras para você.

Entro no apartamento, fecho a porta e ouço-a me dizer que fui muito severa com papai. Tem razão, mas eu ainda tinha muita raiva dele. Você era nova demais para entender o que mamãe e Leo passaram quando ele foi embora, apenas três meses antes da morte de Leo. Eu sabia, racionalmente, que ele havia partido por causa da fibrose cística, que deixara Leo tão doente que nosso pai não pôde suportar e mamãe tão tensa que seu coração dera um nó apertado e quase não conseguia bombear sangue para o corpo, muito menos bater por mais alguém. Portanto, racionalmente, eu sabia que papai tinha seus motivos. (Sim, *tinha*, porque dois filhos seus estavam mortos, e o terceiro já não era uma criança.)

Você acreditou quando ele disse que voltaria. Eu era cinco anos mais velha, mas não era mais sábia, e durante anos mantive a fantasia de um final "felizes para sempre". Na primeira noite que passei na universidade, minha fantasia acabou, porque achei que "feliz para sempre" não fazia sentido. Porque, com meu pai, eu não queria torcer por um final feliz, mas ter vivido um começo feliz. Queria que meu pai tivesse cuidado de mim, não encontrar um entendimento com ele quando adulta. Mas, agora, não tenho tanta certeza.

Através de sua janela, vejo que todos os repórteres foram embora. Pudding arqueia seu corpo, ronronando ao redor de meus tornozelos, chantageando-me para conseguir mais comida. Depois de alimentá-la, encho um regador e saio pela porta da cozinha.

— Esse é o seu quintal? — perguntei durante minha primeira visita ao seu apartamento, pasma por você não se referir a um "quintal" no sentido americano de um jardim, mas no sentido literal de alguns centímetros de terra, com cascalhos dispersos, e duas latas de lixo com rodinhas. Você sorriu.

— Vai ficar lindo, Bee, espere.

Você deve ter trabalhado como um mouro. Todas as pedras foram retiradas; a terra foi cavada e cultivada. Você sempre foi apaixonada por jardinagem, não foi? Lembro-me de vê-la, pequena, seguindo mamãe pelo jardim, com sua pá infantil e colorida e seu avental para jardinagem. Mas eu nunca gostei. Não era a longa espera entre semear e a planta crescer o que me incomodava (você ficava excitadamente impaciente), mas que as flores sumiriam rapidamente. Plantas eram efêmeras e excessivamente transitórias. Eu preferia colecionar enfeites de porcelana, objetos inanimados, sólidos e seguros, que não mudariam nem morreriam no dia seguinte.

Mas, desde que passei a morar em seu apartamento, realmente tentei, juro, cuidar de seu pequeno jardim. (Felizmente, Amias se encarrega de seu jardim da Babilônia em vasos que ocupa a escada que leva à porta principal.) Reguei as plantas diariamente e até acrescentei nutrientes. Não, não sei exatamente por que — talvez porque eu ache que importa para você, talvez porque não cultivei você? Bem, qualquer que seja a motivação, receio que fracassei drasticamente. Todas as plantas morreram. Seus caules estão marrons e as poucas folhas remanescentes ressecaram e se esfacelaram. Nada está crescendo nesse pedaço de terra. Esvazio o regador até as últimas gotas. Por que sigo nesse trabalho sem sentido de regar plantas mortas e terra estéril?

— *Vai ficar lindo, Bee, espere.*

Vou encher o regador novamente e esperar mais um pouco.

CINCO

Quarta-feira

Chego aos escritórios do Crown Prosecution Service e noto que a Srta. Secretária Apaixonada me olha fixamente. Na verdade, parece mais exato dizer que ela me inspeciona. Sinto que está me avaliando como rival. O Sr. Wright chega apressado; pasta numa das mãos, jornal na outra. Sorri abertamente e afetuosamente para mim. Ele ainda não desligou a vida doméstica para ligar a vida burocrática. Sei que a Srta. Secretária Apaixonada definitivamente me considera uma rival quando o Sr. Wright ri para mim, pois sua expressão se torna francamente hostil. O Sr. Wright ignora o que está acontecendo.

— Desculpe tê-la feito esperar. Venha. — Mentalmente, ainda está dando o nó na gravata. Sigo-o até sua sala e ele fecha a porta. Sinto os olhos de sua secretária do outro lado da porta, ainda o observando. — Passou bem a noite? — pergunta ele. — Sei que deve ser angustiante.

Antes de sua morte, os adjetivos para minha vida pertenciam a uma segunda categoria: "estressante", "enervante", "aflitivo" e, na pior hipótese, "profundamente triste". Agora tenho palavras poderosas: "angustiante", "traumático", "devastador" como parte de meu léxico.

— Chegamos ao momento em que você encontrou alguém no quarto de Tess.

— Sim.

Sua gravata mental estava pronta e voltamos ao profissionalismo. Ele lê de volta minhas palavras: "O que acha que está fazendo?"

O homem virou-se. Apesar do apartamento gelado, sua testa estava coberta por uma camada de suor. Passou-se um momento antes que ele falasse. Seu sotaque italiano era, intencionalmente ou não, galante.

— Meu nome é Emilio Codi. Desculpe-me se a assustei. — Mas eu havia percebido imediatamente quem ele era. Senti-me ameaçada por causa das circunstâncias, por suspeitar que ele a houvesse matado, ou o consideraria ameaçador mesmo que esse não fosse o caso? Ao contrário de você, acho a sexualidade latina, a virilidade imprudente do queixo quadrado e do corpo moreno, ameaçadora, não atraente.

— Sabe que ela está morta? — perguntei. As palavras soaram ridículas; uma fala extravagante numa peça, que eu não sabia proferir. Então, lembrei-me de seu rosto lívido.

— Sim. Assisti ao noticiário local. Uma tragédia terrível, terrível. — A entonação de sua voz era charmosa, embora inadequada, e pensei que encantar também pode significar enganar. — Vim pegar minhas coisas. Sei que parece uma pressa indecente...

Interrompi-o.

— Sabe quem sou?

— Uma amiga, suponho.

— A irmã.

— Desculpe-me. É uma intrusão minha.

Ele não conseguia ocultar a adrenalina na voz e se dirigiu à porta, mas bloqueei seu caminho.

— Você a matou?

Eu sei, é muito abrupto, mas não era um momento habilmente construído por Agatha Christie.

— Você está obviamente muito transtornada... — disse ele, mas o interrompi.

— Tentou forçá-la a um aborto. Também queria que ela ficasse fora de seu caminho?

Ele colocou no chão o que estava carregando e vi que eram telas.

— Você está sendo racional, o que é compreensível, mas...

— Saia! Saia daqui agora!

Gritei minha horrível dor para ele, várias vezes, mesmo quando ele havia desaparecido. Amias chegou correndo, entorpecido pelo sono.

— Ouvi gritos. — No silêncio, ele olhou para meu rosto. Soube sem que eu falasse. Seu corpo cedeu e ele se virou; não queria que eu testemunhasse sua dor.

O telefone tocou. Deixei a secretária eletrônica atender. "Oi, aqui é Tess."

Por um momento, as regras da realidade foram violadas e você estava viva. Atendi.

— Querida? Está aí? — perguntou Todd. O que eu escutara antes fora, é claro, sua voz gravada na secretária. — Beatrice? Está aí?

— Ela foi encontrada num banheiro público. Estava lá havia cinco dias. Completamente só.

Houve uma pausa; a informação não correspondia ao previsto.

— Chegarei assim que puder.

Todd era a minha rede de segurança. Por isso o escolhi. O que quer que acontecesse, eu poderia me apoiar nele.

Olhei para a pilha de telas que Emilio deixara para trás. Eram nus seus. Você nunca teve minha timidez. Ele deve tê-los pintado. Seu rosto estava virado em todos os quadros.

— Você procurou o detetive Finborough para contar suas preocupações na manhã seguinte? — pergunta o Sr. Wright.

— Sim. Ele disse que era extremamente insensível Emilio buscar suas pinturas, mas não necessariamente mais do que isso. Disse-me que pediria uma necropsia e que deveríamos esperar os resultados antes de fazer acusações ou chegar a conclusões.

Suas palavras foram tão medidas, tão controladas, que me enfureceram. Talvez, em meu estado volátil, eu tenha invejado seu equilíbrio.

— Achei que o detetive Finborough pelo menos perguntaria a Emilio o que ele estava fazendo no dia em que ela foi morta. Disse-me que precisavam dos resultados da necropsia para saber quando Tess havia morrido.

A Srta. Secretária Apaixonada entra, trazendo água mineral, e a interrupção me agrada. Estranhamente desidratada, bebo a água num só gole e reparo no esmalte cor-de-rosa em suas unhas e na aliança de casamento em seu dedo. Por que só verifiquei a mão esquerda do Sr. Wright ontem? Senti pena da Srta. Secretária Apaixonada que, mesmo sem correr riscos de uma traição sexual iminente, engana o marido das nove horas às cinco e meia, diariamente. O Sr. Wright sorri para ela.

— Obrigado, Stephanie.

Seu sorriso é inocente, mas sua abertura é sedutora e pode ser mal interpretada. Espero que ela saia.

— Então, procurei Emilio Codi.

Retorno a esse passado precipitado; com um pouco mais de raiva por causa do esmalte nas unhas e da aliança.

Saí da delegacia; a raiva se impunha sobre minha exaustão. O detetive Finborough dissera que ainda não sabiam quando você havia morrido, mas eu sabia. Na quinta-feira. Nesse dia, você deixou Simon na piscina pública, no Hyde Park, como ele disse, mas nunca saiu do parque. Nenhuma outra explicação fazia sentido.

Telefonei para sua escola de arte e uma secretária, com um rude sotaque alemão, disse-me que Emilio estava avaliando os trabalhos escritos de seus alunos em casa. Porém, quando eu disse a ela que era sua irmã, ela foi mais agradável e me deu seu endereço.

No carro, lembrei-me de nossa conversa sobre onde Emilio morava.

— Não faço ideia. Nós nos encontramos na escola ou em meu apartamento.

— O que ele está tentando esconder?

— Simplesmente não rolou.

— Acho que vive em algum lugar como Hoxton. Classe média moderna, mas com a elegância de pessoas pobres ao redor.

— Você realmente o detesta, não?

— Com grafites suficientes para manter a aparência de selva urbana. Imagino que pessoas como ele saiam à noite com sprays de tinta, para manter a área grafitada modernamente e não degenerar num vale nojento de classe e de renda médias.

— O que ele fez para merecer isso?

— Ah, sei lá. Talvez transar com minha irmãzinha, engravidá-la e renegar toda a responsabilidade.

— Pareço uma incompetente total na administração de minha vida.

Deixei suas palavras suspensas na linha entre nossos telefones. Pude perceber o riso contido em sua voz.

— Você não mencionou ele ser meu professor e abusar de sua posição de autoridade.

Você nunca levou minha seriedade a sério.

Bem, descobri onde ele mora; não é em Hoxton, Brixton ou qualquer desses lugares nos quais a classe média moderna chega assim que uma cafeteria oferece bebidas de baixo teor calórico. É em Richmond: a bela e sensível Richmond. E sua casa não tem o estilo Richard Rogers, mas é uma bela casa ao padrão da rainha Anne, onde somente o grande jardim deve valer uma ou duas ruas em Peckham. Atravessei o impressionante jardim e bati a aldrava original contra a porta.

Você não acredita que fui até o fim, acredita? Minhas ações parecem extremas, mas a tristeza crua nos priva de lógica e de moderação. Emilio abriu a porta e pensei em como os adjetivos que se aplicam a ele são expressões comuns na ficção romântica: é diabolicamente belo e tem um magnetismo animal. Adjetivos que incorporam ameaças.

— Você a matou? — perguntei. — Não respondeu minha pergunta na última vez que nos vimos.

Ele tentou fechar a porta, mas a segurei. Eu nunca usara força física contra um homem e me mostrei surpreendentemente forte. Todos aqueles encontros meticulosamente respeitados com um personal trainer não haviam sido, afinal, à toa.

— Ela disse ao senhorio que estava recebendo trotes ameaçadores. Era você?

Então, ouvi a voz de uma mulher no corredor, atrás dele.

— Emilio?

Sua esposa se juntou a ele. Ainda tenho nossos e-mails sobre ela.

De: tesshemming@hotmail.co.uk
Para: iPhone de Beatrice Hemming

Oi, Bee, perguntei a ele sobre ela antes que qualquer coisa começasse, ele me disse que se casaram às pressas e que ficam juntos quando querem, mas que não se arrependem. Gostam da companhia, mas não têm relação sexual há anos. Não sentem ciúmes. Está satisfeita agora?

T

Bjs

De: iPhone de Beatrice Hemming

Para: tesshemming@hotmail.co.uk

Querida T,

Como é conveniente para ele. Imagino que ela também tenha quarenta e poucos anos e que, como a natureza é muito mais cruel para as mulheres do que para os homens, não lhe restou escolha? Não estou satisfeita.

lol

Bee.

PS: Por que está usando CoreysHand como fonte para seus e-mails? Não é fácil de ler.

De: tesshemming@hotmail.co.uk

Para: iPhone de Beatrice Hemming

Querida Bee, você caminha em sua estreita corda bamba moral, sem nem balançar, enquanto eu caio na primeira leve oscilação. Mas acredito nele. Não há razão para que alguém se machuque.

T

Bjs

PS: Achei que era uma fonte simpática.

PPS: Sabia que *lol* significa gargalhar?

De: iPhone de Beatrice Hemming

Para: tesshemming@hotmail.co.uk

Querida Tess,

Você certamente não é tão ingênua, é? Preste atenção.

lol

Bee

(para mim, *lol* significa *lots of love*)

De: tesshemming@hotmail.co.uk

Para: iPhone de Beatrice Hemming

Prestar atenção? Agora você me dirá que eu preciso de um fim para seguir em frente? Você está precisando deixar os *States* e voltar para casa. Tenha um bom dia, querida. T. Bj.

Eu havia imaginado uma mulher de quarenta e poucos anos, que injustamente houvesse perdido o viço, enquanto o marido, não. Havia imaginado uma paridade entre eles aos 25 anos, mas um casamento entre desiguais 15 anos depois. Mas a mulher na entrada da casa não tinha mais do que trinta anos. Tinha olhos azul-claros desconcertantes.

— Emilio? O que está acontecendo?

Sua voz era genuinamente aristocrática; a casa provavelmente era dela. Não a olhei, dirigindo minha pergunta a Emilio.

— Onde você estava na última quinta-feira, 23 de janeiro, dia em que minha irmã foi assassinada?

Emilio virou-se para a mulher.

— Uma aluna minha, Tess Hemming. Apareceu na TV ontem à noite, no noticiário local, lembra-se?

Onde eu estava quando a notícia foi ao ar? No necrotério com você? Colocando mamãe na cama? Emilio pôs o braço ao redor da mulher e manteve a voz contida.

— Essa é a irmã mais velha de Tess. Está passando um momento terrivelmente traumático e está... enfurecida. — Ele estava justificando meu comportamento. Justificando você.

— Pelo amor de Deus, Tess era sua amante. E você me conhece porque o interrompi quando buscava seus quadros no apartamento dela ontem à noite.

Sua mulher o olhou, surpresa, com uma expressão que pareceu, subitamente, frágil. Ele apertou seu braço ao seu redor.

— Tess estava apaixonada por mim. Isso é tudo. Era apenas uma fantasia que saiu de controle. Eu quis ter certeza de que ela não havia forjado algo sobre mim.

Eu soube o que você queria que eu dissesse.

— O bebê também era uma fantasia?

Seu braço continuava ao redor da mulher, que estava parada e muda.

— Não existe nenhum bebê.

Sinto muito. E sinto muito pelo que aconteceu a seguir.

— Mamãe?

Uma menina pequena descia a escada. A mulher pegou-a pela mão.

— Hora de dormir, querida.

Certa vez, perguntei se ele tinha filhos, mas você pareceu espantada por eu sequer fazer essa pergunta. *"É claro que não, Bee."* Era um *"É claro que não; porque, se tivesse filhos, eu não estaria transando com ele, o que acha que sou?"* Talvez sua corda bamba moral seja muito mais larga, mas esse é seu limite, e você não o atravessaria. Não depois do que aconteceu com papai. Então era isso o que ele tentara esconder em casa.

Emilio bateu a porta na minha cara; dessa vez, minha força não foi páreo para ele. Ouvi-o passar a corrente para travar a porta.

— Deixe-nos em paz.

Fiquei na entrada da casa, gritando. De alguma maneira, eu me tornara a louca obcecada diante da casa enquanto ele era parte de uma pequena família perseguida, assediado em sua bela e antiga casa. Eu sei; no dia anterior, usei falas de um programa policial de TV e, agora, falava como se estivesse em Hollywood. Mas a vida real, pelo menos minha vida real, não me oferecera falas para o que estava acontecendo.

Esperei no jardim. Escureceu e esfriou terrivelmente. Nesse jardim estranho e coberto de neve, sem qualquer coisa familiar, canções natalinas ressoaram em minha cabeça. Você sempre gostou das músicas alegres — "Ding Dong Merrily on High", "We Three Kings from Orient Far", "God Rest ye Merry Gentlemen" —, que falam sobre festas e presentes e sobre se divertir. Sempre gostei mais das canções reflexivas: "Silent Night" e "It Came Upon a Midnight Clear". Dessa vez, o que veio à minha cabeça foi: "Em pleno inverno/ O vento gelado soa como gemido/ A terra fica dura como ferro/ E a água, como pedra." Eu nunca havia percebido que era uma canção sobre a perda.

A mulher de Emilio surgiu na porta da casa, interrompendo meu solo silencioso. Uma luz de segurança acendeu-se, iluminando seu caminho até mim. Imaginei que vinha acalmar a maluca em seu jardim antes que eu enlouquecesse completamente.

— Não fomos apresentadas. Meu nome é Cynthia.

Talvez o sangue-frio esteja nos genes da aristocracia. Respondi, sem pensar, a essa estranha polidez, estendendo a mão.

— Beatrice Hemming.

Ela literalmente espremeu minha mão. Sua polidez era algo mais quente.

— Lamento muito por sua irmã. Também tenho uma irmã mais nova. — Sua compaixão pareceu genuína. — Ontem à noite — prosseguiu ela —, após o noticiário, ele disse que havia deixado seu computador na escola. É uma máquina cara e importante para seu trabalho, e ele é um mentiroso convincente. Mas eu havia visto o computador em seu escritório antes do jantar. Achei que estava em busca de sexo. — Ela falava rápido, como se precisasse acabar com aquilo o mais rápido possível. — Eu sabia, entende? Mas não o confrontei. E achei que havia acabado. Meses atrás. Mas eu mereço. Eu sei. Fiz o mesmo com sua primeira mulher. Eu nunca havia realmente pensado no que ela passou.

Não respondi, mas me vi gostando mais dela nessa situação tão improvável. A luz de segurança apagou-se e ficamos numa escuridão quase total. Era algo estranhamente íntimo.

— O que aconteceu com o bebê deles? — perguntou ela. Eu nunca pensara nele como o bebê de outra pessoa.

— Morreu — respondi e, na escuridão, achei que havia lágrimas em seus olhos. Perguntei-me se seriam por seu bebê ou pelo casamento fracassado.

— Quantos anos ele tinha? — perguntou ela.

— Nasceu morto, portanto acho que não tinha idade.

A falta de vida do natimorto aumenta. Vi a mão dela mover-se inconscientemente para o próprio ventre. Eu ainda não havia notado que estava um pouco distendido; talvez estivesse com cinco meses de gravidez. Ela enxugou as lágrimas abruptamente.

— Provavelmente não é o que você quer ouvir, mas Emilio estava trabalhando em casa na quinta-feira, o que geralmente faz um dia por semana. Passei o dia com ele e, depois, fomos a uma festa com amigos. Emilio é fraco, sem força moral que valha ser mencionada, mas não machucaria alguém. Fisicamente, pelo menos.

Ela se virou para ir embora, mas eu tinha uma bomba para lançar em sua vida.

— O bebê de Tess tinha fibrose cística. Emilio deve ser um portador.

Foi o mesmo que esmurrá-la.

— Mas nossa filha é perfeita.

Você e eu crescemos aprendendo genética enquanto outras crianças aprendem sobre o time de futebol de seus pais. Não era a melhor hora para um curso intensivo, mas tentei.

— O gene é recessivo. Mesmo que você e Emilio sejam portadores, também carregam um gene sadio. Portanto, seu bebê teria cinquenta por cento de chance de ter a doença.

— E se eu não for portadora desse gene?

— Então, não há como seu bebê tê-lo. *Ambos* os pais precisam ser portadores.

Ela assentiu, ainda oscilando.

— Talvez seja melhor verificar.

— Sim.

Eu quis acalmar o tremor em sua voz.

— Mesmo na pior hipótese, existe uma nova terapia.

Senti seu calor no jardim coberto de neve.

— Você é muito gentil por se preocupar.

Emilio apareceu à porta e chamou-a. Ela não se mexeu nem demonstrou ouvi-lo, olhando atentamente para mim.

— Espero que encontrem a pessoa que matou sua irmã.

Ela se virou e caminhou devagar até a casa, fazendo a luz de segurança acender. Em seu clarão, vi Emilio pôr um braço em volta dela, mas ela o repeliu, abraçando a si mesma com força. Ele me viu olhando-os e entrou.

Esperei, na escuridão gelada, as luzes da casa serem apagadas.

SEIS

Enquanto eu dirigia até seu apartamento, por ruas e cobertas de gelo, Todd ligou e disse que embarcaria num voo para Heathrow e chegaria pela manhã; pensar nele tornou a rua, de alguma maneira, um pouco mais segura.

Na manhã seguinte, não o reconheci quando passou pelo portão de desembarque; meus olhos ainda procuravam outra pessoa — um Todd idealizado? Você? Quando o vi, pareceu mais magro, um pouco menor. Perguntei imediatamente se havia chegado alguma carta sua, mas não havia.

Ele trouxe uma maleta para mim, com tudo o que achou que eu precisaria, inclusive um traje adequado para o funeral e uma receita de pílulas para dormir dada por meu médico nos Estados Unidos. Nessa manhã, e desde então, certificou-se de que eu me alimentasse bem. A descrição dele, de nós, parece um pouco desconexa, eu sei, mas é o que senti.

Ele era minha rede de segurança, mas não — ainda não — amortecia minha queda.

Omiti a chegada de Todd, mas contei ao Sr. Wright sobre confrontar Emilio na porta de sua casa e sobre conversar com sua mulher no jardim.

— Eu sabia que Emilio tinha motivos para matar Tess: poderia perder seu emprego e, talvez, seu casamento. E soube que ele era capaz de viver com uma mentira e de deturpar a verdade de modo a torná-la mais conveniente. Mesmo na minha frente, ele alegou que Xavier não passava de uma fantasia de uma aluna obcecada.

— E você acreditou no álibi da Sra. Codi para ele?

— Na hora, sim. Gostei dela. Mas, depois, pensei que talvez preferisse mentir para proteger sua filha e seu bebê. Achei que seus filhos viriam em primeiro lugar e que, por eles, ela não desejaria ver Emilio na prisão. E que a menina era a razão por que não deixou Emilio quando descobriu que ele havia sido infiel.

O Sr. Wright olha para uma pasta com papéis sobre a mesa.

— Você não contou à polícia sobre esse encontro?

Os papéis devem ser o registro de meus encontros com a polícia.

— Não. Dois dias depois, o detetive Finborough disse que Emilio Codi fizera uma queixa formal sobre mim ao seu chefe, o detetive e inspetor Haines.

— Qual foi o motivo? — pergunta o Sr. Wright.

— Não sei exatamente e não pensei sobre o assunto na hora, pois, na mesma ligação, o detetive Finborough disse que haviam recebido os resultados da necropsia. A rapidez me surpreendeu, mas ele disse que sempre tentam agir assim, para que a família possa ter um funeral.

Lamento que seu corpo tenha sido cortado mais uma vez. O investigador criminal solicitou e não pudemos interferir. Mas acho que não se importará. Você sempre foi pragmática em relação à morte, sem nenhum sentimento pelo corpo deixado para trás. Quando Leo morreu, mamãe e eu abraçamos seu corpo, iludindo-nos de que ainda abraçávamos Leo. Com apenas seis anos, você se afastou. Compadeci-me de você por sua coragem.

Eu, por outro lado, sempre fui reverente. Quando encontramos Thumbelina morta em sua gaiola, você a cutucou, com seus dedos esguios de cinco anos, para descobrir como era a morte, mesmo enquanto chorava, ao passo que eu a envolvi num lenço de seda, acreditando, com toda a solenidade de meus dez anos, que um corpo morto é precioso. Eu a ouço rir por eu falar sobre um coelho — a questão é que sempre achei que o corpo é mais do que um receptáculo para a alma.

Mas, na noite em que você foi encontrada, senti você deixar seu corpo e tragar, como um vórtice, tudo o que você é. Você arrastava nuvens de glória na direção oposta. Talvez a imagem fosse induzida pela reprodução de um Chagall na parede de sua cozinha, com aquelas pessoas etéreas ascendendo ao céu, mas, independentemente do que a causou, eu sabia que seu corpo já não continha nada seu.

O Sr. Wright está olhando para mim e pergunto-me quanto tempo passei calada.

— Qual foi sua reação à necropsia? — pergunta ele.

— Curiosamente, não me incomodei com que aconteceu com o corpo — respondo, guardando, para mim, o Chagall e as nuvens de glória arrastadas. Mas vou confiar um pouco nele. — O corpo de uma criança é muito uma parte do que ela é; talvez porque possamos carregá-la no colo, porque seguramos ela inteira. Mas, quando crescemos demais para sermos carregados, o nosso corpo não mais nos define.

— Quando perguntei sobre sua reação à necropsia, referi-me a se acreditou nos resultados.

Sinto-me envergonhada, mas grata por, pelo menos, não ter mencionado o Chagall. Sua expressão se abranda ao me olhar.

— Fico feliz por não ter sido claro.

Ainda me sinto extremamente ridícula, mas sorrio para ele, num primeiro passo hesitante para rir de mim mesma. E acho que realmente sabia que ele queria que eu falasse sobre os resultados, mas, exatamente como preferi perguntar ao detetive Finborough por que a necropsia fora tão rápida, eu ainda adiava me manifestar sobre os resultados. Agora, eu tinha de falar.

— Naquele dia, o detetive Finborough passou no apartamento, com o relatório do legista, para entregar os resultados.

Ele disse que preferira fazê-lo pessoalmente, o que achei gentil.

Da janela da sala, vi o detetive Finborough descer a íngreme escada para o subsolo e perguntei-me se movia-se devagar porque os degraus estavam escorregadios ou porque relutava em me encontrar. Atrás dele, vinha a policial Vernon; seus sapatos adequados a equilibravam, sua mão enluvada segurava o corrimão por precaução. Uma mulher sensata, com filhos para criar em casa.

O detetive Finborough entrou na sala, mas não se sentou nem tirou o casaco. Tentei limpar os radiadores, mas seu apartamento continuava desconfortavelmente frio.

— Tenho certeza de que ficará aliviada em saber que não havia sinal de qualquer ataque sexual no corpo de Tess.

Pensar que você tinha sido estuprada era uma angústia inarticulada e corrosivamente medonha em minha imaginação. Senti um alívio físico.

O detetive Finborough prosseguiu:

— Sabemos, com certeza, que ela morreu na quinta-feira, 23 de janeiro.

A informação confirmava o que eu já sabia: que você nunca saiu do parque depois de encontrar Simon.

— A necropsia mostrou que Tess morreu em decorrência do sangramento provocado pelas lacerações em seus braços — continuou ele. — Não há sinais de luta. Não há motivo para crer que alguém mais esteja envolvido.

Precisei de um momento para que as suas palavras ganhassem sentido, como se eu estivesse traduzindo uma língua estrangeira.

— A conclusão é suicídio — disse ele.

— Não. Tess não se mataria.

A expressão do detetive Finborough foi bondosa.

— Sob circunstâncias normais, tenho certeza de que você tem razão, mas não eram circunstâncias normais, eram? Tess estava sofrendo não apenas pelo luto, mas pela...

Interrompi-o, irritada por ele se atrever a me falar sobre você sem tê-la conhecido.

— Você já viu alguém morrer por causa de uma fibrose cística? — perguntei. Ele negou com um movimento da cabeça e diria alguma coisa, mas o impedi. — Vimos nosso irmão lutar para respirar e não podíamos ajudá-lo. Ele tentou viver com todas as suas forças, mas se afogou em seu próprio fluido e não havia o que pudéssemos fazer. Quando vemos um ente querido lutar assim pela vida, passamos a prezá-la muito para, um dia, desistir dela.

— Como eu disse, estou certo de que em circunstâncias normais...

— Em *quaisquer* circunstâncias.

Minha agressão emocional não abalou sua certeza. Eu precisaria convencê-lo com a lógica, com um argumento forte e masculino.

— Com certeza há uma relação com os trotes ameaçadores que ela estava recebendo.

— O psiquiatra nos disse que provavelmente foram alucinações.

Eu estava pasma.

— O quê?

— Disse-nos que ela estava sofrendo uma psicose pós-parto.

— As ligações foram ilusões e minha irmã estava louca? É isso?

— Beatrice...

— Você disse que ela teve depressão pós-parto. Por que essa mudança repentina para psicose?

Apesar de minha raiva intimidadora, seu tom era tão comedido.

— Segundo as evidências, parece ser a hipótese mais provável.

— Mas Amias disse que as ligações eram reais, não disse?

— Mas, na verdade, ele nunca esteve presente quando ela recebeu essas ligações.

Pensei em dizer a ele que seu telefone estava desconectado quando cheguei, mas isso não provava nada. As ligações ainda poderiam ser ilusórias.

— O psiquiatra de Tess nos disse que os sintomas de psicose pós-parto incluem ilusões e paranoia — prosseguiu o detetive Finborough. — É muito triste, mas ocorre a muitas mulheres machucarem-se e, tragicamente, algumas o fazem.

— Não Tess.

— Uma faca foi encontrada perto de seu corpo, Beatrice.

— Agora acha que ela carregava uma faca consigo?

— Era uma faca de cozinha. E tinha as impressões digitais dela.

— Que tipo de faca?

Não sei por que perguntei, talvez uma vaga lembrança de que aquele que faz as perguntas tem a autoridade. Houve um momento de hesitação.

— Uma faca Sabatier para desossar, de 12 centímetros.

Ouvi apenas a palavra "Sabatier", talvez porque ela me distraiu da violência terrível no resto da descrição ou porque fosse tão absurdo pensar que você tinha uma faca Sabatier.

— Tess não poderia comprar uma faca Sabatier.

Essa conversa estava se degenerando numa farsa? Num anticlímax?

— Talvez tenha conseguido a faca com um amigo — sugeriu o detetive. — Ou talvez tenha sido um presente.

— Ela teria me dito.

A simpatia moderou sua expressão de incredulidade. Eu queria fazê-lo entender que partilhávamos detalhes de nossas vidas porque esses eram os fios que nos entrelaçavam tão intensamente. E você me contaria sobre a faca Sabatier porque ela seria um raro detalhe de sua vida que se anexaria à minha — os mesmos utensílios de cozinha de última geração unindo nossas vidas.

— Contávamos uma à outra as coisas mais insignificantes. Era o que nos tornava tão íntimas, eu acho, todas as pequenas coisas, e ela saberia que eu gostaria de saber sobre uma faca Sabatier.

Não soou convincente, eu sei.

A voz do detetive Finborough foi compreensiva, mas firme, e me perguntei, por um breve momento, se, como pais, a polícia acreditava em estabelecer parâmetros.

— Entendo que deve ser difícil aceitar. E entendo que você precisa culpar alguém pela morte dela, mas...

Minha certeza a seu respeito o interrompeu.

— Conheço-a desde que nasceu. Conheço-a melhor do que ninguém. E ela nunca se mataria.

Ele olhou para mim com compaixão; não gostava de fazer aquilo.

— Você não soube que o bebê morreu, soube?

Não consegui responder, após o murro dado numa parte minha já machucada e frágil. Ele havia me dito, indiretamente, que não éramos íntimas, mas, naquela ocasião, o argumento veio com a possibilidade de você ter fugido para algum lugar sem me contar. Não ser íntima significava que você ainda estava viva. Dessa vez, não havia nenhuma grande compensação.

— Ela comprou selos naquele dia, não comprou? Na agência dos correios em Exhibition Road. Portanto, deve ter escrito uma carta.

— A carta chegou?

Eu havia pedido que um vizinho checasse o apartamento diariamente e havia ligado para a agência dos correios que recebia nossas correspondências em Nova York e pedido que procurassem. Mas não havia nada e, se houvesse, certamente já teria chegado.

— Talvez quis me escrever e foi impedida.

Ouvi como soava fraco. O detetive Finborough olhava para mim com compreensão.

— Acho que Tess viveu num inferno depois que o bebê morreu — disse ele. — E esse não é um lugar onde alguém possa estar com ela. Nem mesmo você.

Fui para a cozinha num "acesso de mau humor", como diria mamãe. Mas não era mau humor; era mais uma negação física e absoluta contra o que ele estava dizendo. Alguns minutos depois, ouvi a porta principal ser batida. Eles não sabiam que suas palavras podiam vazar pelas janelas mal encaixadas.

A voz da policial Vernon soava calma.

— Não foi um pouco...? — Ela se calou ou, quem sabe, simplesmente não consegui ouvir o resto.

Então, ouvi a voz do detetive Finborough, que soou triste.

— Quanto mais cedo ela aceitar a verdade, mais cedo perceberá que não teve culpa.

Mas eu sabia a verdade, como ainda sei: nós nos amávamos, éramos íntimas e você nunca daria fim à própria vida.

Cerca de um minuto depois, a policial Vernon voltou, trazendo sua mochila.

— Desculpe-me, Beatrice. Eu queria lhe dar isso.

Abri a mochila. Dentro, havia apenas sua carteira, com seu cartão da biblioteca, seu cartão de transporte e sua carteira de estudante — distintivos de sua condição de membro de uma sociedade com bibliotecas, transporte público e escolas de arte, não de uma sociedade em que uma jovem de 21 anos pode ser assassinada num edifício de antigos banheiros públicos e deixada ali por cinco dias até ser esquecida como um caso de suicídio.

Rasguei o forro, mas não havia uma carta para mim escondida ali.

A policial Vernon sentou-se no sofá, ao meu lado.

— E há isso. — Ela tirou uma fotografia de um envelope rígido, protegido por outros. Comovi-me com seu cuidado, como acontecera com a maneira como separara suas roupas para a reconstrução. — É uma foto do bebê. Nós a encontramos no bolso do casaco de Tess.

Peguei a fotografia, sem entender.

— Mas o bebê morreu.

A policial Vernon confirmou com um movimento de cabeça — sendo mãe, compreendia melhor.

— Talvez uma foto fosse ainda mais importante para ela.

O que me chamou atenção na foto, antes de qualquer coisa, foram seus braços segurando o bebê; seus pulsos intactos, sem cortes. A foto não mostrava seu rosto e não ousei imaginá-lo. Ainda não ouso.

Olhei para ele. Seus olhos estavam fechados, como se estivesse dormindo. Suas sobrancelhas eram apenas um traço de lápis, vago e absurdamente perfeito. Nada rude, cruel ou feio fora visto por seus olhos. Ele era lindo, Tess. Perfeito.

Tenho a foto comigo agora. Levo-a sempre comigo.

A policial Vernon enxugou as lágrimas, para que não escorressem para a foto. Sua compaixão não tinha limites. Eu me perguntei se alguém tão franco conseguiria permanecer na polícia. Eu estava tentando pensar em outra coisa que não em seu bebê, que não em você o segurando.

Assim que conto ao Sr. Wright sobre a fotografia, levanto-me abruptamente e digo-lhe que preciso ir ao banheiro. Chego ao toalete feminino e as lágrimas correm assim que a porta se fecha atrás de mim. Há uma mulher diante das pias, talvez uma secretária, talvez uma advogada. Quem quer que seja, é discreta o bastante para não comentar minhas lágrimas, mas oferece um pequeno sorriso e sai; um gesto generoso e, de certa maneira, de solidariedade. Tenho mais coisas para dizer a você, mas não ao Sr. Wright, portanto, enquanto fico aqui e choro por Xavier, contarei a você a parte seguinte.

Mais ou menos uma hora após a policial Vernon partir, mamãe e Todd chegaram. Ele dirigira até Little Hadston em meu carro alugado para buscá-la, demonstrando ser, como eu sabia, um genro atencioso. Contei-lhes o que o detetive Finborough dissera e vi o rosto de mamãe desfazer-se em alívio.

— Mas acho que a polícia está enganada, mãe — falei. Ela se retraiu. Percebi sua vontade de que eu não prosseguisse, mas o fiz. — Não acho que ela cometeu suicídio.

Mamãe fechou o casaco ainda mais contra o corpo.

— Prefere que tenha sido assassinada?

— Preciso saber o que realmente aconteceu. Você não...

Ela me interrompeu.

— Todos sabemos o que aconteceu. Ela não estava em seu juízo perfeito. O inspetor nos disse. — Ela havia promovido o detetive Finborough a inspetor, reforçando seu argumento. Percebi certo desespero em sua voz. — Ela provavelmente nem sabia o que estava fazendo.

— Sua mãe tem razão, querida — intrometeu-se Todd. — A polícia sabe o que está falando.

Ele se sentou ao lado dela no sofá e fez aquela coisa masculina de abrir as pernas, ocupando o dobro do espaço necessário e sendo másculo e grande. Seu sorriso passou por minha expressão fechada para o rosto receptivo de mamãe. Ele pareceu quase sincero.

— O bom é que a necropsia foi concluída e podemos providenciar o funeral.

Mamãe assentiu, com um movimento de cabeça, parecendo-lhe grata e infantil. Ela claramente engolia essa coisa de homem grande.

— Sabe onde você gostaria que ela descansasse? — perguntou ele.

"Descansasse", como se você fosse colocada para dormir e, na manhã seguinte, estivesse bem. Pobre Todd, não foi sua culpa esse eufemismo me enfurecer. Mamãe claramente não se importou.

— Gostaria que ela fosse enterrada no cemitério da igreja. Do lado de Leo — disse ela. Se você ainda não sabia, é onde está seu corpo. Em meus momentos mais vulneráveis, fantasio sobre você e Leo em algum lugar, seja onde for. Pensar em vocês juntos me consola um pouco. Mas é claro que, se existe esse lugar, uma terceira pessoa estaria com vocês.

Quero avisá-la de que o que direi será doloroso. Tirei a foto do envelope e entreguei-a à mamãe.

— É uma foto do bebê de Tess.

Mamãe não pegou a foto, sequer olhou para ela.

— Mas estava morto.

Sinto muito.

— O bebê era um menino.

— Por que tirar uma foto? É macabro.

Todd tentou socorrer-me.

— Acho que permitem que as pessoas tirem fotos como parte do processo de superação da dor. — Mamãe lançou-lhe um olhar que normalmente reserva para a família. Ele encolheu os ombros, como se quisesse distanciar-se de uma noção tão estranha e repulsiva.

Continuei, sozinha.

— Tess gostaria que o bebê fosse enterrado com ela.

Subitamente, a voz de mamãe ressoou alta no apartamento.

— Não. Não quero.

— É o que ela desejaria.

— Ela desejaria que todos soubessem sobre seu filho ilegítimo? É o que ela desejaria? Que sua vergonha se tornasse pública?

— Ela nunca consideraria o bebê uma vergonha.

— Ela deveria.

Era mamãe no piloto automático, infectada durante quarenta anos pelos preconceitos da Inglaterra medieval.

— Quer marcar um "A" em seu caixão por precaução? — perguntei.

Todd interferiu.

— Querida, não precisa falar assim.

Levantei-me.

— Vou dar uma volta.

— Na neve?

As palavras foram mais críticas do que preocupadas. Vieram de Todd, mas poderiam vir de mamãe. Eu nunca estivera com os dois ao mesmo tempo, mas agora percebia as semelhanças. Eu me perguntei se essa não seria a verdadeira razão para que eu houvesse aceitado seu pedido de casamento. Talvez a familiaridade, até a familiaridade negativa, alimente sentimentos de segurança em vez de menosprezo. Olhei para Todd. Ele viria comigo?

— Ficarei aqui com sua mãe.

Sempre achei que em qualquer hipótese eu poderia me segurar em Todd, mas percebia que ninguém poderia ser minha rede de segurança. Eu estava caindo desde que a encontraram, verticalmente e rápido demais para que alguém pudesse interromper minha queda. O que eu precisava era que alguém se arriscasse a se unir a mim a quilômetros de profundidade na escuridão.

O Sr. Wright provavelmente percebeu meu rosto inchado quando voltei.

— Está bem para prosseguir?

— Perfeitamente. — Minha voz soa viva. Ele sente que optei por esse estilo e prossegue.

— Você pediu uma cópia da necropsia ao detetive Finborough?

— Na época, não. Aceitei a palavra do detetive de que somente encontraram os cortes em seus braços.

— E então você foi ao parque?

— Sim. Sozinha.

Não sei por que acrescentei a explicação. O sentimento de decepção em relação a Todd persistia, mesmo com toda a sua irrelevância.

Olhei brevemente para o relógio; era quase uma hora.

— Tudo bem se pararmos para o almoço? — pergunto. — Encontrarei minha mãe, em dez minutos, num restaurante nessa esquina.

— É claro.

Eu disse que contaria a história como a descobri — sem pular nenhum momento —, mas não é justo com você ou com mamãe omitir como ela se sente. E, como sou eu quem estipula as regras, posso fugir delas uma vez ou outra.

Chego ao restaurante com alguns minutos de antecedência e, por uma janela, vejo mamãe sentada a uma mesa. Ela já não "arruma" o cabelo e, sem a plataforma do permanente, seu cabelo cai liso e sem forma ao redor do rosto.

Ao me ver, seu rosto relaxa. Ela me abraça no meio do restaurante, sem estar muito preocupada sobre estar atrapalhando uma garçonete a caminho da cozinha, passa a mão em meu cabelo (agora mais comprido) e afasta-o de meu rosto. Eu sei, nem um pouco característico. Mas a tristeza extraiu dela tudo o que considerávamos típico, expondo alguém que achamos profundamente familiar, associada ao roçar de um roupão no escuro e à sensação de braços quentes antes que eu soubesse falar.

Peço meia garrafa de Rioja. Mamãe me olha, preocupada.

— Tem certeza de que deve beber?

— É só meia garrafa, mãe. Podemos dividir.

— Até uma pequena quantidade de álcool pode causar depressão. Eu li em algum lugar.

Há um momento de silêncio e, então, rimos, uma risada quase verdadeira, porque uma depressão seria bem-vinda em comparação à dor da perda.

— Deve ser difícil reviver tudo, relembrar tudo — diz ela.

— Na verdade, não é tão ruim. O advogado do CPS, Sr. Wright, é muito gentil.

— Em que ponto estão?

— No parque. Logo depois de recebermos o resultado da necropsia.

Ela pôs sua mão sobre a minha e nos mantemos assim, como amantes.

— Eu deveria tê-la impedido. Estava muito frio. — Sua mão quente sobre a minha faz as lágrimas forçarem sua passagem por meus olhos. Felizmente, mamãe e eu sempre temos, no mínimo, dois pacotes de lenços de papel nos bolsos e bolsas e pequenos sacos de plástico em que colocar os lenços molhados. Também carrego vaselina, hidratante labial e o inútil Rescue Remedy, para quando as lágrimas me sobrepujam em algum local inconveniente, como a autoestrada ou o supermercado. Há uma série de acessórios para momentos de luto. — Todd deveria ter ido com você — continua ela, e sua crítica a Todd é, de certa maneira, um elogio a mim.

Assoo o nariz com um lenço que ela me deu na semana passada, de algodão e com flores bordadas. Ela disse que algodão fere menos do que papel e é um pouco mais ecológico, o que sei que agradaria a você.

Ela aperta minha mão.

— Você merece ser amada. Amada apropriadamente.

Vinda de outra pessoa, a fala seria um clichê, mas como mamãe nunca dissera algo parecido, soa como novo.

— Você também — replico.

— Não tenho tanta certeza.

Você deve achar a franqueza dessa conversa estranha. Acostumei-me, mas você, não. Sempre houve espectros em nossas festas de família, tabus que ninguém se atrevia a reconhecer e que nossas conversas contornavam com cautela, chegando a becos sem saída em que sequer falávamos. Muito bem, agora mamãe e eu desnudamos esses hóspedes indesejados: traição, solidão, perda, raiva. Falamos tanto que se tornam invisíveis, de modo que já não estão entre nós.

Nunca fiz uma pergunta a ela, em parte porque tenho certeza de que sei a resposta e em parte porque, acho que deliberadamente, nunca criamos a oportunidade.

— Por que me chama por meu segundo nome? — pergunto. Presumo que papai e ela, especialmente papai, pensaram que Arabella era um nome bonito e romântico, nada apropriado a mim, e por isso optaram pelo formal Beatrice. Mas eu queria saber os detalhes.

— Algumas semanas antes de seu nascimento, assistimos a *Muito barulho por nada* no National Theatre — responde ela. Ao perceber minha surpresa, continua: — Seu pai e eu costumávamos fazer essas coisas; íamos a Londres à noite e voltávamos no último trem. Beatrice é a heroína. Ela é muito corajosa. E franca. É ela mesma. O nome se ajustou a você mesmo quando bebê. Seu pai disse que Arabella era um nome bobo demais para você.

A resposta de mamãe foi tão inesperada que ainda estou um pouco atônita. Eu me pergunto se, sabendo, eu tentaria viver à altura desse nome e seria uma Beatrice corajosa, não uma Arabella fracassada. Mas, embora eu quisesse, não podia me estender nesse assunto. Fiz essa pergunta apenas como preparação para o que eu realmente queria saber.

Você está chateada por ela conseguir acreditar que você cometeu suicídio — depois do que aconteceu com Leo e sabendo o quanto ela sofreria. Tentei dizer a você que ela estava se agarrando a um parapeito, que era um reflexo de autodefesa, mas você precisa ouvir dela.

— Por que achou que Tess havia cometido suicídio? — pergunto.

Se ela está surpresa com a pergunta, não demonstra, sem hesitar ao responder.

— Porque prefiro me sentir culpada durante o resto da vida a saber que ela sentiu sequer segundos de medo.

Suas lágrimas caem na toalha branca, mas ela não se importa com o garçom que nos olha nem com manter um comportamento socialmente correto. Ela é a mãe num robe que farfalha, sentada aos pés de nossa cama, no escuro, cheirando a cosméticos. O vislumbre que tive quando seu antigo ser maternal se manifestou pela primeira vez agora se expõe completamente.

Eu não sabia que era possível existir tanto amor por alguém até ver mamãe sofrendo por você. Com Leo, eu estava longe, no colégio interno, e não vi. Acho seu luto chocante e belo ao mesmo tempo. E tenho medo de ser mãe, de correr o risco de sentir o que ela sente agora — o que você deve ter sentido por Xavier.

Há um breve silêncio, remanescente de um tempo de silêncios, mas, então, ela fala:

— Sabe que o julgamento não me importa muito. Não importa absolutamente nada, para ser franca. — Ela olha para mim, esperando minha reação, mas não me pronuncio. Já a ouvi dizer o mesmo de milhares de maneiras diferentes. Ela não se importa com a justiça ou com o julgamento, somente com você. — Ela aparece nas manchetes há dias — anuncia mamãe, com orgulho. (Já lhe disse que ela está orgulhosa por toda essa atenção da mídia?) Ela acha que você merece estar nas primeiras páginas do mundo inteiro e ser a notícia mais importante; não por causa de sua história, mas porque todos deveriam saber tudo sobre você. Deveriam saber sobre sua generosidade, sua ternura, seu talento, sua beleza. Para mamãe, não é "parem os relógios", mas "rodem as prensas!", "liguem a TV!", "vejam minha linda filha!".

— Beatrice?

Minha visão está turva. Ouço a voz de mamãe.

— Você está bem...? Querida...?

A apreensão em sua voz me faz recuperar a consciência. Vejo a preocupação em seu rosto e odeio ser a causa, mas o garçom ainda está limpando a mesa ao lado, portanto não devo ter divagado por tanto tempo.

— Estou bem. Não deveria ter bebido vinho, só isso; ele me deixa tonta no almoço.

Em frente ao restaurante, prometo vê-la no fim de semana e telefonar à noite, como faço sempre. Sob o sol intenso da primavera, nós nos abraçamos e observo-a afastar-se. No meio dos cabelos lustrosos e da agilidade dos funcionários de escritórios que retornam do intervalo do almoço, o cabelo grisalho de mamãe se destaca por sua opacidade e seu andar é incerto. Ela parece curvada pelo peso da tristeza, arqueada fisicamente como se não fosse forte o bastante para carregá-la. No meio da multidão, ela me lembra um pequeno bote num mar imenso, inacreditavelmente à tona.

Há um limite para o quanto posso perguntar a ela num único golpe, mas você quer saber se Xavier está enterrado com você. É claro que sim, Tess. É claro que sim. Em seus braços.

SETE

Retorno para a sessão à tarde com o Sr. Wright, alguns minutos atrasada. Minha cabeça ainda parece estranha, um pouco desfocada. Peço um café forte à Srta. Secretária Apaixonada. Preciso contar sua história tendo os reflexos aguçados, os neurônios disparando, e não parcialmente adormecida. Quero dizer o que tenho a dizer, ir para casa e telefonar à mamãe para saber se está bem.

O Sr. Wright relembra onde paramos.

— Então, você foi ao Hyde Park.

Subi a escada gélida às pressas, vestindo meu casaco. Achei que minhas luvas estivessem no bolso, mas só encontrei uma. No meio da tarde, as calçadas estavam praticamente desertas. Fazia muito frio para ficar na rua. Caminhei apressadamente para o Hyde Park, como se eu tivesse um prazo a cumprir, como se estivesse atrasada. Quando cheguei a Lancaster Gate, parei. O que eu estava fazendo ali? Aquilo era apenas um acesso de mau humor que precisava encontrar um alvo? "*Não* estou mal-humorada! Vou procurar meu aparelho de chá!" Lembrei-me de meu ultraje, aos seis anos, enquanto eu subia, correndo, a escada. Dessa vez, havia um propósito real, mesmo que induzido pela vontade de afastar-me de mamãe e de Todd. Eu precisava ver onde sua vida terminara.

Atravessei os portões de ferro. Fazia frio e nevava, como no dia que a encontraram, e senti o tempo me puxando pelos seis dias anteriores a essa tarde. Dirigi-me aos banheiros abandonados, enfiando a mão sem luva no bolso do casaco. Vi crianças construindo um boneco de neve, com uma determinação enérgica, e uma mãe observando e batendo os pés para se aquecer. Ela apressava as crianças. Eram as únicas coisas diferentes no ambiente, talvez por isso me concentrei neles — ou era a ignorância e a inocência dessas pessoas quanto ao que acontecera ali o que me fazia querer observá-las. Caminhei para o local onde você foi encontrada; minha mão desprotegida doía no frio. Senti a neve acumulada nas solas finas de meus sapatos. Não eram adequados para um parque coberto de neve, mas para um almoço em Nova York, numa vida diferente.

Cheguei aos banheiros públicos abandonados, totalmente despreparada para os buquês. Havia centenas. Não digo que era o oceano floral dado à princesa Diana, mas, ainda assim, eram muitos. Alguns estavam parcialmente enterrados na neve, porque deviam estar ali havia alguns dias, outros eram mais recentes, ainda imaculados no celofane. Havia ursinhos de pelúcia também e, por um momento, surpreendi-me, até perceber que eram para Xavier. Um cordão isolava o pequeno edifício, fazendo, com uma fita de plástico amarela e preta, o cenário de sua morte parecer um embrulho. Achei estranho a polícia marcar presença tanto tempo depois de você precisar de sua ajuda. A fita e as flores eram as únicas cores no parque completamente branco.

Verifiquei se havia alguém por perto e, então, passei por cima da fita amarela e preta. Não achei estranho nenhum policial estar ali. Vernon diria, depois, que sempre deveria haver um policial na cena de um crime. Eles precisam ficar diante do cordão, aconteça o que acontecer e qualquer que seja o clima. Ela disse que fica desesperada para ir ao banheiro. É o que vai acabar com sua carreira na polícia, segundo ela, não ser excessivamente empática. Sim, estou prevaricando.

Entrei. Não preciso descrever a você como é o lugar. Qualquer que fosse seu estado, você notaria, em detalhes, o que estava ao seu redor. Seu olhar é artístico, e eu gostaria que o último lugar que viu não houvesse sido sujo, repulsivo e feio. Entrei num cubículo e vi manchas de sangue no piso de concreto e espirros de sangue nas paredes descascadas. Vomitei numa pia sem perceber que não estava ligada a um cano de esgoto. Eu soube que ninguém entraria ali por vontade própria. Ninguém escolheria morrer ali.

Tentei não pensar em você completamente só ali, durante cinco noites. Tentei aferrar-me à imagem de Chagall, a você abandonando seu corpo, mas não tive certeza do cronograma desse fenômeno. Você abandonou seu corpo, como desejei tão ardorosamente, no momento em que morreu? Ou quando foi encontrada, quando seu corpo foi visto por outra pessoa além do assassino? Ou no necrotério, quando o detetive puxou a manta e eu a identifiquei — o luto a libertou?

Saí daquele lugar malcheiroso e abjeto e inspirei o ar frio até machucar meus pulmões, grata ao ar limpo e gelado. Agora, os buquês faziam sentido. Pessoas decentes tentavam combater o mal com flores, a luta do bem através de buquês. Lembrei-me da estrada para Dunblane ladeada por bichinhos de pelúcia. Eu nunca havia entendido por que alguém pensaria que uma família em que um filho morrera com um tiro iria querer um bichinho de pelúcia. Mas agora entendo: mil bichinhos de pelúcia compadecidos abafavam um pouco o horror reverberante dos tiros. "A humanidade não é assim", diziam as oferendas. "Não somos assim. O mundo não é só assim."

Comecei a ler os cartões. Alguns estavam ilegíveis, ensopados pela neve, com a tinta se desfazendo no papel encharcado. Reconheci o nome de Kasia; ela deixara um ursinho com o nome Xavier escrito em letras grandes e infantis — o ponto do "i" era um coração, vários "x" indicavam beijos enquanto círculos indicavam abraços. A esnobe dentro de mim se retraiu diante do mau gosto, mas também se comoveu, e me senti culpada. Decidi procurar o telefone dela quando voltasse para casa e agradecer-lhe a atenção.

Juntei os cartões legíveis para levá-los comigo — ninguém, a não ser mamãe e eu, desejaria lê-los. Quando os coloquei no bolso, vi, a uma pequena distância, um homem de meia-idade com um labrador, mantendo o cachorro próximo a ele. O homem carregava um ramalhete de crisântemos. Lembrei-me de vê-lo observar a atividade da polícia na tarde que você foi encontrada. O cachorro, então, também forçava a coleira para se soltar. Ele hesitava; talvez esperasse que eu fosse embora para deixar suas flores. Fui até ele. Num chapéu de tweed e numa jaqueta Barbour, ele parecia um proprietário rural que deveria estar em suas terras, não num parque em Londres.

— Era amigo de Tess? — perguntei.

— Não. Eu nem sabia seu nome até ela aparecer na televisão — respondeu ele. — Apenas nos cumprimentávamos. Quando passamos por alguém com tanta frequência, criamos uma espécie de relação. Apenas superficial, é claro, mais como um reconhecimento. — Ele assoou o nariz. — Na verdade, não tenho o direito de sofrer; é absurdo, eu sei. Você a conhecia?

— Sim.

Independente do que o detetive Finborough dissesse, eu conhecia você. O cavalheiro rural hesitou, inseguro quanto à etiqueta sobre continuar uma conversa ao lado das homenagens.

— Então, o policial não fica mais aqui? Ele disse que o cordão seria retirado em breve, agora que não é o local de um crime.

É claro que não; a polícia decidiu que você cometeu suicídio. O cavalheiro rural parecia esperar uma reação. Então, insistiu mais um pouco.

— Bem, você a conheceu, portanto provavelmente sabe o que está acontecendo melhor do que eu.

Talvez ele gostasse de conversar sobre o assunto. A sensação de lágrimas se formando não é desagradável. Terror e tragédia, a uma distância suficiente, são estimulantes; é até excitante ter uma pequena relação com dores e tragédias que não são suas. Ele poderia dizer às pessoas, e certamente o faria, que estava um pouco envolvido no caso, que era, um pouco, um ator nesse drama.

— Sou irmã dela.

Sim, usei o tempo presente. Você estar morta não impede que eu seja sua irmã, nossa relação não virava passado — ou eu não estaria sofrendo. O cavalheiro pareceu consternado. Acho que esperava que eu também fosse alguém emocionalmente distante.

Fui embora.

A neve, que caía aleatoriamente e em flocos macios, tornou-se densa e ameaçadora. Percebi que o boneco feito pelas crianças estava desaparecendo, tragado pela neve. Decidi sair por outro portão; a lembrança de como me senti ao partir na vez anterior era desagradável demais para percorrer o mesmo caminho.

Ao me aproximar da galeria Serpentine, a nevasca aumentou, sufocando as árvores e a relva com o branco. Logo, suas flores e os ursinhos de Xavier seriam cobertos e sumiriam. Meus pés estavam entorpecidos; minha mão desprotegida doía, gelada. O vômito deixara um gosto asqueroso em minha boca. Pensei em entrar na galeria e ver se havia uma cafeteria onde vendessem água. Mas, ao me aproximar do edifício, vi que estava escuro e que as portas estavam fechadas com cadeado. Um aviso na porta dizia que a galeria reabriria a partir de abril. Simon não poderia tê-la encontrado ali. Ele foi a última pessoa a vê-la viva e havia mentido. Sua mentira se repetia na minha cabeça, como um zumbido, o único som não abafado pela neve que caía.

Segui pela Chepstow Road para seu apartamento, tentando ligar para o detetive Finborough e com os bolsos cheios dos cartões colocados nos ursinhos e buquês. À distância, vi Todd andando em minha direção, com passos curtos e apreensivos. Mamãe estava num trem para casa. Ele entrou comigo no apartamento; o alívio transformou sua apreensão em irritação.

— Tentei ligar, mas pelo jeito você estava ocupada.

— Simon mentiu sobre encontrar Tess na galeria Serpentine. Tenho de contar ao detetive Finborough.

A reação de Todd ou, melhor, a falta de reação deveria preparar-me para o que o detetive diria, mas, nesse momento, ele atendeu. Contei-lhe sobre Simon.

Ele respondeu de maneira paciente e até delicada.

— Talvez Simon quisesse apenas parecer melhor.

— Mentindo?

— Dizendo que se encontraram numa galeria. — Mal acreditei que o detetive Finborough o estivesse justificando. — Conversamos com Simon quando soubemos que esteve com Tess naquele dia — prosseguiu ele. — E não há razão para pensarmos que teve qualquer envolvimento com sua morte.

— Mas ele mentiu sobre onde estavam.

— Beatrice, acho que você deveria tentar...

Passei rapidamente pelos clichês que imaginei que ele usaria: "olhar para a frente", "deixar isso para trás" e até mesmo, com um pequeno floreio, "aceitar a verdade e prosseguir com minha vida". Interrompi-o antes que esses lugares-comuns fossem verbalizados.

— Você viu o local onde ela morreu, não viu?

— Sim, vi.

— Acha que alguém escolheria morrer ali?

— Não acho que foi uma questão de escolha.

Por um momento, achei que ele começava a acreditar em mim, mas percebi que ainda culpava uma doença mental por seu assassinato. Como uma obsessivo-compulsiva, que não tem escolha a não ser repetir a mesma tarefa uma centena de vezes, uma mulher que sofre de psicose pós-parto é levada, por sua disposição mental para a loucura, a uma inevitável autodestruição. Se uma jovem com amigos, família, talento e beleza é encontrada morta, levantam-se suspeitas. Mesmo que seu bebê tenha morrido, o ponto de interrogação sobre o fim de sua vida permanece. Mas jogue uma psicose na lista de adjetivos em sua vida e o ponto de interrogação desaparecerá. Um álibi mental é dado ao assassino, incriminando a vítima por seu próprio assassinato.

— Alguém a obrigou a entrar naquele lugar horrível e a matou.

O detetive Finborough não perdeu a paciência.

— Mas não havia razão para alguém matá-la. Não foi um crime sexual, graças a Deus, e não houve roubo. E não encontramos ninguém que quisesse fazer mal a Tess; na verdade, aconteceu o contrário.

— Você vai, pelo menos, falar com Simon novamente?

— Realmente não acredito que fará diferença.

— Porque Simon é filho de um ministro?

Era uma tentativa de mudar sua opinião, de envergonhá-lo.

— Prefiro não falar novamente com Simon Greenly porque não existe propósito.

Agora que o conheço melhor, sei que usa essa linguagem formal quando se sente emocionalmente pressionado.

— Mas sabe que Simon é filho de Richard Greenly, membro do parlamento?

— Não acho que essa ligação esteja nos levando a algum lugar. Talvez...

— Para você, Tess não vale o risco, vale?

O Sr. Wright serviu-me um copo de água. Descrever o edifício com os banheiros públicos me causou ânsias de vômito. Contei-lhe sobre a mentira de Simon e sobre minha ligação para o detetive Finborough, mas não que, enquanto eu falava ao telefone, Todd pendurou meu casaco, tirou os cartões do bolso e separou-os para secarem e que, em vez de achar que ele estava sendo atencioso, senti cada cartão molhado e alisado como uma crítica, sabendo que ele tomava o lado do detetive Finborough, apesar de só escutar o meu.

— Então, quando o detetive Finborough disse que não entrevistaria Simon, você resolveu fazer isso? — pergunta o Sr. Wright. Acho que detecto algum divertimento em sua voz, o que não seria uma surpresa.

— Sim, isso estava se tornando um hábito.

E, apenas oito dias antes, no voo para Londres, eu era alguém que sempre evitara confrontos, mas, em comparação à brutalidade assassina de sua morte, confrontos com palavras pareciam inofensivos e um pouco triviais. Por que sempre me sentira intimidada e até amedrontada? Parecia tão covarde — e ridículo — agora.

Todd estava saindo para comprar uma torradeira. (*Não acredito que sua irmã grelhava torradas.*) Nossa torradeira em Nova York tinha uma função para degelo e um modo para aquecer croissants. À porta, virou-se para mim:

— Você parece exausta.

Ele estava preocupado ou aquilo era uma crítica?

— Eu disse, na noite passada, que você deveria tomar um daqueles comprimidos para dormir receitados pelo Dr. Broadbent — continuou ele.

Crítica.

Ele saiu para comprar a torradeira.

Eu não havia explicado a Todd por que não poderia tomar um sonífero: parecia covarde apagá-la, mesmo que por algumas horas. Tampouco diria a ele que eu procuraria Simon, pois se sentiria obrigado a me impedir de ser "tão impulsiva e absurda".

Dirigi até o endereço que descobri num papel em sua agenda de telefones e estacionei na frente de uma mansão de três andares em Kensington. Simon abriu a porta através do interfone; entrei e subi ao último andar. Quando abriu a porta, quase não o reconheci. Seu rosto infantil estava sulcado pelo cansaço; os poucos pelos rebeldes começavam a formar uma barba rala.

— Eu queria falar com você sobre Tess.

— Por quê? Achei que a conhecia melhor do que eu. — Sua voz estava cheia de ciúmes.

— Você também a conhecia, não conhecia? — perguntei.

— Sim.

— Então, posso entrar?

Simon se afastou da porta e segui-o até uma sala de estar grande e suntuosa. Devia ser o apartamento de seu pai em Londres, usado quando não estava em seu distrito eleitoral. Numa parede, ao longo da sala, havia um grande quadro de uma prisão. Mais perto, vi que, na verdade, era uma colagem: uma prisão feita de milhares de fotos de passaporte com rostos de bebês. Era dominadora e repulsiva.

— A galeria Serpentine está fechada até abril. Você não pode ter encontrado Tess ali.

Ele simplesmente encolheu os ombros, aparentemente indiferente.

— Por que mentiu? — perguntei.

— Simplesmente gostei da ideia — respondeu ele. — Soava como um encontro de namorados. A galeria Serpentine é o tipo de lugar que Tess escolheria para um encontro.

— Mas não era um encontro, era?

— Tem importância eu mudar um pouco nossa história agora? Torná-la o que eu gostaria que fosse? Colocar um pouco de fantasia? Não há mal nenhum.

Eu quis gritar com ele, mas eu ganharia apenas a gratificação momentânea de extravasar a raiva.

— Então, por que a encontrou no parque? Devia estar muito frio.

— Foi Tess quem quis ir ao parque. Disse que precisava sair. Disse que estava ficando louca presa em casa.

— Louca?* Ela usou essa palavra?

Nunca ouvi você usar esse termo. Embora fale muito, você escolhe as palavras cuidadosamente e é patrioticamente inglesa em relação ao vocabulário, repreendendo-me severamente por meus americanismos.

Simon pegou uma bolsa de veludo num armário com portas de vidro.

— Talvez tenha dito claustrofóbica. Não lembro.

Parecia mais provável.

— Tess deu uma razão para querer vê-lo? — perguntei.

Ele remexeu os papéis de seda, sem responder.

— Simon...?

— Ela só queria passar um tempo comigo. Meu deus, é tão difícil assim entender?

— Como descobriu que ela estava morta? — perguntei. — Um amigo contou a você? Contaram sobre os cortes nos braços dela?

Eu queria que ele chorasse, pois sei que lágrimas dissolvem, na salinidade molhada, as defesas em torno do que queremos manter privado.

— Contaram que ela ficou completamente só num banheiro público fétido por cinco noites?

Seus olhos se encheram d'água e sua voz soou mais baixa.

— Naquele dia que me encontrou nas escadas do apartamento dela, esperei, na esquina, você sair. E segui você em minha moto.

Lembrei-me vagamente do som de uma moto quando saí para ir ao Hyde Park. Esqueci-me depois.

— Esperei por horas no portão do parque. Nevava — prosseguiu Simon. — Eu já estava congelando, lembra? Vi você sair com uma policial. Vi uma van com as luzes apagadas. Ninguém me disse o que aconteceu. Eu não era membro da família.

* No original, "*crazy*", termo tipicamente americano. (*N. da T.*)

Agora, suas lágrimas corriam pelo rosto. Ele não tentou contê-las. Como sua arte, achei-o detestável.

— Nessa noite, o caso apareceu no noticiário local — continuou ele. — Apenas uma matéria curta, sequer dois minutos, sobre uma jovem encontrada morta num banheiro no Hyde Park. Mostraram a foto da carteira de estudante de Tess. Foi assim que descobri que ela estava morta.

Ele precisou assoar o nariz e enxugar os olhos e achei que era a hora certa para confrontá-lo.

— Por que ela queria encontrá-lo?

— Disse que estava assustada e queria minha ajuda.

As lágrimas haviam funcionado, como eu sabia que funcionariam desde aquela primeira noite no internato, quando chorei e admiti à inspetora que eu não sentia falta de casa nem de minha mãe, mas de meu pai.

— Tess explicou por que estava assustada? — perguntei.

— Disse que estava recebendo telefonemas estranhos.

— Ela contou quem era?

Simon negou, sacudindo a cabeça, e, subitamente, perguntei-me se suas lágrimas seriam genuínas ou as proverbiais lágrimas de crocodilo, insensíveis e sem remorso.

— Por que acha que Tess o escolheu, Simon? Por que não telefonou para outro amigo? — perguntei.

Ele havia secado as lágrimas.

— Éramos muito próximos.

Talvez ele tenha percebido meu ceticismo, pois seu tom se tornou raivosamente magoado.

— É mais fácil para você; você é a irmã e tem direito a estar em luto. As pessoas esperam que você esteja arrasada, mas eu sequer posso dizer que ela foi minha namorada.

— Ela não telefonou para você, certo? — perguntei.

Ele ficou calado.

— Ela nunca se aproveitaria de seus sentimentos por ela.

Tentou acender um baseado, mas seus dedos tremiam e ele não conseguiu usar o isqueiro.

— O que realmente aconteceu?

— Telefonei para ela milhares de vezes, mas a secretária eletrônica atendia ou a linha estava ocupada. Até que ela atendeu. Disse que precisava sair do apartamento. Sugeri o parque, e ela concordou. Eu não sabia que a galeria Serpentine estava fechada. Eu queria que fôssemos lá. Quando nos encontramos no parque, ela perguntou se poderia ficar no meu apartamento. Disse que precisava colar em alguém. — Ele parou, irritado. — E disse que eu era o único aluno da escola que não tinha um emprego.

— Colar?

— Estar o tempo inteiro com alguém. Não me lembro de sua expressão. Cristo, faz diferença? — Fazia diferença porque validava o que ele dizia. — Ela estava assustada e pediu minha ajuda porque eu era conveniente.

— E por que a deixou?

Simon pareceu desnorteado.

— O quê?

— Você disse que ela queria ficar com você. Por que não deixou?

Finalmente, ele conseguiu acender o baseado e tragou.

— OK, disse a Tess o que eu sentia por ela. O quanto a amava. Tudo.

— Tentou conquistá-la?

— Não foi assim.

— E ela o rejeitou?

— Imediatamente. Sem rodeios. Disse que, dessa vez, não podia oferecer, "com credibilidade", que fôssemos amigos.

Seu ego monstruoso havia sugado qualquer piedade por você e por seu sofrimento, transformando-o na vítima, mas minha raiva era maior do que o ego de Simon.

— Ela pediu ajuda e você tentou explorar sua necessidade de proteção.

— Ela quis me explorar.

— Então ela ainda quis morar com você? — Ele não respondeu, mas adivinhei o que viria a seguir. — Sem vínculos? Simon continuou em silêncio.

— Mas você não permitiria, certo? — perguntei.

— E ser emasculado?

Por um momento, acho que apenas o encarei, aturdida demais por seu egoísmo grosseiro. Ele achou que eu não havia entendido.

— A única razão para ela ficar comigo era estar assustadoramente amedrontada.

— Assustadoramente amedrontada?

— Exagerei. Eu quis dizer...

— Antes, você disse "assustada" e, agora, é "*assustadoramente amedrontada*"?

— OK. Ela disse que achava que um homem a seguira até o parque.

Esforcei-me para manter um tom neutro.

— Ela disse quem era o homem?

— Não. Eu o procurei. Até atrás de moitas, cobrindo-me de neve e de cocôs congelados de cachorros. Ninguém.

— Você precisa procurar a polícia. Fale com o detetive Finborough. Ele está na delegacia de Notting Hill. Eu vou te dar o número.

— Não adianta. Ela cometeu suicídio. Passou no noticiário.

— Mas você estava lá. Sabe mais do que a TV, não sabe? — Eu falava como se ele fosse uma criança, tentando convencê-lo e tentando ocultar meu desespero. — Tess contou a você sobre o homem que a seguiu. Você *sabe* que ela estava assustada.

— Provavelmente foi uma ilusão paranoica. Disseram que a psicose pós-parto faz as mulheres enlouquecerem completamente.

— Quem disse?

— Deve ter sido a TV.

Ele percebeu como aquilo soou pouco convincente. Encontrou meu olhar, parecendo casualmente despreocupado.

— OK. Meu pai descobriu para mim. Quase nunca peço alguma coisa a ele, por isso quando peço...

Simon se calou, como se não estivesse disposto a se dar o trabalho de completar a frase. Ele se aproximou e senti o cheiro da loção após a barba, pungente naquele lugar quente demais. Lembrei-me da primeira visão que tive dele, sentado na neve em frente ao seu apartamento, segurando um buquê e cheirando à mesma loção no ar frio. Na hora não me ocorreu, mas por que as flores e a loção se você lhe oferecera apenas amizade como prêmio de consolação? E quando eu sabia que você o rejeitara francamente?

— Você tinha um buquê quando o encontrei esperando por ela. E cheirava a loção após a barba.

— E?

— Pensou em tentar mais uma vez, não pensou? Talvez ela estivesse desesperada o bastante para aceitar suas condições.

Ele encolheu os ombros, não vendo motivos para sentir culpa. Mimado desde que nasceu, tornou-se esse homem em vez da pessoa que talvez tivesse potencial para ser.

Virei-me, mas encontrei sua imensa colagem em que rostos de bebês formavam a imagem de uma prisão.

Retraí-me e andei até a porta.

Ao abri-la, senti lágrimas no rosto antes que eu percebesse que estava chorando.

— Como pôde deixá-la?

— Não é culpa minha Tess se matar.

— Nada é culpa sua?

Estou novamente com o Sr. Wright; o cheiro de Simon e sua casa ainda são pungentes em minha memória. Agradeço pela janela aberta e pelo sutil cheiro de grama recém-aparada que chega do parque.

— Contou à polícia o que Simon disse? — pergunta o Sr. Wright.

— Sim, a um assistente do detetive Finborough. Ele foi educado, mas sei que aquilo não adiantaria. O homem que seguia Tess era seu assassino, mas também poderia ser um produto de sua suposta paranoia. Os fatos que apontavam para assassinato também reforçavam o diagnóstico de psicose.

O Sr. Wright consulta o relógio; cinco e quinze.

— Vamos parar?

Concordo com um movimento de cabeça. No fundo de meu nariz e de minha garganta perduram partículas de maconha e de loção após a barba e agradeço por poder sair e respirar ar fresco.

Atravesso o parque St. James's e pego um ônibus para o Coyote. Sei que está curiosa para saber como fui parar lá. Inicialmente, interroguei pessoas com quem você trabalhou, na esperança de que alguém me desse uma pista sobre sua morte. Mas ninguém pôde me ajudar; não a viam desde o domingo anterior ao parto e não conheciam muito sobre sua vida fora dali. Nesse meio-tempo, meu chefe nos Estados Unidos havia, *com grande relutância, Beatrice,* "me deixado ir". Eu não sabia quando conseguiria outro emprego, mas sabia que minha parte da hipoteca do apartamento em Nova York consumiria minhas economias em pouco tempo. Precisava me sustentar, portanto voltei para pedir um emprego a Bettina.

Eu usava minhas únicas roupas limpas — um conjunto MaxMara —, e Bettina achou que era uma brincadeira até perceber que estava sendo sincera.

— OK. Mais um par de mãos será bem-vindo; dois turnos nos fins de semana e três turnos durante a semana. Pode começar à noite. Seis libras por hora e um jantar preparado por mim, se ficar mais de três horas.

Devo ter parecido um tanto surpresa por ela me oferecer trabalho imediatamente.

— A verdade é que realmente simpatizei com você — disse Bettina, rindo de minha expressão horrorizada. — Desculpe, não resisti. — Sua risada diante de meu choque me lembrou você. Não havia crueldade nela.

Enquanto cumpria meu turno nessa noite, pensei que, como você estava morta, obviamente havia uma vaga de meio expediente a ser preenchida, mas recentemente descobri que a haviam ocupado e que ela me contratou por lealdade a você e por simpatia por mim.

Depois do trabalho, chego em casa quase à meia-noite e não espero encontrar muitos, sequer algum, jornalistas. É tarde demais e, de qualquer maneira, depois do frenesi dos últimos dias, provavelmente conseguiram todas as fotos e filmagens de que precisavam. Mas eu estava enganada. Ao me aproximar, vi um bando, com seus refletores imensos brilhando, e, iluminada no meio da confusão, Kasia. Ela havia passado os últimos dois dias na casa de uma amiga, até eu achar que o ataque da imprensa diminuíra o bastante para ela retornar. Está morando comigo, o que acho que deixará você feliz e curiosa sobre como estamos vivendo. Bem, ela dorme na sua cama e eu tenho um futon, que desenrolo todas as noites na sala, e, não sei como, cabemos no apartamento.

Ao me aproximar, vejo como parece tímida, apreensiva diante da atenção e exausta. Furiosamente protetora, afasto os fotógrafos e jornalistas.

— Há quanto tempo está esperando? — pergunto.

— Há horas.

Para Kasia, horas podem significar dez minutos.

— O que houve com sua chave?

Ela encolhe os ombros, embaraçada.

— Desculpe.

Ela está sempre perdendo alguma coisa, o que me lembra você. Às vezes, tenho carinho por sua afobação. Nessa noite, preciso admitir que estou um pouco irritada. (Velhos hábitos custam a morrer e, para ser franca, estou exausta depois da longa sessão no CPS, um turno como garçonete e, agora, a imprensa apontando câmeras para mim, buscando o que imagino ser o registro de um momento pungente.)

— Vamos, você precisa comer alguma coisa.

Falta uma semana para o bebê nascer e ela não pode ficar muito tempo sem comer. Ela quase desmaia e tenho certeza de que não é bom para a criança.

Ponho o braço ao seu redor, levando-a para casa enquanto as câmeras clicam, sincronizadas.

Amanhã, ao lado de minha foto com o braço ao redor de Kasia, haverá artigos como os que saíram hoje, sobre eu "salvar" Kasia.

Realmente usam termos assim, "salvar" e "dever a vida". Palavras de revistas em quadrinhos que podem me transformar em alguém que usa meias sobre as calças, que troca roupa e de *persona* numa cabine telefônica e que projeta teias a partir dos pulsos. Escreverão que cheguei tarde demais para salvar você (que a mudança na cabine telefônica não foi rápida o bastante), mas que, por minha causa, Kasia e o bebê viverão. Como nós, os leitores querem um final feliz para a história. Simplesmente não é minha história. O fim de minha história foram fios de cabelo presos num zíper.

OITO

Quinta-feira

Estou atravessando o parque St. James Park em direção aos escritórios do CPS. O céu está azul hoje, Pantone 635 para ser precisa, um céu esperançoso. Nessa manhã, o Sr. Wright me perguntará sobre a parte seguinte de sua história, meu encontro com seu psiquiatra. Porém, parcialmente adormecida, minha mente carece da clareza necessária, portanto o relatarei a você, num ensaio geral, antes de contar ao Sr. Wright.

A lista de espera para uma consulta com o Dr. Nichols pelo sistema público de saúde estendia-se por quatro meses, portanto paguei para vê-lo. A sala de espera para seus pacientes particulares parecia mais um salão de beleza elitista do que qualquer coisa remotamente médica: vasos com lírios, revistas caras, um filtro de água mineral. A jovem recepcionista tinha a expressão de desdém comum a todas, exercendo com arrogância seu poder de guardiã do consultório. Enquanto aguardava, folheei uma revista (herdei a ansiedade que mamãe manifesta quando não tem o que fazer). Na capa, a data era relativa ao mês seguinte e lembrei-me de você rir da viagem no tempo que as revistas de moda fazem, dizendo que a data na capa deveria alertar as pessoas sobre o absurdo do conteúdo. Uma conversa mental nervosa, uma vez que tanta coisa dependia desse encontro. Por causa do Dr. Nichols, a polícia se convenceu de que você sofria de psicose pós-parto; por causa dele, tiveram certeza de que você cometeu suicídio. Por causa do Dr. Nichols, ninguém estava procurando seu assassino.

A recepcionista olhou brevemente para mim.

— A que horas disse que está marcada?

— Duas e meia da tarde.

— Teve sorte por o Dr. Nichols poder encaixá-la.

— Tenho certeza de que serei cobrada devidamente.

Eu estava preparada para um pouco mais de confronto. Ela pareceu irritada.

— Preencheu o formulário?

Devolvi-lhe o formulário praticamente em branco, contendo apenas os dados de meu cartão de crédito. Ela o pegou, mantendo a voz arrogante e o olhar de escárnio.

— Não preencheu as informações sobre sua história clínica.

Pensei nas pessoas que chegavam ali deprimidas, ansiosas ou perdendo o controle sobre a realidade e caindo no vazio da loucura; pessoas frágeis, vulneráveis, que mereciam pelo menos que a primeira pessoa com que falassem oferecesse um pouco de civilidade.

— Não estou aqui para uma consulta médica.

Ela não quis demonstrar interesse. Ou talvez achou que eu era apenas mais um paciente excêntrico, com quem não valia a pena se incomodar.

— Estou aqui porque minha irmã foi assassinada. O Dr. Nichols era seu psiquiatra.

Por um momento, tive sua atenção. Ela percebeu meu cabelo oleoso (lavar o cabelo é uma entre as primeiras coisas que a tristeza nos tira), a ausência de maquiagem e as bolsas sob os olhos. Ela viu as marcas da dor, mas interpretou-as como sinais de loucura. Eu me perguntei se o mesmo teria acontecido a você, de maneira mais grave — seus sinais de medo interpretados como insanidade. Ela pegou o formulário sem pronunciar mais uma palavra.

Enquanto esperava, lembrei-me dos e-mails que trocamos quando eu disse que estava pensando em procurar um terapeuta.

* * *

De: tesshemming@hotmail.co.uk
Para: iPhone de Beatrice Hemming

Um terapeuta?! Por que quer um, Bee? Se quer falar sobre alguma coisa, por que não fala comigo ou com uma amiga?
T. Bjs.

De: iPhone de Beatrice Hemming
Para: tesshemming@hotmail.co.uk

Só pensei que seria interessante, até válido, procurar um psiquiatra. É completamente diferente de falar com um amigo.
lol
Bee. Bjs.

De: tesshemming@hotmail.co.uk
Para: iPhone de Beatrice Hemming

Falar comigo é grátis, quero o melhor para você e não limitarei seu tempo. T. Bjs.
PS. Eles agem sobre a personalidade como a alta temperatura de uma secadora de roupas, encolhendo-a a algo que se ajuste a uma categoria num compêndio.

De: iPhone de Beatrice Hemming
Para: tesshemming@hotmail.co.uk

São muito bem treinados. Um psiquiatra (não um psicólogo) é um médico plenamente qualificado e especializado. Não diria que são máquinas de lavar se você fosse bipolar, demente ou esquizofrênica, diria?
lol
Bee

De: tesshemming@hotmail.co.uk
Para: iPhone de Beatrice Hemming

Certo. Mas você não é.
T. Bj.
PS. Gritarei mais alto, caso não ouça aí em cima, em seu pódio.

De: iPhone de Beatrice Hemming
Para: tesshemming@hotmail.co.uk
Não me referi àqueles gravemente doentes, que precisam de um psiquiatra. Aqueles que sofrem, embora levem uma vida normal, às vezes também precisam de ajuda.
lol
Bee. Bj.

De: tesshemming@hotmail.co.uk
Para: iPhone de Beatrice Hemming
Bee, desculpe-me. Fale-me mais.
T. Bjs.

De: iPhone de Beatrice Hemming
Para: tesshemming@hotmail.co.uk
Tenho de ir a uma reunião muito importante. Conversamos mais tarde.
Bee. Bjs.

De: tesshemming@hotmail.co.uk
Para: iPhone de Beatrice Hemming
E eu deveria estar servindo clientes, não trocando e-mails com você no computador de Bettina. A mesa quatro ainda está esperando um queijo-quente, mas não vou me mexer até você responder.
T. Bjs.

De: tesshemming@hotmail.co.uk
Para: iPhone de Beatrice Hemming
A mesa quatro foi para casa sem o queijo-quente. Dá um tempo, por favor? Estou até falando como os americanos para que você veja como estou aflita e me perdoe.
T. Bjs, abs, bjs.

De: tesshemming@hotmail.co.uk
Para: iPhone de Beatrice Hemming
Meu turno acabou, Beezinha, e continuo no computador de Bettina, portanto me escreva assim que ler esta mensagem. Por favor?
T. Bjsssssss.

De: iPhone de Beatrice Hemming
Para: tesshemming@hotmail.co.uk
Eu não estava evitando você; simplesmente estava numa reunião que não acabava. Não fique vendo coisas nesse papo sobre psiquiatras. Quando se está em Nova York, aja como os nova-iorquinos... Já deve passar de meia-noite em Londres. Vá para casa e durma um pouco.
lol
Bee. Bj.

De: tesshemming@hotmail.co.uk
Para: iPhone de Beatrice Hemming
Se não quer me contar, tudo bem. Acho que sua tristeza tem a ver com Leo? Ou com papai?
lol
T. Bj.

A recepcionista me olha de sua mesa.

— O Dr. Nichols pode vê-la agora.

No caminho para o consultório, lembro-me de nossa conversa ao telefone naquele entardecer (em Nova York; já eram duas horas da manhã em Londres). Eu não disse por que queria ver um psiquiatra, mas você explicou por que não achava útil.

— Nossa mente é o que somos; é onde sentimos, pensamos e acreditamos. É onde amamos, odiamos, acreditamos e nos apaixonamos.

Eu estava um pouco constrangida com sua seriedade, mas você prosseguiu.

— Como alguém pode esperar tratar a mente de outra pessoa a menos que também seja teólogo, filósofo e poeta?

Abri a porta do consultório e entrei.

Quando você viu o Dr. Nichols na clínica onde atende pelo sistema público de saúde, ele provavelmente usava um jaleco branco, mas, em seu consultório particular, ele veste calças de veludo desbotadas e um suéter de lã que parece surrado diante do papel de parede listrado. Parece-me ter trinta e tantos anos. Estou certa?

Ele levantou-se de sua cadeira e pensei ver compaixão em seu rosto vincado.

— Srta. Hemming? Sinto muito por sua irmã.

Ouvi uma batida surda atrás de sua mesa e, então, vi uma velha labrador cochilando, caçando coelhos em seu sono, e abanando o rabo. Percebi que seu consultório cheirava levemente a cachorros, do que gostei mais do que os lírios na sala de espera. Imaginei a atendente andando com um purificador de ar entre os pacientes.

Ele indicou uma cadeira próxima à sua.

— Por favor, sente-se.

Ao me sentar, vi a foto de uma menina numa cadeira de rodas, colocada em posição de destaque, e gostei do Dr. Nichols por estar incondicionalmente orgulhoso.

— Em que posso ajudá-la? — perguntou ele.

— Tess disse a você quem a estava assustando?

Claramente surpreendido pela pergunta, ele nega, sacudindo a cabeça.

— Mas ela contou que estava recebendo trotes? — perguntei.

— Ligações aflitivas, sim.

— Contou-lhe quem a telefonava? Ou o que a pessoa dizia?

— Não. Mostrou-se relutante sobre o assunto e não achei proveitoso insistir. Na hora, supus mais provável que fosse alguma propaganda ou uma ligação por engano e que, por causa de seu estado mental deprimido, sentiu-se vítima.

— Você disse isso a ela?

— Sugeri que poderia ser o caso, sim.

— E ela chorou?

Pareceu surpreso por eu saber, mas a conheci durante toda a sua vida. Aos quatro anos, você podia esfolar os joelhos ou sangrar o nariz, mas só chorava quando alguém não acreditava que você estava dizendo a verdade; então, suas lágrimas expressavam sua indignação.

— Você disse que, *na hora,* supôs serem ligações de propaganda ou por engano? — perguntei.

— Sim. Mais tarde, percebi que Tess não estava deprimida, como pensei, mas sofria de psicose puerperal, comumente chamada de psicose pós-parto.

Assenti com um movimento de cabeça. Eu havia pesquisado e sabia que puerperal refere-se simplesmente às seis semanas após o parto.

— De qualquer maneira — prosseguiu o Dr. Nichols —, entendi que as ligações provavelmente eram alucinações auditivas. Em termos leigos, "ouvir vozes".

— Você mudou o diagnóstico depois que ela foi encontrada morta, certo? — perguntei, percebendo um lampejo de emoção em seu rosto vincado, tornando-o momentaneamente mais severo. Houve uma pausa antes que ele respondesse.

— Sim. Acho que pode ser útil falarmos um pouco mais sobre psicose puerperal. Os sintomas podem incluir paranoia, ilusões e alucinações. E a consequência, tragicamente, é um alto risco de suicídio.

Com base em minha pesquisa, eu já sabia.

— Eu gostaria de entender — falei. — O diagnóstico mudou de depressão para psicose *após* a morte de Tess. Somente então as ligações se tornaram "alucinações auditivas"?

— Sim, porque alucinações auditivas são um sintoma de psicose.

— Ela não era psicótica. Não tinha psicose puerperal, pós-parto ou qualquer outra. — Ele tentou, em vão, interromper-me. — Quantas vezes viu minha irmã?

— A psiquiatria não é sobre conhecer intimamente uma pessoa específica, como acontece em amizades próximas, entre membros de uma família ou em longas relações entre paciente e terapeuta. Quando um paciente apresenta distúrbio mental, o psiquiatra é treinado para reconhecer certos sintomas.

Por alguma razão, imaginei-o praticando tudo aquilo na frente do espelho. Repeti a pergunta:

— Quantas vezes?

Ele desviou o olhar.

— Apenas uma vez. Tess foi automaticamente encaminhada por causa da morte de seu bebê, mas ela foi embora do hospital quase imediatamente após o parto, de modo que não pude vê-la na enfermaria. Ela foi marcada como emergência para dois dias depois.

— Ela era uma paciente pelo sistema público de saúde?

— Sim.

— São quatro meses de espera. Por isso estou pagando para vê-lo.

— Tess era uma emergência. Casos de depressão puerperal em potencial ou de psicose são considerados imediatamente.

— Considerados?

— Desculpe-me. Quis dizer que são passados à frente da lista de espera.

— Quanto tempo dura uma consulta pelo sistema de saúde?

— Eu gostaria de ter mais tempo com cada paciente, mas...

— Com uma lista de espera de quatro meses, você deve estar sob pressão.

— Passo o máximo de tempo possível com cada paciente.

— Mas não é o bastante, é?

Ele fez uma pausa.

— Não. Não é.

— Psicose puerperal é uma emergência psiquiátrica, não é?

Achei que o vi se retrair, mas eu havia pesquisado antes.

— Sim, é.

— Requer internação?

Sua linguagem corporal era rigidamente controlada — braços determinadamente mantidos nas laterais do corpo, pernas um pouco abertas —, mas eu sabia que sua vontade era cruzar os braços e as pernas, expressando fisicamente sua defesa mental.

— Muitos psiquiatras teriam interpretado os sintomas de Tess como interpretei, como indicadores de depressão, não de psicose. — Em seu alheamento, ele abaixou a mão e acariciou as orelhas sedosas do cachorro, como se precisasse de conforto, e prosseguiu: — O diagnóstico em psiquiatria é muito mais difícil do que em outros ramos da medicina. Não existem raios X ou exames de sangue para nos ajudar. E não tive acesso ao relatório de Tess, portanto eu não sabia se havia histórico de doença mental.

— Não há histórico. Quando foi a consulta?

— Em 23 de janeiro. Às nove horas.

Ele não consultou uma agenda ou o computador. Estava preparado para esse encontro, é claro. Provavelmente passara a manhã ao telefone com o Conselho de Medicina. Percebi certa emoção genuína em seu rosto. Não sei se era receio por si mesmo ou tristeza por você.

— Então você a viu no dia em que morreu? — perguntei.

— Sim.

— E pensou, *na manhã que ela morreu,* que Tess tinha depressão, não psicose?

Ele não conseguiu mais ocultar sua defesa, cruzando as pernas e retraindo-se.

— Não percebi qualquer indicação de psicose. E ela não demonstrou sinais de que pensava em se machucar. Nada sugeria que ela tiraria a própria vida.

Eu quis gritar que é claro que não havia sinais, porque você não tirou a própria vida. Ela foi violentamente arrancada. Minha voz soou distante em comparação ao grito em minha cabeça.

— Então foi sua morte que mudou o diagnóstico?

Ele não respondeu. Não achei seu rosto vincado e o veludo simpaticamente surrados, mas incorrigivelmente negligentes.

— Seu erro não foi diagnosticá-la com depressão quando, na verdade, ela era psicótica. — Ele tentou me interromper, mas continuei. — Seu erro foi não considerar, sequer uma vez, que ela pudesse estar dizendo a verdade. — Ele tentou me interromper novamente. Também a interrompeu quando tentou dizer a ele o que estava acontecendo? Eu achava que a missão dos psiquiatras era escutar. Suponho que em uma consulta pública e emergencial, provavelmente encaixada numa clínica cheia, não exista muito tempo para escutar.

— Nunca considerou que os trotes que a ameaçavam eram tão reais quanto o homem que seguiu Tess até o parque naquele dia e a assassinou? — perguntei.

— Tess não foi assassinada.

Achei estranho ele se mostrar tão inflexível. Afinal, assassinato o isentaria de um diagnóstico falho. Ele parou e, então, esforçou-se para emitir as palavras, como se doessem fisicamente.

— Tess teve alucinações auditivas, como eu disse, e, se assim quiser, podemos discordar sobre a interpretação, mas também teve alucinações visuais. Na hora, interpretei-as como pesadelos vívidos, comuns em pacientes deprimidos e desolados por uma perda — prosseguiu o Dr. Nichols. — Mesmo assim, reli os apontamentos sobre seu caso e está claro que eram alucinações, o que me escapou. — A desolação que eu percebera se espalhou por todo o seu rosto. — Alucinações visuais são um significante claro de psicose aguda.

— Quais eram as "alucinações"?

— Tenho de respeitar o sigilo entre médico e paciente.

Achei estranho ele pensar no sigilo médico/paciente subitamente, o que não o havia atrapalhado até agora. Pensei se não haveria uma razão ou se era apenas mais uma incidência de sua incompetência.

— Pedi que ela pintasse o que via — prosseguiu ele, com uma expressão que pareceu bondosa. — Achei que seria útil. Talvez você encontre um quadro, não?

A secretária entrou. O tempo se encerrara, mas não saí.

— Você precisa ir à polícia e dizer que tem dúvidas sobre a psicose puerperal de Tess.

— Mas não tenho dúvidas. Os sinais estavam ali, como eu disse, mas não os vi.

— Você não é a razão da morte dela, mas pode ser o motivo para o assassino sair ileso. Por causa de seu diagnóstico, ninguém está procurando por ele.

— Beatrice...

Foi a primeira vez que me chamou pelo nome. A campainha havia tocado e as aulas haviam acabado, então ele podia se mostrar íntimo. Não me levantei, mas ele, sim.

— Sinto muito, mas não posso ajudá-la mais. Não posso mudar meu julgamento profissional porque você quer, porque convém à ideia que pôs na cabeça sobre a morte de Tess. Cometi um erro, um terrível equívoco. E tenho de enfrentá-lo.

Sua culpa escoava pelos cantos das palavras; uma gota, a princípio, até se tornar o tema dominante. Parecia ser um alívio finalmente extravasá-la.

— A dura realidade é que uma jovem com psicose puerperal foi mal diagnosticada e tenho de assumir parte da culpa por sua morte.

Achei irônico que fosse mais difícil discutir com a decência do que com seu contrário repreensível, o egoísmo. A superioridade moral é simplesmente incontestável, por mais incômoda.

Além da janela aberta do escritório, está chovendo; chuva de primavera, trazendo o aroma da grama e das árvores antes de cair nas calçadas de concreto. Sinto a leve queda de temperatura e o cheiro da chuva antes de vê-la. Estou contando ao Sr. Wright sobre meu encontro com o Dr. Nichols.

— Achei que ele acreditava ter cometido um erro terrível e que estava genuinamente assustado.

— Pediu que procurasse a polícia? — pergunta o Sr. Wright.

— Sim, mas ele sustentou que tinha certeza de que Tess sofria de psicose puerperal.

— Embora fosse ruim para ele, profissionalmente?

— Sim. Também me surpreendi, mas atribuí seu motivo a uma coragem moral mal aplicada. Concordar que Tess não sofria de psicose puerperal, mas que havia sido assassinada, seria uma opção covarde. No fim do encontro, achei que era um péssimo psiquiatra, mas um homem decente.

Fazemos um intervalo para o almoço. O Sr. Wright tem um compromisso; eu também saio, sozinha. Ainda está chovendo.

Nunca respondi seu e-mail nem contei a você a verdadeira razão por que procurei um terapeuta, pois acabei procurando um. Todd e eu estávamos noivos havia seis semanas. Eu pensei que o compromisso diminuiria minha insegurança, mas uma aliança no dedo não trouxe a segurança que imaginei. Procurei a Dra. Wong, uma mulher muito inteligente e empática, que me ajudou a entender que, com a partida de papai e a morte de Leo no intervalo de alguns meses, não era surpresa eu me sentir abandonada e, consequentemente, insegura. Você estava certa em relação a essas duas feridas, mas ser enviada ao internato no mesmo ano marcou o abandono definitivo.

Durante as sessões de terapia, percebi que mamãe não estava me rejeitando, mas tentando me proteger. Como você era muito mais nova, ela poderia protegê-la da dor que sentia, mas seria mais difícil escondê-la de mim. Ironicamente, mandou-me para um internato porque achou que ali eu estaria emocionalmente mais segura.

Desse modo, com a ajuda da Dra. Wong, entendi melhor não somente a mim como a mamãe, e a facilidade em acusá-la transformou-se numa compreensão conseguida com muito mais esforço.

O problema é que saber a razão de minha insegurança não me ajudou a desfazer o dano que havia sido causado. Algo em mim fora quebrado; eu descobri que a intenção fora boa — um enfeite derrubado no chão de ladrilhos por um espanador em vez de ser deliberadamente destruído —, mas eu estava quebrada de qualquer maneira.

Portanto, acho que compreenderá por que não partilho seu ceticismo em relação a psiquiatras, embora eu realmente concorde que precisam de sensibilidade artística em igual medida ao conhecimento científico (a Dra. Wong especializou-se em literatura comparada antes do curso de medicina) e que um bom psiquiatra é a versão moderna do homem da Renascença. Ao contar isso a você, pergunto-me se meu respeito e gratidão à minha psiquiatra não coloriram minha opinião sobre o Dr. Nichols, se não é a verdadeira razão para eu achar que ele foi fundamentalmente decente.

Volto ao escritório do CPS. O Sr. Wright chega cinco minutos depois, parecendo afobado e perturbado. Talvez a reunião não tenha corrido bem. Suponho que tenha sido sobre você. Seu caso é famoso — manchetes nos jornais, membros do parlamento convocados para um inquérito público. Deve ser uma grande responsabilidade para o Sr. Wright, mas ele não apenas sabe dissimular a tensão que sofre como não me pressiona, o que agradeço. Ele liga o gravador e continuamos.

— Em quanto tempo você encontrou os quadros?

Ele não precisa especificar; nós dois sabemos a que quadros se refere.

— Assim que voltei ao apartamento, procurei-os no quarto de Tess. Ela havia retirado todos os móveis dali, com exceção da cama. Até o armário estava na sala, onde parecia ridículo.

Não sei por que contei isso a ele. Talvez porque, se você precisa ser uma vítima, quero que ele saiba que é uma vítima com peculiaridades, entre as quais algumas irritavam sua irmã mais velha.

— Havia quarenta a cinquenta quadros escorados nas paredes — prossigo. — Muitos feitos com tinta a óleo, alguns em pranchas grossas, algumas colagens. Todos eram grandes, guardados num espaço mínimo. Precisei de algum tempo para examiná-los. Não quis danificar nenhum.

Seus quadros são extraordinariamente belos. Eu disse isso a você ou estava preocupada demais sobre como se sustentaria com arte? Eu sei a resposta. Achei que ninguém compraria telas imensas com cores que não combinassem com sua decoração, não achei? Preocupava-me a tinta estar aplicada de maneira tão grossa que poderia rachar e arruinar o tapete de alguém em vez de perceber que você transformara a cor em algo tátil.

Precisei de cerca de trinta minutos para encontrar as telas que o Dr. Nichols mencionara.

O Sr. Wright vira somente os quatro quadros relativos à "alucinação", não as peças anteriores, mas acho que foi o contraste o que mais me chocou.

— Seus outros quadros eram... — Ah, vou dizer de uma vez. — Alegres. Belos. Explosões de vida, luz e cor.

Mas você pintou essas quatro telas com a paleta dos niilistas, Pantone 4625 a 4715, o espectro de pretos e marrons, obrigando o observador a recuar. Não preciso explicar essas coisas ao Sr. Wright; ele tem fotos no arquivo e posso entrevê-las. Reduzidas e até de cabeça para baixo, as pinturas continuam a me incomodar e desvio o olhar rapidamente.

— Estavam escondidas atrás de outras. A tinta de algumas telas manchara a parte de trás das seguintes. Acho que Tess deve tê-las ocultado rapidamente, antes que pudessem secar completamente.

Você precisou esconder o rosto da mulher, a abertura de sua boca enquanto gritava, para conseguir dormir? Ou era o homem mascarado, escuro e ameaçador nas sombras, que a perturbou tão violentamente quanto a mim?

— Todd achou que os quadros eram provas de que ela era psicótica.

— Todd?

— Meu noivo, na época.

Somos interrompidos pela Srta. Secretária Apaixonada, que traz um sanduíche para o Sr. Wright. Claramente, sua reunião no almoço não incluiu a refeição, e ela pensou nisso e cuidou dele. Ela mal olha para mim quando me oferece água mineral. Ele sorri para ela, com seu sorriso franco e cativante.

— Obrigado, Stephanie.

Seu sorriso está perdendo o foco e a sala está turva. Ouço sua voz preocupada.

— Você está bem?

— Sim.

Mas a sala está escura. Posso escutar, mas não ver. Aconteceu a mesma coisa ontem, durante o almoço com mamãe, e culpei o vinho, mas hoje não há bode expiatório. Sei que devo manter a calma e que o ambiente clareará. Portanto continuo, forçando-me a lembrar, e, no escuro, suas pinturas em tons opacos são vívidas.

Eu estava chorando quando Todd chegou; minhas lágrimas caíam nos quadros, tornando-se gotas pretas como tinta e marrons como lama e escorrendo pelas telas. Todd pôs o braço ao meu redor.

— Não foi Tess quem pintou essas telas, querida. — Por um momento, tive esperança: alguém colocara os quadros ali, outra pessoa, e você não se sentira assim. — Tess não era ela mesma — prosseguiu Todd. — Não era a irmã que você conheceu. A loucura se apossa da identidade da pessoa. — Senti raiva por achar ele que sabia sobre doenças mentais e que algumas sessões com um terapeuta, quando tinha 13 anos, depois do divórcio de seus pais, tornara-o, de alguma maneira, um expert. Virei-me para as pinturas. Por que as pintou, Tess? Como uma mensagem? E por que as escondeu? Todd não percebeu que meu silêncio havia sido preenchido por uma conversa mental mais urgente.

— Alguém precisa falar a verdade, querida.

De repente, ele assumiu um ar tão provinciano, como se estar resolutamente enganado fosse viril, como se pudesse transformar as consequências de sua morte num fim de semana ao estilo Iron John. Dessa vez, ele percebeu minha raiva.

— Desculpe-me, loucura talvez seja uma palavra brusca demais — continuou ele.

"Psicótica" soava muito pior do que "louca". Achei que você não poderia ser psicótica como um chapeleiro ou uma lebre de março. Não havia imagem divertida e alegre para psicóticos nas histórias. Tampouco o rei Lear era psicótico quando descobriu grandes verdades no meio de seus desvarios. Achei que poderíamos nos referir à loucura como uma emoção experimentada em grau intenso, perturbador e até respeitá-la por seu honroso pedigree literário, mas psicose estava muito longe, a ser temida e evitada.

Mas, agora, temo a loucura, em vez de considerar seu pedigree literário, e percebo que meu ponto de vista era de um espectador, não daquele que a sofre. *Que eu não enlouqueça, doce paraíso* — porque a perda da sanidade, do ego, gera um terror desesperador, qualquer que seja o rótulo usado.

Inventei uma desculpa para sair. Todd pareceu desapontado — provavelmente achou que as telas poriam um fim em minha "recusa a encarar a verdade". Eu escutara essa frase em suas conversas ao telefone com amigos mútuos de Nova York, quando falava com preocupação e em tom baixo, achando que eu não estava ouvindo. Até com meu chefe. De sua perspectiva, as pinturas me obrigariam a confrontar a realidade. Ali, à minha frente, estavam, quatro vezes, uma mulher gritando e um homem-monstro. Quadros psicóticos, assustadores, infernais. Do que mais eu precisava? Certamente, eu aceitaria o fato de que você cometeu suicídio e seguiria em frente. Poderíamos deixar tudo para trás e prosseguir com nossas vidas. Os conselhos banais poderiam se tornar realidade.

Lá fora, estava escuro, e o frio tornava o ar cortante. Começo de fevereiro não é uma boa época para estar sempre na rua. De novo, tateei o bolso do casaco em busca da luva inexistente. Se eu fosse um rato de laboratório, seria um espécime bastante medíocre na aprendizagem de padrões e castigos. Perguntei-me se escorregar na escada seria pior do que segurar o corrimão de ferro coberto de neve. Decidi segurá-lo, estremecendo ao toque do metal gélido.

Eu sabia que não tinha razão para me irritar com Todd, porque, se acontecesse o contrário, eu também desejaria que ele voltasse a ser a pessoa que eu pensava conhecer — alguém sensível e equilibrado, que respeitava autoridades e não causava constrangimentos desnecessários. Mesmo assim, acho que você gostou que eu tenha argumentado com policiais, abordado adultos na porta de suas casas e ignorado as autoridades, e devo tudo a você.

Enquanto andava pelas ruas escorregadias por causa da neve semiderretida, percebi que Todd não me conhecia realmente. Tampouco eu o conhecia. Nossa relação se mantinha com conversas triviais. Nunca ficamos acordados até tarde, esperando descobrir, nessa conversa física noturna, uma conexão de mentes. Não havíamos olhado em nossos olhos porque, se os olhos são a janela da alma, seria um tanto rude e constrangedor. Havíamos criado um relacionamento dentro de um anel viário, rodeando emoções e evitando sentimentos complexos, de modo que, na verdade, éramos estranhos.

Estava frio demais para caminhar, portanto retornei ao apartamento. Ao chegar à escada, colidi com alguém no escuro e recuei, assustada, até perceber que era Amias. Acho que ele também se assustou ao me ver.

— Amias?

— Desculpe-me. Eu te assustei? Pronto... — Ele iluminou o piso com uma lanterna para que eu enxergasse o caminho e vi que carregava um saco de terra.

— Obrigada.

De repente, ocorreu-me que eu estava morando num apartamento dele.

— Eu deveria pagar algo enquanto ficamos aqui.

— Em absoluto. De qualquer maneira, Tess havia pagado o aluguel do próximo mês. — Provavelmente, ele percebeu que não acreditei. —

Pedi que me pagasse com suas pinturas — prosseguiu ele. — Como Picasso pagava as contas do restaurante. E ela pintou, adiantado, telas para fevereiro e março.

Eu achava que você se encontrava com ele porque era mais um de seus amigos solitários, abandonados e carentes, mas ele tem um encanto raro, não tem? Algo viril, elegante, sem ser sexista ou esnobe, que nem o vapor de trens em preto em branco, chapéus de feltro e mulheres em vestidos com motivos florais.

— Receio que não seja uma residência entre as mais salubres — continuou ele. — Ofereci modernizá-lo, mas Tess disse que o apartamento tinha personalidade.

Envergonhei-me por irritar-me com a falta de equipamentos modernos na cozinha, o estado do banheiro, as janelas que deixavam passar correntes de ar.

Meus olhos se acostumaram com o escuro e vi que ele estava cultivando os vasos à sua porta; suas mãos estavam sujas de terra.

— Ela costumava me visitar todas as quintas-feiras — prosseguiu Amias. — Às vezes, só para um drinque; às vezes, para jantar. Devia ter tantas outras coisas que preferiria fazer.

— Ela gostava de você.

Percebi que era verdade. Você sempre teve amigos, amigos verdadeiros, de gerações diferentes. Imaginava que ainda seria assim quando ficasse mais velha. Um dia, você seria uma octogenária conversando com pessoas décadas mais novas. Amias ficou à vontade com meu silêncio e, respeitosamente, pareceu esperar a conclusão de meus pensamentos para, então, falar.

— A polícia não me deu muita atenção quando registrei seu desaparecimento. Até eu contar sobre os trotes. Fizeram um carnaval por causa dos telefonemas.

Ele virou o rosto para o que plantara e tentei ser educada e também deixá-lo terminar seu pensamento.

— Tess contou alguma coisa sobre as ligações? — perguntei, por fim.

— Disse apenas que estava recebendo ligações maldosas. E só me contou porque havia desligado seu telefone e teve medo de que eu precisasse ligar para ela. Ela tinha um celular, mas acho que o perdeu.

— Maldosas? Foi a palavra que ela usou?

— Sim. Pelo menos, acho que sim. O terrível na velhice é não poder contar com a própria exatidão. Mas ela chorou. Tentou não chorar, mas chorou. — Ele parou por um instante, esforçando-se para manter a compostura. — Eu disse que ela deveria procurar a polícia.

— O psiquiatra de Tess disse à polícia que as ligações eram invenções de sua cabeça.

— Ele disse isso a Tess?

— Disse.

— Pobre Tessie. — Eu não ouvia ninguém chamar você assim desde que papai partiu. — É horrível não acreditarem em nós.

— Sim.

Amias se virou para mim.

— Ouvi o telefone tocar. Contei à polícia, mas não pude afirmar que fosse um trote. Mas, imediatamente depois, Tess me pediu para guardar sua chave. Apenas dois dias antes de sua morte.

Percebi a angústia em seu rosto, iluminado pelo brilho alaranjado da iluminação vinda da rua.

— Eu deveria ter insistido para ela ir à polícia.

— A culpa não foi sua.

— Obrigado, você é muito bondosa. Como sua irmã.

Pensei em contar à polícia sobre a chave, mas não faria diferença. Seria apenas mais um exemplo de sua suposta paranoia.

— Um psiquiatra acha que Tess estava louca. Acha que ficou louca, quero dizer, depois do bebê?

— Não. Estava muito aflita e muito assustada, eu acho, mas não estava louca.

— A polícia também acha que ela estava louca.

— E alguém na polícia chegou a conhecê-la?

Ele continuou a plantar bulbos; suas velhas mãos, com a pele fina e deformadas pela artrite, deviam estar doendo no frio. Pensei que talvez fosse sua maneira de enfrentar a tristeza: plantar bulbos que pareciam mortos e que floresceriam, miraculosamente, na primavera. Lembro-me de como você e mamãe, depois da morte de Leo, passavam muito tempo no jardim. Só agora percebi a conexão.

— São reis Alfred — disse Amias. — A variedade de narcisos de que Tess mais gostava, por causa do amarelo intenso. Deve-se plantá-los no outono, mas brotam em cerca de seis semanas, de modo que ainda terão tempo para florescer na primavera. — Mas até eu sabia que não se deve plantar em terra congelada. Por algum motivo, pensar que os bulbos de Amias jamais brotariam enfureceu-me.

Caso você esteja imaginando, sim, suspeitei até de Amias. Suspeitei de todos, mas qualquer suspeita se tornou absurda ao vê-lo plantando bulbos para você. Lamento ter suspeitado.

Ele sorriu para mim.

— Ela me disse que cientistas haviam colocado o gene de um narciso numa planta de arroz e produzido arroz rico em vitamina A. Imagine só!

Você também me contou.

— A vitamina A dos narcisos é o que os torna amarelos. Não é incrível, Bee?

— Sim, acho que sim.

Eu tentava me concentrar nos esboços de minha equipe de design para o logotipo de uma companhia distribuidora de petróleo, notando, irritada, que usaram Pantone 683, que era usado no logotipo de uma concorrente. Você não sabia que havia outras coisas em minha cabeça.

— Milhares de crianças ficam cegas por carência de vitamina A, mas agora, com o novo arroz, ficarão bem.

Por um instante, esqueci o logotipo.

— Crianças vão enxergar por causa do amarelo do narciso.

Acho que o fato de uma cor salvar a visão era miraculosamente apropriado para você. Sorri para Amias e creio que, nesse momento, lembramos de você exatamente da mesma maneira: seu entusiasmo pela vida, por suas miríades de possibilidades, por seus milagres diários.

Minha vista está voltando ao normal; o escuro se transmuda em luz. Fico feliz pela luz elétrica defeituosa, que não pode ser apagada, e pelo sol da primavera atravessando a enorme janela. Percebo que o Sr. Wright está me olhando, preocupado.

— Você está muito pálida.

— Estou bem, verdade.

— Vamos parar por aqui. Tenho uma reunião.

Talvez tenha, porém é mais provável que esteja sendo atencioso.

O Sr. Wright sabe que estou doente e acho que por isso pediu à secretária que me trouxesse água mineral a toda hora e está encerrando nossa sessão mais cedo. Ele é suficientemente sensível para compreender que não quero falar sobre meus problemas físicos; ainda não, não até ser preciso.

Você já percebeu que não estou bem, não é? E se perguntou por que não contei mais. Deve ter achado ridículo quando eu disse que uma taça de vinho no almoço conseguiu apagar minha visão. Eu não estava enganando você. Apenas não quis admitir as fragilidades de meu corpo, porque preciso ser forte para ir até o fim desse depoimento. E devo ir até o fim.

Quer saber o que me adoeceu, eu sei, e vou contar quando chegarmos a esse ponto da história — o ponto em que sua história passa a ser minha história. Até então, tentarei não pensar na causa porque meus pensamentos, covardes como são, fogem dela.

A música alta interrompe nosso monólogo. Estou perto de nosso apartamento e, pela janela sem cortinas, vejo Kasia dançando ao som de seu CD *Golden Hits of the 70s*. Ela me vê e, momentos depois, aparece na porta do apartamento. Ela segura meu braço e não me dá tempo para tirar o casaco antes de tentar me fazer dançar. Na verdade, ela sempre faz isso — "*Dançar muito bom para corpo*". Hoje, incapaz de dançar, invento uma desculpa, sento-me no sofá e observo-a. Enquanto dança, com o rosto radiante e suado, brincando que o bebê gosta de dançar, parece tão alegremente inconsciente dos problemas que precisará enfrentar, estando desempregada e sendo polonesa e mãe solteira.

No andar de cima, Amias bate o pé ao ritmo da música. Na primeira vez, pensei que estivesse pedindo para abaixarmos o volume. Mas ele gosta. Diz que o lugar era tão silencioso antes de Kasia morar aqui. Finalmente convenço uma esbaforida Kasia a parar de dançar e a comer alguma coisa comigo.

Enquanto ela assiste à TV, dou a Pudding uma tigela de leite e levo um regador ao seu jardim, deixando a porta entreaberta para vê-la. Começa a escurecer e a esfriar; o sol da primavera não é forte o bastante para aquecer o ar por muito tempo após o entardecer. Por cima da cerca, vejo que seus vizinhos usam a mesma área externa para acomodar três lixeiras de rodinhas. Enquanto rego as plantas mortas e a terra estéril, pergunto-me, como sempre, por quê. Seus vizinhos devem me achar ridícula. Acho que sou ridícula. De repente, como num passe de mágica, vejo brotos verdes minúsculos nos galhos mortos. Sinto uma onda de animação e de espanto. Escancaro a porta da cozinha, iluminando o pequeno jardim. Os mesmos brotos verdes estão crescendo em todas as plantas que estavam mortas. Mais adiante, no solo escuro, tem um ramalhete de folhas vermelho-escuras, uma peônia que florescerá novamente no verão, com toda a sua beleza exuberante.

Finalmente, entendo a paixão que você e mamãe sentem pela jardinagem. É miraculosa a cada estação. Toda essa saúde, desenvolvimento, vida nova e renovação. Não é surpresa que políticos e religiões se apropriem de brotos verdes e de imagens da primavera. Nesse anoitecer, também exploro essa imagem para meus próprios fins e me permito esperar que, afinal, a morte não seja o fim, que, em algum lugar, como nos livros de Nárnia que Leo tanto gostava, exista um céu onde a bruxa branca esteja morta e onde as estátuas adquiram vida. Nessa noite, não parece tão inconcebível.

NOVE

Sexta-feira

Mesmo atrasada, caminho devagar até o escritório do CPS. Três coisas são particularmente difíceis no relato desta história. A primeira foi encontrar seu corpo, e o que está acontecendo é a seguinte. Parece trivial, uma conta de telefone, nada mais, mas seu efeito é devastador. Enquanto enrolo, ouço mamãe dizer que são nove e cinquenta e que vamos chegar atrasadas; *anda* logo, *Beatrice.* Então, você passa velozmente em sua bicicleta, com a mochila presa ao guidom e olhos exultantes; os pedestres sorriem quando passa zunindo, criando um golpe de ar fresco. *Não temos o* dia todo, *Beatrice.* Mas você sabia que tínhamos e aproveitava cada momento.

Chego à sala do Sr. Wright, que, sem comentar meu atraso, me oferece um café num copinho de isopor, que provavelmente comprou na máquina ao lado do elevador. Fico grata por sua atenção e percebo que uma pequena parte de minha relutância em contar a ele o episódio seguinte dessa história deve-se a eu não querer que ele goste menos de mim.

Todd e eu nos sentamos à sua mesa de fórmica, tendo uma pilha de correspondências para você à nossa frente. Organizá-la foi estranhamente calmante. Sempre fiz listas e sua pilha de correspondências representava uma série de tarefas a riscar. Começamos com as cartas urgentes, com tarjas vermelhas, e descemos para as contas menos urgentes. Assim como eu, Todd é adepto da vida burocrática e, ao trabalharmos juntos, senti-me conectada a ele pela primeira vez desde que chegara a Londres. Lembrei-me de por que estávamos juntos e de como as pequenas coisas do dia a dia formavam uma ponte entre nós. Nossa relação cotidiana baseava-se em detalhes práticos, não em paixão, mas ainda valorizava suas conexões modestas. Todd procurou Amias para falar sobre o "contrato de aluguel", embora eu tenha dito que duvidava que existisse algo parecido. Ele salientou, sensatamente, que não poderíamos saber se não perguntássemos.

A porta fechou-se atrás dele enquanto eu abria a conta seguinte. Sentia-me um pouco relaxada pela primeira vez desde sua morte. Eu quase me imaginava preparando um café enquanto trabalhava, sintonizando a Rádio 4. Senti uma vibração de normalidade e, nesse breve momento, pude divisar um tempo sem perda.

— Peguei meu cartão de crédito para pagar a conta de telefone dele. Desde que perdera o celular, eu pagava sua conta de telefone todos os meses. Foi o meu presente de aniversário. Ela disse que era generoso demais, mas era para meu benefício também.

Eu respondi a você que queria que me ligasse e conversasse pelo tempo que quisesse, sem se preocupar com a conta. O que não disse é que eu precisava ter certeza de que, quando eu telefonasse, seu aparelho não estaria desconectado.

— Essa conta viera mais cara do que nos meses anteriores. E estava discriminada, de modo que decidi checá-la. — Minhas palavras saem mais lentas, prolongadas. — Vi que Tess ligara para meu celular em 21 de janeiro. Era uma hora da tarde em seu fuso horário, mas oito horas em Nova York, portanto eu provavelmente estava no metrô, a caminho do trabalho. Houve alguns segundos de conexão, não sei por quê. — Tenho de falar de uma vez só, sem pausa, pois não conseguirei recomeçar. — Foi o dia em que Xavier nasceu. Tess deve ter telefonado quando entrou em trabalho de parto.

Paro por apenas um instante, sem olhar para o Sr. Wright, e, então, prossigo.

— Sua próxima ligação foi às nove da noite; quatro da tarde em Nova York.

— Oito horas depois. Por que acha que houve um intervalo tão grande?

— Ela não tinha celular, portanto seria difícil ligar depois de sair de casa. Além disso, não era urgente. Quero dizer, eu não conseguiria chegar a tempo de estar com ela durante o parto.

Minha voz soa tão baixo que o Sr. Wright precisa curvar-se para me escutar.

— A segunda ligação deve ter sido quando voltou para casa, para contar sobre Xavier. A chamada durou 12 minutos e vinte segundos.

— O que ela disse? — pergunta ele.

Minha boca ficou seca subitamente. Não tenho saliva suficiente para falar. Bebo um gole do café frio, mas minha boca continua ressequida.

— Não falei com ela.

— Você provavelmente estava fora da sala, querida. Ou presa numa reunião — disse Todd. Ele voltara da casa de Amias incrédulo sobre você pagar o aluguel com quadros e encontrou-me chorando.

— Não, eu estava lá.

Eu havia retornado à minha sala após uma reunião de instruções, mais longa do que o esperado, ao departamento de design. Lembro-me vagamente de Trish dizer que você estava ao telefone e que meu chefe queria me ver. Pedi que dissesse a você que eu retornaria. Acho que anotei num post-it e colei-o em meu computador ao sair. Talvez eu tenha esquecido porque, anotando-o, não guardei o recado na memória. Mas não há desculpas. Absolutamente.

— Não atendi a ligação nem a retornei. — Minha voz soou diminuída pela vergonha.

— O bebê nasceu com três semanas de antecedência; você não poderia imaginar.

Mas eu deveria ter imaginado.

— E foi o dia em que recebeu sua promoção — continuou Todd. — É claro que você estava pensando em outras coisas. — Pareceu quase cômico. Ele, sozinho, havia encontrado uma justificativa para mim.

— Como pude me esquecer?

— Ela não disse que era importante. Nem deixou um recado.

Isentar-me significava pôr a responsabilidade em você.

— Ela não precisava dizer que era importante. E que recado poderia deixar com uma secretária? Que seu bebê estava morto?

Respondi-o rispidamente, tentando desviar um pouco da culpa na direção dele, mas é claro que a culpa é minha e de mais ninguém.

— Então, vocês foram ao Maine? — pergunta o Sr. Wright.

— Sim, não estava nos planos e só por alguns dias. E o bebê era esperado para dali a três semanas. — Sinto repulsa por essa tentativa patética de salvar minha pele. — A conta mostrou que ela ligou para meu escritório e para meu apartamento 15 vezes na véspera e na manhã do dia de sua morte.

Vi a coluna que repetia meus números de telefone e cada um era um abandono, acusando-me repetidas vezes.

— As chamadas para meu apartamento duraram alguns segundos.

Até caírem na secretária eletrônica. Eu deveria ter gravado uma mensagem dizendo que estávamos fora, mas não gravamos — não porque fomos levados pela espontaneidade, mas porque decidimos que seria mais seguro. *Não vamos anunciar que estamos fora de casa.* Não sei se foi Todd ou eu quem deu a ideia.

Achei que você supôs que eu voltaria em breve e que, por isso, não deixou recado. Ou talvez simplesmente não pudesse me dar a terrível notícia sem ouvir minha voz.

— Deus sabe quantas vezes ela tentou ligar para meu celular. Eu o desliguei porque não havia sinal onde estávamos.

— Mas tentou ligar para ela?

Acho que ele faz essa pergunta por gentileza.

— Sim, mas o telefone público não dava linha e meu celular não recebia sinal, portanto só pude telefonar quando fomos a um restaurante. Tentei algumas vezes, mas o telefone estava sempre ocupado. Achei que Tess estava conversando com amigos ou o tivesse desconectado para se concentrar em suas pinturas.

Mas não há justificativa. Eu deveria ter atendido sua ligação. E, se não atendi, deveria ter retornado *imediatamente* e deixar tocar *até* conseguir falar com você. E, se não conseguisse, eu deveria ter alertado alguém para procurá-la e pego o primeiro voo para Londres.

Minha boca estava seca demais para falar.

O Sr. Wright levanta-se.

— Vou buscar um copo de água para você.

Quando a porta se fecha atrás dele, levanto-me e ando de um lado para outro na sala, como se pudesse deixar minha culpa para trás, mas ela me segue, uma sombra abominável lançada por mim mesma.

Antes, eu me considerava, incontestavelmente, uma pessoa zelosa, atenciosa e previdente em relação aos outros. Lembrava-me escrupulosamente de aniversários (minha lista de aniversários era anualmente transcrita para um calendário) e enviava cartões de agradecimentos pontualmente (comprados e guardados na última gaveta de minha mesa), mas meus números em sua conta de telefone me fizeram perceber que eu não era atenciosa. Era escrupulosa em relação a detalhes triviais, mas, quanto a coisas importantes, era egoísta e cruelmente negligente.

Posso ouvir sua pergunta exigindo uma resposta: por que, quando o detetive Finborough me disse que você tivera o bebê, não entendi que você não teria condições de ligar e me contar? Por que pensei que você não recorreria a mim quando fui *eu* que não permiti seu contato? Porque pensei que você ainda estava viva. Não sabia que você havia sido assassinada até chegar a Londres. Depois, quando seu corpo foi encontrado, não fui capaz de usar a lógica e de relacionar as datas.

Não sei o que você deve pensar de mim. (Não sei ou não me atrevo?) Deve estar surpresa por eu não começar esta carta com um pedido de desculpa e, em seguida, uma explicação para que compreenda minha negligência. A verdade é que, sem coragem, adiei-a o máximo que pude, sabendo que não existe explicação a ser oferecida.

Eu daria qualquer coisa para ter uma segunda chance, Tess, mas, ao contrário dos contos de fada, não posso voar no tempo, passando pela segunda estrela à direita e pela janela aberta para encontrá-la viva em sua cama. Não posso navegar pelas semanas e pelos dias, retornando ao meu quarto, onde meu jantar está quente, aguardando-me, e onde sou perdoada. Não há recomeço. Não há segunda chance.

Você me procurou, e eu não estava.

Você está morta. Se eu houvesse atendido seu telefonema, você estaria viva.

Essa é a verdade.

Desculpe.

DEZ

O Sr. Wright retorna à sala com um copo de água para mim. Lembro-me de que sua mulher morreu num acidente de carro. Talvez tenha sido sua culpa, talvez ele houvesse bebido ou se distraído por um momento — minha sombra de culpa se sentiria melhor com uma companhia. Mas não posso perguntar. Então, bebo a água e ele religa o gravador.

— Então, soube que Tess procurou por você?

— Sim.

— E que você estava certa o tempo todo?

— Sim.

O outro lado da culpa. Você *havia* procurado minha ajuda, éramos unidas, eu realmente a conhecia e, portanto, podia estar segura em minha convicção de que você não se matou. Se essa segurança chegou a vacilar? Um pouco. Quando pensei que não me contara sobre o bebê, quando achei que não me procurara para ajudá-la quando estava com medo. Então, questionei nossa proximidade e perguntei-me se, afinal, eu realmente a conhecia. E, em silêncio, privadamente, perguntei-me se você realmente valorizaria demais a vida para dar-lhe fim. Suas ligações significavam que a resposta, por mais dolorosamente obtida, era um inequívoco sim.

Na manhã seguinte, acordei tão cedo que ainda era noite. Pensei em tomar um comprimido para dormir, para fugir tanto da culpa quanto da aflição, mas não consegui ser tão covarde. Tomando cuidado para não acordar Todd, levantei-me e saí, esperando escapar de meus pensamentos ou, pelo menos, encontrar alguma distração para eles.

Ao abrir a porta do apartamento, vi Amias protegendo seus vasos com sacolas de compras, auxiliado por uma lanterna. Ele me viu no limiar da porta.

— Algumas se desprenderam no vento da noite — disse ele —, então preciso ajeitá-las antes que o dano seja grande demais.

Pensei em Amias plantando narcisos na terra congelada. Desde o começo, os bulbos nunca tiveram chance. Sem querer chateá-lo, mas sem querer dar a ele falsas esperanças sobre a eficácia das estufas formadas pelas sacolas de compras, mudei o assunto.

— Tudo é tão silencioso a essa hora, não?

— Espere até a primavera; isso aqui vira um alvoroço.

Devo ter parecido confusa, porque ele se explicou:

— O coro do alvorecer. Não sei por que os pássaros gostam dessa rua em particular, mas, por alguma razão, gostam.

— Nunca entendi direito por que cantam ao romper do dia. — Manter essa conversa o animaria ou evitaria meus pensamentos?

— O canto dos pássaros serve para atrair um companheiro e definir territórios — replicou Amias. — É uma pena os seres humanos não desenvolverem sua musicalidade até esse nível, não acha?

— Sim.

— Sabia que há uma ordem? — perguntou ele. — Primeiro os melros; depois, sabiás, uirapurus, pintassilgos, mariquitas, tordos canoros. Havia um rouxinol também.

Enquanto ele me contava sobre o coro do alvorecer, percebi que encontraria a pessoa que assassinou você.

— Sabia que um único rouxinol pode cantar trezentas canções de amor? — continuou ele.

Esse era meu único e exclusivo propósito. Não havia tempo a ser gasto numa viagem de culpa.

— Um músico tornou mais lento o canto da cotovia e descobriu que se assemelhava à "Quinta Sinfonia", de Beethoven — prosseguiu Amias.

Devo isso a você, ainda mais do que antes, fazer-lhe alguma justiça.

Enquanto Amias continuava a falar sobre os milagres musicais no canto dos pássaros ao romper do dia, perguntei-me se ele percebia como aquilo era reconfortante para mim. Achei que provavelmente sim. Ele me permitia pensar, mas não sozinha, e me oferecia um paliativo para a tristeza. No escuro, tentei ouvir um pássaro cantar, mas nada. E, no silêncio e no escuro, era difícil imaginar uma alvorada de primavera tomada pelo canto dos pássaros.

Às nove horas, liguei para a delegacia.

— Detetive Finborough, por favor. É Beatrice Hemming.

Todd, ainda sonolento, olhou para mim, confuso e irritado.

— O que está fazendo, querida?

— Tenho direito a uma cópia do relatório da necropsia. Na papelada que a policial Vernon me deu, havia um folheto sobre o assunto.

Eu havia sido passiva demais, aceitando qualquer informação que me davam.

— Querida, você só fará todos perderem tempo.

Reparei que Todd não disse "é uma perda de tempo", mas que *eu* faria outra pessoa perder tempo, alguém que ele nem conhecia. Como eu, Todd está sempre preocupado em não incomodar. Eu costumava ser assim.

— No dia anterior à sua morte, Tess me ligou de hora em hora e só Deus sabe quantas vezes telefonou para meu celular. Nesse dia, pediu que Amias guardasse sua chave de reserva, porque estava com medo de deixá-la sob o vaso.

— Talvez tenha começado a se preocupar com questões básicas de segurança.

— Não, Amias me disse que Tess agiu assim depois de receber uma daquelas ligações. No dia em que foi assassinada, ela me ligou às dez horas, provavelmente quando chegou em casa após a consulta com o psiquiatra. E depois, telefonou a cada meia hora, até uma e meia da tarde, quando saiu para ir à agência dos correios e encontrar Simon no Hyde Park.

— Querida...

— Ela disse ao psiquiatra que estava com medo. E Simon contou que ela queria proteção 24 horas por dia, que estava "assustadoramente amedrontada" e que viu alguém segui-la até o parque.

— Foi o que ela disse, mas o diagnóstico de psicose puerperal...

O detetive Finborough atendeu, interrompendo-nos. Contei-lhe sobre as várias ligações para meu escritório e para minha casa.

— Você deve estar péssima. Sentindo-se até responsável.

Surpreendi-me com a delicadeza em sua voz, embora eu não saiba por quê. Ele sempre fora gentil.

— Estou certo de que não é um consolo — prosseguiu ele —, mas, baseado no que o psiquiatra disse, acho que ela seguiria em frente de qualquer maneira, mesmo se vocês conseguissem conversar.

— Seguiria em frente?

— Acho que as ligações foram gritos de socorro, o que não significa que alguém pudesse socorrê-la, nem sua família.

— Ela precisava de ajuda porque estava sendo ameaçada.

— Certamente se sentia assim, mas, considerando todos os outros fatos, as ligações não mudam nossa opinião de que Tess cometeu suicídio.

— Quero ver uma cópia do relatório da necropsia.

— Tem certeza? Eu passei a vocês as conclusões básicas e...

— Tenho todo o direito de ler o relatório.

— É claro, mas me preocupa que seja muito penoso.

— É uma decisão que cabe a mim, não acha?

Além disso, vi seu corpo ser removido de um banheiro público abandonado, num saco plástico preto, e, depois dessa experiência, achei que seria relativamente fácil conviver com algo "penoso". Com relutância, o detetive Finborough disse que pediria ao médico legista para me enviar uma cópia.

Desliguei o telefone. Todd estava me olhando.

— O que exatamente está esperando conseguir aqui? —Vi a banalidade de nossa relação nas palavras "exatamente" e "aqui". Estávamos unidos pelos vínculos superficiais do trivial e do mundano, mas o fato monstruoso de sua morte estava rompendo cada frágil conexão. Disse a ele que precisava ir ao hospital St. Anne, aliviada por ter uma desculpa para sair e evitar uma discussão para a qual eu ainda não estava preparada.

O Sr. Wright vira-se para um arquivo à sua frente, um entre os muitos arquivos volumosos, numerados com um código que eu ainda precisava decifrar, mas assinalados, numa caligrafia grande e desleixada, com o nome “Beatrice Hemming”. Gosto do aspecto pessoal da escrita desleixada ao lado dos números, que me faz pensar em todas as pessoas nos bastidores da justiça. Alguém escreveu meu nome nas pastas, talvez a mesma pessoa que vai datilografar as informações da fita que está zumbindo como um grande mosquito no fundo da sala.

— O que achou do comportamento do detetive Finborough? — pergunta o Sr. Wright.

— Achei que ele foi inteligente e gentil. E minha frustração foi entender por que as ligações de Tess para mim podiam ser interpretadas como “gritos de socorro”.

— Disse a ele que foi ao hospital?

— Sim. Eu queria providenciar que seu bebê fosse enterrado com ela.

Eu não devia somente justiça a você, mas o funeral que teria desejado.

Eu ligara para o hospital às seis e meia daquela manhã; uma médica simpática atendeu, sem se alterar por ser tão cedo, e sugeriu que eu fosse ao hospital mais tarde, em “horário comercial”.

Enquanto dirigia até o hospital, acionei o viva-voz em meu celular e telefonei para o padre Peter, o novo responsável na paróquia de mamãe, que conduziria seu funeral. Eu tinha uma vaga lembrança das aulas de catecismo sobre suicídio ser considerado pecado. (“Não passe pelo Ponto de Partida! Não receba 200! Vá direto para o inferno!”) Comecei com um tom de voz defensivamente agressivo.

— Todos acham que Tess cometeu suicídio. Eu, não. Porém, mesmo que fosse o caso, não deveria ser julgada. — Não dei espaço para o padre Peter responder. — E seu bebê deve ser enterrado com ela. Não pode haver julgamento a respeito dela.

— Não os enterramos mais nas encruzilhadas, eu juro — disse o padre Peter. — E é claro que seu bebê deve ficar com ela. — Apesar da delicadeza em sua voz, continuei desconfiada.

— Mamãe disse que ela não era casada? — perguntei.

— Tampouco Maria.

Fiquei completamente desconcertada, sem saber se aquilo era uma piada.

— Sim — respondi. — Mas era... bem, virgem. E mãe de Deus.

Ouvi-o rir. Foi a primeira vez que alguém riu de mim desde sua morte.

— Meu trabalho não é sair por aí julgando as pessoas. Padres devem ensinar o amor e o perdão. Para mim, é a essência de ser cristão. E buscar o amor e o perdão dentro de nós e dos outros, todos os dias, é um desafio que todos devemos tentar enfrentar.

Antes de sua morte, eu consideraria esse discurso duvidoso. As Grandes Coisas são constrangedoras e é melhor evitá-las. Mas, desde sua morte, prefiro um estilo de conversa naturista. Vamos nos despojar de todo o excesso e manter apenas o que importa. Vamos expor emoções e convicções sem a modesta capa da conversa trivial.

— Quer falar na cerimônia? — perguntou ele.

— Não. Mamãe me disse que gostaria de falar.

Disse? Ou eu simplesmente desejei ouvir isso quando ela disse que o faria?

— Gostaria de acrescentar alguma coisa? — perguntou ele.

— A verdade é que eu não gostaria de enterrá-la. Tess era um espírito livre. Sei que é um lugar-comum, mas não me ocorre outra maneira para descrevê-la ao senhor. Não me refiro a não ter sido limitada pelas convenções, embora seja verdade, mas que, quando penso nela, vejo-a planando no céu. Seu elemento é o ar, não a terra. E não suporto a ideia de pô-la debaixo da terra.

Foi a primeira vez que falei assim sobre você. As palavras emanaram de uma camada de pensamento muito mais profunda do que aquelas geralmente removidas e faladas. Suponho que os padres tenham sempre conhecimento dessa parte secreta, acessando pensamentos profundos, onde a fé, se existir, pode ser encontrada. Padre Peter estava em silêncio, mas eu sabia que me escutava atentamente, e, passando por um supermercado Tesco, prossegui em nossa conversa incongruente.

— Antes, eu não entendia as piras funerárias, mas agora entendo. É horrível queimar um ente querido, mas agora acho bonito observar a fumaça subir ao céu. E gostaria que Tess estivesse no céu. Em um lugar com cor, luz, ar.

— Entendo. Receio não podermos oferecer uma pira, mas talvez você e sua mãe devessem pensar numa cremação, não? — Gostei da tranquilidade em seu tom de voz. Supus que morte e funeral fizessem parte de seu trabalho e, embora respeitoso, não permitiria que editassem seu modo de falar.

— Achei que católicos não permitiam a cremação. Mamãe disse que a igreja considera uma ação pagã.

— Considerava. Há muito tempo. Não mais. Contanto que se continue a acreditar na ressurreição do corpo.

— Eu gostaria de acreditar — respondi, esperando também soar tranquila, mas pareci desesperada.

— Por que não pensa mais um pouco? Ligue-me quando decidir ou se quiser conversar.

— Sim. Obrigada.

Ao parar o carro alugado no estacionamento subterrâneo do hospital, pensei em levar suas cinzas para a Escócia, para uma montanha com matas púrpuras e arbustos amarelos, ascendendo no céu cinzento, acima do primeiro nível de nuvens, no ar claro e límpido, e dispersando-a ao vento. Mas eu sabia que mamãe nunca permitiria uma cremação.

O hospital St. Anne havia sido reformado e estava irreconhecível, com um novo saguão, amplas instalações de arte e uma cafeteria. Diferente de qualquer hospital que eu conhecia, aquele parecia pertencer ao mundo exterior. Pelas grandes portas envidraçadas, viam-se pessoas fazendo compras e o saguão era iluminado por luz natural. O lugar cheirava a grãos de café tostados e a bonecas novas, recém-saídas de suas caixas no Natal (talvez as novas e lustrosas cadeiras da cafeteria fossem feitas com o mesmo plástico).

Subi ao quarto andar pelo elevador, como fui instruída, e dirigi-me à ala da maternidade. O brilho não se estendeu até tão longe e o cheiro de café misturado ao plástico de bonecas novas foi sufocado pelo cheiro usual de hospitais, uma mistura de desinfetante e medo. (Ou será que somente nós o sentimos por causa de Leo?) Não havia janelas, apenas focos de luz refletidos no linóleo; nenhum relógio, até os relógios de pulso das enfermeiras estavam virados. E ali estava eu novamente no mundo hospitalar, um lugar sem clima e sem horas, em que crises anômalas de dor, doenças e morte eram transformadas em coisas corriqueiras como num livro de Kafka. Um cartaz exigia que eu lavasse as mãos com o gel fornecido e, então, o cheiro de hospital penetrou em minha pele, embaçando o diamante em meu anel de noivado. A campainha na ala da maternidade foi respondida por uma mulher na faixa dos quarenta anos, com cabelos ruivos e crespos presos, que parecia competente e exausta.

— Telefonei mais cedo. Beatrice Hemming.

— É claro. Sou Cressida, chefe das parteiras. O Dr. Saunders, obstetra, está esperando por você.

Ela me acompanhou à ala pós-parto. Das alas laterais chegava o choro de bebês. Eu nunca ouvira bebês tão novos chorarem; um deles parecia desesperado, como se houvesse sido abandonado. A parteira levou-me a uma sala para familiares.

— Lamento muito por seu sobrinho — disse ela, soando profissionalmente atenciosa.

Por um instante, não entendi a quem se referia. Nunca pensara sobre nossa relação de parentesco.

— Sempre me refiro a ele como o bebê de Tess, não como meu sobrinho.

— Quando será o enterro?

— Na quinta-feira. Será o enterro de minha irmã também.

A voz da parteira mudou, parecendo chocada.

— Sinto muito. Eu sabia apenas que o bebê havia morrido. — Senti-me grata à gentil médica com quem falei pela manhã por não transformar sua morte numa fofoca para passar o tempo. Se bem que acho que, num hospital, mortes são mais assunto para conversas de negócios do que para fofocas.

— Quero que o bebê fique com ela.

— Sim, é claro.

— E gostaria de falar com quem esteve com Tess quando ela deu à luz. Eu deveria estar com ela, sabe, mas não estive. Sequer atendi sua ligação. — Comecei a chorar, mas lágrimas eram totalmente normais ali, até as capas de sofá laváveis provavelmente foram compradas pensando em parentes que chorariam. A parteira pôs a mão em meu ombro.

— Vou descobrir quem estava com ela e pedir que venha falar com você. Só um momento, por favor.

Ela se dirigiu ao corredor. Pela porta aberta, vi uma mulher passar numa maca com rodinhas, com um recém-nascido nos braços. Ao lado, um médico colocava o braço ao redor de um homem.

— É comum o bebê chorar, não o pai. — O homem riu; o médico sorriu. — Quando chegaram, essa manhã, eram um casal, e agora são uma família. Incrível, não é?

A parteira sacudiu a cabeça para ele.

— Como obstetra, Dr. Saunders, você não deveria estar surpreso.

Observei o Dr. Saunders levar a mãe e o bebê para uma ala lateral. Mesmo a distância, pude ver que tinha feições delicadas, olhos que se iluminavam por dentro, tornando-o belo, não insolentemente atraente.

Ele se aproximou com a parteira.

— Dr. Saunders, essa é Beatrice Hemming.

O Dr. Saunders sorriu para mim, com naturalidade, e a maneira descuidada como apresentava sua beleza me lembrou você, como se não tivesse consciência dela.

— É claro, minha colega falou com você mais cedo e disse que viria. Nosso capelão tomou todas as providências necessárias com os agentes funerários e eles buscarão o bebê à tarde.

Sua voz era calma no alvoroço da ala. Alguém que confiava que as pessoas o escutariam.

— O capelão mandou o corpo para a sala de repouso — prosseguiu ele. — Achamos que o necrotério não era o lugar para ele. Só lamento que tenha passado tanto tempo ali.

Eu deveria ter pensado nisso. Nele. Eu não deveria tê-lo deixado no necrotério.

— Quer que eu a leve até lá? — perguntou ele.

— Você tem mesmo tempo?

— É claro.

O Dr. Saunders acompanhou-me pelo corredor em direção aos elevadores. Ouvi uma mulher gritar. O som vinha do andar de cima, onde supus que ficavam as salas de parto. Como os gritos de um recém-nascido, aqueles eram diferentes de tudo o que eu ouvira, cheios de dor. Havia enfermeiras e outro médico no elevador, mas pareciam não escutar os gritos. Concluí que estavam acostumados, trabalhando sem trégua nesse mundo hospitalar kafkaniano.

A porta do elevador fechou-se. O Dr. Saunders e eu fomos ligeiramente comprimidos um contra o outro. Notei uma fina aliança de ouro pendendo de um cordão quase imperceptível ao redor de seu pescoço. No segundo andar, todos saíram e ficamos sós. Ele me olhou diretamente, dando-me toda sua atenção.

— Lamento sobre Tess.

— Você a conheceu?

— Talvez, não tenho certeza. Desculpe-me, posso parecer insensível, mas...

Concluí:

— Vê centenas de pacientes.

— Sim. Na verdade, mais de cinco mil bebês nascem aqui todos os anos. Quando nasceu o bebê dela?

— Em 21 de janeiro.

Ele fez uma pausa.

— Nesse caso, eu não estava aqui. Sinto muito. Nessa semana, participei de um curso de treinamento em Manchester.

Pensei se ele não estaria mentindo. Deveria pedir que provasse que não estava presente durante seu parto ou no momento de seu assassinato? Não ouvi sua voz me responder nem seu riso. Ouvi Todd mandando que eu não fosse ridícula. E ele tinha razão. Todos os homens no mundo eram culpados até, um por um, provarem sua inocência? E quem disse que era um homem? Talvez eu também devesse suspeitar de mulheres, da parteira gentil, da médica com quem falei naquela manhã. E achavam que *você* era a paranoica. Mas médicos e enfermeiras têm poder sobre a vida e a morte e alguns se tornam viciados. Mesmo assim, um hospital cheio de pessoas vulneráveis, o que faria um profissional da saúde escolher um banheiro público abandonado, no Hyde Park, para liberar seu impulso psicótico? A essa altura de meus pensamentos, o Dr. Saunders sorriu, fazendo com que me sentisse embaraçada e um pouco envergonhada.

— Nosso andar é o próximo.

Ainda sem ouvir sua voz, pensei, com firmeza, que um homem ser bonito não significava necessariamente que era um assassino — apenas alguém que me rejeitaria sem nem mesmo perceber. Falando francamente, sabia que era esse o motivo de minha suspeita. Eu estava apenas fixando minha desconfiança habitual num gancho diferente — e muito mais extremo.

Chegamos ao necrotério do hospital; eu ainda pensava em como descobrir seu assassino, não em Xavier. O Dr. Saunders levou-me à sala reservada aos familiares, onde "veem o finado" e perguntou se eu queria que ele me acompanhasse. Sem pensar duas vezes, respondi que ficaria bem.

Entrei. A sala era decorada com cuidado e bom gosto, como uma sala de estar, com cortinas estampadas, tapete felpudo e flores (artificiais, mas cara). Estou tentando que as coisas pareçam OK e até bonitas, mas não quero mentir para você: essa sala de estar para os mortos era sinistra. Parte do tapete, na área mais próxima à porta, estava puída por causa de todas as pessoas que pararam onde eu estava, sentindo o peso da dor, sem quererem se aproximar da pessoa que amavam, sabendo que, quando chegassem a ela, teriam certeza de que não estava mais ali.

Fui até ele.

Peguei-o e envolvi-o com a manta de caxemira azul que você havia comprado.

Segurei-o em meu colo.

Não há mais palavras.

O Sr. Wright escutou com compaixão quando contei a ele sobre Xavier, sem interromper ou interferir, respeitando meus silêncios. Em certo ponto, provavelmente entregou-me um lenço de papel, pois tenho um agora, úmido, em minhas mãos.

— E decidiu, então, contra a cremação? — pergunta ele.

— Sim.

Um jornalista publicou ontem que não autorizamos a cremação porque eu "não queria destruir provas", mas não foi essa a razão.

Acho que fiquei com Xavier por cerca de três horas. Enquanto o segurava, percebi que o ar frio de uma montanha cinzenta não era lugar para um bebê e, portanto, sendo sua mãe, não era lugar para você. Quando finalmente fui embora, liguei para o padre Peter.

— Ele pode ser enterrado nos braços de Tess? — perguntei, esperando ouvir que seria impossível.

— É claro. Acho que é o lugar certo para ele — respondeu o padre.

O Sr. Wright não insiste em saber a razão por que escolhi o sepultamento e sinto-me grata por seu tato. Tento prosseguir, contendo a emoção e usando palavras formais.

— Então, procurei novamente a parteira, achando que encontraria a pessoa que esteve com Tess quando deu à luz, mas ela não conseguira encontrar as anotações sobre Tess, portanto não sabia quem fora. Ela propôs que eu retornasse na terça-feira seguinte, dando-lhe tempo para procurá-las.

— Beatrice?

Corro para fora da sala.

Chego ao banheiro a tempo. Estou terrivelmente enjoada. A náusea é incontrolável. Meu corpo está tremendo. Vejo uma jovem secretária entrar no banheiro, olhar-me e sair rapidamente. Deito-me no chão frio de ladrilhos, forçando meu corpo a recuperar o controle.

O Sr. Wright chega ao banheiro, põe os braços ao meu redor e, gentilmente, ajuda-me a levantar. Enquanto me segura, percebo que gosto de ser cuidada — não o cuidado patriarcal, mas simplesmente ser tratada com amabilidade. Não sei por que nunca percebi antes, afastando gentilezas antes que fossem oferecidas.

Minhas pernas finalmente param de tremer.

— Hora de ir para casa, Beatrice.

— Mas meu depoimento...

— O que acha de continuarmos pela manhã, se você estiver em condições?

— OK.

Ele quer chamar um táxi para mim ou, pelo menos, levar-me ao metrô, mas recuso gentilmente sua oferta. Digo-lhe que preciso apenas de ar fresco, e ele parece compreender.

Quero estar sozinha com meus pensamentos, que se concentram em Xavier. Desde o momento em que o segurei, amei-o por ele mesmo, não somente por ser seu bebê.

Saio e ergo a cabeça para o céu azul-claro, tentando impedir que as lágrimas corram. Lembro-me da carta que você me escreveu sobre Xavier, que, em sua história, ainda não li. Penso em você andando para casa, ao sair do hospital, sob a chuva forte. Penso em você olhando para o céu negro e inclemente. Penso em você, gritando: "Devolva-me ele." E em que ninguém lhe respondeu.

Penso em você me telefonando.

ONZE

Sábado

Quase ninguém está acordado e andando por aí às oito e meia de um sábado, deixando as calçadas praticamente desertas. Quando chego ao edifício do CPS, encontro apenas uma recepcionista na mesa, vestida informalmente, e entro num elevador vazio. Subo ao terceiro andar. A Srta. Secretária Apaixonada não está ali, então sigo para a sala do Sr. Wright.

Vejo que separou café e água mineral para mim.

— Tem certeza de que quer seguir em frente? — pergunta ele.

— Sim. Estou bem.

Ele liga o gravador, mas está olhando para mim com preocupação e acho que, desde ontem, considera-me alguém muito mais frágil do que imaginara.

— Podemos começar com o relatório do legista? Você pediu uma cópia.

— Sim. Chegou dois dias depois, pelos correios.

O Sr. Wright tinha uma cópia do relatório à sua frente, com frases destacadas em amarelo. Sei quais frases são e direi num instante, mas, primeiro, há uma frase que não está marcada, mas que está grifada em minha memória. No começo do relatório, o médico jura dizer a verdade, "*por sua alma e por sua consciência*". Seu corpo não foi tratado com uma análise científica fria; recebeu uma abordagem arcaica e mais profundamente humana.

* * *

Departamento de Medicina Forense, Hospital Chelsea & Westminster, Londres.

Eu, Rosemary Didcott, bacharel em medicina, por meio deste, atesto, por minha alma e minha consciência, que, em 30 de janeiro de 2010, no necrotério do hospital Chelsea & Westminster, a pedido do médico-legista Sr. Paul Lewis-Stevens, dissequei o corpo de Tess Hemming (21), residente em Chepstow Road 35, Londres; o corpo foi encaminhado pelo detetive Finborough, da polícia metropolitana de Londres, e o que se segue é um relatório verdadeiro.

Esse era o corpo de uma mulher branca, de constituição esguia, medindo 1,70m. Havia evidência de ter dado à luz dois dias antes de sua morte.

Havia cicatrizes antigas, datando da infância, no joelho e no cotovelo direitos.

No pulso e no antebraço direitos havia uma laceração recente, de dez centímetros de extensão e quatro centímetros de profundidade, dividindo em duas partes iguais o músculo interósseo e lesionando a artéria radial. No pulso e no antebraço esquerdos, havia uma laceração menor, de cinco centímetros de extensão e dois centímetros de profundidade, e uma laceração maior, de seis centímetros de extensão e quatro centímetros de profundidade, que secionou a artéria ulnal. Os ferimentos são consistentes com a faca para desossar, de 12 centímetros, encontrada com o corpo.

Não encontrei evidências de machucados, cicatrizes ou feridas de qualquer tipo.

Não encontrei evidência de relação sexual recente.

Amostras de sangue e tecidos foram coletadas e encaminhadas para exame toxicológico.

Calculo que a jovem morreu seis dias antes da dissecação, em 23 de janeiro.

Dessa dissecação, concluo que essa jovem morreu em virtude das lacerações de artérias nos pulsos e antebraços.

Londres, 30 de janeiro de 2010.

* * *

Devo ter lido esse documento cem vezes, mas "faca para desossar" continua sendo tão perverso quanto na primeira vez, sem menção ao nome Sabatier para abrandá-la com certo caráter doméstico.

— Os resultados do exame toxicológico foram incluídos? — pergunta o Sr. Wright. (São os resultados dos exames de sangue e tecidos, realizados em outro laboratório depois da necropsia inicial.)

— Sim, foram anexados ao relatório e têm a data do dia anterior ao recebimento dos documentos, de modo que eram recentes, mas não os compreendi. Usaram jargões científicos; o texto não foi escrito para ser entendido por leigos. Felizmente, tenho uma amiga que é médica.

— Christina Settle?

— Sim.

— Tenho o relato de seu depoimento.

Percebo que um bando de gente está trabalhando em seu caso, ouvindo depoimentos simultaneamente.

Perdi contato com minhas colegas da escola e da universidade quando fui para os Estados Unidos, mas, desde sua morte, velhos amigos me telefonaram ou escreveram, "oferecendo apoio", como diz mamãe. Entre esses, Christina Settle, que é médica no hospital Charing Cross. (Ela me disse que mais da metade dos melhores alunos de minha turma de biologia em Nuffield seguiu alguma carreira científica.) De qualquer maneira, Christina escreveu-me uma afetuosa carta de condolências, com a mesma caligrafia itálica e perfeita que tinha na escola, terminando, como muitas dessas cartas, com "se houver alguma coisa que eu possa fazer para ajudar, por favor, me avise". Decidi aceitar a oferta.

Ela escutou atentamente meu pedido bizarro e respondeu que era apenas uma médica residente, especializando-se em pediatria, não em patologia, e que, portanto, não estava qualificada para interpretar os resultados do exame. Achei que não queria se envolver, mas, no fim da conversa, pediu-me para passar o relatório por fax. Dois dias depois, ligou-me e perguntou se eu queria encontrá-la para beber alguma coisa. Ela encontrara um patologista, amigo de um amigo, para examinar o relatório com ela.

Quando falei para Todd que encontraria Christina, ele ficou aliviado, achando que eu estava tentando retomar uma vida normal e procurando velhas amigas.

Entrei no bistrô que Christina escolhera e sofri o impacto do mundo normal a todo o volume. Eu não havia estado num local como esse desde sua morte, e as vozes altas e risadas fizeram-me sentir vulnerável. Então, vi Christina acenando para mim e fui tranquilizada, em parte porque ela continuava quase exatamente como na época da escola — o mesmo cabelo escuro e bonito, os mesmos óculos pouco lisonjeiros — e, em parte, porque encontrara uma mesa reservada e isolada do resto do lugar. (Christina continua boa em conseguir coisas.) Achei que ela não se lembraria de você — afinal, estávamos no sétimo ano quando você começou no colégio interno —, mas ela foi veemente ao dizer que sim.

— Na verdade, vividamente. Mesmo aos 11 anos, Tess era descolada demais para a escola.

— Não sei se eu diria "descolada"...

— Ah, não quis dizer no mau sentido; ela não era desdenhosa, arrogante ou coisa parecida. Isso era o extraordinário. Por isso me lembro dela tão bem, eu acho. Estava sempre sorrindo; uma criança descontraída que ria e sorria. Eu nunca vira essa combinação em alguém. — Christina fez uma pausa; sua voz um pouco hesitante. — Deve ter sido difícil competir com uma personalidade assim... Não?

Não sei se era indiscrição ou preocupação, mas decidi ir direto ao propósito de nosso encontro.

— Pode me dizer o que diz o relatório?

Ela pegou o relatório e um caderno de anotações em sua pasta. Ao abri-la, vi um sachê de xarope infantil e um livro de pano para crianças. Os óculos e a caligrafia de Christina não haviam mudado, mas sua vida, claramente, sim. Ela baixou os olhos para o caderno de anotações.

— James, o amigo de um amigo sobre quem falei ao telefone, é um patologista experiente, então sabe o que está falando, mas está apreensivo sobre seu envolvimento; patologistas são constantemente processados e depreciados pela mídia. Ele não pode ser citado.

— É claro.

— Você fez inglês, química e biologia, não, Hemms?

Era meu antigo apelido, empoeirado pelo tempo. Levei um instante para associá-lo a mim.

— Sim.

— Estudou bioquímica depois?

— Não, na verdade me graduei em inglês.

— Vou traduzir em termos leigos, então. Simplificando, havia três drogas no organismo de Tess quando morreu.

Christina não percebeu minha reação, mantendo os olhos no caderno de anotações, mas eu estava pasma.

— Quais eram as drogas?

— Cabergolina, que interrompe a produção de leite materno...

Simon havia falado sobre esse medicamento e, mais uma vez, esse fato mostrou-se algo tão doloroso que não consegui aprofundá-lo. Interrompi meus pensamentos.

— E as outras?

— Um sedativo que ela tomou em grande quantidade, mas como aconteceu alguns dias antes de ser encontrada e de uma amostra do sangue ser coletada... — Christina parou, desconcertada, e recompôs-se antes de prosseguir. — O que quero dizer é que, por causa da demora, é difícil precisar a quantidade de sedativos. James disse que tudo o que pode oferecer são suposições baseadas em sua experiência.

— E...?

— Ela tomou muito mais do que seria indicado como dosagem normal. Ele acha que foi não o bastante para matá-la, mas para deixá-la muito sonolenta.

Por isso não havia sinais de luta; ele a dopara. Você percebeu tarde demais? Christina leu mais de sua escrita itálica perfeita.

— A terceira droga é *fenilcicloexilpiperidina*, comumente abreviada como PCP. É um forte alucinógeno, desenvolvido como anestésico nos anos de 1950, mas suspenso quando pacientes experimentaram reações psicóticas.

Assustei-me, repetindo como um papagaio.

— Alucinógeno?

Christina achou que eu não havia entendido e foi paciente.

— São drogas que provocam alucinações; em termos leigos, "viagens". É como LSD, porém mais perigoso. De novo, James disse que é difícil afirmar quanto ela tomou e por quanto tempo, por causa da demora em encontrá-la. Também é complicado porque o corpo armazena essa droga nos músculos e nos tecidos gordurosos com todo o seu potencial psicoativo, de modo que a substância pode continuar a exercer efeito por algum tempo.

Por um momento, ouvi apenas um blá-blá-blá científico até formar-se algo que eu pudesse entender.

— A droga indica que ela teria alucinações dias antes de morrer? — perguntei.

— Sim.

Afinal, o Dr. Nichols estava certo. No entanto, suas alucinações não eram por causa da psicose puerperal, mas em consequência da droga alucinógena.

— Ele planejou tudo. Primeiro, quis elouquecê-la.

— Beatrice...?

— Ele garantiu que todos pensassem que ela estava louca e, então, drogou-a e matou-a.

Os olhos castanhos de Christina pareceram imensos atrás de suas lentes na armação de ágata, ampliando sua expressão compreensiva.

— Quando penso em quanto amo meu bebê, não consigo imaginar o que eu faria no lugar de Tess.

— O suicídio não era uma opção para ela, mesmo que quisesse. Simplesmente não seria capaz. Não depois de Leo. E ela nunca tocou em drogas.

Houve silêncio entre nós duas e o barulho inoportuno do bar penetrou nosso espaço.

— Você a conhecia melhor, Hemms.

— Sim.

Ela sorriu para mim, num gesto de capitulação à minha certeza, que carregava o peso de um laço sanguíneo.

— Agradeço muito por sua ajuda, Christina.

Ela foi a primeira pessoa a me ajudar de maneira prática. Sem ela, eu não saberia sobre o sedativo e o alucinógeno, mas eu também estava grata também por respeitar minha opinião o bastante para reprimir a sua. Passamos seis anos na mesma turma, como adolescentes em desenvolvimento, e acho que não nos tocamos uma vez sequer, mas, na saída do restaurante, despedi-me com um abraço forte.

— Ela disse mais alguma coisa sobre a PCP? — pergunta o Sr. Wright.

— Não, mas a pesquisa na internet foi relativamente fácil. Descobri que causa toxicidade comportamental, tornando a vítima paranoica e provocando visões assustadoras.

Você percebeu que estava sendo mentalmente torturada? Se não, o que achou que estava acontecendo?

— É especialmente destrutiva para pessoas sob trauma psicológico — continuei. Ele explorou seu sofrimento, sabendo que agravaria ainda mais o efeito da droga. — Havia sites acusando as forças armadas americanas de usá-la em Abu Ghraib e em casos de rendição. Estava claro que as alucinações que causava eram terríveis.

O que foi pior: as alucinações ou pensar que estava enlouquecendo?

— E você contou à polícia? — pergunta o Sr. Wright.

— Sim, deixei um recado para o detetive Finborough. Era tarde e o expediente havia terminado. Ele me ligou na manhã seguinte e disse que iria ao apartamento me ver.

— Não acredito que fará o coitado voltar aqui, querida. — Todd preparava um chá e colocava biscoitos num prato, como se pudessem compensar o detetive Finborough pela inconveniência de meu pedido.

— Ele precisa saber sobre as drogas.

— A polícia deve saber, querida.

— Não podem saber.

Todd distribuiu os biscoitos de chocolate e de baunilha em duas fileiras perfeitas, amarela e marrom, expressando seu aborrecimento na simetria dos biscoitos.

— Sim. Podem. E terão chegado às mesmas conclusões que eu.

Ele se virou e desligou o fogo sob a panela com água fervente. Na noite passada, ficou calado quando contei sobre as drogas, mas perguntou por que eu não dissera a ele o verdadeiro propósito de meu encontro com Christina.

— Não acredito que sua irmã não tinha nem uma chaleira.

A campainha tocou.

Todd recebeu o detetive Finborough e, depois, saiu para buscar mamãe. O plano era mamãe e eu empacotarmos suas coisas. Acho que Todd esperava que me desfazer de suas coisas me forçaria a encerrar a questão. Sim, eu sei, muito americano, mas não conheço o equivalente britânico. "Enfrentar os fatos", mamãe diria, eu acho.

O detetive Finborough sentou-se em seu sofá, comendo, por cortesia, um biscoito de chocolate enquanto eu contava o que Christina dissera.

— Nós sabemos sobre o sedativo e a PCP.

Assustei-me. Todd tinha razão, afinal.

— Por que não me disseram?

— Achei que você e sua mãe já tinham problemas demais. Não quis acrescentar o que pareceu ser uma aflição desnecessária. E as drogas simplesmente confirmaram nossa convicção de que Tess tirou a própria vida.

— Acha que ela tomou essas coisas *deliberadamente*?

— Não houve evidência de força. E sedativos são frequentemente usados por pessoas que pretendem cometer suicídio.

— Mas não foi o bastante para matá-la, foi?

— Não, mas talvez Tess não soubesse. Afinal, ela nunca havia tentado algo assim, havia?

— Não. Não havia. E não tentou dessa vez. Deve ter sido enganada. — Tentei afastar a compaixão no rosto do detetive. — Não vê? Ele a drogou com o sedativo para que pudesse matá-la sem luta, por isso não havia marcas no corpo.

Mas não consegui desfazer sua expressão ou sua opinião.

— Ou ela simplesmente tomou uma overdose que não foi o bastante.

Eu tinha 9 anos e estava numa aula de interpretação de texto, sendo orientada com firmeza, por um professor atencioso, a retirar as respostas corretas do texto à minha frente.

— E a PCP? — perguntei, achando que não existia resposta para essa droga estar em seu corpo.

— Falei com um inspetor do departamento de narcóticos — respondeu ele. — Disse-me que os traficantes a dissimulam e vendem como LSD há anos. Há uma lista de nomes para ela: cristal, pó de anjo, ciclone, cadilac. O traficante de Tess provavelmente...

Interrompi-o.

— Pensa que Tess tinha um "traficante"?

— Desculpe. Quis dizer a pessoa que deu ou vendeu PCP a ela. Ele ou ela não diriam a Tess o que realmente estava tomando. Também falei com seu psiquiatra, Dr. Nichols, e...

Interrompi-o mais uma vez.

— Tess não tocaria em drogas, qualquer que fosse. Ela abominava drogas. Na escola, enquanto suas amigas fumavam e experimentavam baseados, ela se recusava a ter qualquer envolvimento. Considerava sua saúde uma dádiva que havia recebido — e Leo, não — e que não tinha o direito de destruir.

O detetive Finborough fez uma pausa, como se genuinamente considerasse meu ponto de vista.

— Mas ela não era mais uma estudante, com as apreensões de uma adolescente, era? Não estou dizendo que quisesse usar drogas ou que houvesse experimentado antes, mas realmente acho totalmente compreensível que quisesse escapar da dor.

Lembrei-me do detetive dizer que você estava num inferno depois que Xavier nasceu, lugar onde ninguém poderia se unir a você. Nem eu. E pensei em minha vontade de tomar soníferos, de ter uma trégua da dor por algumas horas.

Mas não tomei nenhum.

— Você sabe que se pode fumar PCP? — perguntei. — Ou inalá-la ou injetá-la ou simplesmente engoli-la? Alguém poderia colocá-la na bebida de Tess, sem ela perceber.

— Beatrice...

— O Dr. Nichols estava errado sobre o motivo das alucinações. Não foram provocadas por uma psicose puerperal.

— Não, mas, como eu estava tentando dizer, falei com o Dr. Nichols a respeito da PCP. Ele respondeu que, mesmo que a causa das alucinações fosse outra, o estado mental de Tess seria o mesmo. E, infelizmente, as consequências. Aparentemente não é raro que pessoas que usam PCP se mutilem ou se matem. O inspetor do departamento de narcóticos disse o mesmo. — Tentei interrompê-lo, mas ele prosseguiu até sua conclusão lógica. — Todas as setas factuais apontam para a mesma direção.

— E o legista acreditou? Acreditou que alguém sem qualquer histórico de uso de drogas tomou, voluntariamente, um alucinógeno potente? Ele não questionou essa afirmação?

— Não. De fato, ele me disse que ela... — O detetive Finborough parou, pensando melhor.

— Disse-lhe o quê? O que exatamente ele disse sobre minha irmã?

O detetive Finborough ficou em silêncio.

— Não acha que tenho o direito de saber?

— Sim, tem. Ele disse que Tess era estudante, uma estudante de arte, vivendo em Londres, e que seria uma surpresa se ela estivesse...

Hesitou e finalizei por ele.

— Limpa?

— Algo parecido, sim.

Então, você não estava limpa, com toda a bagagem de sujeira que essa palavra ainda carrega no século XXI. Tirei a conta de telefone do envelope.

— Você estava enganado quanto a Tess não me contar que seu bebê morreu. Ela tentou, repetidas vezes, mas não conseguiu. Mesmo que encare essas ligações como "gritos de socorro", foram gritos *para mim.* Porque éramos unidas. Eu a conhecia. E ela não tomaria drogas. E não se mataria.

Ele ficou em silêncio.

— Ela recorreu a mim e a decepcionei. Mas *ela recorreu a mim.*

— Sim, recorreu.

Achei ter visto uma centelha de emoção em seu rosto que não era apenas compaixão.

DOZE

Uma hora e trinta minutos após o detetive Finborough ir embora, Todd chegou com mamãe. O aquecimento parecia ter desistido completamente e ela não tirou o casaco.

Sua respiração era visível na sala de estar gelada.

— Bem, vamos começar a separar as coisas. Comprei plástico-bolha e tudo o mais. — Talvez ela esperasse que essa vigorosa determinação fizesse-nos acreditar que poderíamos organizar a esteira de caos que sua morte deixara. Se bem que, para ser franca, a morte deixa uma quantidade assustadora de tarefas práticas: todas aquelas coisas que você foi forçada a deixar para trás precisaram ser organizadas, empacotadas e redistribuídas no mundo dos vivos. Por algum motivo, pensei num aeroporto vazio e numa esteira rolante de bagagens em que suas roupas, quadros, livros, lentes de contato e o relógio de pêndulo da vovó giravam e giravam, com apenas mamãe e eu para reclamá-los.

Mamãe começou a cortar pedaços de plástico-bolha.

— Todd disse que você marcou mais um encontro com o detetive Finborough? — inquiriu ela, em tom acusador.

— Sim — respondi, hesitante. — Foram encontradas algumas drogas no corpo de Tess.

— Todd me contou. Todos sabemos que ela não estava em seu juízo perfeito, Beatrice. E só Deus sabe como tinha motivos para querer escapar de sua situação.

Sem me dar uma oportunidade para argumentar, passou à sala de estar para "adiantar-se um pouco antes do almoço".

Embrulhei rapidamente os nus que Emilio pintou porque não quis que mamãe os visse e porque eu não queria olhar para eles. Sim, sou uma puritana, mas não foi esse o motivo. Eu simplesmente não podia suportar ver a cor viva de seu corpo pintado enquanto seu rosto no necrotério estava tão pálido. Ao envolvê-los, pensei em como Emilio tinha o motivo mais óbvio para matá-la. Por sua causa, ele poderia perder a carreira e a mulher. Sim, ela sabia sobre o caso, mas talvez ele esperasse uma reação diferente. De qualquer forma, apenas sua gravidez poderia comprometê-lo, portanto não entendo por que — se ele a matou para proteger seu casamento e sua carreira — esperou o nascimento do bebê.

Após cobrir os nus, comecei a envolver um quadro seu em plástico-bolha — não olhei para a imagem nem para suas cores vivas, lembrando-me de sua alegria, aos quatro anos, enquanto apertava as bolhas desse plástico entre seus pequenos dedos. "POP!"

Mamãe entrou e olhou para as pilhas de telas.

— O que ela pensava que faria com tantos quadros?

— Não sei, mas a escola de arte quer expô-los. O evento será daqui a três semanas e querem preparar uma mostra especial para Tess.

Haviam telefonado dois dias antes e concordei imediatamente.

— Mas não vão pagar, vão? — perguntou ela. — Quero dizer, qual era exatamente o sentido disso tudo para ela?

— Ela queria ser pintora.

— Você quer dizer como uma "decoradora"? — perguntou mamãe, atônita.

— Não, essa é a palavra que usam para artista agora.

"É o jeito moderno", você disse, rindo de meu vocabulário antiquado. "Astros pop são artistas, artistas são pintores e pintores são decoradores."

— Passar o dia pintando quadros é o que crianças fazem no jardim de infância — prosseguiu mamãe. — Não me preocupei muito quando escolheu uma escola de arte, porque achei bom que ela tivesse uma trégua de assuntos reais, mas chamar pintura de educação superior é absurdo.

— Ela estava apenas explorando seu talento.

Sim, eu sei. Foi pouco convincente.

— Foi uma infantilidade — respondeu mamãe, rispidamente. — Um desperdício de todas as suas conquistas acadêmicas.

Ela estava com muita raiva por você ter morrido.

Eu não havia contado sobre minhas providências para que Xavier fosse sepultado com você, com medo do confronto, mas não pude adiar mais.

— Mãe, realmente acho que ela desejaria que Xavier...

Mamãe me interrompeu.

— Xavier?

— Seu bebê, ela desejaria...

— Ela usou o nome de Leo?

Sua voz soou horrorizada. Lamento.

Ela voltou para a sala e começou a jogar roupas num saco plástico preto.

— Tess não gostaria que suas coisas fossem simplesmente descartadas, mãe, ela reciclava tudo.

— Essas roupas não servem para ninguém.

— Ela mencionou, certa vez, um local de reciclagem têxtil. Vou procurar...

Mas mamãe virara-se e puxava a gaveta mais baixa do guarda-roupa. Ela tirou um casaquinho de caxemira embrulhado em papel de seda. Então, virou-se para mim.

— É lindo — disse, com uma voz suave.

Lembrei-me de meu espanto quando encontrei essas coisas sofisticadas para o bebê no meio da pobreza de seu apartamento.

— Quem deu a ela? — perguntou mamãe.

— Não sei. Amias disse que ela esbanjou nas compras.

— Mas com o quê? O pai deu dinheiro a ela?

Preparei-me; ela tinha direito a essa informação.

— Ele é casado.

— Eu sei.

Mamãe deve ter percebido minha confusão; a suavidade em sua voz desapareceu.

— Você me perguntou se eu queria "marcar um A" no caixão. Tess não era casada, então a "letra escarlate", a insígnia do adultério, só poderia se referir ao pai da criança. — Sua voz tornou-se mais tensa ao notar minha surpresa. — Achou que eu não havia entendido a referência, não achou?

— Desculpe-me. Foi algo cruel a se dizer.

— Vocês acharam que me deixaram para trás quando completaram o ensino médio e que tudo em que eu pensava era no cardápio para um jantar chato dali a três semanas.

— Nunca vi você ler, é isso.

Ela continuava a segurar o casaquinho de Xavier, acariciando-o com os dedos enquanto falava.

— Eu costumava ler. Ficava acordada até tarde, com a luz do abajur acesa, enquanto seu pai queria dormir. Isso o irritava, mas eu não conseguia parar. Era como uma compulsão. Então, Leo adoeceu. Não tive mais tempo. De qualquer maneira, percebi que os livros estavam cheios de bobagens. Quem se importa com o caso de amor de outros e com o nascer do sol numa página atrás da outra? Quem se importa?

Ela largou o casaquinho e voltou a jogar suas roupas no saco plástico. Os ganchos dos cabides rasgaram o frágil plástico preto. Ao observar seus movimentos agoniados, desajeitados, pensei no forno que havia na escola e em nosso tabuleiro com peças modeladas em argila sendo levado a ele. As peças endureciam cada vez mais, até aquelas mal construídas se partirem. Sua morte fizera mamãe perder o eixo, e percebi, enquanto a observava atar o saco plástico, que, quando finalmente encarasse o fato, a dor seria como um forno que a estilhaçaria.

Uma hora depois, levei-a, de carro, à estação. Ao retornar, devolvi suas roupas, enfiadas nos sacos freneticamente abarrotados, ao guarda-roupa e o relógio de pêndulo, ao suporte sobre a lareira. Até seus artigos de higiene continuaram intactos no armário do banheiro enquanto os meus ficaram em meu nécessaire, sobre um banco. Quem sabe não foi essa a verdadeira razão por que fiquei em seu apartamento durante tanto tempo? Para evitar que você fosse empacotada e levada?

Em seguida, terminei de embrulhar seus quadros. Era apenas a preparação para uma exposição, de modo que não tive problemas. No fim, restaram somente quatro. Eram as aterrorizantes telas em guache espesso, mostrando um homem mascarado inclinado sobre uma mulher que gritava, com a boca escancarada e sangrando. Percebi que a forma em seus braços, a única parte branca na tela, era um bebê. Também percebi que foram pintadas sob efeito da PCP, que eram um registro visual de suas atormentadas viagens ao inferno. Vi as marcas feitas por minhas lágrimas quando olhei as telas pela primeira vez. Na hora, as lágrimas foram a única resposta que pude dar, mas agora eu sabia que alguém a torturara deliberadamente e o ódio secou minhas lágrimas. Eu o encontraria.

A sala está superaquecida; o sol atravessa a janela e esquenta-a ainda mais, deixando-me sonolenta. Bebo o café num gole e tento despertar.

— E então foi ao apartamento de Simon? — pergunta o Sr. Wright.

Ele deve estar checando minha narrativa com o depoimento de outras testemunhas, para se certificar de que não há contradição.

— Sim.

— Para interrogá-lo sobre as drogas?

— Sim.

Toco a campainha da casa de Simon e entro quando a faxineira abre a porta, como se eu tivesse o direito de estar ali. De novo, a opulência do lugar me impressiona. Vivendo no seu apartamento há um tempo, tornei-me mais sensível à riqueza material. Simon estava na cozinha, sentado diante de um balcão. Pareceu surpreso ao me ver e, depois, aborrecido. Sua cara infantil mantinha a barba por fazer, mas achei que, assim como os piercings, era uma afetação.

— Você deu dinheiro a Tess para comprar roupas para o bebê? — perguntei. Eu não havia pensado na pergunta até estar dentro do apartamento, onde a hipótese pareceu tão provável.

— O que está fazendo aqui? Como entrou?

— A porta estava aberta. Preciso fazer mais algumas perguntas.

— Não dei dinheiro a Tess. Tentei uma vez, mas ela não aceitou. — Simon pareceu insultado e, portanto, plausível.

— Sabe quem deu o dinheiro a ela?

— Não faço ideia.

— Ela estava sonolenta no dia em que a encontrou no parque?

— Cristo! O que é isso?

— Quero saber se Tess estava sonolenta quando a encontrou no parque.

— Não. Estava nervosa.

Então, ele te drogou depois, quando Simon havia ido embora.

— Ela estava alucinando? — perguntei.

— Achei que você não acreditava que ela estivesse sofrendo de psicose pós-parto — escarneceu Simon.

— Estava?

— Você quer dizer além de ver um homem inexistente nas moitas?

Não respondi. Sua voz estava carregada de ironia.

— Não, ela parecia perfeitamente normal.

— Encontraram sedativos e PCP no sangue dela. Também é chamada de cristal, pó de anjo...

Ele interrompeu; sua resposta foi imediata e convincente.

— Não. É um engano. Tess era uma puritana radical em relação a drogas.

— Mas você usa drogas, não usa?

— E?

— E talvez quisesse dar alguma coisa a Tess, para ela se sentir melhor, uma bebida, quem sabe? Com alguma coisa dentro que achava que a ajudaria?

— Não coloquei nada na bebida dela e não lhe dei dinheiro. E quero que saia daqui agora antes que eu perca o controle. — Ele quis imitar um homem com mais autoridade; seu pai, talvez.

Ao ir embora, passei pela porta aberta de um quarto. Entrevi uma foto sua colada na parede, de costas, com o cabelo solto. Entrei no quarto para olhá-la. Era, obviamente, o quarto de Simon; as roupas estavam cuidadosamente dobradas, com jaquetas penduradas em cabides de madeira; era um quarto obsessivamente arrumado.

Numa parede, um cartaz mostrava as palavras "A fêmea das espécies", numa caligrafia meticulosa. Abaixo, havia fotos suas, muitas, presas nas paredes com adesivos. Em todas, você aparecia de costas para a câmera. De repente, Simon estava ao meu lado, examinando minha expressão.

— Você sabia que eu estava apaixonado por ela.

Mas essas fotos me fizeram pensar nos nativos de Bequia, que acreditam que a fotografia rouba a alma. O tom de Simon era orgulhoso.

— São para meu portfólio de fim de ano. Escolhi fotojornalismo de um único tema. Minha orientadora acha que é o projeto mais original e interessante do ano.

Por que ele não fez nenhuma fotografia do seu rosto?

Ele deve ter adivinhado meus pensamentos.

— Não quis que o projeto fosse sobre uma pessoa em particular, por isso garanti que ela não fosse identificada. Queria que ela fosse todas as mulheres.

Ou quis assim para poder vigiá-la e segui-la sem ser observado?

O tom de Simon continuou presunçoso.

— "A fêmea das espécies" é a abertura de um poema. O verso seguinte é "mais fatal do que o macho".

Minha boca ressecou-se, inflamando, e minhas palavras faiscaram, com raiva.

— O poema é sobre mães que protegem sua cria. Por isso a fêmea é mais fatal do que o macho. Ela tem mais coragem. São os homens quem Kipling estigmatiza como covardes. "Na guerra com consciência."

Simon espantou-se por eu conhecer o poema de Kipling — ele se espantaria que eu conhecesse qualquer poema — e talvez você também tenha se espantado. Mas estudei inglês em Cambridge, lembra-se? Já fui uma pessoa ligada às artes. Se bem que, para ser franca, foram minhas análises científicas que me valeram, não *insights* sobre o significado.

Arranquei uma foto presa à parede, depois outra e mais outra. Simon tentou me deter, mas continuei até não haver nenhuma, até ele não poder olhar para você novamente. Em seguida, fui embora, levando as fotografias, enquanto Simon protestava furiosamente e dizia que precisava das fotos para a avaliação de fim de ano, que eu era uma ladra e outras coisas que não ouvi porque bati a porta ao sair.

Dirigindo para casa, com as fotos no colo, perguntei-me quantas vezes Simon a seguiu para tirá-las. Seguiu-a depois que a deixou no parque naquele dia? Parei o carro e examinei as fotos. Todas mostravam suas costas; o cenário mudava de verão para outono e inverno e suas roupas, de camiseta a jaqueta e a casaco de lã. Ele deve tê-la seguido por meses, mas não encontrei nenhuma foto sua num parque coberto de neve.

Lembrei-me de que, para os nativos de Bequia, uma foto pode fazer parte de um boneco de vodu e ser amaldiçoada, sendo considerada tão potente quanto o cabelo ou o sangue da vítima.

Ao chegar em casa, vi uma chaleira nova, ainda na caixa, na cozinha, e ouvi Todd no quarto. Deparei-me com ele enquanto tentava quebrar um entre os "quadros psicóticos", mas a tela era resistente e não cedia.

— O que está fazendo?

— Elas não cabem no saco plástico e não posso deixá-las no lixo assim. — Ele se virou para mim. — Não há razão para guardá-las, não se a perturbam tanto.

— Mas tenho de ficar com elas.

— Por quê?

— Porque...

— "Porque" o quê?

Porque eram prova de que ela estava sendo torturada mentalmente, pensei, mas não disse, porque sabia que levaria a uma discussão sobre como você morreu, porque essa discussão resultaria, inevitavelmente, em nossa separação, e porque eu não queria ficar mais sozinha do que já estava.

— Contou à polícia sobre as fotos de Simon? — pergunta o Sr. Wright.

— Não. Estavam céticos, mais do que céticos, em relação a Tess ser assassinada e não creio que as fotos os convenceriam.

Não mencionei os nativos de Bequia ou os bonecos de vodu.

— E eu sabia que Simon argumentaria que as fotos eram para seu exame final — prossigo. — Ele tinha uma desculpa para segui-la.

O Sr. Wright consulta seu relógio.

— Tenho um encontro em dez minutos, portanto vamos encerrar por hoje.

Ele não me diz com quem se encontrará, mas deve ser importante, sendo um sábado à tarde. Ou talvez tenha notado minha aparência cansada. Na verdade, sinto-me exausta durante a maior parte do tempo, mas, em comparação com o que você passou, sei que não tenho o direito de reclamar.

— Importa-se de continuarmos amanhã? — pergunta ele. — Se você quiser.

— É claro — respondo, mas certamente não é normal trabalhar num domingo.

Ele parece adivinhar meus pensamentos.

— Seu depoimento é vital para garantir a condenação. E quero anotar o máximo possível enquanto os fatos estão frescos em sua mente.

Como se minha memória fosse uma geladeira em que pedaços de informação úteis corriam o risco de apodrecer na gaveta de legumes. Mas isso não é justo. A verdade é que o Sr. Wright descobriu que estou mais indisposta do que ele pensara. E é inteligente o bastante para se preocupar com que, se estou declinando fisicamente, minha mente, particularmente minha memória, pode se deteriorar também. Ele tem razão em querer que nos apressemos.

Estou agora num ônibus lotado, comprimida contra a janela. Há um pedaço transparente no vidro embaçado e vejo, brevemente, os edifícios de Londres ladeando nossa rota. Nunca lhe disse que quis estudar arquitetura em vez de inglês, disse? Após três semanas no curso, percebi que havia cometido um erro. Meu cérebro matemático e minha natureza insegura precisavam de algo mais sólido do que a estrutura de símiles da poesia metafísica, mas não ousei perguntar se eu poderia trocar, com medo de perder as duas vagas. Era um risco grande demais. Mas sempre que vejo um belo edifício lamento não ter tido coragem.

TREZE

Domingo

Nessa manhã, não há sequer uma recepcionista e o amplo saguão está deserto. Pego o elevador vazio e subo ao terceiro andar. Acho que somente o Sr. Wright e eu estamos aqui.

Ele me disse que quer "examinar a parte do depoimento que envolve Kasia Lewski", o que será peculiar para mim, que vi Kasia, uma hora atrás, em seu apartamento, usando seu antigo roupão.

Sigo para a sala do Sr. Wright e, mais uma vez, há café e água esperando por mim. Ele pergunta se estou bem e asseguro-lhe que sim.

— Começarei recapitulando o que me disse sobre Kasia Lewski — diz ele, examinando as anotações datilografadas, que devem ser a transcrição de meu depoimento. Então, lê, em voz alta: — "Kasia Lewski foi ao apartamento de Tess em 27 de janeiro, por volta das quatro horas, querendo vê-la."

Lembro-me do som da campainha e de correr para atendê-la, tendo o nome "Tess" na boca, prestes a ser proferido, e de abrir a porta ainda sentindo o gosto de seu nome. Lembro-me de meu ressentimento ao me deparar com Kasia, com seus saltos altos baratos e com as veias salientadas pela gravidez em suas pernas brancas arrepiadas. Estremeço ao lembrar-me de meu esnobismo, mas fico feliz por minha memória continuar arguta.

— Ela disse que frequentava a mesma clínica que Tess? — pergunta o Sr. Wright.

— Sim.

— Disse o nome da clínica?

Nego, sacudindo a cabeça, e não conto que estava ansiosa demais para livrar-me dela para ter qualquer interesse, muito menos para fazer perguntas. Ele examina as anotações.

— Ela disse que também era solteira, mas que seu namorado havia retornado?

— Sim.

— Conheceu Michael Flanagan?

— Não, ele ficou no carro, mas buzinou e me lembro de que ela pareceu apreensiva.

— E só a viu novamente quando saiu da casa de Simon Greenly? — pergunta ele.

— Sim. Levei algumas roupas de bebê.

Essa resposta foi um pouco falsa. Usei a visita a Kasia como desculpa para evitar Todd e a discussão que eu sabia que levaria ao rompimento de nossa relação.

Apesar da neve e das calçadas escorregadias, levei somente dez minutos para caminhar até o apartamento de Kasia. Ela me disse que sempre a visitava e acho que seu objetivo era evitar Mitch. Sua casa fica em Trafalgar Crescent — o prédio era um feio impostor de concreto no meio de praças com jardins viçosos e simétricos, em forma de crescentes, que se espalhavam pelo resto de Notting Hill. Ao lado e acima de sua rua, como se pudesse ser alcançado como um livro numa prateleira alta, está o elevado Westway, e a barulheira do tráfego estronda na rua embaixo. Nas escadas, grafiteiros (que talvez agora sejam chamados de pintores) deixaram suas assinaturas, marcando o território como cachorros fazem ao urinar. Kasia abriu a porta, mantendo a trava da corrente.

— Sim?

— Sou a irmã de Tess Hemming.

Ela soltou a corrente e ouvi uma tranca ser solta. Mesmo sozinha (além de estar nevando e de estar grávida), ela usava uma blusa curta e botas pretas e altas, com fivelas nas laterais. Por um momento, preocupei-me que fosse uma prostituta à espera de um cliente. Posso ouvir você rir. Para.

— Beatrice. — Surpreendi-me por lembrar-se de meu nome. — Entre, por favor.

Fazia mais de duas semanas desde a última vez em que a vira — quando ela foi ao apartamento e perguntou por você — e sua barriga estava visivelmente maior. Calculei que estaria com uns sete meses de gravidez.

Entrei no apartamento, que cheirava a perfume barato e a spray aromatizante que não encobriam os cheiros naturais de mofo e de umidade evidentes nas paredes e no tapete. Uma manta indiana, como aquela em seu sofá (um presente seu?), havia sido pregada para cobrir a janela. Pensei em nem tentar entender as palavras exatas de Kasia ou compreender seu sotaque, mas, nesse encontro, sua falta de fluência tornou o que disse ainda mais impressionante.

— Sinto muito. Deve estar... Como posso dizer? — Tentou encontrar as palavras, mas desistiu e encolheu os ombros, pedindo desculpas. — Triste, mas triste não grande o bastante.

Por alguma razão, seu inglês imperfeito soou mais sincero do que uma carta de condolências perfeitamente escrita.

— Você ama muito ela, Beatrice. — Ama, no tempo presente, porque Kasia ainda não aprendera a conjugar verbos no passado ou porque era mais sensível do que qualquer outra pessoa à minha perda?

— Sim, muito.

Ela olhou para mim, com seu rosto afetuoso e compadecido, e me desconcertou. Em um instante, havia saltado da caixa em que, habilmente, eu a enfiara. Era generosa comigo quando eu deveria ter sido generosa com ela. Entreguei-lhe a pequena mala.

— Trouxe algumas coisas para o bebê. — Ela não pareceu gostar tanto quanto eu imaginara, provavelmente porque as roupas eram para Xavier e estavam maculadas pela tristeza.

— Tess... enterro? — perguntou ela.

— Ah, sim, é claro. Em Little Hadston, perto de Cambridge, na quinta-feira, 15 de fevereiro, às onze horas.

— Pode escrever...?

Escrevi os detalhes e praticamente empurrei a mala com as roupinhas para suas mãos.

— Tess gostaria que ficasse com as roupas.

— Nosso padre diz missa para ela domingo. — Perguntei-me por que ela estaria mudando de assunto. Nem mesmo abriu a mala. — Tudo bem?

Assenti com um movimento de cabeça, mas não sei o que você vai achar.

— Padre John. Homem muito bom. Muito... — Distraidamente, levou a mão à barriga.

— Muito cristão? — perguntei.

Ela sorriu, entendendo a piada.

— Para padre. Sim.

Estava brincando também? Sim, e sem vacilar. Era muito mais inteligente do que eu havia pensado.

— A missa. Tess importa? — perguntou ela. E, mais uma vez, pensei se o tempo presente seria intencional. Talvez fosse. Se uma missa é tudo o que alegam que seja, então você está no paraíso ou numa sala de espera do purgatório, no tempo presente. Você está no agora, para não dizer no aqui e agora, e talvez a missa de Kasia a comova e você esteja se sentindo um pouco tola por seu ateísmo terreno.

— Quer dar uma olhada na mala e escolher o que quer?

Não sei se eu estava sendo gentil ou se tentava retornar a uma posição em que me sentia superior. Certamente não me sentia confortável sendo o recipiente da generosidade de alguém como Kasia. Sim, eu continuava esnobe o bastante para pensar em "alguém como".

— Preparo chá antes?

Fui com ela à cozinha sombria. O linóleo estava rasgado, expondo o concreto, mas tudo estava limpo, como se para compensar a deficiência. A louça branca e rachada cintilava, velhas panelas brilhavam ao redor de pontos enferrujados. Ela encheu a chaleira e acendeu o fogo. Não achei que Kasia poderia me dizer algo útil, mas decidi tentar ainda assim.

— Sabe se alguém tentou dar drogas a Tess?

Ela pareceu surpresa.

— Tess nunca toma drogas. Com bebê, nada ruim. Nem café, nem chá.

— Sabe de quem Tess tinha medo?

Ela sacudiu a cabeça.

— Tess não medo.

— Mas e depois de ter o bebê?

Seus olhos se encheram de lágrimas e ela desviou o rosto, esforçando-se para se recompor. É claro que ela estava fora, com Mitch, em Majorca, quando você teve Xavier e só retornou após sua morte, quando foi à sua casa e deparou-se comigo. Senti-me culpada por perturbá-la, por fazer perguntas, quando ela claramente não poderia me ajudar. Estava preparando um chá para mim, então eu não podia ir embora, mas não imagina o que lhe dizer.

— Então, você trabalha?

Era uma variação nada sutil da pergunta mais comum em festas: "Então, o que você faz?"

— Sim. Faxina... Às vezes, prateleiras em supermercado, mas emprego de noite, horrível. Às vezes, trabalho para revistas.

Pensei imediatamente em revistas pornôs. Meus preconceitos, com base em seu guarda-roupa, estavam obstinadamente arraigados para mudarem sem algum esforço. Se bem que, para ser um pouco franca, comecei a preocupar-me com ela estar envolvida no mercado do sexo em vez de simplesmente reprová-la. Kasia era esperta demais para não perceber minhas reservas em relação ao seu "trabalho em revistas".

— As gratuitas — prosseguiu ela. — Coloco nas caixas de correio. Também ponho na casa que tem "Não colocar material de propaganda". Não sei ler inglês.

Sorri para ela, que pareceu gostar de meu primeiro sorriso genuíno.

— Todas portas de casas ricas não quer material gratuito. Mas não vamos a lugar pobre. Engraçado, não?

— Sim. — Procurei outro gancho para manter a conversa. — Onde conheceu Tess?

— Ah. Não contei?

É claro que sim, mas eu havia esquecido — o que não é surpreendente, considerando o pouco interesse que tive por ela.

— A clínica. Meu bebê doente também — respondeu ela.

— Seu bebê tem fibrose cística?

— Fibrose cística, sim. Mas agora... — Ela levou a mão à barriga. — Agora melhor. Um milagre — disse ela, fazendo o sinal da cruz, um gesto tão natural nela quanto afastar o cabelo que cai diante do rosto. — Tess chamava o lugar de "clínica para mães grávidas de desastres". Na primeira vez que a vi, me fez rir. E me convidou para ir ao seu apartamento. — As palavras entalaram na garganta de Kasia. Ela virou o rosto, então não pude vê-lo, mas percebi que estava tentando não chorar. Estendi a mão para seu ombro, mas não consegui tocá-lo. Para mim, tocar em alguém que não conheço é tão difícil quanto tocar numa aranha para um aracnofóbico. Talvez você ache graça, mas não é nada engraçado. É quase uma deficiência.

Kasia serviu o chá numa bandeja. Notei como foi correta, colocando xícaras e pires, uma jarra para o leite, um filtro para as folhas de chá, o bule barato aquecido.

No caminho para a sala, percebi um quadro na parede oposta, que não vi antes. Era um desenho, a carvão, do rosto de Kasia. Era lindo. E me fez ver que Kasia também era linda. Percebi que você o havia feito.

— De Tess? — perguntei.

— Sim.

Nossos olhos se encontraram e, por um momento, algo foi comunicado entre nós, algo que não precisou do idioma e que, portanto, não tinha barreiras. Se eu precisasse traduzir esse "algo" em palavras, seria que você e ela eram íntimas o bastante para querer desenhá-la e que você via uma beleza que outros não viam. Mas não foi tão loquaz, nenhuma palavra soou entre nós. Foi algo mais sutil. O som da porta batendo me assustou.

Virei-me e deparei-me com um homem entrando na sala. Largo e musculoso, com cerca de vinte anos, ele pareceu absurdamente grande no apartamento minúsculo. Usava um macacão de operário, sem camisa por baixo, e mostrava os braços musculosos tatuados como mangas. Seu cabelo estava marcado por pó de reboco. Sua voz soou surpreendentemente baixa para um homem tão grande, mas o tom era ameaçador.

— Kash? Por que não trancou a porta, porra? Já disse... — Ele parou ao me ver. — Assistente social?

— Não — respondi.

Ele me ignorou, dirigindo a pergunta a Kasia.

— Então que porra é essa?

Kasia estava nervosa e constrangida.

— Mitch...

Ele sentou-se, reivindicando seu direito à sala e, implicitamente, minha falta de direito a estar ali.

Kasia pareceu apreensiva; era a mesma expressão que vi à porta de seu apartamento quando ele buzinou.

— Essa é Beatrice.

— E o que "Beatrice" quer com a gente? — perguntou ele, escarnecendo.

De repente, tive consciência de meus jeans caros e do suéter cinza de caxemira, traje socialmente perfeito para um fim de semana em Nova York, mas não para uma manhã de segunda-feira em Trafalgar Crescent.

— Mitch trabalhando noite. Muito duro — disse Kasia. — Fica muito... — Ela tentou encontrar a palavra, mas era preciso ter um livro de expressões de seu idioma pátrio no cérebro para encontrar um eufemismo para o comportamento de Mitch.

— Irritado. — Foi a palavra que me ocorreu mais rapidamente. Quase quis anotá-la para ela.

— Não precisa se desculpar por mim, porra.

— Minha irmã, Tess, era amiga de Kasia. — Falei, mas minha voz tornara-se a voz de mamãe. A ansiedade sempre acentua meu sotaque classe alta.

Ele olhou, com raiva, para Kasia.

— Aquela para quem você sempre fugia? — Eu não sabia se o inglês de Kasia era bom o bastante para entender que ele a estava intimidando. Perguntei-me se ele a intimidaria fisicamente também.

A voz de Kasia soou calma.

— Tess minha amiga.

Era algo que eu não ouvia desde a escola primária: defender alguém dizendo simplesmente "*ela é minha amiga*". Comovi-me com a forte simplicidade. Levantei-me, sem querer tornar a situação ainda mais constrangedora para ela.

— É melhor eu ir.

Mitch esparramara-se numa poltrona. Tive de passar por cima de suas pernas para chegar à porta. Kasia me acompanhou.

— Obrigada pelas roupas. Muito gentil.

Mitch olhou para ela.

— Que roupas?

— Trouxe algumas coisas para o bebê. Só isso.

— Gosta de bancar a boa samaritana, então?

Kasia não compreendeu o que ele disse, mas percebeu que era algo hostil. Virei-me para ela.

— São coisas tão lindas que não quis jogá-las fora ou dar a um bazar de caridade, onde seriam compradas por qualquer um.

Mitch interferiu; era um homem agressivo e determinado a entrar numa briga, e gostando daquilo.

— Então é um bazar de caridade ou nós?

— Alguma hora você para com essa pose de macho?

Confrontos, que antes me eram tão estranhos, agora pareciam território familiar.

— Temos nossas roupas para o bebê — disse ele, dirigindo-se ao quarto. Momentos depois, apareceu, trazendo uma caixa que jogou aos meus pés. Olhei para baixo. Estava cheia de coisas caras para bebês. Kasia ficou muito constrangida.

— Tess e eu, comprando. Juntas. Nós...

— Mas como conseguiram dinheiro? — perguntei. Prossegui rapidamente, antes que Mitch explodisse. — Tess também não tinha dinheiro e só quero saber quem o deu a ela.

— As pessoas do teste — respondeu Kasia. — Trezentas libras.

— Que teste? Da fibrose cística? — perguntei.

— Sim.

Pensei se houve um suborno. Adquiri o hábito de suspeitar de todos e de qualquer coisa relacionada a você — e esse estudo clínico, de que desconfiei desde o começo, era um solo rico de apreensão pronto para sementes de desconfiança se enraizarem.

— Você lembra o nome da pessoa?

Kasia sacudiu a cabeça.

— Estava em envelope. Só com folhetos. Nenhuma carta. Uma surpresa.

Mitch cortou-a.

— E você gastou a porra do dinheiro em roupas de bebê, que não servirão mais em semanas e só Deus sabe como precisamos de outras coisas.

Kasia desviou o olhar dele. Percebi que era uma discussão antiga e muito desgastante e que havia destruído qualquer alegria que ela sentiu ao comprar as roupinhas.

Ela me acompanhou até a saída. Ao descermos a escada de concreto, decorada com grafites, Kasia adivinhou o que eu diria, como se fôssemos fluentes em nossas linguagens, e replicou:

— Ele é pai. Nada muda isso agora.

— Estou morando no apartamento de Tess. Vai me visitar?

Fiquei surpresa com o quanto eu queria que ela aceitasse.

Mitch gritou, no topo da escada.

— Esqueceu a mala! — Então, jogou a mala com as roupinhas pelo vão da escadaria. Ao bater no concreto, abriu-se: casaquinhos, um chapéu e um cobertor espalharam-se no concreto úmido. Kasia ajudou-me a juntá-los.

— Não vá ao enterro, Kasia, por favor.

Sim, por causa de Xavier. Teria sido duro demais para ela.

Andei até o apartamento; o vento cortante machucava meu rosto. Com a gola do casaco levantada e uma echarpe ao redor da cabeça, tentando proteger-me do frio, não ouvi o celular tocar e a ligação caiu na caixa postal. Mamãe ligara para dizer que papai queria falar comigo e deixou seu número, mas eu não ligaria para ele. Voltei a ser a adolescente insegura que sentia que seu corpo assumira a forma errada para se ajustar à vida radicalmente nova de seu pai. A rejeição que senti quando ele me apagou de sua vida voltou a mim. Ah, eu sabia que ele se lembrava de nossas férias, mandando-nos presentes extravagantes, adequados para pessoas muito mais velhas do que nós, tentando acelerar a chegada de nossa idade adulta, quando não seríamos sua responsabilidade. E lembrava-se das duas semanas com ele durante as férias de verão, quando manchávamos o brilho do sol da Provença com nossos rostos ingleses dignos de reprovação, levando nosso pequeno clima de tristeza. E, quando partimos, foi como se nunca houvéssemos estado ali. Uma vez, vi os baús onde as coisas de "nosso" quarto eram guardadas — abandonadas no sótão durante o resto do ano. Até você, com seu otimismo e sua capacidade de ver o melhor nas pessoas, sentia o mesmo.

Ao pensar em papai, entendo por que você não pediu que Emilio assumisse a responsabilidade por Xavier. Seu bebê era precioso demais, amado demais, para que alguém o transformasse numa mancha em sua vida. Ele nunca se sentiria desvalorizado ou indesejado. Você não estava protegendo Emilio, mas seu filho.

Não contei ao Sr. Wright sobre não telefonar para papai, apenas sobre o dinheiro que você e Kasia receberam ao se submeterem ao estudo clínico.

— A quantia não foi alta — prossigo —, mas acho que pode ter sido um estímulo para Tess e Kasia.

— Tess não contara sobre o pagamento?

— Não. Ela sempre via o melhor nas pessoas, mas sabia que eu era mais cética. Provavelmente quis evitar um sermão.

Você adivinharia quais seriam meus avisos: "Nada é gratuito." "Altruísmo corporativo é uma contradição."

— Acha que o dinheiro a persuadiu? — pergunta o Sr. Wright.

— Não. Ela acreditou que o estudo clínico era a única chance de seu bebê. Ela pagaria para participar, mas achei que quem deu o dinheiro a ela não saberia de sua disposição a participar. Assim como Kasia, Tess precisava de dinheiro. — Faço uma pausa enquanto o Sr. Wright anota alguma coisa. Então, prossigo: — Pesquisei exaustivamente a parte médica do estudo clínico quando Tess me falou a respeito, mas nunca examinei a parte financeira. Agora, sim. Descobri que as pessoas são legitimamente pagas em pesquisas de medicamentos. Existem até sites que procuram voluntários por meio de anúncios, prometendo o dinheiro que "pagará suas próximas férias".

— E os voluntários do estudo clínico do Chrom-Med?

— Não havia qualquer informação sobre serem pagos. O site da instituição, que apresenta muitos detalhes sobre o estudo clínico, não menciona qualquer pagamento. Eu sabia que o desenvolvimento do tratamento genético teria custado uma fortuna e que 300 libras era uma quantia insignificante em comparação, mas continuou parecendo estranho. O site do Chrom-Med tinha os endereços de e-mail de cada membro do grupo, supostamente para parecer aberto e acessível. Portanto, escrevi ao professor Rosen. Eu tinha certeza de que o e-mail seria direcionado a uma pessoa num cargo inferior, mas achei que valia a pena tentar.

O Sr. Wright tem uma cópia de meu e-mail à sua frente.

De: iPhone de Beatrice Hemming

Para: professor.rosen@chrom-med.com

Caro professor Rosen,

Poderia me dizer por que mulheres grávidas recebem 300 libras para participar no estudo clínico de fibrose cística? Talvez prefira que eu me expresse na linguagem correta: "para compensar seu tempo".

Beatrice Hemming

Como eu imaginara, não obtive resposta do professor Rosen. Mesmo assim, prossegui em minha pesquisa na internet, ainda usando o casaco que vestira para ir à casa de Kasia, com a bolsa largada aos meus pés. Não acendi a luz e o apartamento estava escuro. Não vi Todd chegar. Nem me perguntei, muito menos a ele, onde esteve o dia inteiro, mal tirando os olhos da tela.

— Tess foi paga para participar do estudo clínico de cura da fibrose cística, assim como Kasia, mas não há registro em lugar algum.

— Beatrice...

Ele não usava mais a palavra "querida".

— Mas não é o mais importante — continuei. — Não havia pensado em examinar o aspecto financeiro do estudo clínico, mas sites respeitados, de instituições como o *Financial Times* e o *New York Times*, disseram que o Chrom-Med entrará no mercado da bolsa de valores em algumas semanas.

O anúncio deve ter sido publicado nos jornais, mas, desde sua morte, parei de lê-los. A abertura de capital do Chrom-Med era uma notícia crucial para mim, mas Todd não demonstrou qualquer reação.

— Os diretores do Chrom-Med podem ganhar uma fortuna — prossegui. — Os sites oferecem estimativas diferentes, mas a quantidade de dinheiro é imensa. E todos os empregados são acionistas, portanto, terão sua parcela dos lucros.

— A empresa deve ter investido milhões, se não bilhões, em pesquisas — disse Todd, impaciente. — E tiveram um ótimo resultado, que é a recuperação de seu investimento. É claro que vão entrar na bolsa. É uma decisão empresarial totalmente lógica.

— Mas o pagamento às mulheres...

— Pare. Pelo amor de Deus, pare! — gritou ele. Por um momento, ficamos surpresos. Havíamos passado quatro anos sendo corteses um com o outro. Gritar era constrangedoramente íntimo. Ele se esforçou para soar mais controlado. — Primeiro, foi o professor casado; depois, um aluno esquisito e obcecado; e, agora, você acrescentou o estudo clínico à sua lista, algo que todo o mundo, inclusive a imprensa mundial e a comunidade científica, apoiou incondicionalmente.

— Sim. Suspeito de pessoas diferentes e até de um estudo clínico. Porque ainda não sei quem a matou. Ou por quê. Só sei que alguém a matou. E preciso examinar todas as possibilidades.

— Não. Não precisa. Isso é o trabalho da polícia e eles o fizeram. Não sobrou o que fazer.

— Minha irmã foi assassinada.

— Por favor, querida, você precisa enfrentar a verdade de que...

Interrompi-o.

— Ela nunca se mataria.

A essa altura da discussão, em que nos sentíamos estranhos e um pouco constrangidos, achei que estávamos num filme, que éramos atores lutando num roteiro sem graça.

— Só porque é nisso em que acredita — respondeu ele. — Você *querer* acreditar não torna uma coisa verdadeira.

— Como você pode saber a verdade? — perguntei, com rispidez. — Você só a viu algumas vezes e, mesmo assim, mal conversou com ela. Ela não era o tipo de pessoa que você queria conhecer.

Eu estava brigando com aparente convicção, com a voz aumentada e com palavras ditas para ferir, mas, na verdade, ainda continuava no anel viário de nossa relação, impassível e ilesa. Mantive a representação, um pouco admirada com a facilidade com que entrei no ritmo. Eu nunca havia brigado.

— Do que a chamou? De "doida"? — Não esperei a resposta. — Acho que nem se deu o trabalho de escutar qualquer coisa que ela disse nas duas ocasiões em que realmente comemos juntos. Julgou-a sem ter sequer uma conversa apropriada com ela.

— Você tem razão. Eu não a conhecia bem. E admito que não gostava tanto dela. Na verdade, ela me irritava. Mas não é o que...

Interrompi-o.

— Você a desprezou porque ela estudava arte e por causa da maneira como vivia e se vestia.

— Pelo amor de Deus.

— Não viu a pessoa que ela era.

— Você está fugindo da questão. Ouça, entendo que queira culpar alguém pela morte de Tess. Sei que não quer se sentir responsável. — A compostura de sua voz soou forçada e lembrei-me da maneira como falei com a polícia. — Está com medo de viver com essa culpa — prosseguiu ele. — E entendo, realmente, mas quero que compreenda que, quando aceitar o que realmente aconteceu, vai perceber que não tem motivo para se culpar. Todos sabemos que você não tem culpa. Ela tirou a própria vida, por razões que satisfizeram à polícia, ao investigador, aos médicos e a sua mãe, e ninguém pode ser culpado, nem você. Se simplesmente conseguir acreditar que não tem culpa, então você vai andar para a frente. — Sem jeito, Todd pôs a mão em meu ombro e deixou-a ali. Assim como eu, ele tem dificuldade para tocar em alguém. — Comprei passagens para nós. Nosso voo sai à noite, depois do funeral.

Fiquei em silêncio. Como eu poderia partir?

— Sei que está preocupada que sua mãe precise de você aqui, ao seu lado — continuou Todd —, mas ela também acha que quanto mais cedo voltar para casa e retomar sua vida normal melhor será. — Ele bateu na mesa com a mão aberta. Notei a alteração na tela do computador antes de sua violência atípica. — Não a reconheço mais. E estou me esforçando loucamente enquanto você não se dá o trabalho de erguer os olhos dessa maldita internet.

Virei-me para ele e, somente então, vi seu rosto branco e seu corpo encolhido, infeliz.

— Desculpe-me, mas não posso ir embora. Não até saber o que aconteceu com ela.

— Sabemos o que aconteceu com ela. E você precisa aceitar. Porque a vida precisa continuar, Beatrice. Nossa vida.

— Todd...

— Sei como deve ser difícil viver sem ela. Entendo, realmente. Mas você tem a mim. — Seus olhos se turvaram com lágrimas. — Vamos nos casar daqui a três meses.

Tentei elaborar algo a dizer e, no silêncio, ele se afastou de mim e foi até a cozinha. Como explicaria que eu não poderia mais me casar porque o casamento é um compromisso para o futuro e era impossível contemplar um futuro sem você? E era esse o motivo, não minha falta de paixão, que impedia que eu me casasse com ele.

Fui à cozinha. Ele estava de costas para mim e vi como seria quando velho.

— Todd, desculpe-me, mas...

Ele se virou e gritou para mim:

— Porra, eu amo você! — Gritar para um estrangeiro em sua própria língua como se o volume o fizesse compreender, me fizesse voltar a amá-lo.

— Você não me conhece. Não me amaria, se me conhecesse.

Era verdade. Ele não me conhecia. Nunca deixei que me conhecesse. Se eu tinha um canto, nunca tentara cantar para ele e nunca ficara na cama com ele numa manhã de domingo. Sempre sugeri que levantássemos e saíssemos. Talvez ele tivesse olhado em meus olhos, mas, se sim, eu não o retribuí.

— Você merece mais — falei, tentando pegar sua mão. Ele a retirou. — Lamento muito.

Todd retraiu-se. Mas eu lamentava. Ainda lamento. Lamento não notar que somente eu estava segura no anel viário enquanto ele estava dentro da relação, sozinho e exposto. Mais uma vez, eu havia sido egoísta e cruel com alguém que eu deveria cuidar.

Antes de sua morte, eu achava que minha relação com Todd era adulta e sensata, mas eu estava sendo covarde, fazendo uma opção passiva motivada por minha insegurança, não pelo que Todd merecia — uma escolha ativa inspirada pelo amor.

Alguns minutos depois, ele saiu. Não disse aonde iria.

O Sr. Wright decidira por um almoço de trabalho e comprou sanduíches numa delicatéssen. Então, levou-me pelos corredores vazios até uma sala de reunião, onde há uma mesa. O amplo espaço, deserto, parece-me íntimo, mas não sei por quê.

Não contei ao Sr. Wright que, durante minha pesquisa, rompi meu noivado e que, sem amigos em Londres, Todd provavelmente caminhou pela neve até um hotel naquela noite. Contei-lhe apenas sobre a abertura de capital do Chrom-Med.

— E ligou para o detetive Finborough às onze e meia da noite? — pergunta ele, analisando o registro de chamadas da polícia.

— Sim. Deixei uma mensagem para que me ligasse. Por volta das nove e meia da manhã, ele ainda não havia ligado, então fui ao St. Anne.

— Havia planejado retornar ao hospital?

— Sim. A parteira dissera que até esse dia teria encontrado as anotações sobre Tess e marcara uma hora para eu vê-la.

Cheguei ao St. Anne. A pele em volta de meu crânio parecia distendida pelos nervos porque pensei que conheceria a pessoa que esteve com você quando Xavier nasceu. Eu sabia que precisava conhecê-la, mas não exatamente por quê. Talvez como penitência. Para confrontar minha culpa. Cheguei 15 minutos mais cedo e fui à cafeteria do hospital. Quando me sentei à mesa, vi que eu havia recebido um novo e-mail.

> Para: iPhone de Beatrice Hemming
> De: Professor Rosen, Chrom-Med
> Prezada Srta. Hemming,
> Asseguro-lhe de que não oferecemos *qualquer* estímulo financeiro aos participantes de nosso estudo clínico. Todos os participantes oferecem-se voluntariamente, sem coerção ou persuasão. Se quiser contatar os comitês de ética dos hospitais participantes, verá que os princípios éticos mais elevados são estritamente respeitados.
> Atenciosamente,
> Sarah Stonaker, assessora de imprensa do professor Rosen.

Respondi imediatamente.

> De: iPhone de Beatrice Hemming
> Para: professor.rosen@chrom-med.com
> Minha irmã foi uma "participante". Ela recebeu 300 libras para participar do estudo clínico. Seu nome era Tess Hemming (segundo nome Annabel, em homenagem à avó). Ela tinha 21 anos. Foi assassinada após dar à luz um bebê natimorto. O funeral de ambos será na quinta-feira. Sinto saudades dela, mais do que possivelmente imagina.

Achei que o lugar era razoável para escrever esse e-mail. Doenças e mortes podem estar confinadas nas alas acima, mas imaginei as minúsculas partículas liberadas na atmosfera caindo, invisíveis, no átrio, pousando nos *cappuccinos* e nos chás de ervas na cafeteria do hospital. Não fui a primeira a escrever um e-mail emotivo nessa mesa. Perguntei-me se a "assessora de imprensa" o passaria ao professor Rosen e duvidei.

Decidi perguntar à equipe do hospital se sabiam algo sobre o dinheiro.

* * *

Cinco minutos antes da hora marcada, peguei o elevador e subi ao quarto andar, como havia sido instruída, e encaminhei-me à ala da maternidade.

A parteira pareceu preocupada ao me ver, embora seu cabelo ruivo e crespo, que escapava da touca, talvez a fizesse sempre parecer assim.

— Receio que ainda não temos as anotações sobre Tess. E, sem elas, não conseguirei descobrir quem a acompanhava quando deu à luz.

Senti um alívio, mas achei covarde ceder a ele.

— Ninguém se lembra?

— Temo que não. Trabalhamos com equipes muito reduzidas nos últimos três meses, de modo que tivemos uma grande percentagem de parteiras e de médicos temporários. Acho que deve ter sido um deles.

Uma jovem enfermeira, com estilo punk e piercing no nariz, manifestou-se:

— Temos as informações básicas num computador central, como hora e data de admissão e de alta, e, infelizmente, como no caso de sua irmã, que o bebê morreu. Mas não há detalhes. Nada sobre o histórico clínico ou a equipe responsável. Chequei os dados com o departamento de psicologia ontem, mas o Dr. Nichols disse que também não recebeu as anotações. Disse-me que nosso departamento deveria "melhorar o serviço", o que, vindo dele, é uma demonstração de muita irritação.

Lembrei-me de que o Dr. Nichols comentou que não tinha seu "histórico psiquiátrico". Eu não havia percebido que as anotações sobre você haviam sido perdidas.

— Mas as anotações não estão no computador? Os detalhes? — perguntei.

A parteira sacudiu a cabeça.

— Fazemos registros em papel para as pacientes da maternidade, de modo que possam tê-las se entrarem em trabalho de parto longe de seu hospital. Depois, anexamos anotações redigidas a mão sobre o parto e supõe-se que tudo seja armazenado com segurança.

O telefone tocou, mas a parteira ignorou-o, concentrando-se em mim.

— Realmente sinto muito. Entendemos como essas informações devem ser importantes para você.

Quando ela atendeu ao telefone, meu alívio inicial quanto à perda de suas anotações transformou-se em suspeitas. As anotações clínicas continham alguma pista sobre seu assassinato? Por isso haviam sido "perdidas"? Esperei a parteira encerrar o telefonema.

— Não é estranho que as anotações sobre uma paciente desapareçam? — perguntei.

A parteira contraiu o rosto.

— Infelizmente não é estranho.

Um médico imponente que passava por nós, num terno de risca de giz, parou e intrometeu-se na conversa.

— Um carrinho inteiro de anotações desapareceu de minha clínica para diabéticos na terça-feira. O lote sumiu em algum buraco negro administrativo.

Percebi que o Dr. Saunders havia chegado ao posto das enfermeiras e que verificava as anotações sobre um paciente. Pareceu não me ver.

— É mesmo? — perguntei, desinteressada, ao médico, mas ele prosseguiu, entusiasmado com seu tema.

— Quando construíram o hospital St. John, no ano passado, ninguém pensou em construir um necrotério, e, quando o primeiro paciente morreu, não havia para onde levá-lo.

A parteira ficou claramente envergonhada e perguntei-me por que ele estaria sendo tão franco comigo a respeito de erros hospitalares.

— Quando houve a remoção de pacientes adolescentes com câncer, ninguém se lembrou de transportar seus óvulos congelados — prosseguiu ele. — E, agora, suas chances de ter um bebê quando estiverem recuperadas é zero.

O Dr. Saunders me notou e sorriu, tranquilizando-me.

— Mas não somos completamente incompetentes, juro.

— Você sabia que as mulheres estavam sendo pagas para participarem do estudo clínico de fibrose cística? — perguntei.

O médico no terno de risca de giz pareceu um pouco aborrecido com minha mudança brusca de assunto.

— Não, eu não sabia.

— Nem eu — disse o Dr. Saunders. — Quanto?

— Trezentas libras.

— Pode ter sido um ato de generosidade de um médico ou de uma enfermeira — replicou o Dr. Saunders, com um tom ponderado. E mais uma vez ele me lembrou você, por pensar o melhor sobre as pessoas.

— Houve o caso daquela enfermeira do setor de oncologia no ano passado, não houve? — perguntou ele.

O outro médico confirmou.

— Ela gastou todo o fundo do departamento destinado a remoções em roupas novas para um velho de quem sentia pena.

A jovem enfermeira falou:

— E as parteiras tentam ajudar mães muito pobres, dando-lhes fraldas e alimento para bebês quando partem. Ocasionalmente, um esterilizador ou uma banheira também vão junto.

O médico no terno de risca de giz sorriu abertamente.

— Quer dizer que voltamos ao tempo em que enfermeiras eram generosas?

A enfermeira olhou-o, furiosa, e ele riu.

Dois bipes soaram e o telefone tocou no posto de enfermagem. O outro médico saiu para atender seu chamado enquanto a enfermeira atendeu ao telefone. A parteira respondeu à campainha de um paciente. Fiquei sozinha com o Dr. Saunders. Sempre me senti intimidada por homens bonitos. Associo-os não tanto a uma rejeição imediata quanto a me tornar completamente invisível.

— Quer tomar um café? — perguntou ele.

Provavelmente corando, recusei, sacudindo a cabeça. Não quis ser receptáculo de caridade emocional.

Preciso admitir que, ainda com Todd, tive uma fantasia envolvendo o Dr. Saunders, mas soube que não era o tipo de fantasia em que se insiste. Mesmo se eu pudesse imaginá-lo atraído por mim, sua aliança de casamento impediria que aquilo se estendesse a algo a longo prazo ou seguro ou qualquer outra coisa que eu queria numa relação.

— Dei à parteira meus dados para contato, caso ela encontrasse as anotações sobre Tess, mas ela avisou que era provável que estivem perdidas definitivamente.

— Disse a ela que achou suspeita a perda das anotações? — pergunta o Sr. Wright.

— No começo, sim. Porém, quanto mais tempo passei no hospital, mais difícil era imaginar qualquer coisa sinistra acontecendo ali. Simplesmente parecia público demais, um ambiente de trabalho em que as pessoas estão literalmente lado a lado, uma olhando sobre o ombro da outra. Não vi como alguém poderia escapar com alguma coisa. Não que eu soubesse o que seria essa "alguma coisa".

— E os pagamentos?

— Os funcionários do hospital não pareceram surpresos, menos ainda desconfiados.

Ele desloca o olhar para o registro policial de nossos telefonemas.

— O detetive Finborough não retornou sua ligação e você não tentou novamente?

— Não. O que eu teria para dizer a ele? Que mulheres haviam sido pagas, mas que ninguém com quem falei no hospital achou esse fato incomum ou mesmo estranho, que o Chrom-Med estava entrando na bolsa de valores, mas que até meu noivo achava que era uma decisão empresarial lógica? E que as anotações sobre Tess haviam desaparecido, mas que a equipe achava que era algo rotineiro? Eu não tinha o que oferecer a ele.

Minha boca ressecou-se. Bebi um pouco de água; depois, continuei.

— Achei que eu entrara num beco sem saída e que deveria ter insistido em minha desconfiança inicial contra Emilio Codi e Simon. Eu sabia que a maior parte dos assassinatos é cometida por pessoas próximas. Não me lembro onde ouvi isso.

Porém, lembro-me de pensar que assassinato e proximidade formavam um oximoro. Passar roupas no domingo à noite e lavar a louça são coisas comuns, não um assassinato.

— Achei que Simon e Emilio seriam capazes de matá-la — continuei. — Emilio tinha um motivo óbvio e Simon era claramente obcecado por ela; suas fotos são prova. Os dois se relacionaram com Tess através da universidade: Simon como aluno, e Emilio, como professor. Portanto, quando saí do hospital, fui à universidade. Queria ver se alguém poderia me dizer alguma coisa.

O Sr. Wright deve achar que sou perspicaz e ativa, mas não foi assim. Eu estava adiando a volta para casa. Em parte, porque não queria voltar sem um avanço, mas também porque queria evitar Todd. Ele telefonara e se oferecera para ir ao seu funeral, mas respondi que não havia necessidade. Desse modo, ele decidiu pegar um avião para os Estados Unidos o mais cedo possível e iria ao apartamento buscar suas coisas. Eu não queria estar lá.

A neve não fora removida da subida para a universidade, onde a maioria das luzes estava apagada. A secretária com sotaque germânico disse-me que era o último dos três dias sem aulas para treinamento dos professores e permitiu que eu colocasse dois avisos: as informações sobre seu funeral e um pedido para que seus amigos me encontrassem na cafeteria do outro lado da rua, dali a duas semanas. Foi um pedido impulsivo, uma data escolhida ao acaso, e, quando o preguei ao lado de ofertas para dividir apartamentos e para vender equipamentos, achei que parecia ridículo e que ninguém apareceria. Mas deixei-o ainda assim.

Ao chegar em casa, vi Todd me esperando no escuro; seu capuz protegia-o da chuva e da neve.

— Não tenho a chave.

Achei que havia deixado uma chave com ele.

— Desculpe-me.

Destranquei a porta e ele foi ao quarto.

Observei-o, junto à porta, guardar meticulosamente suas roupas na mala. De repente, virou-se e me surpreendeu, pois, pela primeira vez, estávamos realmente olhando um para o outro.

— Volta comigo? Por favor.

Vacilei, olhando para suas roupas imaculadamente guardadas, lembrando-me da ordem e do asseio de nossa vida em Nova York, um refúgio da confusão que existe aqui. Mas minha vida organizadamente contida era passado. Jamais poderia retornar a ela.

— Beatrice?

Sacudi a cabeça. O pequeno movimento de recusa me causou vertigem.

Todd se ofereceu para levar o carro à locadora no aeroporto. Afinal, eu claramente não sabia quanto tempo ficaria em Londres. E o carro era absurdamente caro. O caráter mundano de nossa conversa, a atenção ao detalhe prático, foi tão tranquilizadoramente familiar que tive vontade de pedir que ele ficasse comigo. Mas eu não podia.

— Tem certeza de que não quer que eu fique para o funeral? — perguntou ele.

— Sim, mas obrigada.

Entreguei-lhe as chaves do carro alugado, mas somente quando o ouvi dar a partida percebi que deveria ter-lhe dado a aliança. Girando-a no dedo, observei-o partir, pela janela do subsolo, e continuei olhando por muito tempo após o carro desaparecer, ouvindo o som de carros estranhos.

Senti-me engaiolada na solidão.

Contei ao Sr. Wright sobre o aviso que coloquei na universidade, mas não sobre Todd.

— Posso buscar bolos para nós? — pergunta ele.

Sou surpreendida.

— Seria bom.

Bom: eu deveria trazer um dicionário amanhã. Pergunto-me se ele está sendo gentil. Ou se está com fome. Ou talvez seja um gesto romântico — um antiquado chá a dois. Surpreendo-me com o quanto desejo que a última hipótese seja a verdadeira.

Quando o Sr. Wright sai, ligo para o trabalho de Todd. Sua assistente atende, mas não reconhece minha voz, que deve ter voltado às suas raízes inglesas. Ela passa a ligação Todd. Continua existindo certo constrangimento entre nós, porém menor do que antes. Iniciamos o processo de venda do apartamento e falamos sobre algumas questões. Então, abruptamente, ele muda de assunto.

— Eu te vi no noticiário. Você está bem?

— Sim. Estou bem, obrigada.

— Quero me desculpar.

— Você não precisa se desculpar. Na verdade, sou eu quem...

— É claro que preciso. Você tinha razão, o tempo todo, em relação à sua irmã. — Há um silêncio entre nós, que eu rompo.

— Então, vai morar com Karen?

Há uma breve pausa antes de sua resposta.

— Sim. Continuarei pagando minha parte da hipoteca, é claro, até o apartamento ser vendido.

Karen é a sua nova namorada. Quando me contou, senti-me culpadamente aliviada por ele encontrar alguém tão rapidamente.

— Não achei que você se importaria — diz Todd, soando falsamente animado, e penso que ele quer que eu me importe. — Espero que seja um pouco como você e eu, embora a situação seja inversa.

Não faço ideia do que dizer.

— Se não podem ser afeições iguais... — diz Todd, num tom despreocupado, mas agora sei que não devo interpretá-lo errado. Temo que ele acrescente "que o mais amado seja eu".

Despedimo-nos.

Lembrei-lhe de que estudei literatura, não lembrei? Tenho um suprimento infinito de citações à minha disposição, mas elas sempre salientaram a inadequação de minha vida, em vez de provê-la de uma elevação edificadora em literatura.

O Sr. Wright volta, trazendo bolos e xícaras de chá, e fazemos um intervalo de cinco minutos, falando sobre coisas inconsequentes — o estranho tempo quente fora de época, as lâmpadas no parque St. James, a peônia que se desenvolve em seu jardim. Nosso chá parece um pouco romântico, seguro, *à la* século XIX, embora eu duvide que as heroínas de Jane Austen tomassem chá em copinhos de isopor e comessem bolos embalados em plástico.

Espero que ele não ache falta de consideração minha estar enjoada demais para comer todo o bolo.

Depois do chá, voltamos algumas páginas em meu depoimento, revisamos alguns pontos e ele propõe que encerremos o dia. Ele precisa ficar e terminar o trabalho burocrático, mas me acompanha até o elevador. Ao percorrermos o longo corredor, passando por salas apagadas, é como se me acompanhasse à porta de casa. Ele espera a porta do elevador abrir e eu entrar em segurança.

Saio do edifício do CPS para encontrar-me com Kasia. Gastei dois dias de salário em bilhetes para o London Eye, que eu havia prometido a ela, mas estou exausta, minhas pernas estão tão pesadas que parecem não me pertencer, e só quero ir para casa e dormir. Quando vejo o comprimento das filas, ressinto-me da roda-gigante haver transformado Londres num ciclope urbano.

Localizo Kasia, entre as primeiras pessoas de uma fila, acenando para mim. Deve estar esperando há horas. As pessoas olham para ela, provavelmente apreensivas de que entre em trabalho de parto numa cápsula da roda-gigante.

Vou até ela e dali, em dez minutos, "embarcamos".

À medida que nossa cápsula sobe e Londres expande-se embaixo de nós, não me sinto doente ou cansada, mas cheia de alegria. E penso que, embora eu não seja um exemplo de saúde, minha vista não escureceu hoje, o que deve ser um bom sinal. Portanto, permito-me esperar sobreviver intacta a isso e acreditar que tudo possa realmente ficar bem.

Aponto alguns lugares para Kasia, pedindo que as pessoas no lado sul se movam para que eu possa mostrar a ela o Big Ben, a estação de energia de Battersea, o Palácio de Westminster, a ponte de Westminster. Ao agitar os braços, mostrando Londres a Kasia, surpreendo-me não somente com o orgulho que sinto por minha cidade, mas com a palavra "minha". Optei viver em Nova York, a um oceano Atlântico de distância, mas, por uma razão que desconheço, tenho a sensação de pertencer a esse lugar.

CATORZE

Segunda-feira

Nessa manhã, acordei absurdamente cedo. Pudding transforma-se numa almofada peluda e ronronante em minhas pernas (antes, eu não entendia por que você havia adotado um animal de rua). O Sr. Wright disse-me que "cobriremos" seu funeral hoje e, às cinco e meia, desisto da ideia de dormir e saio para seu jardim. Primeiro, tenho de recapitular o evento mentalmente, certificar-me de que me lembro do que é importante, mas meus pensamentos se esquivam quando tento me concentrar retrospectivamente. Então, olho para as folhas e os botões que florescem em ramos considerados mortos, mas acho que houve uma fatalidade. A rosa Constance Spry foi morta pela urina de uma raposa, de modo que, em seu lugar, plantei uma Cardeal Richelieu. Nenhuma raposa se atreverá a urinar num cardeal.

Sinto um casaco ser posto sobre meus ombros e, então, vejo Kasia, sonolenta, voltar para a cama. Seu roupão já não cobre toda a barriga. Faltam apenas três dias para a data prevista para o parto. Ela me pediu para ser sua acompanhante, sua "*doula*" (que soa fino demais para meu conhecimento rudimentar sobre o que fazer). Você nunca me falou em "*doulas*" quando me pediu para estar junto quando Xavier nascesse, você só me pediu para estar lá. Talvez pensasse que eu acharia tudo um pouco desconcertante. (Teria razão.) Ou, para você, eu não precisava de um nome especial. Sou sua irmã. E tia de Xavier. É o bastante.

Talvez pense que Kasia está me dando uma segunda chance, após eu falhar com você. Embora seja confortante, não é verdade. Ela também não é um Prozac andante e falante, mas obrigou-me a olhar para o futuro. Lembra-se de Todd dizer que *a vida precisa continuar*? Como minha vida não podia retroceder ao tempo em que você estava viva, quis fazer uma pausa — avançar era egoísmo —, mas o bebê de Kasia (uma menina, ela soube) é um lembrete visual de que a vida prossegue, é o contrário de um *memento mori*. Não sei se existe alguma coisa como *memento vitae*.

Amias tinha razão: o coro da manhã é realmente ruidoso aqui. Os pássaros já cantam a plenos pulmões há uma hora. Tento lembrar a ordem que ele me ensinou e acho que, agora, deve ser a vez das cotovias. Enquanto, um pouco maravilhada e estranhamente reconfortada, escuto o que acho ser uma pequena cotovia interpretando notas similares aos prelúdios de Bach, recordo seu funeral.

Passei a noite anterior em meu antigo quarto em Little Hadston. Não dormia numa cama de solteiro havia anos e achei sua estreiteza, os lençóis esticados e o pesado edredom protetores e reconfortantes. Levantei-me às cinco e meia e, quando desci, mamãe já estava na cozinha. Havia duas canecas com café sobre a mesa. Ela me entregou uma.

— Eu levaria seu café no quarto, mas não quis acordá-la. — Soube, antes de beber um gole, que estaria frio. Estava escuro lá fora e ouvíamos a chuva cair. Mamãe abriu as cortinas distraidamente, como se fosse possível ver alguma coisa, mas tudo o que conseguiu foi ver seu próprio reflexo.

— Quando alguém morre, mantém a idade com que é lembrado, certo? — perguntou ela. Enquanto eu pensava em como responder, ela prosseguiu. — Você provavelmente pensa em Tess adulta, porque ainda eram muito íntimas, mas, quando acordei, pensei nela aos três anos, usando uma saia de fada, que comprei na Woolworth's, e um capacete de policial. Sua varinha de condão era uma colher de pau. Ontem, no ônibus, imaginei-me segurando-a quando ela tinha dois anos. Senti o calor de seu corpo. Lembrei-me de seus dedos segurando firmemente os meus, tão pequenos que quase não se encontravam. Lembrei-me do formato de sua cabeça e de afagar sua nuca até ela adormecer. Lembrei-me de seu cheiro. Cheirava a inocência. Outras vezes, ela tem 13 anos e é tão bonita que me preocupo todas as vezes que um homem olha para ela. Todas essas são minha filha.

Às dez e cinquenta e cinco, andamos até a igreja; o vento soprava a chuva forte e fria em nossos rostos e pernas, grudando a saia preta de mamãe às suas coxas molhadas e borrifando minhas botas pretas com lama. Mas gostei que estivesse chovendo e ventando: *soprem, ventos, e rachem as próprias faces.* Sim, eu sei, não era uma charneca maldita, mas Little Hadston numa manhã de quinta-feira, com carros estacionados ao longo da via até a igreja.

Havia mais de cem pessoas em frente à igreja, sob a chuva cortante. Alguns sob guarda-chuvas, alguns protegidos apenas por um capuz. Por um momento, achei que a igreja ainda não havia sido aberta e, então, vi que estava lotada e que não havia espaço para entrarem. No meio da multidão, entrevi o detetive Finborough ao lado da policial Vernon, mas a maioria das pessoas formava um borrão através da chuva e da emoção.

Ao olhar para o grupo em frente à igreja e ao pensar nas outras pessoas, comprimidas dentro dela, imaginei cada um carregando suas próprias lembranças de você — sua voz, seu rosto, seu riso, o que fez e o que disse — e que, se fosse possível reunir todos esses fragmentos, formaríamos uma imagem sua completa e, juntos, poderíamos tê-la inteira.

Padre Peter encontra-nos no portão entre o cemitério e a igreja, segurando um guarda-chuva para proteger-nos. Ele diz que colocou pessoas na galeria reservada ao coro e que conseguiu cadeiras extras, mas que não resta nem lugar para ficar em pé e acompanha-nos, pelo cemitério, até a porta da igreja.

Enquanto caminhava com padre Peter, vi, no cemitério, um homem de costas, sozinho. Sua cabeça estava descoberta, e suas roupas, ensopadas. Estava arqueado sobre o buraco aberto no solo, que aguardava seu caixão. Percebi que era papai. Depois de tantos anos esperando por ele, enquanto ele não vinha, ele esperava por você.

O sino da igreja soou. Não há som mais espectral. Não há qualquer vibração de vida, qualquer ritmo humano, apenas o tanger mecânico da perda. E tivemos de entrar na igreja. A sensação foi tão intolerável e aterradora quanto saltar de uma janela no último andar de um arranha-céu. Acho que mamãe sentiu o mesmo. Esse único passo terminaria, inexoravelmente, com seu corpo na terra encharcada. Senti um braço ao meu redor e vi papai. Sua outra mão segurava a mão de mamãe. Acompanhou-nos pela igreja. Através do corpo dele, senti mamãe estremecer quando viu seu caixão. Papai manteve os braços ao nosso redor enquanto atravessávamos o aparentemente interminável caminho entre os bancos até nosso lugar. Então, sentou-se entre nós duas, segurando nossas mãos. Nunca me senti tão grata por um toque humano.

Em certo momento, virei-me, brevemente, e olhei a igreja lotada, com pessoas do lado de fora, sob a chuva, e perguntei-me se o assassino estaria ali, no meio de todos.

Mamãe havia solicitado uma missa fúnebre completa, o que me agradou porque significava que haveria mais tempo até enterrarmos seu corpo. Você nunca gostou de sermões, mas acho que se comoveria com a fala do padre Peter. O Dia dos Namorados fora na véspera e, talvez por essa razão, ele falou sobre o amor não correspondido. Acho que me lembro quase exatamente de suas palavras:

"Quando falamos em amor não correspondido, a maior parte de vocês provavelmente pensa no amor romântico, mas há muitos tipos de amor não retribuídos de maneira adequada, se é que o são. Um adolescente irado talvez não ame sua mãe como ela o ama; um pai agressivo não retribui o amor franco e inocente de seu filho pequeno. Mas a dor pela perda de alguém é o derradeiro amor não correspondido. Por mais e por mais tempo que amemos alguém que morreu, jamais seremos correspondidos. Pelo menos é como parece ser..."

Depois da missa, o enterro.

A chuva incessante transformara a neve branca que cobria a terra em barro sujo.

O padre Peter deu início ao ritual fúnebre.

— Confiamos nossa irmã Tess e o bebê Xavier à misericórdia de Deus e, agora, entregamos seus corpos ao solo: terra à terra, cinzas às cinzas, pó ao pó, na certeza da esperança na ressurreição para a vida eterna.

Lembrei-me do enterro de Leo e de segurar sua mão. Eu tinha 11 anos, e você, seis; sua mão era macia e pequena. Quando o vigário disse "na certeza da esperança na ressurreição para a vida eterna", você se virou para mim: *Não quero certeza da* esperança, *quero certeza, Bee.*

Em seu funeral, eu também quis a certeza, mas mesmo a igreja só pode esperar, não prometer, que o fim da vida humana seja "feliz para sempre".

Seu caixão foi baixado no corte profundo feito na terra. Eu o vi roçar as raízes expostas da relva. Vi-o descer mais ainda. E teria feito qualquer coisa para segurar sua mão mais uma vez; qualquer coisa, só mais uma vez, só por alguns segundos. Qualquer coisa.

A chuva batia no caixão, tamborilando: *plaft-pluft, plaft-pluft, ouço a chuva caindo*. Eu tinha cinco anos e cantava para você, recém-nascida.

O caixão chegou ao fundo do buraco monstruoso. E uma parte minha desceu na terra lamacenta com você, deitou-se ao seu lado e morreu com você.

Então, mamãe deu um passo à frente e pegou uma colher de pau no bolso do casaco. Afrouxou os dedos e deixou a colher cair sobre seu caixão. Sua varinha de condão.

Eu joguei os e-mails em que havia assinado "lol". E o título de irmã mais velha. E o apelido Bee. Nada grandioso ou importante para qualquer outra pessoa, pensei, marcava nossa ligação. Coisas pequenas. Minúsculas. Você sabia que eu não formava palavras com minha sopa de letrinhas, mas dava-lhe minhas vogais para você formar mais palavras. Eu sabia que sua cor preferida era púrpura, mas que depois passou a ser amarelo vivo (*Ocre é o nome artístico, Bee*) e você sabia que minha cor preferida era laranja até eu descobrir que bege-escuro era mais sofisticado, e você riu de mim por causa disso. Você sabia que meu primeiro bicho de louça foi um gato (porque me emprestou cinquenta centavos de suas economias para comprá-lo) e que, uma vez, tirei todas as minhas roupas do baú da escola e joguei-as pelo quarto, na única vez que tive algo semelhante a um acesso de fúria. Eu sabia que, quando tinha cinco anos, você vinha para minha cama todas as noites, durante um ano. Joguei tudo o que tivemos — as raízes sólidas, os caules, as folhas e as belas e ternas flores de nossa relação como irmãs — na terra com você. E fiquei ali, na beirada, tão diminuída pela perda que achei que não poderia mais estar ali.

Tudo o que me foi permitido conservar é a saudade. E o que é a saudade? As lágrimas formigando dentro de meu rosto, a emoção entalada em minha garganta, o buraco em meu peito, maior do que eu mesma. Era isso o que eu tinha agora? Nada mais dos 21 anos de amor por você. O sentimento de que está tudo bem no mundo, em meu mundo, porque você era o alicerce formado na infância e mantido até a vida adulta seria substituído por nada? O aterrador nada. Porque, agora, eu não era irmã de ninguém.

Vi papai juntar um punhado de terra, mas, ao estender a mão acima do caixão, não conseguiu abrir os dedos. Então, pôs a mão no bolso, deixando a terra cair dentro dele, não em você. Ele observou padre Peter jogar o primeiro torrão de terra e afastou-se, arrasado pela dor. Andei até ele, peguei sua mão suja de terra e segurei-a, sentindo a terra arenosa entre nossas palmas macias. Olhou-me com amor. Uma pessoa egoísta ainda é capaz de amar, não é? Mesmo quando feriu a outra pessoa e decepcionou-a. Eu, entre todas as pessoas, deveria entender.

Mamãe ficou em silêncio enquanto colocavam terra sobre seu caixão.

Uma explosão no espaço não faz absolutamente nenhum barulho.

Penso no grito silencioso de mamãe enquanto me dirijo ao edifício do CPS. É segunda-feira e o lugar está cheio de gente. Ao entrar no elevador lotado, aflijo-me, como sempre, que pare no meio do caminho, que meu celular não receba sinal e que, portanto, Kasia não consiga me contatar se entrar em trabalho de parto. Assim que chego ao terceiro andar, verifico se há mensagens: nenhuma. Também verifico meu pager. Somente Kasia tem esse número. Um exagero, sim, mas, como uma recém-convertida ao catolicismo, minha conversão a uma pessoa cuidadosa será feita de modo *absolutamente apropriado*, com terços, incensos, um pager e um toque especial para Kasia em meu telefone. Não tenho certeza de que nasci uma pessoa altruísta. Pelo menos foi algo que aprendi. Não posso tratar essa questão casualmente, como se fosse parte intrínseca de minha constituição. E, sim, talvez minha apreensão em relação a Kasia seja uma maneira de dirigir meus pensamentos, durante algum tempo, para alguém que está vivo. Preciso do *memento vitae*.

Entro na sala do Sr. Wright. Nessa manhã, ele não sorri para mim — talvez porque saiba que falaremos sobre seu funeral ou talvez porque a centelha de romance que achei ter percebido no fim de semana foi extinta pelo que conto a ele. Meu depoimento como testemunha, centrado num assassinato, certamente não é um soneto de amor. Aposto que os pássaros de Amias não cantam coisas assim uns para os outros.

Ele fecha as persianas, por causa do sol forte da primavera, e a iluminação sombria parece apropriada para falar sobre seu funeral. Tentarei não mencionar meus males físicos hoje, uma vez que, como eu disse, não tenho o direito de me queixar enquanto seu corpo cortado, de maneira irreparável, está sob a terra.

Conto sobre o funeral ao Sr. Wright, prendendo-me a fatos, não a sentimentos.

— Apesar de não ter consciência no momento, o funeral de Tess me deu duas novas pistas — digo, omitindo a tortura sobre minha alma ao observar seu caixão ser coberto com terra. — A primeira é que entendi por que Emilio Codi, se houvesse assassinado Tess, teria esperado o nascimento de Xavier.

O Sr. Wright não imagina aonde quero chegar, mas acho que você, sim.

— Sempre soube que Emilio tinha um motivo — prossigo. — Seu caso com Tess pôs em perigo seu casamento e seu trabalho. É verdade que sua mulher não o deixou quando descobriu, mas ele não poderia saber o que ela faria. Mas, se foi ele e se a matou para proteger sua carreira, por que não o fez quando Tess se recusou a fazer o aborto?

O Sr. Wright balança a cabeça, compreendendo, e acho que está intrigado.

— Também me lembrei de que foi Emilio Codi quem telefonou para a polícia depois da reconstrução ser exibida e disse-lhes que Tess tivera o bebê. Quero dizer que pensei que ele provavelmente a viu ou falou com ela depois do parto. Emilio fizera uma queixa formal de mim à polícia, portanto eu precisava tomar cuidado e certificar-me de que não pudesse dizer às autoridades que eu o estava importunando. Liguei para ele e perguntei se ainda queria as telas em que retratou Tess. Ele estava claramente irritado, mas quis, ainda assim.

Emilio parecia grande demais para seu apartamento, enchendo-o com sua virilidade e sua raiva. Ele desembrulhou todos os nus — para checar se eu não os danificara? Se eu não havia aplicado folhas de parreira? Ou simplesmente para olhar seu corpo novamente? A raiva tornou sua voz terrível.

— Não havia necessidade de minha mulher saber sobre Tess, sobre a fibrose cística, sobre nada. Agora, estamos fazendo exames para saber se somos portadores.

— Muito sensato da parte dela, mas você certamente é portador, senão Xavier não teria a doença. Os dois precisam ser portadores.

— Eu sei. Os médicos enfiaram essas informações em nossas cabeças, mas talvez eu não seja o pai.

Eu estava pasma. Ele sacudiu ombros.

— Ela não era inibida em relação a sexo. Pode facilmente ter tido outros amantes — continuou Emilio.

— Ela teria dito a você. E a mim. Não era uma mentirosa.

Ele se calou, pois sabia que era verdade.

— Foi você quem telefonou para a polícia dizendo que ela tivera Xavier, não foi? — perguntei.

— Achei que era a coisa certa a fazer.

Eu quis desafiá-lo. Ele nunca fora a "coisa certa". Mas não foi por essa razão que fiz a pergunta.

— Então ela certamente disse que Xavier havia morrido, não?

Ele permaneceu em silêncio.

— Falou com ela ao telefone ou cara a cara?

Emilio pegou os quadros e virou-se para ir embora, mas me coloquei em frente à porta.

— Ela queria que você assumisse Xavier, não queria?

— Você precisa entender de uma vez por todas: quando ela me disse que estava grávida, deixei *clara* minha posição em relação ao bebê. Disse que não a ajudaria nem ao bebê, de maneira nenhuma. Eu não seria um pai para o bebê. E ela não armou uma cena. Até respondeu que o bebê ficaria melhor sem mim.

— Sim. E quando Xavier morreu?

Ele colocou os quadros no chão. Por um momento, achei que me empurraria para sair de seu caminho, mas seu gesto de rendição foi absurdamente teatral, terrivelmente pueril.

— Você tem razão. Eu me entrego. Ela ameaçou me expor.

— Está dizendo que ela queria que você assumisse ser o pai de Xavier?

— Exatamente.

— Seu bebê havia morrido. Ela só queria que o pai não se envergonhasse dele.

Com as mãos ainda ao alto, ele enrijeceu os punhos e, por um instante, achei que me esmurraria. Então, deixou-as pender nas laterais do corpo.

— Você deveria estar interrogando aquele garoto, o que sempre a seguia com aquela maldita câmera. Estava obcecado por ela. E era ciumento demais.

— Eu sabia que Tess não pediria nada a Emilio se Xavier houvesse sobrevivido — digo —, mas, quando Xavier morreu, deve ter sido intolerável ver Emilio renegá-lo.

Vi papai se redimir diante de sua sepultura. No momento que importava — quando seu corpo descia à terra fria —, ele agiu como um homem que era seu pai. Não se renega uma filha morta.

O Sr. Wright espera um pouco para fazer a próxima pergunta.

— Acreditou no que Emilio disse em relação a Simon?

— Eu suspeitava de ambos, mas não tinha nada concreto contra eles, nada que abalasse a certeza que a polícia tinha de que Tess cometeu suicídio.

Contei ao Sr. Wright sobre meu encontro com Emilio como se eu fosse um detetive, mas, no fundo, eu estava ali como sua irmã. E tenho de contar a ele, caso seja relevante. É uma exposição constrangedora, mas não posso continuar a ser pudica e tímida. Tenho de arriscar e saber o que ele pensa sobre mim. Portanto, prossigo.

Emilio estava ao lado da porta aberta; sua raiva transpirava pelos poros do rosto enquanto segurava os quadros.

— Você não consegue entender, não é? Fazíamos sexo, um sexo fantástico, mas simplesmente sexo. E Tess sabia.

— Não acha que alguém jovem como Tess poderia ver a figura de um pai em você?

Era o que eu pensava, apesar de você negar a ideia nem sei quantas vezes.

— Não, não acho.

— Não acha que, após o pai dela a abandonar e você sendo seu professor, talvez ela procurasse algo mais do que "simplesmente sexo"?

— Não. Não acho.

— Eu já esperava. Ela se decepcionaria tanto.

Fiquei feliz por finalmente dizer isso a ele.

— Ou talvez se excitasse ao quebrar as regras — respondeu ele. — Eu perdia o controle e talvez ela gostasse. — Seu tom foi quase sedutor. — O fruto proibido é sempre mais erótico, não é?

Fiquei em silêncio e ele chegou mais perto. Perto demais.

— Mas você não gosta de sexo, gosta?

Continuei em silêncio enquanto ele esperava uma reação.

— Tess disse que você só fazia sexo para ter a segurança de uma relação.

Senti seus olhos em mim, perscrutando-me.

— Disse que escolheu uma carreira chata, mas segura, da mesma maneira como escolheu seu noivo. — Ele tentava romper as camadas isolantes de nossa relação como irmãs. — Ela disse que você preferia se sentir segura a ser feliz. — Emilio percebeu que acertara o alvo, mas continuou a atirar. — Que você tinha medo da vida.

Você estava certa. Como sabe. Outras pessoas podem navegar em vidas de mar azul, passando apenas por uma tormenta ocasional, mas, para mim, a vida sempre foi uma montanha íngreme e perigosa. E, como acho que lhe disse, agarrei-me a ela com os pontos de apoio, os ganchos e os cabos de segurança de uma carreira e de uma relação seguras e insípidas.

Emilio ainda olhava para o meu rosto, esperando que me sentisse traída por você e magoada. Mas, pelo contrário, senti-me profundamente comovida. E mais próxima de você, porque me conhecia muito melhor do que eu imaginara e continuava a me amar. Foi generosa o bastante para não me contar que sabia sobre meu medo, permitindo que eu mantivesse minha autoestima de irmã mais velha. Agora, desejei ter contado a você. E soube que, se houvesse me atrevido a desviar o olhar de minha encosta traiçoeira, veria você voar no céu, livre de inseguranças e de apreensões, sem um cabo de segurança atando-a.

Sem um cabo mantendo-a segura.

Espero que ache que encontrei um pouco de coragem.

QUINZE

O Sr. Wright ouviu, com atenção, meu relato sobre o encontro com Emilio, e tento detectar se mudou sua opinião sobre mim. A Srta. Secretária Apaixonada entra, com estardalhaço, trazendo café para ele numa xícara de louça, com biscoitinhos equilibrados no pires, cujas partes de chocolate derretem contra a louça branca. Recebo um copo de plástico, sem biscoitos. O Sr. Wright envergonha-se um pouco de seu favoritismo. Ele espera ela sair e coloca um biscoito ao lado de minha xícara.

— Você disse que o funeral forneceu duas novas pistas?

Pistas? Usei realmente essa palavra? Às vezes, ouço meu novo vocabulário e, por um instante, o absurdo de tudo o que está acontecendo ameaça transformar minha vida numa farsa.

— É o coronel Mostarda, na cozinha, com um castiçal.

— Bee, você é tão boba. É o professor Black, na biblioteca, com a corda!

O Sr. Wright está aguardando.

— Sim. A outra pista foi o professor Rosen.

Ainda que a maior parte das pessoas em seu funeral parecessem borrões, por causa da tristeza e da chuva, reparei no professor Rosen, talvez porque seja um rosto conhecido na televisão. Estava entre as pessoas que não conseguiram lugar na igreja e segurava um guarda-chuva com abas, um guarda-chuva de cientista, que permitia que o vento passasse enquanto os outros guarda-chuvas estavam virados às avessas. Depois, ele veio até mim e estendeu a mão, desajeitadamente, deixando-a pender como se fosse tímido demais para concluir o gesto.

— Alfred Rosen. Eu queria pedir desculpas pelo e-mail que a assessora de imprensa lhe mandou. Foi insensível. — Seus óculos estavam embaçados e ele usou um lenço para limpá-los. — Enviei-lhe meu contato pessoal, caso queira saber mais alguma coisa. Ficarei feliz em responder a qualquer pergunta. — Reparei apenas que sua fala estava emperrada, e sua postura, tensa, pois meus pensamentos estavam com você.

— Mais ou menos uma semana depois do funeral, liguei para o número que ele me deu.

Omito essa semana de tumulto emocional após seu funeral, quando não consegui pensar direito, nem comer, e mal falei. Continuo vigorosamente, tentando apagar a recordação dessa época.

— Ele disse que faria uma série de palestras fora e propôs que nos encontrássemos antes.

— Você suspeitava dele?

— Não. Não havia razão para pensar que ele, ou o estudo clínico, tivesse relação com a morte de Tess. Na época, achei que o pagamento às mulheres provavelmente fora inocente, como os funcionários do hospital acreditavam, mas não havia feito a pergunta diretamente a ele, portanto resolvi fazê-la.

Eu achava que deveria questionar tudo e suspeitar de todos. Não podia me dar ao luxo de percorrer uma única avenida; era preciso explorar todas, ir até o final de uma delas, chegar ao centro do labirinto e descobrir seu assassino.

— Nosso encontro era às dez horas, mas os seminários informativos oferecidos pelo Chrom-Med começavam nove e meia, portanto reservei um lugar.

O Sr. Wright pareceu surpreso.

— É um pouco parecido com o que a indústria nuclear fez — continuo. — Tudo precisa parecer franco e inocente. *Visite Sellafield e faça um piquenique!* Essas coisas, você sabe.

O Sr. Wright sorri, porém o mais estranho havia acontecido. Por um momento, me vi falando como você.

Era manhã, na hora do rush, e o metrô estava cheio. Espremida entre outros passageiros, lembrei-me, horrorizada, do recado que eu havia colocado no quadro de avisos da universidade, pedindo que seus amigos me encontrassem. No tumulto após o enterro, esqueci-me, de certa maneira. Era ao meio-dia. Senti-me muito mais apreensiva sobre esse encontro do que em relação ao professor Rosen.

Cheguei ao edifício do Chrom-Med antes de nove e meia — dez andares de vidro, com elevadores transparentes subindo pela parte externa como bolhas na água mineral. Tubos condutores de luz circundavam o edifício com raios púrpura e azul: "ficção científica torna-se fato científico" parecia ser a mensagem.

A fantástica imagem cintilante foi manchada por um grupo de cerca de dez manifestantes segurando cartazes. Um dizia: "NÃO A BEBÊS PROJETADOS!", OUTRO: "DEIXEM O PAPEL DE DEUS PARA DEUS!" Os cartazes não eram acompanhados por gritos; os manifestantes bocejavam, desanimados, como se fosse cedo demais para se estar de pé, andando por aí. Perguntei-me se não estariam ali para aparecer na televisão, mesmo que a cobertura houvesse diminuído nas últimas semanas, com a TV usando filmagens anteriores. Talvez houvessem aparecido por ser o primeiro dia, em semanas, em que não estava nevando ou chovendo.

Ao me aproximar, ouvi uma manifestante, uma mulher com diversos piercings e cabelo furiosamente espigado, falando com um jornalista.

— ... e somente os ricos poderão arcar com os genes que tornarão seus filhos mais inteligentes e mais bonitos e mais atléticos. Somente os ricos poderão arcar com os genes que impedirão seus filhos de ter câncer ou doenças cardíacas.

O jornalista apenas segurava o microfone, parecendo um tanto entediado, mas a manifestante era intrépida e prosseguia furiosamente.

— Criarão uma superclasse genética. E não haverá chance de casamento entre pessoas diferentes. Quem se casará com alguém mais feio, mais fraco, mais imbecil e propenso a doenças? Depois de algumas gerações, haverá duas espécies de pessoas, com genes ricos ou genes pobres.

Aproximei-me da manifestante.

— Já conheceu alguém que tenha fibrose cística? Ou atrofia muscular? Ou doença de Huntington? — perguntei.

Ela me olhou, furiosa por interromper seu discurso.

— Você não sabe o que é viver com fibrose cística, sabendo que a doença está te matando, afogando-se em seu próprio muco. Você não sabe, sabe? — continuei.

Ela se afastou de mim.

— Você tem sorte — gritei. — A natureza te fez geneticamente rica.

E entrei no edifício.

Disse meu nome a um visor na porta e abriram-na eletronicamente. Assinei meu nome na recepção e apresentei meu passaporte, como havia sido instruída. Uma câmera, atrás da mesa, fez automaticamente uma foto minha, para um cartão de identificação, e, então, pude passar. Não sei o que estavam evitando, mas as máquinas eram muito mais sofisticadas do que qualquer outra por que passei em verificações de segurança em aeroportos. Éramos 15 pessoas e fomos levados a uma sala de seminário, dominada por uma tela grande, e recebidos por uma jovem chamada Nancy, nossa despachada "facilitadora".

Depois de uma aula elementar sobre genética, a despachada Nancy mostrou-nos, num curta-metragem, camundongos em que haviam sido injetados, quando embriões, genes de medusas. No filme, as luzes se apagaram e — no mesmo instante! — os camundongos brilharam em cor verde. Houve muitos Oh! e Ah!, mas notei que, além de mim, apenas uma pessoa, um homem de meia-idade, com um rabo de cavalo grisalho, não se divertira.

A despachada Nancy passou ao filme seguinte, que mostrava camundongos num labirinto.

— E aí estão Einstein e seus amigos — disse ela, entusiasmada. — Esses pequenos amiguinhos têm uma cópia extra de um gene para a memória, tornando-os muito mais inteligentes.

No filme, "Einstein e seus amigos" descobrem o caminho para sair do labirinto com uma velocidade vertiginosa em comparação aos ziguezagues de seus amigos mais obtusos, não construídos pela engenharia genética.

O homem do rabo de cavalo grisalho falou, em tom agressivo.

— Esse gene do "Q.I." entra na linhagem genética das células do embrião? — perguntou ele. Nancy sorriu para nós. — Isto é, o gene é transmitido aos filhos?

Ela virou-se, ainda sorrindo, para o homem do rabo de cavalo.

— Sim. Os camundongos originais receberam o aprimoramento genético quase dez anos atrás. Foram os tataravôs dessas criaturinhas. Esse gene é transmitido há várias gerações.

A postura do homem do rabo de cavalo, assim como seu tom de voz, continuou agressiva.

— Quando serão testados em humanos? Vão cometer uma matança, não vão?

A expressão da despachada Nancy não se alterou.

— A lei não permite aprimoramento genético em pessoas. Somente o tratamento de doenças.

— Mas, assim que o procedimento for legalizado, estarão prontos, certo?

— O esforço científico é simplesmente para fazer nosso conhecimento avançar e não significa algo mais sinistro ou comercial — respondeu a despachada Nancy. Talvez houvesse cartões preparados para esse tipo de pergunta.

— Estão entrando na bolsa de valores, certo? — perguntou ele.

— Não é minha função falar sobre o aspecto financeiro da empresa.

— Mas você tem ações? Todos os empregados têm ações, certo?

— Como eu disse...

Interrompeu-a.

— Portanto, você encobriria qualquer coisa errada. Não gostaria que se tornasse pública, certo?

O tom da despachada Nancy era calmo, mas senti o aço sob seu tailleur.

— Posso assegurar-lhe de que somos completamente francos. E nada, seja o que for, está "errado", como colocou.

Apertou uma tecla e passou ao filme seguinte, que mostrava camundongos numa jaula em que um pesquisador, prestimosamente, introduzia uma régua. Somente então percebia-se o tamanho deles — não tanto pela medição da régua quanto pelas mãos do pesquisador. Eram enormes.

— Demos a esses camundongos um gene para impulsionar o desenvolvimento muscular — falou a despachada Nancy, de maneira entusiasmada —, mas esse gene levou a um efeito surpreendente em outro lugar. Tornou os camundongos não somente muito maiores como também dóceis. Achamos ter conseguido um Arnold Schwarzenegger e acabamos com um Bambi musculoso.

Risos e, mais uma vez, somente eu e o homem do rabo de cavalo não nos juntamos ao grupo. Como se controlasse sua própria hilaridade, a despachada Nancy prosseguiu.

— No entanto, há um aspecto grave nesse experimento. Ele nos mostra que o mesmo gene pode relacionar-se a duas coisas completamente diferentes.

Era o que me preocupava em relação a você. Enfim, eu não estava fazendo uma tempestade num copo d'água.

Quando a despachada Nancy conduziu nosso grupo para fora da sala, vi um segurança falar com o homem do rabo de cavalo grisalho. Estavam discutindo, mas não pude ouvir o que diziam. Em seguida, o homem do rabo de cavalo foi, resolutamente, tirado dali.

Andamos na direção contrária e fomos levados a uma grande sala, totalmente dedicada ao estudo de fibrose cística. Havia fotografias de bebês curados e manchetes de jornais publicadas no mundo inteiro. A despachada Nancy expôs velozmente o assunto, com base num guia de fibrose cística para iniciantes, enquanto, atrás dela, uma tela imensa exibia uma criança portadora da doença. Reparei que os outros, em nosso pequeno grupo, assistiam atentos às imagens, mas a despachada Nancy tinha as bochechas rosadas e uma voz que vibrava de excitação.

— A história da cura da fibrose cística teve início em 1989, quando uma equipe internacional de cientistas detectou o gene defeituoso que a causava. Parece simples, mas não se esqueçam de que em cada célula do corpo humano há 46 cromossomos, cada um com trinta mil genes. Descobrir esse gene foi uma proeza fantástica. E a pesquisa para a cura começou!

Ela fez a descoberta parecer uma abertura do filme *Guerra nas estrelas*, e prosseguiu, com prazer.

— Cientistas descobriram que o gene defeituoso estava produzindo muito sal e pouca água nas células que revestem os pulmões e o intestino, provocando a formação de um muco viscoso.

Ela se virou para a tela, em que a criança lutava para respirar, e sua voz estremeceu um pouco. Talvez estremecesse sempre que exibia o filme.

— O problema era como introduzir um gene sadio num corpo doente — continuou ela. — O método existente, que consiste em usar um vírus, estava longe de ser o ideal. Havia riscos associados a ele e, frequentemente, seu efeito era curto demais. Então, o professor Rosen, apoiado pelo Chrom-Med, criou um cromossomo artificial. Era uma maneira nova e totalmente segura para introduzir o gene sadio no corpo.

Um rapaz, que tinha uma expressão apreensiva e usava um casaco com a marca da Universidade de Oxford, falou:

— Está dizendo que colocam um *cromossomo extra* em cada célula do corpo?

— Sim — respondeu a despachada Nancy, com uma expressão ingênua. — Haverá, nos pacientes tratados, 47 cromossomos. Mas é apenas um microcromossomo e...

Ele a interrompeu e o grupo preocupou-se. Estaria substituindo o homem de rabo de cavalo como o membro rude do grupo?

— Esse cromossomo extra entra na linhagem genética do embrião? — perguntou ele.

— Sim, será transmitido para gerações futuras.

— Não acha um pouco preocupante?

— Na verdade, não — respondeu a despachada Nancy, sorrindo. Sua resposta anódina pareceu remover qualquer possível hostilidade por parte do rapaz. Ou talvez eu simplesmente não pudesse vê-la porque Nancy havia escurecido a sala.

Um filme tomou a tela imensa, mostrando a dupla espiral de DNA ampliada milhões de vezes. Vi, com mais 13 pessoas, os dois genes defeituosos da fibrose cística, que haviam sido realçados. E, então, inacreditavelmente, assisti aos dois genes defeituosos serem substituídos por genes sadios. É espantoso ver o prodígio da descoberta científica e fronteiras reais sendo modificadas. É como olhar pelo telescópio de Hershel, enquanto ele descobria um novo planeta, ou pela luneta de Colombo, enquanto via o Novo Mundo. Acha que estou exagerando? *Vi a cura para a fibrose cística,* Tess: bem ali, na minha frente. Vi como a sentença de morte de Leo poderia ter sido reescrita. Ele estaria vivo agora. Era sobre o que eu pensava enquanto ela falava de telômeros, partes do DNA e culturas de células. Ele estaria vivo.

À medida que o filme avançava para bebês recém-nascidos sem fibrose cística, beijados por mães agradecidas e por pais timidamente emotivos, pensei num menino que cresceu, que não mais ganhava cartões de Action Man em seus aniversários e que estaria mais alto do que eu.

O filme acabou e percebi que, por certo tempo, esqueci-me da preocupação que tive durante todo o mês anterior ou, pelo menos, abandonei-a temporariamente. Mas então me lembrei, é claro, e alegrou-me que não houvesse razão para que esse tratamento fosse relacionado à sua morte ou à de Xavier. Quis que o tratamento genético contra a fibrose cística fosse nosso Novo Mundo, sem implicar custos, sacrifícios ou perversidades.

Pensei que a projeção havia terminado, mas, então, o professor Rosen apareceu na tela para fazer um discurso. Eu já ouvira na internet e nos jornais, mas agora sua fala repercutiu de maneira diferente.

"Grande parte das pessoas não acha que os cientistas fazem seu trabalho com paixão. Se tocamos instrumentos, pintamos quadros ou escrevemos poesia, é esperado que o façamos com paixão, mas os cientistas... Somos frios, analíticos, imparciais. Para a maioria das pessoas, o adjetivo clínico significa frio e insensível, mas seu real significado é estar envolvido num tratamento médico: *fazer algo para o bem.* E precisamos fazê-lo como os artistas, músicos e poetas: com energia, entrega e paixão."

* * *

Dez minutos depois, sua secretária acompanhou-me, por um elevador em forma de bolha, ao último andar, onde o professor Rosen me recebeu. Ele estava exatamente como vi na televisão e em seu funeral; era a mesma caricatura em óculos de armação de arame, ombros estreitos e falta de jeito: um cientista típico. Agradeci-lhe por ir ao funeral e ele fez um movimento com a cabeça — um tanto abruptamente, pensei. Percorremos o corredor e rompi o silêncio.

— Meu irmão tinha fibrose cística. Gostaria que você estivesse por perto alguns anos atrás.

Ele se virou um pouco e lembrei-me de como, nas entrevistas na TV, mostrara-se pouco confortável quando elogiado. Ele mudou de assunto e gostei de sua modéstia.

— E, então, achou o seminário ilustrativo? — perguntou ele.

— Sim. E extraordinário. — Eu continuaria, mas ele me interrompeu sem eu nem mesmo perceber.

— Acho os camundongos com alto Q.I. a parte mais inquietante. Fui convidado a participar da pesquisa original. Um jovem colega, pesquisador no Imperial College, estava investigando a diferença entre seres superinteligentes e normais ou alguma besteira parecida. Foi há muitos anos.

— Mas os camundongos estão no filme do Chrom-Med?

— Sim, o grupo comprou a pesquisa — os genes, quero dizer —, no que fez muito bem. Felizmente a engenharia genética em humanos não é permitida, ou, sem dúvida, teríamos pessoas brilhando no escuro ou gigantes entoando apenas canções de ninar.

Achei que era uma citação pronta ou, pelo menos, ensaiada. Ele não parecia capaz de qualquer dito espirituoso.

— Mas o tratamento contra a fibrose cística é completamente diferente — comentei.

Ele parou e olhou para mim.

— Sim. Não há comparação entre o tratamento genético contra a fibrose cística, que trata uma doença terrível, e improvisações com genes em nome de algum aprimoramento genético. Ou uma exibição de aberrações. Absolutamente nenhuma comparação.

O vigor de suas palavras foi surpreendente e, pela primeira vez, percebi que ele tinha materialidade.

Chegamos à sua sala e entramos.

Era um espaço amplo, envidraçado nos três lados, com vista para toda a Londres e coerente com o resto presunçoso do edifício. Sua mesa, entretanto, era pequena e velha, e imaginei-a acompanhando-o desde o tempo de estudante por uma variedade de escritórios cada vez maiores até acabar, de maneira incongruente, ali. O professor Rosen fechou a porta.

— Quer fazer alguma pergunta?

Por um momento, esqueci-me de qualquer suspeita e, quando me lembrei, pareceu-me absurdo interrogá-lo sobre pagamentos (como eu disse antes, 300 libras era uma soma irrisória, considerando que o investimento no estudo clínico provavelmente foi colossal) — e, com base, no que eu havia visto, a pergunta também pareceria sovina. Porém, eu já não me sentia refreada pelo que era apropriado ou cortês.

— Sabe por que mulheres que participaram do estudo clínico foram pagas? — perguntei.

Ele mal reagiu.

— O e-mail de minha assessora de imprensa foi redigido insensivelmente, mas está correto. Não sei quem pagou a sua irmã ou a qualquer outra paciente, mas asseguro-lhe de que não foi ninguém da administração do estudo clínico. Tenho os nomes e relatórios dos comitês de ética dos hospitais participantes, para que você veja, por si mesma, que nenhum pagamento foi oferecido ou feito. Seria totalmente inapropriado. — O professor Rosen passou-me um maço de documentos e prosseguiu. — A verdade é que o dinheiro, se estivesse envolvido, seria oferecido pelas mães, não o contrário. Há pais suplicando pelo tratamento.

Houve um silêncio constrangido. Minha pergunta foi respondida e estávamos em sua sala havia menos de três minutos.

— Continua a trabalhar para o Imperial College? — perguntei, ganhando algum tempo para pensar em perguntas mais importantes. Mas atingi um nervo, e seu corpo, assim como sua voz, assumiram a defensiva.

— Não. Trabalho aqui em tempo integral. As instalações são melhores. E permitem que eu faça palestras fora daqui. — Senti a amargura em sua voz e perguntei-me o que a teria causado.

— Deve ser muito solicitado, não? — perguntei, ainda cortês.

— Sim, muito. O interesse é avassalador. Todas as universidades prestigiadas da Europa convidaram-me para falar e oito entre as universidades mais importantes dos Estados Unidos me chamaram, como convidado de honra, para um almoço para a imprensa. Quatro, entre elas, ofereceram-me a posição de professor honorário. Começo uma série de palestras pelos Estados Unidos amanhã. Será um alívio me dirigir, por horas seguidas, a pessoas que entendem pelo menos um pouco do que estou falando, em vez de precisar usar frases de efeito.

Suas palavras foram uma escapada de gênio, revelando que eu estava completamente enganada a seu respeito. Ele *queria* estar sob os holofotes, mas aqueles que o iluminassem em suas palestras em universidades prestigiadas, não na televisão. Ele realmente queria elogios, mas vindos de iguais.

Eu estava sentada a certa distância, mas, ainda assim, ele se afastava de mim ao falar, como se a sala estivesse cheia.

— Seu e-mail pareceu sugerir uma ligação entre a morte de sua irmã e meu estudo clínico.

Notei que usou as palavras "meu estudo clínico" e lembrei-me de que, na TV, referira-se a "*meu* cromossomo". Eu ainda não havia percebido o quanto se identificava pessoalmente com o estudo.

Sem olhar para mim, ele se virou para seu próprio reflexo na vidraça.

— O trabalho de minha vida foi descobrir a cura para a fibrose cística. Passei minha vida, literalmente, gastando tudo o que é mais precioso — tempo, compromisso, energia, até mesmo amor — nesse único esforço. Não foi para que alguém se machucasse.

— O que o fez se dedicar a essa doença? — perguntei.

— Quando eu morrer, quero saber que tornei este mundo um lugar melhor. — Ele se virou para mim e continuou: — Acredito que minha realização será vista como um marco pelas gerações futuras, liderando o caminho para um tempo em que poderemos produzir uma população livre de doenças. Sem fibrose cística, sem mal de Alzheimer, sem enfermidade neuromuscular, sem câncer. — Surpreendi-me com o fervor em sua voz. Ele prosseguiu: — Não somente eliminaremos essas doenças como asseguraremos que as mudanças sejam transmitidas a todas as gerações seguintes. Milhões de anos de evolução não curaram nem mesmo um resfriado, quanto mais doenças graves, mas provavelmente podemos curá-las em apenas algumas gerações.

Por que me pareceu tão perturbador enquanto falava? Talvez porque um fanático, qualquer que seja sua causa, cause repulsa. Lembrei-me de seu discurso, comparando cientistas a pintores, músicos, escritores. Tal correlação me pareceu inquietante — pois, em vez de notas musicais, palavras ou tintas, um cientista genético tem genes humanos à sua disposição. Ele sentiu meu desassossego, mas interpretou-o erroneamente.

— Acha que estou exagerando, Srta. Hemming? Meu cromossomo está em nosso reservatório de genes. Alcancei, em minha vida, milhões de anos de desenvolvimento humano.

Entreguei meu cartão de identificação e saí do edifício. Os manifestantes continuavam ali, mais barulhentos depois de tomarem um pouco do café trazido em suas garrafas térmicas. O homem do rabo de cavalo estava com eles. Perguntei-me quantas vezes iria aos seminários e provocaria a despachada Nancy. Supostamente, em nome das relações públicas e por razões legais, não podiam proibi-lo de entrar.

Ele me viu e se aproximou.

— Sabe como medem o Q.I. dos camundongos? — perguntou. — Não é só com o labirinto.

Neguei com a cabeça e afastei-me, mas ele me seguiu.

— São colocados numa câmara e recebem choques elétricos. Quando voltam, aqueles com o Q.I. geneticamente aprimorado reagem demonstrando medo. Medem o Q.I. pelo medo.

Andei rapidamente, mas ele ainda me seguia.

— Ou os camundongos são jogados num tanque com água, onde existe uma plataforma oculta. Os animais de Q.I. alto aprendem a encontrar a plataforma.

Andei rapidamente para a estação de metrô, tentando recuperar meu entusiasmo em relação ao estudo clínico da fibrose cística, mas me senti abalada pelo professor Rosen e pelos camundongos. "*Medem o Q.I. pelo medo*" era uma frase indelével em minha cabeça, por mais que eu tentasse apagá-la.

— Eu quis acreditar que o estudo clínico de fibrose cística era totalmente legítimo. Não queria associá-lo, de maneira alguma, com o assassinato de Tess ou com a morte de Xavier, mas minha visita me perturbou.

— Por causa do professor Rosen? — pergunta o Sr. Wright.

— Em parte, sim. Pensei que ele não gostava da fama, porque parecia tão desconfortável na TV, mas estava orgulhoso da série de palestras que fora convidado a fazer e mencionou que falaria para as universidades *mais prestigiadas* do mundo. Percebi que o julgara completamente errado.

— Suspeitou dele?

— Eu estava cautelosa. Presumi que houvesse ido ao funeral de Tess e se oferecido para responder minhas perguntas por compaixão, mas eu não tinha mais certeza de seu motivo. E pensei que, durante quase toda sua vida, fora visto como um bobão da ciência — certamente durante o tempo de escola e, provavelmente, durante a universidade. Agora, era o homem do momento e, por meio de seu cromossomo, o homem do futuro. Achei que, se houvesse algo errado com o estudo clínico, não desejaria pôr em risco seu recém-conquistado status.

Porém, foi o poder de qualquer cientista genético, não apenas do professor Rosen, o que mais me perturbou. Ao me afastar do edifício do Chrom-Med, pensei nas três Graças — uma fiando a vida humana, uma avaliando-a, e outra, cortando-a. Pensei nas fitas de nosso DNA, enrolando-se na dupla hélice, e nas fibras em cada célula de nosso corpo, carregando nosso destino codificado. E pensei que a ciência nunca esteve tão intimamente ligada ao que nos torna humanos, ao que nos torna mortais.

DEZESSEIS

Absorta em pensamentos depois da ida ao Chrom-Med, caminho até a cafeteria em frente à universidade. Muitos amigos seus foram ao enterro, mas eu não sabia se viriam ao encontro.

A cafeteria estava cheia de estudantes, todos esperando por mim. Senti-me completamente perdida, sem fala. Nunca gostei de organizar encontros, nem mesmo almoços — que dirá uma reunião com estranhos. E me senti extremamente sóbria em comparação a eles, com suas roupas e cabelos diferentes e piercings. Um entre eles, com cabelo rastafári e olhos amendoados, apresentou-se como Benjamin, pôs o braço ao meu redor e conduziu-me a uma mesa.

Pensando que eu queria ouvir sobre sua vida, contaram-me histórias sobre seu talento, sua generosidade, seu humor. E, enquanto falavam, eu olhava para seus rostos e perguntava-me se algum, entre eles, teria matado você. Annette, com seu cabelo sedoso, cor de cobre, e seus braços esguios, seria forte e má o bastante para matar? Quando os belos olhos amendoados de Benjamin derramaram lágrimas, ele estava sendo sincero ou simplesmente ciente do efeito atraente que causava?

— Os amigos de Tess a descreveram de maneiras diferentes — digo ao Sr. Wright —, mas todos falaram de sua *joie de vivre.*

Alegria e vida. É uma descrição ironicamente perfeita para você.

— Ela tinha muitos amigos? — pergunta o Sr. Wright. Comovo-me com a pergunta, pois ele não precisava fazê-la.

— Sim. Valorizava muito as amizades.

É verdade, não é? Você sempre fez amizades com facilidade, mas nunca as desfez facilmente. Na festa de seu 21º aniversário, havia amigos que conhecera na escola primária. Você traz pessoas de seu passado para seu presente. Pode ser sustentável em relação a amizades? São valiosas demais para serem descartadas quando não são imediatamente convenientes.

— Perguntou-lhes sobre as drogas? — pergunta o Sr. Wright, concentrando-me novamente.

— Sim. Como Simon, foram inflexíveis quanto a Tess nunca ter encostado em drogas. Perguntei-lhes sobre Emilio Codi, mas não descobri qualquer coisa útil. Apenas que era um "arrogante de merda", absorto demais em sua arte para ser um orientador decente. Todos sabiam sobre o caso entre os dois e sobre a gravidez. Em seguida, perguntei sobre Simon e sua relação com Tess.

O clima na cafeteria mudou; a atmosfera tornou-se mais pesada, carregada com algo que não compreendi.

— Vocês sabiam que Simon queria um relacionamento com ela? — perguntei.

Assentiram, com um movimento de cabeça, mas não forneceram mais informações.

— Emilio Codi disse que Simon era ciumento — insisti, tentando estimular uma conversa.

Uma garota de cabelo negro e de lábios vermelhos como rubi, parecida com uma bruxa de contos de fadas, respondeu-me:

— Simon tinha ciúmes de qualquer pessoa que Tess amasse.

Perguntei-me, brevemente, se isso me incluiria.

— Mas ela não amava Emilio Codi? — perguntei.

— Não. Para Simon, Emilio Codi era mais uma questão de competição — disse a bruxa bonita. — Simon sentia ciúmes do bebê de Tess, na verdade. Não podia suportar que ela amasse alguém que nem mesmo havia nascido e não o amasse.

Lembrei-me da colagem de Simon, mostrando uma prisão feita com imagens de rostos de bebês.

— Ele foi ao enterro? — perguntei.

Percebi a hesitação no rosto da bruxa bonita antes que ela respondesse.

— Nós o esperamos na estação, mas não apareceu. Liguei para ele e perguntei o que estava acontecendo, afinal. Simon respondeu que havia mudado de ideia e que não iria, porque não tinha um "lugar especial" e seus sentimentos por Tess seriam... Como foi mesmo? Seriam "ignorados", o que ele "não podia tolerar".

Por isso senti a atmosfera pesar quando perguntei sobre Simon?

— Emilio Codi disse que ele estava obcecado por Tess — falei.

— Sim, estava — disse a bruxa bonita. — Quando estava trabalhando em seu projeto, o "fêmea das espécies", ou uma besteira qualquer, seguia-a como uma maldita sombra.

Vi Benjamin olhar para a bruxa bonita numa tentativa de alertá-la, mas ela não percebeu.

— Porra, ele praticamente a perseguia.

— Usando a câmera como pretexto? — perguntei, lembrando-me das fotos na parede do quarto dele.

— Sim — respondeu a bruxa bonita. — Não era homem o bastante para olhá-la diretamente, então a olhava através das lentes. Algumas lentes eram realmente compridas, como se ele fosse um maldito paparazzo.

— Sabe por que Tess o tolerava? — perguntei.

Um rapaz tímido, calado até então, falou.

— Ela era generosa e acho que sentia pena. Ele não tinha outros amigos.

Virei-me para a bruxa bonita.

— Você quis dizer que projeto foi interrompido...?

— Sim, a Sra. Barden, sua orientadora, mandou que Simon o interrompesse. Ela sabia que era apenas um pretexto para seguir Tess por toda a parte. Disse-lhe que seria expulso se prosseguisse.

— Quando? — perguntei.

— No começo do ano letivo — respondeu Annette. — Deve ter sido na primeira semana de setembro. Tess ficou aliviada.

Mas suas fotografias mostravam-na durante todo o outono e o inverno.

— Ele continuou — falei. — Vocês não sabiam?

— Provavelmente foi mais cuidadoso — disse Benjamin.

— O que não seria difícil — interferiu a bruxa bonita —, mas não vimos Tess com muita frequência depois que obteve a tal “licença”.

Lembrei-me da fala de Emilio: *Você deveria estar interrogando aquele garoto, o que sempre a seguia com aquela maldita câmera.*

— Emilio Codi sabia que ele não havia parado — falei. — E ele é orientador na universidade. Por que não pediu que Simon fosse expulso?

— Porque Simon sabia sobre seu caso com Tess — respondeu a bruxa bonita. — Provavelmente foram obrigados a ficar quietos.

Não consegui adiar mais minha pergunta.

— Acham que poderiam matá-la?

O grupo ficou em silêncio, mas percebi mais um constrangimento do que um choque. Até mesmo a bruxa bonita não me olhou nos olhos.

Finalmente, Benjamin falou, acho que para ser gentil.

— Simon disse que Tess teve psicose pós-parto. E que cometeu suicídio. Disse que foi a conclusão do legista e que a polícia confirmou.

— Não sabíamos se estava dizendo a verdade — disse o rapaz tímido —, mas a informação também saiu no jornal local.

— Simon disse que você não estava aqui quando tudo aconteceu — arriscou Annette —, mas que esteve com Tess e que ela parecia... — Ela se calou, mas eu podia imaginar o que Simon contara sobre seu estado mental.

Então, a imprensa e Simon convenceram seus amigos de seu suicídio. A garota que conheciam e que descreveram nunca se mataria, mas você fora vítima da possessão pelo diabo moderno da psicose puerperal — um diabo que fez uma jovem com *joie de vivre* odiar a vida e acabar com ela. Você fora morta por um nome científico, não por um rosto humano.

— Sim. A polícia acredita que ela cometeu suicídio — falei —, porque acham que sofria de psicose puerperal, mas tenho certeza de que estão enganados.

Percebi compaixão em alguns rostos e sua prima mais pobre, a pena, em outros. E, então, “é uma e meia da tarde” e “as aulas vão começar em dez minutos”. E foram embora.

Achei que Simon manipulara seus amigos contra mim antes mesmo que me conhecessem. Sem dúvida, falara-lhe sobre a instável irmã mais velha, com suas teorias malucas, o que explicava ficarem mais embaraçados do que chocados quando perguntei sobre o assassinato. Mas não os culpei por quererem acreditar em Simon, não em mim, e por escolherem uma morte sem assassinato para você.

Benjamin e a bruxa bonita foram os últimos a sair. Convidaram-me para a exposição, dali a uma semana, insistiram, de maneira comovente, e respondi que sim. Eu teria mais uma oportunidade para interrogar Simon e Emilio.

Sozinha no café, pensei que Simon não somente mentira sobre seu "projeto" como o embelezara. *São para meu trabalho de fim de ano... Minha orientadora acha que é o mais original e interessante do ano.* Perguntei-me o que mais seria mentira. Você realmente havia falado com ele ao telefone no dia em que morreu e proposto que se encontrassem? Ou ele a seguiu, como fazia frequentemente, e tudo o mais fora uma mentira para que eu não suspeitasse dele? Simon era claramente manipulador. Havia realmente um homem escondido nas moitas ou Simon o inventara — ou, mais engenhosamente, sua paranoia, que o encobriu — para desviar o foco de si mesmo? Quantas vezes ele se sentou à sua porta, com um imenso buquê, esperando ser visto e dar a impressão de esperá-la inocentemente, mesmo estando morta?

Ao pensar em Simon e em Emilio, perguntei-me, como ainda me pergunto, se todas as mulheres jovens e bonitas têm homens em suas vidas que parecem sinistros. Se eu fosse encontrada morta, ninguém seria suspeito em minha vida, de modo que o foco seria dirigido para alguém além de meu círculo de amigos e de meu ex-noivo. Não creio que mulheres muito bonitas e carismáticas gerem obsessões em homens que, em outras situações, seriam normais, mas que atraem os esquisitos e aqueles que ficam à espreita e despertam uma chama no escuro habitado por essas pessoas perturbadas, trazendo-as, inconscientemente, para cada vez mais perto, até extinguirem a chama que os atraiu.

— Em seguida, retornou ao apartamento? — pergunta o Sr. Wright.

— Sim.

Estou cansada demais para contar-lhe sobre minha volta ao apartamento naquele dia, para lembrar o que ouvi lá. Minhas palavras saem mais lentas; meu corpo arqueia-se.

O Sr. Wright me olha, preocupado.

— Vamos parar por aqui.

Oferece-se para chamar um táxi, mas digo-lhe que caminhar me fará bem.

Ele me acompanha ao elevador e percebo como aprecio sua cortesia antiquada. Acho que Amias, quando jovem, era um pouco como o Sr. Wright. Ele se despede com um sorriso e penso que, talvez, a pequena centelha de romance não se extinguiu, afinal. Pensamentos românticos me estimulam um pouco, mais doces do que cafeína, e acho que não faz mal nutri-los. Portanto, pensarei no Sr. Wright, me permitirei esse pequeno luxo, e atravesso o parque St. James em vez de ser espremida num metrô cheio.

O ar fresco da primavera realmente me faz bem e pensamentos inconsequentes tornam-me um pouco mais corajosa. Ao chegar ao fim do parque, pergunto-me por que não prosseguir minha caminhada pelo Hyde Park. Certamente é hora de reunir coragem para confrontar meus demônios e, finalmente, deixar meus fantasmas descansarem.

Com o coração acelerado, atravesso os portões Rainha Elizabeth, mas, como seu vizinho, o Hyde Park também é uma profusão de cores, barulhos e cheiros. Não encontro qualquer demônio em toda essa vegetação, qualquer fantasma sussurrando em meio aos jogos de bola.

Atravesso o jardim de rosas, passo pelo coreto, que parece pertencer a um livro de histórias infantil, com a borda cor-de-rosa e o topo branco como açúcar, mantido em pé por varas de alcaçuz. Então, lembro-me da bomba explodindo na multidão, dos pregos voando ao redor e da carnificina e sinto alguém me observar.

Sinto sua respiração fria atrás de mim, no ar quente. Apresso o passo, sem me virar. Ele me segue; seu hálito chega mais rápido, arrepiando os pelos em minha nuca. Meus músculos se retesam. À distância, vejo a piscina pública, onde há gente. Corro em sua direção; a adrenalina e o medo fazem minhas pernas tremerem.

Chego lá e sento-me, com as pernas ainda trêmulas e o peito doendo a cada arfada. Observo crianças espirrando a água de suas piscinas infláveis e dois executivos de meia-idade com os pés na água e calças arregaçadas. Somente agora ouso olhar em volta. Penso ver uma sombra no meio das árvores. Espero até a sombra não ser mais do que os espaços escuros entre os galhos.

Ladeio arbustos, mantendo-me perto das pessoas e do barulho. Chego ao outro lado e vejo uma extensão de grama com flores amarelas que criam pontos. Uma garota atravessa o gramado, descalça, com os sapatos na mão, desfrutando a grama aquecida pelo sol, e penso em você. Observo-a chegar ao fim da grama com pontos amarelos e somente então vejo o edifício com os banheiros públicos, uma ferida dura e escura no meio das cores suaves da primavera.

Corro atrás da garota e alcanço o edifício. Ela está do outro lado agora, com o braço de um garoto ao seu redor. Rindo juntos, estão deixando o parque. Também vou embora, com minhas pernas ainda um pouco bambas, e minha respiração, difícil. Tento achar-me ridícula. Não há o que temer, Beatrice, é o que acontece quando se tem uma imaginação tão ativa. A mente é capaz de pregar todos os tipos de peças — certezas surrupiadas de um mundo infantil onde tudo é certo. Não existe monstro no armário. Mas você e eu sabemos que ele é real.

DEZESSETE

Terça-feira

Sou comprimida no elevador cheio do CPS, que cheira a suor, onde corpos são pressionados, a contragosto, uns contra os outros. Cercada de gente, à luz forte da manhã, sei que não contarei sobre o homem no parque, porque o Sr. Wright simplesmente me diria, corretamente, que ele está na prisão, que o pagamento de fiança foi negado e que, depois do julgamento, será condenado à prisão perpétua, sem direito à liberdade condicional. Racionalmente, eu deveria saber que ele nunca mais poderá me fazer mal. Quando o elevador chega ao terceiro andar, digo-me, duramente, que ele não está aqui e que nunca estará, que é uma ausência, não uma presença, e que não devo permitir que o seja nem em minha imaginação.

Portanto, essa é uma manhã de novas resoluções. Não serei intimidada pelo espectro de um mal imaginário. Não permitirei que tenha poder sobre minha mente como teve sobre meu corpo. Pelo contrário, minha confiança será restaurada pelo Sr. Wright, pela Srta. Secretária Apaixonada e por todas as pessoas à minha volta nesse prédio. Sei que minhas perdas de sentidos continuam acontecendo, e com mais frequência, e que meu corpo está cada vez mais fraco, mas não cederei ao terror irracional nem à fragilidade física. Em vez de imaginar o assustador e o feio, tentarei descobrir a beleza das coisas cotidianas, como você fazia, mas, sobretudo, pensarei no que você passou — e, mais uma vez, saberei que, em comparação, não tenho direito de entregar-me a uma ameaça fictícia e à autocomiseração.

Decido que eu pegarei o café. É absurdo achar que meus braços estão tremendo. Veja. Consegui pedir dois cafés — e levá-los à sala do Sr. Wright — sem problemas.

Ele, um pouco surpreso, agradece pelo café. Então, coloca outra fita no gravador e recomeçamos.

— Paramos quando você falou com os amigos de Tess sobre Simon Greenly e Emilio Codi, certo? — pergunta ele.

— Sim. Depois voltei ao nosso apartamento. Tess tinha uma secretária eletrônica antiga, comprada num bazar, eu acho, mas que ela achava boa.

Estou dando voltas, mas preciso ir direto ao assunto.

— Quando cheguei, vi a luz piscando, indicando que a fita estava cheia.

Sem tirar o casaco, ouvi a mensagem, que era apenas um aviso da companhia de gás, nada importante. Eu ouvira todas as outras mensagens, os monólogos de outras pessoas para você.

Tirei o casaco e estava prestes a rebobinar a fita quando percebi que havia dois lados. Eu não escutara o lado B, de modo que a virei. Cada mensagem era precedida do dia e da hora.

A última mensagem foi recebida numa terça-feira, 21 de janeiro, às oito e vinte da noite. Apenas algumas horas depois que você teve Xavier.

Uma canção de ninar encheu a sala. Docemente cruel.

Tentei falar rapidamente e em voz alta, querendo que minhas palavras abafassem a memória auditiva em minha cabeça.

— Foi uma gravação profissional e achei que, quem quer que houvesse ligado, posicionara o fone próximo a um aparelho de CD.

O Sr. Wright assente com um movimento de cabeça — ele havia escutado a gravação, embora, ao contrário de mim, provavelmente não soubesse a música de cor.

— Soube, por Amias, que Tess se sentia ameaçada pelos telefonemas — prossigo —, portanto eu sabia que houve muitas ligações, mas que somente uma ficou gravada.

Não é surpreendente que seu telefone estivesse desligado quando cheguei ao apartamento. Você não suportava mais ouvi-las.

— Ligou para a polícia no mesmo instante? — pergunta o Sr. Wright.

— Sim. Deixei uma mensagem na secretária eletrônica do detetive Finborough. Contei-lhe sobre o falso projeto de Simon e que descobrira por que Emilio esperaria o bebê nascer para matar Tess. Disse que, para mim, havia algo errado no estudo clínico da fibrose cística, porque as mulheres eram pagas e as anotações clínicas de Tess haviam desaparecido, embora não visse uma relação entre as coisas. Disse que achava que as canções de ninar eram a chave do problema. Se pudessem descobrir quem ligava para ela, encontrariam seu assassino. Não foi uma mensagem moderada ou calma, mas eu ouvira a canção de ninar naquele instante. Não me sentia moderada ou calma.

Após deixar a mensagem para o detetive Finborough, fui ao hospital St. Anne. Minha raiva e meu descontrole eram viscerais e precisavam ser liberados fisicamente. Dirigi-me ao departamento de psiquiatria, onde o Dr. Nichols atendia pacientes encaminhados pelo ambulatório. Vi seu nome impresso num cartão preso a uma porta e ultrapassei um paciente que estava prestes a entrar. Ouvi, atrás de mim, a recepcionista protestar, mas não me importei.

O Dr. Nichols olhou para mim, surpreso.

— Havia uma canção de ninar gravada na secretária eletrônica — falei, antes de cantá-la: — "Dorme, neném, dorme/ Papai cuida do rebanho/ Mamãe sacode a árvore do sonho/ e dela caem bons sonhos para você/ Dorme, neném, dorme."

— Beatrice, por favor...

Interrompi-o.

— Tess ouviu-a na noite que chegou do hospital. Apenas algumas horas depois da morte de seu bebê. Só Deus sabe quantas vezes ele gravou essas cantigas para ela. As ligações não foram "alucinações auditivas". Alguém a torturava mentalmente.

O Dr. Nichols, olhando-me espantado, ficou em silêncio.

— Ela não estava louca, mas alguém tentou enlouquecê-la ou fazer com que todos acreditassem que estava fora de seu juízo.

Sua voz soou abalada.

— Pobre menina, as cantigas devem ter sido terríveis. Mas tem certeza de que foram intencionalmente cruéis? Não acha que possam ter sido uma terrível estupidez de um amigo que não sabia que seu bebê havia morrido?

Pensei em como essa hipótese seria conveniente para ele.

— Não, não acho.

O Dr. Nichols se virou. Usava um jaleco branco dessa vez, amassado e um pouco sujo, e parecia ainda mais miseravelmente desiludido.

— Por que não a escutou? Por que não fez mais perguntas?

— A única ocasião em que a vi, meu consultório estava cheio, com emergências encaixadas, e precisei reduzir o tempo de espera para ver todos os pacientes. — Olhei-o, mas ele não me encarou. — Eu deveria ter passado mais tempo com ela. Desculpe-me.

— Sabia sobre a PCP?

— Sim. A polícia me contou, mas só depois de nosso último encontro. Disse-lhes que causava alucinações, provavelmente terríveis. E que seria especialmente potente considerando o sofrimento de Tess. Os textos científicos dizem que usuários frequentemente ferem a si mesmos. As cantigas de ninar devem ter sido a gota d'água.

Não havia um cachorro no consultório, mas pude sentir o quanto ele quis afagar uma tranquilizadora orelha sedosa.

— A droga explicaria por que adquiriu uma tendência suicida desde que a vi — prosseguiu ele. — Deve ter escutado uma dessas cantigas e talvez tenha usado um pouco de PCP, e a combinação... — Ele parou quando viu a expressão em meu rosto. — Acha que estou tentando me justificar?

Fiquei surpresa com sua primeira observação intuitiva.

— Mas não há justificativa — continuou ele. — Era evidente que ela teve alucinações visuais. Se aconteceram em consequência da psicose ou da PCP, não importa. Não percebi. Qualquer que fosse a causa, Tess era um perigo para si e não a protegi como deveria.

Como em nosso primeiro encontro, percebi a vergonha vazar de suas palavras.

Eu fui até ele para extravasar minha raiva, mas parecia não fazer muito sentido. Ele já se punia. E não mudaria sua opinião. A porta foi escancarada. Uma recepcionista e um enfermeiro entraram, alvoroçados, parecendo surpresos com o silêncio que encontraram na sala.

Fechei a porta atrás de mim. Não restara o que dizer a ele.

Andei apressadamente pelo corredor, como se pudesse ultrapassar os pensamentos que me perseguiam, pois, como não havia propósito em distraí-los, eu só podia pensar em você escutando a cantiga de ninar.

— Beatrice?

Praticamente tropecei no Dr. Saunders. Então, percebi que eu estava chorando, com os olhos transbordando, o nariz escorrendo e um lenço encharcado nas mãos.

— Ela foi torturada. Ela foi levada ao suicídio.

Sem fazer perguntas, ele me abraçou. Seus braços ao redor de mim eram fortes, mas não seguros. Sempre achei a intimidade física algo desconcertante, mesmo entre familiares, que dirá com praticamente um estranho, de modo que me senti mais apreensiva do que confortada. Ele, porém, parecia acostumado a segurar mulheres aflitas, estando totalmente à vontade.

— Posso convidá-la, de novo, para um café?

Aceitei, porque queria perguntar-lhe sobre o Dr. Nichols. Queria uma prova de que era incompetente e que a polícia deveria repensar tudo o que ele havia dito. Em parte, também, porque sua reação foi calma quando falei precipitadamente sobre você estar sendo torturada; ele não demonstrou qualquer sinal de incredulidade e se unira a Amias e a Christina no pequeno grupo de pessoas que não me dispensaram imediatamente.

Sentamo-nos a uma mesa no meio da agitada cafeteria. Ele olhou diretamente para mim, dando-me toda a sua atenção. Lembrei-me de nossos jogos do sério.

"*Simplesmente fixe-se nas pupilas, Bee, esse é o truque.*"

Mas eu não conseguia. Não quando os olhos pertenciam a um homem bonito. Nem sob essas circunstâncias.

— Dr. Saunders, conhece...

— William, por favor — interrompeu-me. — Nunca fui bom com formalidades. A culpa é de meus pais, por me mandarem para uma escola moderna. A primeira vez que vesti um uniforme foi quando comprei um jaleco para trabalhar aqui. — Ele sorriu. — Além disso, tenho o hábito de dar mais informações do que me pedem. Eu a interrompi. Queria me perguntar alguma coisa?

— Sim. Conhece o Dr. Nichols?

— Sim. Fizemos um programa de treinamento juntos, muitos anos atrás, e nos tornamos amigos, mas não o vejo muito atualmente. Posso perguntar por quê?

— Era o psiquiatra de Tess. Eu queria saber se ele é incompetente.

— Não, é a resposta sucinta. Você não pensa assim?

Ele esperou minha resposta, mas eu queria obter informações, em vez de dá-las, o que ele pareceu entender.

— Sei que Hugo parece um pouco destrambelhado — prosseguiu William. — Aquelas roupas de tweed e o velho cachorro, mas ele é bom em sua profissão. Se houve algo errado no tratamento de sua irmã é mais provável que a responsável tenha sido a lamentável condição financeira do serviço público de psiquiatria.

De novo, ele me lembrou você, considerando o melhor nas pessoas, e, como tantas vezes fiz com você, provavelmente pareci cética.

— Foi meu colega de pesquisa antes de tornar-se clínico — prosseguiu William. — Era a revelação da universidade, aparentemente. Comentava-se que era brilhante, destinado a ser grande, coisas assim.

Surpreendi-me com sua descrição do Dr. Nichols. Não correspondia em nada ao homem que conheci, nada nele me sugeriu algo parecido.

Enquanto William buscava leite no balcão, perguntei-me se o Dr. Nichols havia me manipulado. O cachorro e as roupas amassadas em nosso primeiro encontro teriam sido cuidadosamente planejadas para apresentar uma imagem que eu, inadvertidamente, comprara? Mas por que ele se daria tanto trabalho? Por que ser tão capcioso? Manipulador? Acostumada a suspeitar de todos com quem me deparava, a desconfiança não me admirou, mas não consegui sustentá-la. Ele era simplesmente decente demais e incorrigivelmente desleixado para ser associado a violência. Os rumores sobre seu brilhantismo certamente eram equivocados. De qualquer maneira, ele só a conheceu após o nascimento de Xavier e, assim mesmo, só a viu uma vez, portanto, a menos que seja um psicopata, que motivo teria para assassiná-la?

William voltou, trazendo o leite. Eu queria confiar nele — seria um alívio partilhar o que eu sabia —, mas simplesmente mexi meu café e notei minha aliança. Deveria tê-la devolvido a Todd.

William também a notou.

— Bela pedra.

— Sim. Na verdade, não estou mais noiva.

— Então por que está usando uma aliança?

— Esqueci-me de tirá-la.

Ele gargalhou, fazendo-me pensar na maneira como você ria de mim, com carinho. Ninguém mais ri de mim assim.

Seu bipe tocou e ele franziu o rosto.

— Geralmente tenho vinte minutos até voltar à emergência, mas os residentes de hoje precisam de mais assistência.

Ao se levantar, a aliança pendurada num cordão escapou de seu jaleco. Talvez eu tenha olhado mais ostensivamente do que pretendia.

— Minha mulher está em Portsmouth. É radiologista — disse ele. — Não é fácil encontrar trabalho na mesma cidade, menos ainda no mesmo hospital. — Ele guardou a aliança. — Não podemos usar aliança no dedo. Micróbios demais podem se desenvolver embaixo dela. Simbólico, não acha?

Balancei a cabeça, entendendo. Achei que ele estava me tratando de maneira diferente. E, de repente, percebi que minhas roupas estavam um pouco amassadas, meu cabelo secara naturalmente, meu rosto estava sem maquiagem. Ninguém de meu círculo social em Nova York me reconheceria enquanto eu entoava furiosamente uma cantiga de ninar no consultório do Dr. Nichols. Eu não era a pessoa bem arrumada e equilibrada que havia sido nos Estados Unidos e imaginei se, em troca, não estava encorajando outros a exporem os aspectos desarrumados de si e de suas vidas.

Observando William sair da cafeteria, perguntei-me, como ainda me pergunto, se eu apenas queria conhecer alguém que me lembrasse você, nem que só um pouquinho, e se era a esperança o que me fazia ver em outros alguma semelhança com você.

Contei ao Sr. Wright sobre minha visita ao Dr. Nichols e a conversa com William.

— Para você, quem havia gravado as cantigas de ninar? — pergunta o Sr. Wright.

— Eu não sabia. Achei que Simon pudesse ser capaz. E Emilio. Não consegui imaginar o professor Rosen conhecendo o bastante sobre uma jovem para torturá-la dessa maneira. Mas me enganara a seu respeito antes.

— E o Dr. Nichols?

— Ele saberia como torturar mentalmente alguém, mas não parece nem um pouco cruel ou sádico. E não teria razão para fazê-lo.

— Questionou sua opinião sobre o professor Rosen, mas não sobre o Dr. Nichols?

— Sim.

O Sr. Wright parece prestes a me fazer outra pergunta, mas desiste. Em vez disso, faz uma anotação.

— Mais tarde, nesse dia, o inspetor Haines ligou para você? — pergunta ele.

— Sim. Apresentou-se como chefe do detetive Finborough. Inicialmente, achei bom um superior responder minha ligação.

A voz do inspetor Haines estrondeou ao telefone; um homem acostumado a fazer uma sala barulhenta prestar atenção no que ele diz.

— Solidarizo-me com a senhora, Srta. Hemming, mas não pode simplesmente culpar pessoas indiscriminadamente. Concedi-lhe o benefício da dúvida quando o Sr. Codi apresentou queixa, por solidariedade à sua perda, mas a senhora esgotou minha paciência. E sou obrigado a deixar claro que não pode continuar dando alarmes falsos.

— Não são alarmes falsos, estou...

— Não — interrompeu ele. — Está dando vários alarmes falsos de uma só vez, sem ter certeza de que devem realmente ser acionados. — Ele quase riu de seu dito espirituoso. — Mas o legista, baseado em fatos, chegou a uma conclusão sobre a morte de sua irmã. Por mais intragável que seja a verdade para a senhora, e sinceramente compreendo como deve ser difícil aceitá-la, ela cometeu suicídio e ninguém é responsável por sua morte.

Acho que o serviço da polícia não recruta mais pessoas como o inspetor Haines: superior, patriarcal, tratando os outros com condescendência e jamais se colocando em questão.

Esforcei-me para parecer controlada, não a mulher irracional que ele me considerava.

— Mas certamente as cantigas de ninar indicam que alguém estava tentando...

Interrompeu-me.

— Já sabíamos sobre a canção de ninar, Srta. Hemming.

Sua afirmação me desarmou completamente. O inspetor Haines continuou:

— Quando sua irmã desapareceu, seu vizinho, um senhor idoso, levou-nos ao seu apartamento. Um entre meus oficiais verificou se algo ali nos ajudaria a descobrir seu paradeiro. Ele escutou todas as mensagens na fita da secretária eletrônica. Não achamos a cantiga de ninar, de maneira alguma, estranha.

— Mas provavelmente houve outras. Por isso ela estava assustada com as ligações. Por isso desconectou o telefone. E Amias disse que houve ligações, no plural.

— É um senhor idoso que admitiu prontamente que sua memória não é perfeita.

Esforcei-me para parecer serena e controlada.

— Mas não acha que mesmo *uma* ligação seja estranha?

— Não mais estranho do que ter um guarda-roupa na sala ou ter telas caras e nenhuma chaleira.

— Por isso não me disse nada? Porque não achou a canção de ninar estranha?

— Exatamente.

Apoiei o fone para que ele não percebesse que minhas mãos tremiam.

— Certamente, junto com a PCP encontrada no corpo dela, as canções mostram que alguém a estava torturando, não?

Sua voz estrepitosa encheu a casa.

— Não acha mais provável que tenha sido um amigo que não sabia que ela tivera o bebê e que foi inadvertidamente imprudente?

— Foi o Dr. Nichols quem disse isso a você?

— Não foi preciso. É uma conclusão lógica. Especialmente pelo fato de que o bebê só era esperado dali a três semanas.

Não consegui conter o tremor em minha voz.

— Então por que ligou? Se sabia sobre as cantigas de ninar e desprezou-as?

— *Você* nos ligou, Srta. Hemming. Estou retornando a ligação por cortesia.

— A luz é melhor no quarto. Tess colocou o guarda-roupa na sala para usar o quarto como ateliê.

Mas ele havia desligado.

Desde que passei a morar aqui, entendo.

— E a exposição na escola de arte aconteceu uma semana depois de você ouvir a canção de ninar? — pergunta o Sr. Wright.

— Sim, os amigos de Tess me convidaram. Simon e Emilio estariam presentes, portanto eu precisava ir.

E acho apropriado ter sido na exposição da escola de arte — com seus maravilhosos quadros expostos e seu espírito e amor pela vida visíveis a todos — onde eu finalmente encontraria a avenida que me levaria ao seu assassino.

DEZOITO

No dia da exposição, seu amigo Benjamin passou por aqui, pela manhã, parecendo ocupado, com o cabelo rastafári preso, e acompanhado por um homem que eu não conhecia, usando um furgão branco e detonado para levar seus quadros à universidade. Disse que não era um evento formal como no final do ano, mas que também era importante. Talvez aparecessem compradores e todas as famílias estariam presentes. Foram solícitos comigo, como se eu fosse frágil e pudesse quebrar com um som alto ou uma gargalhada.

Quando foram embora com seus quadros, percebi que estavam prestes a chorar. Alguma coisa trouxera lágrimas aos seus olhos, mas essa era uma parte de sua vida que eu não conhecia. Talvez houvessem, simplesmente, se lembrado da última vez em que estiveram no apartamento e o contraste — eu aqui e você, não — tenha machucado.

Eu havia embrulhado as telas, mas perdi o fôlego ao entrar na exposição. Não as vira na parede, apenas empilhadas no chão. Juntas formavam uma explosão de cores vivas; sua vibração era extraordinária. Seus amigos, que conheci no café, falaram comigo, um atrás do outro, como se cuidassem de mim em turnos.

Não havia sinal de Simon, mas vi Emilio no meio de toda aquela gente, numa extremidade do salão. Ao seu lado, estava a bruxa bonita, e, por sua expressão, percebi que havia algo errado. Andei em sua direção e, então, vi que ele havia exposto os nus que fizera tendo você como modelo.

Abordei-o, lívida, mas mantive a voz baixa; não quis que alguém escutasse, não quis que ele tivesse uma plateia.

— Seu caso com ela não o prejudica agora que Tess está morta? — perguntei.

Ele fez um movimento em direção às telas, parecendo gostar da briga comigo.

— Não significam que tivemos um caso.

Acho que pareci incrédula.

— Acha que todos os artistas dormem com suas modelos, Beatrice?

Na verdade, sim, eu achava. E usar meu primeiro nome era inconvenientemente íntimo.

— Não é preciso ser amante de uma mulher para pintá-la nua — continuou ele.

— Mas você era amante dela. E agora quer que todos saibam, não quer? Afinal, é muito bom para você que uma bela garota, vinte anos mais nova, estivesse disposta a transar com você. O fato de que você era seu orientador, e casado, provavelmente não compromete sua atitude de macho.

Vi a bruxa bonita balançar a cabeça para mim, aprovando meu discurso e um pouco surpresa, eu acho. Emilio olhou para ela, furioso, que sacudiu os ombros e se afastou.

— Então, acha que meus quadros são "atitudes de macho"?

— Ao usar o corpo de Tess. Sim.

Tentei voltar ao lugar onde suas telas estavam expostas, mas ele me seguiu.

— Beatrice...

Não me virei.

— Tenho uma notícia que talvez ache interessante. Recebemos o resultado dos exames. Minha mulher não é portadora do gene causador da fibrose cística.

— Fico feliz.

Mas Emilio não havia concluído.

— Também não sou portador do gene.

Mas ele tinha de ser. Não fazia sentido. Xavier tinha fibrose cística, portanto seu pai era portador do gene.

Agarrei-me a uma explicação.

— Não se pode ter certeza com um único exame. Há milhares de mutações do gene e...

Interrompeu-me.

— Fizemos todos os exames. Pode citar qualquer um; nós nos submetemos a todos. E afirmaram categoricamente que não somos portadores do gene.

— Às vezes, um bebê tem fibrose cística espontaneamente, mesmo que o pai não seja portador.

— E quais são as chances? Uma em um milhão? Xavier não teve nada a ver comigo.

Foi a primeira vez que o ouvi pronunciar o nome de Xavier — no mesmo grupo de palavras que o renegaram.

A explicação óbvia era que Emilio não era o pai de Xavier. Mas você dissera que ele era o pai e você não mente.

Percebo o Sr. Wright se concentrar ainda mais enquanto escuta atentamente o que digo.

— Eu soube que Xavier nunca tivera fibrose cística.

— Porque o pai e a mãe precisam ser portadores do gene? — pergunta o Sr. Wright.

— Exatamente.

— O que achou que estava acontecendo?

Faço uma pausa, recordando a emoção que acompanhou essa conclusão.

— Achei que o Chrom-Med havia aplicado a terapia genética num bebê perfeitamente sadio.

— Qual teria sido a razão?

— Achei que só poderia ser uma fraude.

— Pode explicar melhor?

— Em primeiro lugar, não é surpreendente que o "tratamento" do Chrom-Med para fibrose cística seja tão bem-sucedido se os bebês sequer têm fibrose cística. E foi por causa desse suposto tratamento miraculoso que o valor do Chrom-Med foi posto nas alturas. Faltavam semanas para entrarem na bolsa de valores.

— E as instituições reguladoras que monitoravam o estudo clínico?

— Não consegui compreender como foram tão enganadas, mas achei que, de alguma maneira, haviam sido. E que pacientes como Tess nunca questionariam o diagnóstico. Quando se teve uma vítima de fibrose cística na família, sabe-se que se pode ser portador do gene.

— Achou que o professor Rosen estava envolvido?

— Achei que precisava estar. Mesmo que não fosse ideia sua, deveria tê-la sancionado. E era diretor do Chrom-Med, o que significava que teria uma fortuna quando a companhia lançasse ações no mercado.

Quando conheci o professor Rosen, no Chrom-Med, achei que era um cientista zeloso que desejava a admiração de seus iguais. Foi difícil substituir essa imagem pela ideia de um impostor avarento, motivado não pela velha glória, mas pela ainda mais velha avareza. Era difícil acreditar que fosse tão bom ator, que seu discurso sobre erradicar a doença e sobre a linha divisória na história não passasse de conversa para me enganar — e aos outros, é claro. Mas, se foi realmente o caso, mostrou-se desconcertantemente convincente.

— Entrou em contato com ele?

— Tentei. Ele estava nos Estados Unidos, para as palestras, e só retornaria em 16 de março, dali a 12 dias. Deixei uma mensagem em seu telefone, mas ele não respondeu.

— Contou ao detetive Finborough? — pergunta o Sr. Wright.

— Sim. Liguei e disse que precisava vê-lo. Ele marcou um encontro no começo daquela tarde.

O Sr. Wright olha brevemente para suas anotações.

— E o inspetor Haines também estava lá?

— Exatamente.

Um homem que infringia as sutis fronteiras de espaço pessoal, como se tivesse o direito invadi-lo.

— Gostaria de esclarecer uma única coisa — diz o Sr. Wright. — Por que achou que a fraude estava ligada à morte de Tess?

— Achei que ela havia descoberto o que aconteceu.

O rosto gorducho do inspetor Haines franziu-se do outro lado da mesa, combinando seu físico com sua voz opressora. Ao seu lado, estava o detetive Finborough.

— O que acha mais provável, Srta. Hemming? — ressoou, grave, o inspetor. — Uma companhia sólida, com reputação internacional e obrigada a obedecer a uma miríade de regulamentos, testar uma terapia genética em bebês perfeitamente sadios ou uma estudante enganar-se sobre quem é o pai de seu filho?

— Tess não mentiria sobre esse assunto.

— Na última vez que falei com você ao telefone, pedi, educadamente, que não culpasse pessoas indiscriminadamente.

— Sim, mas...

— Em sua mensagem, há apenas uma semana, você colocou o Sr. Codi e Simon Greenly no topo da sua lista de suspeitos.

Amaldiçoei a mensagem que deixei para o detetive Finborough. Mostrei-me como uma pessoa emotiva e indigna de confiança, destruindo qualquer credibilidade que eu, porventura, tivesse.

— Mudou de ideia? — perguntou ele.

— Sim.

— Mas nós, não, Srta. Hemming. Não existe nada que ponha em dúvida o laudo de suicídio dado pelo legista. Exporei os fatos sem rodeios. Talvez não queira escutá-los, o que não significa que não existam.

Não apenas dupla, mas tripla, negação. Sua oratória não era tão impressionante quanto ele pensava.

— Uma jovem *solteira* — prosseguiu ele, sentindo prazer com suas palavras veementes —, *estudante de arte* em Londres, tem um filho *ilegítimo*, diagnosticado com fibrose cística. O bebê é submetido, com êxito, a um novo tratamento genético *in utero*. — Penso no orgulho que sente por esse pequeno conhecimento, por essa ninharia de latim introduzida em seu monólogo. — Mas, infelizmente, ele morre ao nascer, por uma causa não relacionada ao tratamento. — Sim, eu já sei. — Um entre os muitos, ao que parece, de seus amigos deixa uma mensagem imprudente em sua secretária eletrônica, que a instiga ainda mais no caminho para o suicídio. — Tentei falar, mas ele prosseguiu, sem a pausa para respirar necessária ao tratamento paternalista. — Sofrendo alucinações por causa das *drogas ilegais* que estava usando, ela leva uma faca ao parque.

Percebo a troca de olhares entre o detetive Finborough e o inspetor Haines.

— Talvez tenha comprado a faca especialmente para esse propósito — falou, rispidamente, Haines. — Talvez quisesse que fosse cara e especial. Ou apenas afiada. Não sou psiquiatra, não sei ler a mente de uma jovem suicida.

O detetive Finborough pareceu retrair-se, demonstrando seu desagrado em relação ao comportamento do inspetor Haines.

— Ela vai até um prédio abandonado, onde funcionavam banheiros públicos — continuou Haines. — Porque não quer ser encontrada ou para fugir da neve; mais uma vez, não tenho competência para afirmar a razão. No parque ou nos banheiros públicos, ingere uma overdose de sedativos. — Surpreendi-me por ele não dizer "comete um suicídio esperado", porque era o que estava ansioso para fazer. — Ela, então, corta as artérias dos braços com a faca. Depois, sabe-se que o pai de seu bebê ilegítimo não é seu orientador, como ela havia pensado, mas outro homem, que deve ser portador do gene causador da fibrose cística.

Tentei argumentar, mas era o mesmo que tocar triângulo no acostamento da M4. Eu sei: essa era uma de suas frases espirituosas, mas lembrar-me dela confortou-me um pouco quando a voz alta do inspetor abafou minha fala. E, enquanto ele me tratava com condescendência, sem me escutar, percebi como minhas roupas estavam surradas, como meu cabelo precisava de um corte e como eu já não era educada ou nem respeitava sua autoridade, portanto não era surpreendente que ele não me desse atenção. Eu não dava atenção a pessoas como eu.

Quando o detetive Finborough me acompanhou até a saída da delegacia, falei:

— Ele não ouviu uma palavra do que eu disse.

O detetive Finborough estava claramente envergonhado.

— Foi a acusação que você fez, contra Emilio Codi. E contra Simon Greenly.

-- Então soei o alarme vezes demais?

Ele sorriu.

— E com muita convicção. Não ajuda que Emilio Codi tenha uma queixa formal contra você e que Simon Greenly seja filho de um ministro.

— Mas ele certamente pode ver que alguma coisa está errada, não?

— Depois que chega a uma conclusão, com base em fatos e na lógica, é difícil dissuadi-lo. A menos que novos fatos pesem mais.

Achei que o detetive Finborough era decente e profissional demais para criticar publicamente seu chefe.

— E você?

Ele fez uma pausa, como se não soubesse o que me dizer.

— Recebemos o laudo pericial sobre a faca Sabatier. Era nova. Nunca havia sido usada.

— Ela não tinha dinheiro para comprar uma faca Sabatier.

— Concordo. Não faz sentido quando ela não tinha nem mesmo uma chaleira ou uma torradeira.

Então havia notado a falta de utensílios na última vez em que esteve no apartamento, quando falamos sobre os resultados da necropsia. Não havia sido somente, como pensei, uma visita de condolências. Fiquei-lhe grata por ser, principalmente, um policial. Reuni coragem para fazer minha pergunta.

— Acredita, agora, que ela foi assassinada?

Por um momento, minha pergunta ficou suspensa entre nós.

— Acho que há uma dúvida.

— Vai investigar sua "dúvida"?

— Vou tentar. É o máximo que posso oferecer.

O Sr. Wright ouve-me atentamente, com seu corpo inclinado para mim e respondendo com os olhos. É um participante ativo no relato e percebo como é raro as pessoas prestarem toda a atenção numa conversa.

— Da delegacia, fui ao apartamento de Kasia. Precisava que ela e Mitch fizessem o exame para detectar o gene causador da fibrose cística. Se o resultado fosse negativo, a polícia precisaria agir.

A deteriorada sala de estar estava ainda mais úmida do que em minha última visita. O pequeno aquecedor elétrico não tinha chance contra as paredes de concreto molhadas e geladas. O tecido fino da manta indiana cobrindo a janela fechada batia ao redor da moldura. Passaram-se três semanas desde a última vez que a vira, e, agora, Kasia chegava ao oitavo mês de gravidez. Pareceu completamente confusa.

— Não entendo, Beatrice.

Mais uma vez, desejei que não se usasse meu primeiro nome, pois, covarde como eu era, não quis ser íntima ao afligi-la. Assumi minha voz executiva e distante:

— O pai e a mãe precisam ser portadores do gene causador da fibrose cística para que ele seja transmitido ao bebê.

— Sim. Disseram em clínica.

— O pai de Xavier não é portador. Portanto, Xavier não podia ter fibrose cística.

— Xavier não doente?

— Não.

Mitch saiu do banheiro. Provavelmente nos escutava às escondidas.

— Pelo amor de Deus, ela simplesmente mentiu sobre com quem transou.

Sem estar coberto por pó de gesso, seu rosto era bonito, mas o contraste com o corpo musculoso e tatuado era estranhamente ameaçador.

— Ela não tinha vergonha em relação a sexo — repliquei. — Se tivesse relações com outro homem, Tess me contaria. Não havia razão para mentir. Realmente acho que você deveria fazer o exame, Mitch.

Usar seu nome foi um erro. Em vez de soar amigável, pareci uma professora da escola primária. Kasia continuou, parecendo confusa.

— Tenho gene de fibrose cística. Fiz teste.

— Sim, mas talvez Mitch seja negativo, talvez não seja portador do gene e...

— Ah, sim — interrompeu ele, em tom sarcástico. — Então, os médicos estão errados e você está mais bem informada do que eles? — Ele olhou para mim como se me odiasse e talvez realmente me odiasse. — Sua irmã mentiu sobre quem era o pai — disse ele. — E quem poderia culpá-la? Com seu nariz levantado para ela? Você é uma vagabunda metida.

Esperei que estivesse sendo verbalmente agressivo para defender Kasia: que tentasse provar que seu bebê tinha realmente fibrose cística e que o tratamento não era uma fraude. E a única maneira era você ser uma mentirosa, e eu, uma vagabunda metida e arrogante. Mesmo assim, ele estava gostando demais de seu ataque para que fosse motivado por uma razão mais generosa.

— A verdade é que provavelmente ela fodeu com tantos homens que não fazia ideia de quem era o pai.

A voz de Kasia foi baixa, mas clara.

— Não. Tess não assim.

Lembrei-me de como ela dissera que você era sua amiga e da simplicidade de sua lealdade. O rápido olhar que Mitch lançou para ela estava cheio de raiva, mas ela continuou.

— Beatrice está certa. — Ela levantou-se enquanto falava e percebi, ao observar esse movimento de reflexo, que Mitch batera nela antes e que se levantara instintivamente para esquivar-se.

O silêncio na sala equilibrou-se à frieza das paredes úmidas e, na medida em que persistiu, desejei o calor de uma altercação, preferi as palavras de uma discussão ao medo de uma briga que aconteceria mais tarde, com brutalidade física. Kasia mostrou-me a porta e saí, com ela.

Descemos a manchada e estreita escada de concreto. Não falamos. Quando se virou para voltar, segurei seu braço.

— Venha e fique comigo.

Sua mão tocou a barriga, mas ela não me encarou.

— Não posso.

— Por favor, Kasia.

Fiquei surpresa com meu comportamento. O máximo que dei anteriormente foi minha assinatura num cheque, para uma causa merecedora, e, agora, eu pedia que ficasse comigo e realmente esperava que aceitasse. Foi a esperança o que me surpreendeu. Ela se afastou e subiu a suja escada de concreto para o apartamento úmido e frio e o que quer que a esperasse.

No caminho para casa, perguntei-me se ela teria contado a você por que se apaixonara por Mitch. Tinha certeza de que ela o amara, de que não era o tipo que faz sexo sem amor. Pensei em como a aliança que William usava era um sinal de que estava comprometido, casado, mas que o pequeno crucifixo de ouro ao redor do pescoço de Kasia não tinha a ver com posse ou promessas. Era um sinal de "não ultrapasse", a menos que tenha amor e delicadeza com seu portador. E eu estava furiosa por Mitch ignorar esse sinal. Porque ele ignorava, violentamente.

Logo depois da meia-noite, a campainha tocou e corri para atendê-la, esperando que fosse Kasia. Quando a vi, não olhei para as roupas vulgares nem para a tintura barata em seu cabelo, somente para os machucados em seu rosto e para as marcas em seus braços.

Na primeira noite, dividimos a cama. Ela roncou como uma locomotiva e lembrei-me de você dizer que a gravidez, às vezes, fazia-a roncar. Gostei do som. Eu havia passado noites seguidas acordada, escutando minha dor, meus soluços, meu coração gritando enquanto batia ritmicamente contra o colchão, mas o ronco de Kasia funcionou como um som cotidiano, inocente e irritantemente calmante. Nessa noite, dormi profundamente pela primeira vez desde sua morte.

O Sr. Wright teve de sair para uma reunião, então volto mais cedo para casa. Chove intensamente quando saio da estação do metrô e fico encharcada durante o caminho para casa. Vejo Kasia olhar-me pela janela. Segundos depois, recebe-me à porta, sorrindo.

— Beata! — (É "Beatrice" em polonês.) Como acho que lhe disse, ela agora dorme na cama, e eu, num futon na sala, que parece absurdamente apertada: meus pés tocam o guarda-roupa, e minha cabeça, a porta.

Enquanto visto roupas secas, penso que esse foi um bom dia. Consegui manter a decisão que tomei pela manhã sobre não me amedrontar e não me intimidar. E, quando me senti fraca, trêmula e enjoada, ignorei essas sensações e não deixei meu corpo dominar minha mente. E acho que consegui. Não cheguei a encontrar algo belo no dia a dia, mas talvez esse seja um passo largo demais para o momento.

Dei uma aula de inglês a Kasia, o que faço diariamente. Tenho um livro que ensina inglês para poloneses. O livro oferece grupos de palavras, que ela aprende antes de cada "aula".

— *Piękn* — digo, obedecendo às instruções fonéticas.

— Belo, adorável, lindo — replica ela.

— Brilhante.

— Obrigada, Beata — diz ela, zombando-me em tom solene. Tento esconder o quanto gosto que use meu nome polonês. — *Ukochanie?* — prossigo.

— Amar, adorar, gostar, apaixonar.

— Muito bem. *Nienawiść?*

Ela fica em silêncio. Estou, agora, na página de antônimos. Eu disse a palavra polonesa para ódio. Ela encolhe os ombros. Tento outra — "infeliz" —, mas ela me olha, apática.

No começo, senti-me frustrada com as lacunas em seu vocabulário, achando que sua recusa a aprender palavras negativas era uma infantilidade, uma maneira linguística de bancar o avestruz, mas ela avança nas palavras positivas, aprendendo até coloquialismos.

— *Como está, Kasia?*

— *Tip-top, Beata.*

(Ela gosta de musicais da década de 1950.)

Pedi-lhe que continuasse aqui depois que o bebê nascesse. Tanto Kasia quanto Amias adoraram. Ele disse que não precisamos pagar o aluguel até estarmos equilibradas financeiramente e, de qualquer jeito, terei de cuidar de Kasia e do bebê. Porque, dessa vez, irei até o fim. Tudo vai ficar bem.

Depois da aula, passo os olhos pela janela e, somente então, percebo os vasos em sua escada. Estão floridos, com um amontoado (pequeno, mas, ainda assim, um amontoado) de narcisos dourados.

Toco a campainha de Amias. Ele parece genuinamente feliz em me ver. Beijo-o no rosto.

— Os narcisos que você plantou estão florescendo.

Oito semanas antes, eu o observara plantar bulbos na terra coberta de neve e, mesmo com meu pouco conhecimento de jardinagem, soube que não poderiam sobreviver. Amias sorri e diverte-se com minha perplexidade.

— Você não precisa parecer tão surpresa.

Como você, vejo Amias regularmente; às vezes para jantarmos, às vezes só para tomarmos um uísque. Eu costumava achar que você o visitava por caridade.

— Você pôs algumas flores já desenvolvidas quando eu não estava olhando? — pergunto.

Ele gargalha — tem uma risada muito alta para um velho, não acha? Robusta e forte.

— Primeiro, pus água quente e misturei-a à terra; depois, plantei os bulbos. As coisas crescem melhor se o solo estiver aquecido.

Acho essa imagem reconfortante.

DEZENOVE

Quarta-feira

Nessa manhã, quando chego ao edifício do CPS, descubro que outros também têm pequenos amontoados de narcisos nascendo em seus potes, pois a secretária do Sr. Wright está removendo o papel úmido em torno de um buquê. Como as *petites madeleines* que Proust molhava no chá, o papel ao redor dos caules me levou ao passado, a uma sala de aula ensolarada e a meu buquê de narcisos, colhidos em nosso jardim, sobre a mesa da Sra. Potter. Por um momento, segurei um fio preso ao passado, à época em que Leo estava vivo e em que papai estava conosco e em que o colégio interno não substituíra o beijo de boa-noite de mamãe. Mas o fio esfiapou e desapareceu, substituído por uma recordação mais dura e inflexível, cinco anos depois, quando você levou um buquê de narcisos para a Sra. Potter e fiquei chateada por não ter uma professora para quem levar flores — eu estava no internato, onde, mesmo que houvesse flores, desconfio de que não me deixariam colhê-las — e porque tudo havia mudado.

O Sr. Wright entra, com os olhos vermelhos e lacrimosos.

— Não se preocupe. É rinite alérgica. Não é contagioso.

Ao entrarmos na sala, sinto pena da secretária, que, nesse momento, provavelmente jogava os belos narcisos no lixo, numa consideração amorosa por seu chefe.

Ele caminha até a janela.

— Importa-se que eu feche?

— Não, tudo bem.

Ele está claramente indisposto, mas gosto de poder concentrar-me na doença de outra pessoa, não na minha. Sinto-me um pouco menos egocêntrica.

— Paramos quando Kasia mudou-se para o apartamento? — pergunta ele.

— Sim.

Ele sorri para mim.

— E vejo que continua morando com você.

O Sr. Wright deve ter visto no jornal. Eu estava certa quanto àquela foto, em que coloquei o braço ao redor de Kasia, ser divulgada em todos os jornais.

— Sim. Na manhã seguinte, mostrei para ela a canção de ninar gravada na secretária eletrônica, mas ela supôs que fosse simplesmente alguém inadvertida e terrivelmente sem tato.

— Disse a ela o que você achava?

— Não, eu não queria perturbá-la. Kasia havia dito, quando a conheci, que não sabia que Tess estava com medo, muito menos quem poderia estar assustando-a. Foi uma estupidez mostrar a canção de ninar para ela.

Mas, se eu a visse como uma igual, teria contado a ela? Desejaria companhia, alguém com quem partilhar essa suspeita? Após passar a noite ouvindo-a roncar, acordá-la, dando-lhe uma xícara de chá, e preparar-lhe um café da manhã decente, decidi que meu papel era cuidar dela. Protegê-la.

— E, então, a fita da secretária eletrônica continuou a rodar — prossigo. — Havia uma mensagem de uma mulher chamada Hattie, que eu não conhecia e ao que não dei importância, mas Kasia reconheceu a voz e disse que Hattie estava na clínica "para mães grávidas de desastres" com ela e Tess. Kasia supôs que Hattie teve o bebê, mas não esperava que telefonasse. Nunca foram próximas; era Tess quem organizava as reuniões. Ela não tinha o telefone de Hattie, mas tinha seu endereço.

Fui ao endereço que Kasia me deu, o que soa fácil, mas, sem carro e com um conhecimento rudimentar do transporte público, tornou-se estressante e demorado. Kasia ficara em casa, constrangida demais pelo rosto cheio de hematomas. Pensou que eu veria uma velha amiga sua por emotividade e não a corrigi.

Cheguei a uma bela casa em Chiswick e senti-me um pouco constrangida quando toquei a campainha. Não pude telefonar e não sabia se Hattie estaria em casa. Uma babá filipina, com uma criança loura nos braços, atendeu a porta. Pareceu muito tímida e não me encarou.

— Beatrice? — perguntou.

Eu estava perplexa por saber quem eu era.

Deve ter percebido meu desconcerto.

— Sou Hattie, amiga de Tess. Nós nos conhecemos brevemente no funeral, durante os cumprimentos.

Houve uma comprida fila de pessoas que queriam falar comigo e com mamãe, uma paródia cruel da fila de cumprimentos que se forma numa cerimônia de casamento em que todos aguardavam sua vez para dar os pêsames — tantos pêsames quanto se tivessem culpa por sua morte. Eu só queria que aquilo terminasse, que eu não fosse mais motivo de uma fila, e não tive capacidade emocional para guardar nomes ou rostos.

Kasia não dissera que Hattie era filipina e não havia razão para supor que eu soubesse. De qualquer forma, não somente a nacionalidade de Hattie me surpreendeu, mas também sua idade. Enquanto você e Kasia são novas, com um pé ainda na juventude, Hattie é uma mulher de quase quarenta anos. E usava uma aliança de casamento.

Ela segurou a porta para mim. Suas maneiras foram reservadas e até deferentes.

— Por favor, entre.

Entrei na casa e tentei escutar o som de um bebê, mas tudo o que ouvi foi um programa de TV infantil, vindo da sala. Observei-a acomodar a criança loura em frente a *Thomas, the Tank Engine* e lembrei-me de você mencionar uma amiga filipina que trabalhava como babá, mas não prestei atenção ao nome, irritada com mais uma amizade liberal e descolada (uma babá filipina, por favor!)

— Queria fazer algumas perguntas, tudo bem?

— Sim, mas preciso buscar o irmão dele ao meio-dia. Importa-se se eu... — Apontou para a tábua de passar e a cesta de roupas na cozinha.

— É claro que não.

Hattie pareceu aceitar passivamente que eu aparecesse à sua porta e quisesse fazer perguntas. Fomos à cozinha, onde reparei em seu vestido leve e barato. Fazia frio, mas ela estava usando velhas sandálias de borracha.

— Kasia Lewski me disse que seu bebê participou do estudo clínico de fibrose cística — falei.

— Sim.

— Você e seu marido são portadores do gene?

— Obviamente.

O tom foi incisivo por trás da fachada de humildade. Ela não me olhou e pensei que ouvira errado.

— Você já fez outro exame para detectar o gene? — perguntei.

— Tenho um filho com fibrose cística.

— Sinto muito.

— Ele mora com a avó e o pai. Minha filha também está com eles, mas ela não tem fibrose cística.

Hattie e seu marido eram claramente portadores do gene, portanto minha teoria sobre o Chrom-Med tratar bebês sadios não seria apoiada por ela. A não ser que...

— Seu marido ainda está nas Filipinas?

— Sim.

Imaginei diversas histórias sobre como uma filipina pobre e muito tímida poderia engravidar enquanto seu marido estava nas Filipinas.

— Você mora aqui? — perguntei e ainda não sei se foi uma tentativa rude de introduzir uma conversa ou se eu estava insinuando que o dono da casa era o pai de seu bebê.

— Sim. Moro. Georgina gosta de mim aqui quando o Sr. Bevan está fora.

Reparei que a mãe das crianças era "Georgina", mas o pai era "Sr. Bevan".

— Não seria melhor, para você, dormir fora? — perguntei, baseada em meu roteiro "Sr. Bevan é o pai". Não sei exatamente o que imaginei, se uma confissão repentina com as palavras "Ah, é claro, assim o dono da casa não poderia me procurar à noite".

— Sou feliz aqui. Georgina é uma pessoa muito boa. Ela é minha amiga.

Desconsiderei suas palavras instantaneamente. Amizade implica certa paridade entre duas pessoas.

— E o Sr. Bevan?

— Não o conheço muito bem. Ele viaja muito a trabalho.

Nenhuma informação seria dada. Observei-a passar as roupas, meticulosa e perfeitamente, e pensei em como as amigas de Georgina deveriam invejá-la.

— Você tem certeza de que o pai de seu bebê tem o gene causador da fibrose cística?

— Já disse. Meu filho tem fibrose cística. — O tom áspero que notei antes voltou, agora explícito. — Eu recebi você porque é irmã de Tess — continuou ela. — Por cortesia. Não para que me interrogasse. O que quer?

Percebi que minha impressão sobre ela fora completamente errada. Achei que não me olhava por timidez, mas ela havia protegido cuidadosamente seu território. Não era passivamente tímida, mas ferozmente reservada.

— Desculpe-me, mas a questão é que não sei se o estudo clínico de fibrose cística é legítimo e, por isso, quis saber se você e o pai do bebê são portadores do gene.

— Acha que posso compreender uma palavra tão longa quanto "legítimo"?

— Sim. E acho que a tratei com arrogância, na verdade.

Ela se virou, quase sorrindo, e era como olhar para uma mulher completamente diferente. Agora pude imaginar que Georgina realmente tivesse amizade por ela.

— O estudo é legítimo. Curou o bebê. Mas meu filho, nas Filipinas, não pode ser curado. É tarde demais para ele.

Ela continuava sem dizer quem era o pai. Eu precisaria voltar ao assunto, quando, esperava, houvesse conquistado sua confiança.

— Posso fazer mais uma pergunta? — Ela assentiu com um movimento de cabeça. — Foi paga para participar do estudo clínico?

— Sim. Trezentas libras. Tenho de buscar Barnaby na creche agora.

Eram tantas as perguntas que eu ainda não havia feito que senti pânico diante da possibilidade de não ter outra oportunidade. Ela passou à sala e, com delicadeza, afastou a criança da televisão.

— Podemos nos encontrar mais uma vez? — perguntei.

— Vou cuidar das crianças na terça-feira. Eles sairão às oito horas. Pode vir, nessa hora, se quiser.

— Obrigada, eu...

Hattie fez sinal para que eu me calasse, protegendo a criança em seu colo de uma conversa possivelmente inconveniente.

— Quando conheci Hattie, achei que não tinha nada a ver com Tess ou Kasia — digo ao Sr. Wright. — Sua idade era diferente, sua nacionalidade era diferente, seu trabalho era diferente. Mas suas roupas eram baratas, como as roupas de Tess e de Kasia, e percebi que tinham uma coisa em comum além do tratamento de fibrose cística no hospital St. Anne: as três eram pobres.

— Achou o fato significativo? — pergunta o Sr. Wright.

— Achei provável que fossem vistas como pessoas mais simples de persuadir financeiramente ou abertas a subornos. Também percebi que, estando o marido de Hattie nas Filipinas, as três eram, convenientemente, solteiras.

— E o namorado de Kasia? Michael Flanagan?

— Quando Kasia se submeteu ao tratamento, ele a abandonara. Quando voltou, ficaram juntos por apenas algumas semanas. Achei que estavam escolhendo mulheres sozinhas, pois não haveria ninguém para analisar as coisas a fundo ou se interessar demais. Estavam explorando o que achavam ser vulnerabilidades isoladas.

O Sr. Wright está prestes a dizer algo gentil, mas não quero sair pela tangente da culpa ou do conforto, portanto prossigo rapidamente.

— Eu havia visto um filme na TV e no Chrom-Med sobre bebês submetidos ao estudo clínico, que mostrava muitos pais. Perguntei-me se somente as mulheres tratadas no hospital St. Anne eram solteiras. Se somente no St. Anne estava acontecendo algo terrível.

Hattie havia acomodado cuidadosamente a criança loura no carrinho, com água e um ursinho de pelúcia. Programou o alarme e pegou suas chaves. Eu estava atenta a sinais da presença de um bebê pequeno, mas não havia qualquer um — nem choro, nem babá eletrônica, nem cesta com fraldas. Hattie não havia mencionado qualquer coisa sobre o assunto. Agora, saía da casa e deixava claro que não havia um bebê no andar de cima. Eu estava na entrada da casa, saindo, quando reuni coragem, ou insensibilidade, para fazer a pergunta:

— Seu bebê...?

Ela respondeu em voz baixa, para que a criança não escutasse.

— Morreu.

O Sr. Wright teve um almoço de trabalho, então deixei o escritório. O parque está encharcado depois da chuva ontem; a grama verde está lustrosa e as flores parecem joias. Prefiro falar com você aqui, onde as cores são vivas mesmo sem a luz do sol. Hattie contou-lhe que seu bebê havia morrido depois de uma cesariana emergencial, mas também contou que precisou fazer histerectomia, perdendo o útero? Não sei o que as pessoas estão pensando sobre meu choro, provavelmente que sou um pouco maluca, mas, quando ela me contou, não parei para pensar em seu bebê, muito menos chorar, e concentrei-me totalmente nas implicações.

Retorno ao edifício do CPS e prossigo em meu depoimento ao Sr. Wright, oferecendo-lhe fatos sem eufemismos, desprovidos de sua ressonância emocional.

— Hattie contou-me que o bebê morreu em consequência de um problema cardíaco. Xavier morreu por uma falência dos rins. Tive certeza de que havia uma ligação entre as mortes dos bebês e o estudo clínico no St. Anne.

— Você imaginava que ligação era essa?

— Não. Não entendi o que estava acontecendo. Antes, minha teoria era de que bebês sadios estavam sendo usados num estudo clínico falso, numa baita fraude em busca lucro, mas, com dois bebês mortos, a teoria perdeu o sentido.

A secretária interrompe o depoimento, trazendo comprimidos anti-histamínicos. Pergunta se também quero um, entendendo errado o inchaço em meus olhos. Percebo que a interpretei mal, não tanto por se mostrar atenciosa comigo quanto por seu esforço em livrar-se dos narcisos. Ela sai e prosseguimos.

— Liguei para o professor Rosen, que ainda estava em sua turnê de palestras pelos Estados Unidos. Deixei uma mensagem em seu celular, questionando o que estava acontecendo.

Perguntei-me se seu orgulho em ser convidado por todas essas universidades importantes não o desviara de seu propósito genuíno. Estaria fugindo, preocupado com que algo fosse descoberto?

— Não procurou a polícia novamente? — pergunta o Sr. Wright. O registro de minhas chamadas mostra uma lacuna clara nesse período.

— Não. O inspetor Haines me considerava irracional e absurda, o que, em grande parte, era culpa minha. Eu precisava obter "fatos que pesassem mais" antes de voltar à polícia.

Pobre Christina. Acho que não imaginava, quando concluiu sua carta de condolências com a declaração "se eu puder fazer alguma coisa, por favor, não hesite em me procurar", que eu a envolveria *duas vezes* nesse caso. Liguei para seu celular e contei sobre o bebê de Hattie. Ela estava trabalhando e foi sucinta.

— Foi feita a necropsia? — perguntou.

— Não. Hattie não quis.

Ouvi um bipe ao fundo e Christina falar com alguém. Parecendo incomodada, disse-me que me ligaria à noite, quando não estivesse no plantão.

Nesse intervalo, decidi visitar mamãe. Era 12 de março e eu sabia que seria difícil para ela.

VINTE

Sempre liguei e enviei flores à mamãe nos aniversários de Leo — uma forma de atenção à distância. Sempre me assegurei de que a ligação tivesse um fim — uma reunião a que eu precisava comparecer, um chamado a me apresentar —, criando uma barreira contra qualquer efusão emocional em potencial. E nunca houve efusão, apenas um pequeno constrangimento enquanto as emoções eram reprimidas e transmitidas como a vibração característica de um telefonema transatlântico.

Eu havia comprado um cartão para Leo, mas, na estação Liverpool Street, comprei um buquê de flores para você, selvagens e de um azul vívido. Enquanto o florista o embrulhava, lembrei-me de Kasia dizer que eu deveria pôr flores para você no prédio onde encontraram seu corpo, no Hyde Park, o que fez semanas atrás. Ela foi atipicamente insistente e achava que mamãe também consideraria o ato "terapêutico", mas eu sabia que mamãe considerava essa expressão moderna da dor — todos aqueles santuários de flores nas faixas de pedestre e nos postes à margem das avenidas — inquietante e bizarra. Flores deviam ser colocadas onde você estava enterrada, não onde havia morrido. Além disso, eu faria tudo para evitar que mamãe visse o prédio onde ficavam os banheiros públicos. A propósito, para evitar que eu também o visse. Não queria nem chegar perto desse edifício. Portanto, respondi a Kasia que preferia plantar algo belo em seu jardim, cuidar dele e observá-lo florescer. E, como mamãe, pôr flores em sua sepultura.

Caminhei os oitocentos metros entre a estação de Little Hadston e a igreja e vi mamãe no cemitério. Contei a você sobre nosso almoço apenas alguns dias antes, avançando um tanto abruptamente na cronologia dessa história para tranquilizar você e para ser justa com ela. Sendo assim, já sabe como ela mudou depois que você morreu, como voltou a ser a mãe de crianças pequenas, em seu robe farfalhante pelo escuro. Afetuosa e amorosa, tornou-se também excessivamente vulnerável. Ela mudou durante o funeral. Não foi um processo gradativo, mas aterradoramente rápido; seu grito silencioso, quando você foi baixada em direção à lama úmida, estilhaçou todos os artifícios de sua personalidade, expondo seu âmago. E, no momento de dilaceramento, a ficção que criara sobre sua morte se desintegrou. Ela sabia, assim como eu, que você nunca se mataria. E essa violenta consciência exauriu as forças de sua coluna e despojou-a da cor de seu cabelo.

Mesmo assim, sempre que a via, tão velha e abatida, eu me chocava.

— Mãe?

Ela se virou e vi lágrimas em sua face. Abraçou-me intensamente e pressionou o rosto contra meu ombro. Senti suas lágrimas através de minha blusa. Ela se afastou, forçando um riso.

— Não devo usar você como lenço, não é?

— Tudo bem.

Passou a mão pelo meu cabelo.

— Que cabeleira. Está precisando de um corte.

— Eu sei.

Coloquei o braço ao seu redor.

Papai voltara para a França, sem promessas sobre telefonar ou aparecer, sendo franco o bastante para não prometer o que não podia cumprir. Sei que sou amada por ele, mas que não estará presente em minha vida cotidiana. Agora, mamãe e eu só temos, praticamente, uma a outra. O que torna a outra mais preciosa e, ao mesmo tempo, insuficiente. Não precisamos ser apenas nós mesmas, mas preencher a falta de outras pessoas — a sua, a de Leo, a de papai. Precisamos nos expandir quando nos sentimos mais contraídas.

Ponho as flores em sua sepultura, onde não voltara desde o funeral. E, enquanto olho para a terra acumulada sobre você e Xavier, penso em como isso é o significado de tudo — das idas à polícia e ao hospital, das buscas na internet, dos interrogatórios, investigações, suspeitas e acusações —, é ao que tudo se resume: você, coberta com lama sufocante, sem luz, ar, vida, amor.

Virei-me para o túmulo de Leo e deixei-lhe o cartão do Action Man que achei que um menino de oito anos gostaria. Nunca lhe acrescentei anos. Mamãe havia colocado ali um presente embrulhado, que disse ser um helicóptero com controle remoto.

— Como soube que ele tinha fibrose cística? — perguntei.

Uma vez, dissera-me que soubera antes que Leo apresentasse os sintomas da doença, mas ela e papai não sabiam que eram portadores do gene; portanto, como decidiram fazer os exames? Minha mente acostumara-se a fazer perguntas, até mesmo diante da sepultura de Leo, até mesmo no dia de seu aniversário.

— Ele ainda era um bebê e estava chorando — disse mamãe. — Beijei seu rosto e suas lágrimas eram salgadas demais. Contei ao clínico, casualmente, sem pensar que fosse algo importante. Lágrimas salgadas são um sintoma de fibrose cística.

Lembra-se de que, mesmo quando éramos pequenas, ela quase nunca nos beijava quando chorávamos? Lembro-me de uma vez em que nos beijou, mas antes de provar o sal nas lágrimas de Leo.

Ficamos em silêncio por alguns instantes e meus olhos passaram do túmulo reconhecível de Leo ao seu, que não tinha qualquer adorno, e vi como o contraste ilustrava meu luto por cada um.

— Escolhi a lápide — disse mamãe. — Quero um anjo, um anjo de pedra, grande e com as asas abertas, protegendo-a.

— Acho que ela gostaria de um anjo.

— Ela acharia ridiculamente engraçado.

Esboçamos um sorriso, imaginando sua reação a um anjo de pedra.

— Mas Xavier gostaria — disse mamãe. — Para um bebê, um anjo é lindo, não acha? Não é sentimental demais.

— De jeito nenhum.

Ela, porém, tornara-se sentimental e levava um ursinho de pelúcia a cada semana, substituindo o anterior, que estaria molhado e sujo. Mostrava-se disposta a se justificar, mas não muito. Nossa antiga mãe se horrorizaria com o mau gosto.

Lembrei-me da conversa em que disse a você que deveria contar à mamãe que estava grávida, inclusive o final, que — deliberadamente, acho — eu havia esquecido.

* * *

— Você ainda tem as calcinhas com os dias da semana bordados? — perguntou você.

— Está mudando de assunto. E ganhei essas calcinhas quando tinha nove anos.

— E você usava mesmo, no dia certo?

— Ela vai ficar magoada demais se você não lhe contar.

Sua voz assumiu um tom atipicamente sério.

— Ela dirá coisas das quais se arrependerá. E nunca poderá desdizê-las.

Você estava sendo generosa. Estava colocando o amor antes da verdade. Mas eu não havia percebido, pensando que estava apenas inventando uma desculpa: *evitando o assunto.*

— Direi quando ele nascer, Bee. Quando ela o amará.

Você sempre soube que ela o amaria.

Mamãe plantou uma rosa Madame Carrière num vaso de cerâmica ao lado da sua sepultura.

— É provisório. Até o anjo chegar. Estava vazio demais.

Enchi uma lata com água para regarmos a rosa e lembrei-me de você, pequena, andando quase sem equilíbrio atrás de mamãe, com seus pequenos instrumentos de jardinagem, seus dedos fechados em volta de sementes que havia colhido de outras plantas; aquilégias, eu acho, mas, na verdade, nunca prestei muita atenção.

— Ela gostava de jardinagem, não gostava? — perguntei.

— Desde muito pequena — respondeu mamãe. — Eu só comecei a gostar quando tinha trinta e tantos anos.

— O que fez você gostar?

Eu queria apenas ter uma conversa segura, em que, esperava, mamãe encontrasse conforto. Ela sempre gostou de falar sobre plantas.

— Ver que alguma coisa que eu plantava se tornava cada vez mais bela, o que, aos 36 anos, era o oposto do que acontecia comigo — disse mamãe, testando, com seus dedos nus, a terra ao redor da rosa. — Não deveria ter-me incomodado com perder minha beleza — prosseguiu ela —, mas me incomodei, antes da morte de Leo. Acho que senti falta de ser tratada com gentileza, com tolerância, porque fui uma garota bonita. Um homem que reparava a fiação elétrica, um chofer de táxi, em outra ocasião, foram desnecessariamente desagradáveis. Homens que fariam um trabalho extra sem cobrar estavam sendo agressivos, como se soubessem que eu havia sido bonita, até linda, e não quisessem aceitar que a beleza desvanece e envelhece. Foi como se me culpassem.

Fiquei um pouco surpresa, mas só um pouco. Falar francamente era um hábito que se tornava familiar. Mamãe enxugou o rosto com os dedos sujos, deixando uma marca de terra na bochecha.

— E, então, ali estava Tess, crescendo, linda e inconsciente sobre como as pessoas eram generosas com ela por causa de sua beleza.

— Mas ela nunca se aproveitou.

— Não precisava. O mundo mantinha a porta aberta para ela, que a atravessava, sorrindo, pensando que sempre seria assim.

— Você sentia inveja?

Mamãe hesitou por um momento; depois, sacudiu a cabeça.

— Não era inveja, mas olhar para ela me fazia ver aquilo em que me transformara — interrompeu-se. — Estou um pouco bêbada. Permiti-me beber um pouco, na verdade, nos aniversários de Leo. E nos aniversários de sua morte também. E agora haverá os aniversários de Tess e de Xavier, não? Vou me tornar uma alcoólatra se não tomar cuidado.

Apertei sua mão, com força.

— Tess sempre passou os aniversários de Leo comigo — disse ela.

Ao nos despedirmos, na estação, propus sairmos no domingo seguinte e irmos à estufa de Petersham Meadows, que você adorava, mas que era cara demais. Combinamos que escolheríamos uma nova planta para seu jardim.

Embarquei no trem para Londres. Você nunca me disse que visitava mamãe nos aniversários de Leo. Supostamente para que eu não me sentisse culpada. Perguntei-me quantas vezes você a visitou antes que a barriga se tornasse evidente. Eu sabia, pela conta de telefone, que havia sido cruelmente desatenta a você e percebi que fiz o mesmo com mamãe. Foi você a filha atenciosa, não eu, como sempre supus.

Eu fugi, não fugi? Meu emprego em Nova York não foi uma oportunidade de trabalho. Foi uma oportunidade para fugir. Deixei mamãe e a responsabilidade para trás e busquei uma vida sem obstruções em outro continente. Em nada diferente a papai. Mas você não partiu. Talvez tenha precisado que eu lembrasse a você sobre as datas dos aniversários que se aproximavam, mas você não fugiu.

Pergunto-me por que a Dra. Wong não apontou meus defeitos. Certamente, uma boa terapeuta tiraria um retrato ao estilo Dorian Gray guardado sob o sofá, para que o paciente pudesse ver a pessoa que realmente era. Mas estou sendo injusta com ela. Não fiz as perguntas certas a meu respeito. Não me questionei.

Meu telefone toca e tira-me de minha autoanálise. É Christina. Conversamos sobre algo trivial por um tempo, para, desconfio, protelar a razão de seu telefonema. Então, ela fala:

— Não acho que a morte de Xavier e do outro bebê estejam associadas, Hemms.

— Mas precisam estar. Tess e Hattie participaram do mesmo estudo clínico, no mesmo hospital...

— Sim, mas não há conexão clínica. Não encontramos algo que cause uma doença cardíaca grave o bastante para matar um bebê e, também, os problemas renais, provavelmente uma falência total, que mataram o outro bebê.

Interrompi, angustiada.

— Um gene pode codificar coisas completamente diferentes, não pode? Então, talvez...

Ela me interrompeu novamente — ou talvez tenha sido a péssima transmissão dentro do trem.

— Verifiquei com meu professor, caso eu tenha ignorado alguma coisa. Não contei a ele sobre o que se tratava, apenas contei-lhe uma história hipotética. Ele me disse que não há como duas enfermidades tão diferentes e igualmente fatais terem a mesma causa.

Percebi que ela estava simplificando a linguagem científica para que eu pudesse entender. E sabia que, em sua versão mais complexa, o fato seria exatamente o mesmo. O estudo clínico no hospital St. Anne não poderia ser responsável pela morte dos dois bebês.

— Não é estranho que dois bebês tenham morrido no St. Anne? — perguntei.

— Todos os hospitais têm sua taxa de mortalidade perinatal, e o St. Anne faz cinco mil partos por ano, portanto é triste, mas, infelizmente, não é um fenômeno extraordinário.

Tentei fazer mais perguntas, descobrir uma falha, mas ela ficou em silêncio. Senti-me sacudida pelo trem; meu desconforto físico refletia meu estado emocional e fazia com que me preocupasse com Kasia. Eu havia planejado uma viagem para ela, mas poderia ser uma irresponsabilidade, portanto verifiquei com Christina. Claramente feliz por ajudar, deu-me uma resposta desnecessariamente minuciosa.

Relato ao Sr. Wright minha conversa, ao telefone, com Christina.

— Achei que alguém havia mentido para as mulheres sobre a causa da morte de seus bebês. Não foram feitas necropsias.

— Nunca pensou que poderia estar errada?

— Nunca.

Ele olha para mim com admiração, eu acho, mas devo ser sincera.

— Eu não tinha a energia necessária para pensar que talvez estivesse errada — prossigo. — Simplesmente não conseguiria voltar ao início e começar tudo outra vez.

— Então, o que fez? — pergunta ele. Sinto-me cansada; cansada e atemorizada como me senti então.

—Voltei a procurar Hattie. Não achei que ela teria algo novo a dizer, mas eu precisava tentar alguma coisa.

Eu tentava agarrar-me a qualquer coisa, e sabia, mas precisava continuar. A única coisa que podia ajudar era identificar o pai do bebê de Hattie, mas eu não alimentava muita esperança.

Quando toquei a campainha, uma mulher bonita, na faixa dos trinta anos, que presumi ser Georgina, atendeu a porta, segurando um livro de histórias e um batom.

— Você deve ser Beatrice. Entre. Estou um pouco atrasada. Prometi a Hattie que sairia no máximo às oito horas.

Hattie apareceu no corredor, atrás dela. Georgina virou-se.

— Importa-se de ler a história da vaca para as crianças? Vou buscar uma bebida para Beatrice.

Hattie deixou-nos e subiu. Percebi que Georgina havia armado esse encontro, embora parecesse genuinamente amigável.

— *Percy e a vaca* é a história mais curta. Termina em seis minutos, mesmo incluindo barulhos de motores e vozes de animais, então Hattie logo descerá. — Georgina abriu uma garrafa de vinho e me passou uma taça. — Não a perturbe, está bem? Ela passou por um grande choque e mal come desde que tudo aconteceu. Por favor... Seja delicada com ela.

Assenti com um movimento de cabeça, gostando de sua preocupação. Um carro buzinou. Ela gritou em direção ao andar de cima antes de sair:

— Abri um Pinot Grigio, Hatt, então aproveite. — Hattie agradeceu. Pareciam mais amigas que dividem a casa do que patroa e babá, estando ambas na faixa dos trinta anos.

Hattie desceu após acomodar as crianças e fomos para a sala de estar. Sentou-se no sofá, posicionando as pernas abaixo de si e segurando uma taça de vinho, como se estivesse em casa e não fosse simplesmente uma empregada que dormia no trabalho.

— Georgina parece muito boa — falei.

— Sim, ela é. Quando contei a ela sobre o bebê, ofereceu-se para pagar minha passagem para casa, com dois meses de salário. Eles não podem arcar com esse gasto; os dois trabalham em tempo integral e meu salário é a conta justa de seus gastos.

Portanto Georgina não correspondia ao estereótipo da patroa de uma babá filipina, assim como Hattie não dormia numa despensa. Recapitulei, então, minhas perguntas-padrão. Ela sabia se você estava com medo de alguém? Sabia quem poderia dar-lhe drogas? Havia razão para você ter sido morta (preparando-me para a expressão que eu geralmente recebia ao mencionar seu possível assassinato)? Hattie não tinha respostas. Como seus outros amigos, não a vira depois que Xavier nasceu. Eu estava ficando sem perguntas, sem realmente acreditar que poderia chegar muito longe.

— Por que não diz a ninguém o nome do pai de seu bebê?

Ela hesitou e pareceu envergonhada.

— Quem é ele, Hattie?

— Meu marido.

Ela ficou em silêncio, deixando-me encontrar a resposta.

— Você aceitou esse emprego estando grávida?

— Achei que ninguém me contrataria se soubesse. Quando ficou evidente, fingi que o bebê seria para mais tarde do que o previsto. Preferi que Georgina me achasse sexualmente leviana a saber que menti. — Provavelmente, pareci confusa. — Ela confiou em minha amizade.

Por um momento, senti-me excluída dos vínculos de amizades que uniam mulheres e dos quais nunca achei que eu precisava, pois sempre tive você.

— Contou a Tess sobre seu bebê? — perguntei.

— Sim. Faltavam semanas para seu bebê nascer. Ela chorou, por mim, e tive raiva. Tess me deu emoções que eu não tinha.

Percebeu que ela teve raiva de você? Hattie foi a única pessoa com quem falei sobre você que tinha uma crítica a fazer: que você a havia entendido errado.

— A verdade é que foi um alívio — disse ela. Seu tom foi desafiador, sem medo de chocar.

— Compreendo — respondi. — Você tem outros filhos de quem precisa cuidar. Um bebê significaria perder o emprego, por mais compreensivos que sejam seus patrões, e não poder mandar dinheiro para casa. — Olhei para ela e percebi que eu estava no caminho errado. — Ou não suportava a ideia de abandonar mais um filho para trabalhar na Inglaterra? — Ela me encarou, numa confirmação tácita.

Por que consegui entender Hattie e você, não? Porque entendo o que é sentir vergonha, mas você nunca a experimentou. Hattie se levantou.

— Gostaria de perguntar mais alguma coisa? — Ela queria que eu fosse embora.

— Sim. Sabe quem aplicou a injeção em você? Com o gene?

— Não.

— E o médico que fez o parto de seu bebê?

— Foi uma cesariana.

— Mas você o viu, não?

— Não. Ele usava uma máscara. Quando tomei a injeção. Quando fui operada. O tempo inteiro. Nas Filipinas, não há essas coisas. Ninguém se importa tanto com higiene, mas aqui...

Enquanto ela falava, vi as quatro telas horríveis que você pintou, com a mulher, gritando, e a figura mascarada sobre ela. Não eram o registro de uma alucinação induzida por drogas, mas aquilo que realmente aconteceu com você.

— Você tem seu relatório clínico, Hattie?

— Não.

— Sumiram?

Ela pareceu surpresa por eu saber.

Bebo o café e não sei se é efeito da cafeína ou a recordação dos quadros o que me causa um arrepio na espinha, fazendo o resto da bebida se espalhar sobre a mesa. O Sr. Wright me observa, preocupado.

— Vamos parar? — pergunta ele.

— Sim, se não se importa.

Saímos juntos para a recepção. O Sr. Wright vê o buquê de narcisos sobre a mesa de sua secretária e se detém. Percebo que ela está tensa. Ele vira-se para mim, com os olhos mais vermelhos.

— Gosto do que Tess contou a você sobre o gene amarelo dos narcisos salvar a visão de crianças.

— Eu também.

O detetive Finborough me espera no Carluccio's, ao lado do edifício do CPS. Ligou-me ontem e marcou um encontro. Não sei se é permitido, mas concordei. Sei que ele não viria por interesse próprio, com algum pretexto para polir a verdade do que aconteceu de modo que ele pareça melhor nela.

Caminho até ele e hesitamos, por um instante, como se pudéssemos nos beijar no rosto, como amigos, em vez de... O quê? O que somos? Foi ele quem me comunicou que você havia sido encontrada. Que era você nos banheiros públicos. Foi ele quem segurou minha mão, olhou-me e destruiu o que eu era até aquele momento. Nossa relação não inclui a troca de beijinhos como num coquetel, mas tampouco é simplesmente entre um policial e um parente de uma vítima. Segurei sua mão como ele, um dia, segurou a minha. Dessa vez, minha mão é a mais quente.

— Eu queria dizer que sinto muito, Beatrice.

Estou prestes a responder quando uma garçonete se põe entre nós, mantendo a bandeja no alto e com um lápis profissionalmente enfiado em seu rabo de cavalo. Acho que deveríamos ter marcado esse encontro num lugar como uma igreja — um local silencioso e solene onde coisas importantes são conversadas em sussurros, não gritadas acima do barulho da louça e de vozes.

Sentamo-nos a uma mesa e acho que nos sentimos embaraçosamente íntimos. Rompo o silêncio.

— Como está Vernon?

— Foi promovida — responde ele. — Está trabalhando para a unidade de violência doméstica.

— Que bom para ela.

Ele sorri e, o gelo estando quebrado, mergulha numa conversa mais profunda.

— Você estava certa o tempo inteiro. Eu deveria tê-la escutado e acreditado em você.

Era exatamente o tipo de frase que eu fantasiava ouvir e desejei poder sussurrar ao meu ego anterior que, um dia, um policial a diria para mim.

— Pelo menos, você mandou investigar — digo. — E atuou na investigação.

— Tarde demais. Você nunca deveria ter sido exposta ao perigo daquela maneira.

O barulho cessa repentinamente e as luzes quase se apagam. Ouço apenas o detetive Finborough falando comigo, perguntando-me se estou bem, mas sua voz é silenciada e tudo fica escuro; quero gritar, mas minha boca não consegue produzir nenhum som.

* * *

Volto a mim no banheiro feminino, limpo e aquecido, onde o detetive Finborough está comigo. Ele diz que estive desmaiada por cerca de cinco minutos. Não é muito tempo, mas foi a primeira vez que perdi a audição também. A equipe do Carluccio's é solícita e chama um táxi para mim. Pergunto ao detetive Finborough se pode me acompanhar, e ele concorda, com boa vontade.

Estou num táxi preto, com um policial sentado ao meu lado, mas continuo sentindo medo. Sei que ele está me seguindo, sinto sua presença malévola, assassina, aproximando-se.

Quero contar ao detetive Finborough, mas, assim como o Sr. Wright, ele me diria que ele está sob detenção, aguardando o julgamento, que não pode mais me fazer mal e que não há o que temer. Mesmo assim, não consigo acreditar.

O detetive Finborough espera eu estar em segurança no apartamento e segue no mesmo táxi. Quando fecho a porta, Pudding enrosca seu corpo felpudo e quente em minhas pernas, ronronando. Chamo Kasia. Nenhuma resposta. Abafo centelhas de apreensão e, então, vejo um bilhete sobre a mesa, dizendo que ela está no encontro de seu grupo pré-natal. Ela chegaria a qualquer momento.

Vou à janela, para checar, e abro as cortinas. Duas mãos batem na vidraça, tentando quebrá-la. Grito. Ele desaparece no escuro.

VINTE E UM

Quinta-feira

É um belo dia de primavera, mas, em vez de atravessar o parque, pego o metrô até o edifício do CPS, para estar sempre no meio de muita gente.

Sinto-me feliz ao ser espremida no elevador, mas apreensiva, como sempre, com a possibilidade de não receber sinal no pager e no celular, de ficar presa ali e de Kasia não conseguir entrar em contato comigo.

Assim que sou ejetada, no terceiro andar, verifico se estão funcionando. Não contei a Kasia sobre o homem que vi na janela ontem à noite. Não quis assustá-la. Ou admitir a outra possibilidade — de que não só meu corpo está se deteriorando, mas minha mente também. Sei que não estou fisicamente bem, mas nunca me ocorreu estar mentalmente mal. Terá sido simplesmente uma ilusão, o produto de uma mente perturbada? Talvez seja necessária alguma força física, o que não tenho mais, para manter a sanidade. Enlouquecer é o que mais temo, mais do que a ele, pois significa destruir o que somos no interior de um corpo que, de alguma maneira grotesca, sobreviverá a nós. Sei que provavelmente você também sentiu medo. E gostaria que soubesse que era a PCP — não alguma fraqueza ou doença em sua mente — o que ameaçava sua sanidade.

Talvez me deram PCP também? Esse pensamento ocorreu a você antes de ocorrer a mim? Talvez um alucinógeno seja responsável pelo mal que me ataca sorrateiramente. Mas ninguém poderia dá-lo a mim. Vou apenas ao prédio do CPS e ao Coyote, onde ninguém me deseja mal.

Não vou contar ao Sr. Wright sobre o assassino que surgiu na janela, ainda não. Tampouco sobre meu medo quanto a enlouquecer. Se eu não contar, ele me tratará normalmente e, em troca, me comportarei normalmente. Ele mantém expectativas em relação à minha sanidade e me esforçarei para satisfazê-las. Além disso, sei que estou segura pelo menos nas horas em que estou com ele. Por isso, esperarei até o fim do dia para, então, contar-lhe.

Nessa manhã, a sala do Sr. Wright não está iluminada, mas tento não pensar nos cantos escuros. Ao falar, sinto que minhas palavras soam um pouco inarticuladas e preciso esforçar-me para lembrar. O Sr. Wright disse que talvez possamos concluir meu depoimento hoje, então terei de prosseguir.

Ele não parece notar algo errado. Talvez eu seja, agora, uma perita em dissimulação ou, quem sabe, ele esteja totalmente concentrado em concluir a última parte de meu depoimento. O Sr. Wright recapitula a última parte de nossa entrevista.

— Hattie Sim disse a você que o homem que aplicou a injeção nela e fez seu parto usava uma máscara?

— Sim. Perguntei-lhe se era a mesma pessoa, e ela respondeu que sim, mas não se lembrava de mais nada: nem da voz, nem do cabelo, nem da cor, nem da altura. Ela estava se esforçando para apagar essa experiência, e eu não podia culpá-la.

— Achou que o mesmo homem fez o parto de Tess?

— Sim. E tive certeza de que foi esse homem quem a assassinou, mas eu precisava de mais indícios para procurar a polícia.

— De fatos que pesassem mais? — pergunta o Sr. Wright.

— Sim. Eu precisava provar que ele usava a máscara para ocultar sua identidade. Eu não conseguira descobrir quem havia feito o parto de Tess. — Deliberadamente, percebi. — Mas talvez descobrisse quem havia aplicado as injeções em Tess e em Hattie.

Passava da meia-noite quando cheguei ao hospital St. Anne, depois de sair da casa de Hattie, em Chiswick, mas eu precisava descobrir *imediatamente*.

As alas estavam às escuras e percebi que não era o momento mais sensato para fazer perguntas, mas eu havia apertado a campainha da maternidade, e uma enfermeira, que eu não conhecia, abriu a porta. Olhou para mim, com desconfiança, e lembrei-me de que a segurança era para impedir o roubo de bebês.

— Posso falar com a chefe das parteiras? Acho que seu nome é Cressida.

— Ela foi para casa. Seu turno se encerrou há seis horas. Ela voltará amanhã.

Mas eu não podia esperar.

— William Saunders está aqui? — perguntei.

— Você é uma paciente?

— Não. — Hesitei por um instante. — Uma amiga.

Ouvi um bebê chorando; depois, outros se uniram a ele. Uma campainha tocou. A jovem enfermeira contraiu o rosto, e vi como parecia tensa.

— OK. Ele está no quarto dos plantonistas. Terceira porta à direita.

Bati na porta, enquanto a enfermeira me observava, e entrei. O quarto estava escuro, iluminado apenas pela luz que passava pela porta aberta. William acordou imediatamente, alerta, provavelmente por ser seu plantão e por esperarem que estivesse a postos.

— O que está fazendo aqui, Bee?

Ninguém, a não ser você, chamava-me assim, e foi como se você emprestasse a ele um pouco de nossa intimidade. William se levantou e vi que estava completamente vestido com o uniforme azul. Seu cabelo estava embaraçado na parte em que apoiara no travesseiro. Tive consciência da exiguidade do quarto, da cama de solteiro.

— Sabe quem aplicou as injeções nas mulheres que participaram do estudo clínico de fibrose cística? — perguntei.

— Não. Quer que eu tente descobrir?

Simples assim.

— Quero.

— OK. — Ele me pareceu prático e totalmente concentrado e senti-me grata por me levar a sério. — Teve notícias de outras pacientes, além de sua irmã?

— Kasia Lewski e Hattie Sim. Tess conheceu-as na clínica.

— Pode anotar os nomes?

Ele esperou eu vasculhar minha bolsa e anotar os nomes; depois, pegou delicadamente o papel.

— Agora, posso perguntar por que você quer saber?

— Porque a pessoa usou uma máscara. Quando aplicou as injeções, quando fez os partos.

Houve uma pausa e percebi que qualquer urgência que houvesse partilhado comigo se dissipara.

— Não é incomum que médicos usem máscaras, especialmente em obstetrícia — disse ele. — Parto é uma coisa complicada, muitos fluidos expelidos, e os médicos normalmente usam acessórios de proteção.

Ele deve ter percebido a descrença em minha expressão ou minha decepção.

— É realmente rotineiro, pelo menos neste hospital — prosseguiu ele. — Fora de Johanesburgo, temos a mais alta percentagem de pacientes com HIV. Somos testados regularmente para evitar o contágio de pacientes. Porém o mesmo não é feito pela população. Portanto simplesmente não sabemos se uma mulher que passa por nossa porta está doente ou não, se é portadora ou não.

— E quanto a injetar o gene? Dar as injeções? — perguntei. — Nesse caso, não há fluidos por todos os lados, há? Para que usar a máscara?

— Talvez esse médico seja cauteloso.

Antes, eu havia considerado sua capacidade de ver o melhor nas pessoas extremamente simpática, lembrando-me de você, mas, agora, a mesma característica me enfurecia.

— Prefere encontrar uma explicação inocente a acreditar que alguém assassinou minha irmã e escondeu sua identidade com uma máscara?

— Bee...

— Não tenho o luxo de escolher. A opção desagradável e violenta é a única para mim. — Afastei-me dele. — Você usa máscaras?

— Frequentemente, sim. Talvez pareça excessivamente cauteloso, mas...

Eu o interrompi.

— Foi você?

— O quê?

Ele me olhou, surpreso, e não consegui encará-lo.

— Acha que matei sua irmã? — perguntou ele, parecendo atônito e magoado.

Eu estava errada quanto à trivialidade de conflitos com palavras.

— Desculpe-me. — Forcei-me a olhar em seus olhos. — Alguém assassinou Tess. Não sei quem foi. Simplesmente que *foi* alguém. E, provavelmente, eu agora conheço essa pessoa, falei com ela sem saber. Mas não tenho provas, nem a mais insignificante.

Ele segurou minha mão e percebi que eu estava tremendo.

Seus dedos acariciaram-me delicadamente, no começo, de maneira suave demais para que eu pensasse que era um gesto de atração, mas, quando prosseguiu, percebi, mal acreditando, que não havia dúvida.

Puxei minha mão. Ele pareceu desapontado, mas sua voz foi gentil.

— Não sou o melhor partido, sou?

Ainda pasma, e mais do que lisonjeada, andei em direção à porta.

Por que deixei esse quarto e suas possibilidades? Porque, mesmo que eu ignorasse o fato de que ele é casado — o que não era insuperável, percebi —, sabia que aquilo não duraria muito e que não seria uma relação segura ou qualquer outra coisa que eu queria e de que precisava. Seria um momento de paixão, nada mais, e depois viria a cobrança de uma pesada dívida emocional. Ou, talvez, fosse simplesmente o fato de que ele me chamava de Bee. Um nome que só você usava. Um nome que me lembrava de como fui por tantos anos. Um nome que não fazia isso.

Portanto, fechei a porta atrás de mim, um pouco tonta, mas ainda em pé em minha estreita corda bamba moral. Não por princípios, mas porque, mais uma vez, escolhi segurança ao risco de uma felicidade de curto prazo.

A uma pequena distância do hospital, esperei o ônibus. Lembrei-me de como seus braços pareceram fortes ao me abraçar e da delicadeza de seus dedos na palma de minha mão. Imaginei seus braços ao meu redor e seu calor, mas eu estava sozinha no escuro e no frio, arrependida de minha decisão de partir, lamentando ser uma pessoa que sempre, previsivelmente, partia.

Virei-me, pensando em voltar, e havia dado alguns passos quando ouvi alguém a uma curta distância. Havia duas vielas sem iluminação que levavam à avenida ou, talvez, ele estivesse escondido atrás de um carro estacionado. Absorta em meus pensamentos, eu não havia percebido que quase não passavam carros pela rua e que não havia outros nas calçadas. Eu estava sozinha com quem quer que me observasse.

Vi um táxi preto, apagado, e estendi a mão, rezando para que parasse, o que ele fez, repreendendo-me por estar sozinha no meio da noite. Gastei um dinheiro que não tinha e pedi-lhe para levar-me em casa. Ele esperou eu entrar no apartamento antes de seguir em frente.

❧

O Sr. Wright olhou-me, preocupado, e sei que pareço doente. Minha boca está seca como um pergaminho. Bebo todo o copo d'água que sua secretária deixou para mim. Ele pergunta se estou bem e se quero continuar e respondo que sim, porque acho tranquilizador estar com ele e porque não quero ficar sozinha no apartamento.

— Pensou no homem que seguia Tess? — pergunta o Sr. Wright.

— Sim, mas tive a sensação de que alguém me observava e de um barulho, eu acho, porque alguma coisa me alertou, mas, na verdade, não vi ninguém.

Ele propõe comprarmos sanduíches e irmos ao parque para um piquenique de trabalho. Acho que espera que o ar fresco me desperte, porque estou um pouco grogue e inarticulada. Ele pega o gravador. Nunca me ocorrera que fosse portátil.

Vamos ao parque St. James, que parece uma cena saída de *Mary Poppins*, estando completamente florido e acompanhado por um céu azul com nuvens brancas como merengue. Funcionários de outras empresas estão esparramados sobre o gramado, transformando o parque numa praia sem mar. Caminhamos lado a lado, próximos, procurando um lugar com menos gente. Seu rosto bondoso está olhando para mim e pergunto-me se também pode sentir meu calor.

Uma mulher, empurrando um duplo carrinho de bebê, vem em nossa direção e obriga-nos a seguir em fila indiana. Sozinha, por alguns instantes, experimento uma repentina sensação de perda, como se o calor no lado esquerdo de meu corpo houvesse desaparecido, agora que ele não está ali. Faz-me pensar em meu corpo deitado, sobre o lado esquerdo, num piso de concreto, sentindo esse frio me penetrar, sentindo meu coração bater rápido demais, sem poder me mover. Estou em pânico, acelerando a história, mas, então, ele está novamente ao meu lado, voltamos a caminhar no mesmo passo e retomo a sequência correta.

Encontramos um lugar tranquilo, onde o Sr. Wright estende uma manta para nos sentarmos. Emocionei-me por ele, ao ver o céu azul nessa manhã, pensar num piquenique no parque comigo. Ele liga o gravador. Espero um grupo de adolescentes passar e, então, começo.

— Kasia acordou quando cheguei ou, talvez, estivesse esperando por mim. Perguntei-lhe se conseguia lembrar-se do médico que lhe aplicara a injeção.

Ela vestiu seu robe.

— Não sei nome — respondeu ela. — Algum problema?

— Ele estava usando uma máscara. É por isso que você não sabe?

— Sim, uma máscara. Alguma coisa ruim? Beata?

Sua mão moveu-se, inconscientemente, para a barriga. Eu não podia assustá-la.

— Está tudo bem. Verdade.

Mas ela é esperta demais para se deixar enganar tão facilmente.

— Você disse bebê de Tess não doente. Não tem fibrose cística. Quando foi ao apartamento. Quando pediu para Mitch fazer teste.

Não havia percebido que ela compreendera. Provavelmente passara todo esse tempo matutando sobre o assunto, mas não me perguntara, presumivelmente confiando em que eu lhe contaria se houvesse algo que precisasse saber.

— Sim, é verdade. E quero descobrir mais. De qualquer forma, não tem nada a ver com você. Você e seu bebê vão ficar bem, perfeitamente bem.

Ela sorriu ao ouvir as palavras "perfeitamente bem", uma expressão que aprendera recentemente; o sorriso que pareceu forçado, que pareceu uma deixa para mim.

Dei-lhe um abraço.

— Você vai ficar realmente bem. Vocês dois. Prometo.

Não pude ajudar a você nem a Xavier, mas ajudaria Kasia. Ninguém faria mal a ela ou ao seu bebê.

Um pouco adiante, adolescentes estão jogando *softball*, e pergunto-me o que a pessoa que escutar essas fitas fará com os ruídos do parque, as risadas e as conversas ao nosso redor.

— E, no dia seguinte, recebeu um e-mail do professor Rosen? — pergunta o Sr. Wright.

— Sim. No sábado, pela manhã, por volta das dez e quinze.

Eu estava a caminho do trabalho, para meu turno no "*brunch* de fim de semana", uma nova ideia de Bettina.

— Notei que a mensagem fora enviada de seu e-mail pessoal — prossigo —, não pelo e-mail do Chrom-Med que usáramos antes.

O Sr. Wright examina uma cópia da mensagem.

Para: iPhone de Beatrice Hemming
De: alfredrosen@mac.com
Acabo de retornar de minhas palestras pelos Estados Unidos e li sua mensagem. Como costumo fazer nessas viagens, não levei o celular. (Meus familiares mais próximos têm o número do hotel, caso precisem entrar em contato com urgência.) É *risível* dizer que meu estudo clínico é, de alguma maneira, perigoso para os bebês. A intenção é ser uma maneira segura para injetar o gene sadio no corpo. É produzir a cura da maneira mais segura possível.
Alfred Rosen. Professor. MA Cantab. MPhil. Ph.D.

De: iPhone de Beatrice Hemming
Para: alfredrosen@mac.com
Pode explicar por que o médico do hospital St. Anne usou uma máscara tanto para aplicar as injeções com o gene quanto para fazer os partos?

De: alfredrosen@mac.com
Para: iPhone de Beatrice Hemming
Claramente a equipe usa a proteção apropriada para realizar partos, mas essa não é minha área de especialização, portanto, se está preocupada, sugiro que pergunte a alguém que atue na ala de obstetrícia.
Em relação às injeções, quem as aplicou não entendeu como meu cromossomo funciona. Ao contrário de um vírus, ele não oferece qualquer risco de infecção. Não há necessidade de tal precaução. Talvez tenham o hábito de ser cautelosos, quem sabe? Mas, no funeral de sua irmã, eu disse que responderia às suas perguntas, portanto vou investigar. De qualquer forma, duvido que haja algo a ser descoberto.

Eu não sabia se deveria ou não confiar nele. Certamente não sabia por que ele estava me ajudando.

A iniciativa de Bettina foi um sucesso e, ao meio-dia, o Coyote estava lotado. Vi William abrir caminho entre as pessoas, tentando chamar minha atenção. Sorriu ao ver meu espanto.

— Cressida me disse que você trabalha aqui. Espero que não se importe.

Lembro-me de dizer a ela, quando estava procurando as anotações de seu caso, que poderia me encontrar no apartamento ou no restaurante.

Bettina sorriu para mim, abertamente, e assumiu os pedidos a que eu estava atendendo para que eu pudesse conversar com William. Fiquei perplexa por ela não estar mais surpresa que um lindo homem estivesse ali para me ver. Fomos ao fundo do bar.

— Não consegui descobrir quem deu a injeção em Tess e nas outras mulheres; as anotações, aparentemente, desapareceram sem deixar vestígios. Desculpe-me. Eu não deveria ter-me oferecido para descobrir.

Mas eu já sabia que seria impossível. Se ninguém conseguiu descobrir quem esteve com você na hora do parto, um evento que durou, no mínimo, algumas horas, seria impossível para ele, sem as anotações, descobrir quem aplicou a injeção em você, o que supostamente foi um procedimento rápido e rotineiro.

— Eu sabia que te decepcionaria — prosseguiu William. — Por isso, fiz algumas perguntas pela clínica de genética. Pedi uns favores e consegui isso.

Ele me passou um pacote de anotações hospitalares, como se fossem flores.

— Seus fragmentos de prova, Bee.

Vi que as anotações eram sobre Mitch.

— Michael Flanagan é o companheiro de Kasia Lewski — disse William, e percebi quão pouco contei a ele sobre minha amizade com Kasia. — Ele não é portador do gene causador da fibrose cística.

Então, Mitch havia feito o teste — e, claramente, não contara o resultado a Kasia. Presumi que, assim como Emilio, havia suposto — ou preferido supor — que não era o pai do bebê. Imaginei seu alívio, sua cláusula de escape que transformava Kasia numa prostituta que o havia enganado. Perguntei-me se ele realmente acreditava nessa hipótese.

Diante de meu silêncio e da falta de animação, William pensou que eu não havia entendido.

— O pai e a mãe precisam ser portadores do gene para transmiti-lo ao bebê. Esse pai não é portador do gene, portanto o bebê não pode tê-lo. Não sei o que está acontecendo com o estudo clínico, mas alguma coisa, sem a menor dúvida, está errada, e essas anotações são uma prova.

De novo, ele entendeu errado meu silêncio.

— Desculpe-me. Eu deveria ter dado atenção a você, deveria ter apoiado sua investigação desde o começo. Mas pode levar isso à polícia, não pode? Ou prefere que eu leve?

— Não vai adiantar.

Ele me olhou, perplexo.

— Kasia, a antiga companheira dele, é o tipo de pessoa que causa uma impressão errada nos outros. A polícia vai achar que ela se enganou quanto a Michael Flanagan ser o pai ou que mentiu. Exatamente como fizeram com minha irmã.

— Você não pode ter certeza.

— Mas tenho, porque eu mesma fui preconceituosa com ela. Sei que o inspetor Haines vai vê-la, como fiz, como uma garota que facilmente se enganaria ou mentiria sobre o pai de seu filho.

O pager de William tocou; era um som estranho no meio das conversas e do tilintar de copos no bar.

— Lamento, mas preciso ir.

Lembrei-me de que ele tinha somente vinte minutos para voltar ao hospital.

— Vai conseguir?

— Com certeza. Vim de bicicleta.

Quando foi embora, vi Bettina sorrindo para mim, do mesmo jeito. Retribuí seu sorriso. Apesar da prova não ter valor, fiquei animada. Pela primeira vez, alguém estava do meu lado.

Bettina me mandou para casa mais cedo, como se me presenteasse por meu sorriso.

Ao chegar, vi Kasia, de joelhos, esfregando o chão da cozinha.

— O que está fazendo?

Ela ergueu o olhar para mim, com o rosto suado.

— Disseram ser bom para bebê, para ficar na posição certa. — Seu apartamento tornara-se rapidamente parecido com o de Kasia, tudo brilhando ao redor dos arranhões, ferrugens e manchas. — Tudo bem. Gosto de limpar.

Contou-me que, quando era criança, sua mãe trabalhava por longos turnos numa fábrica. Depois da escola, Kasia limpava e encerava a casa, para que, quando sua mãe chegasse, o apartamento estivesse brilhando. A faxina de Kasia é um dom.

Não contei a ela que Mitch não era portador do gene causador da fibrose cística. Tampouco contei que Hattie perdera seu bebê. Na noite passada, achei que a estava protegendo, mas perguntei-me se não estaria traindo sua confiança em mim. Francamente, eu não sabia.

— Pegue — falei, entregando-lhe passagens. — Tenho uma coisa para você.

Ela as pegou, um pouco confusa.

— Não posso comprar passagens de avião para a Polônia, por isso são passagens de trem, para seis semanas depois de seu bebê nascer. Para nós; o bebê não paga.

Achei que ela deveria levar o bebê para a Polônia, para conhecer os avós, os tios e tias, os primos. Ela tem uma verdadeira cama de gato de parentes em que apoiar esse bebê. Mamãe e papai são filhos únicos, portanto não temos uma rede de relações a que recorrer. Nossa família havia sido encolhida antes de nascermos.

Kasia simplesmente olhou para as passagens, surpresa e estranhamente calada.

— E comprei meias de compressão, porque um amigo meu, médico, disse que você precisa tomar cuidado para não ter uma trombose, *zakrzepica* — falei, traduzindo em polonês a palavra que eu pesquisara. Não compreendi sua expressão e receei estar sendo invasiva.

— Não preciso ficar com sua família, mas realmente acho que não deve viajar sozinha para tão longe, com um bebê.

Ela me beijou. Percebi que, apesar de tudo, era a primeira vez que eu a via chorar.

Contei ao Sr. Wright sobre as anotações sobre Mitch.

— Achei que era mais uma razão para garotas solteiras e pobres serem escolhidas: era pouco provável que acreditassem nelas.

O sol me tornara ainda mais sonolenta. Terminei o relato sobre as anotações sobre Mitch.

Agora, preciso esforçar-me para ser coerente.

— Dei as passagens para Kasia, e ela chorou.

Meu pensamento está desfocado demais para que eu possa decidir o que é relevante.

— Nessa noite, compreendi como ela havia sido valente — prossigo. Pensei, no início, que Kasia era ingênua e imatura, mas, na verdade, é muito corajosa, e eu deveria ter percebido quando ficou ao meu lado, contra Mitch, sabendo que apanharia.

As marcas roxas em seu rosto e braços eram, claramente, insígnias de bravura. Assim como sorrir e dançar ao enfrentar o que quer que acontecesse. Como você, ela tem o dom de descobrir a felicidade nas pequenas coisas. Ela garimpa a vida em busca de ouro e encontra-o diariamente.

E daí que, como você, ela perde coisas? É um sinal de imaturidade tanto quanto meu conhecimento sobre onde estão minhas coisas é sinal de uma vida adulta. E imagina descobrir um novo idioma e só aprender as palavras que descrevem um mundo maravilhoso, recusando-se a conhecer os termos para um mundo inóspito, e, assim, moldar o mundo em que habita. Não acho que seja ingenuidade, mas algo fantasticamente otimista.

Na manhã seguinte, tive certeza de que precisava contar a ela o que estava acontecendo. Quando eu imaginaria que, depois do que aconteceu com você, eu cuidaria de outra pessoa?

— Eu decidi contar tudo a ela — digo ao Sr. Wright —, mas Kasia já estava ao celular, telefonando para metade da Polônia e anunciando que levaria o bebê para conhecê-los. Foi então que recebi outro e-mail do professor Rosen, pedindo que eu o encontrasse. Kasia continuava conversando com sua família quando saí.

Encontrei-me com o professor Rosen, por sugestão dele, na entrada do edifício do Chrom-Med, que estava movimentada, mesmo sendo domingo. Eu esperava que me conduzisse à sua sala, mas me levou ao seu carro. Entramos. Ele trancou as portas. Os manifestantes continuavam ali — a certa distância —, mas não podíamos ouvir suas palavras de protesto.

O professor Rosen esforçou-se para parecer calmo, mas havia certo tremor em sua voz, que não conseguia controlar.

— Um vírus ativo, a ser usado como vetor, foi pedido, no St. Anne, sob o número de meu estudo clínico de fibrose cística.

— O que isso significa? — perguntei.

— Ou é uma mancada monumental — respondeu ele, e pensei em como ele nunca usava palavras como "mancada" e que era o ponto mais radical a que sua linguagem chegaria — ou um gene diferente está sendo testado no St. Anne, um gene que precisa de um vírus ativo, acobertado por meu estudo.

— O estudo clínico está sendo fraudado?

— Talvez, sim. Se você prefere ser melodramática.

Ele tentava minimizar o que estava acontecendo, mas não estava sendo bem-sucedido.

— Por quê? — perguntei.

— Meu palpite, *se* está realmente havendo um estudo clínico ilegal, é que seria para aprimoramento genético, porque o Reino Unido proíbe o uso de cobaias humanas.

— Quais aprimoramentos?

— Não sei. Olhos azuis, Q.I. alto, músculos desenvolvidos. A lista de absurdos é enorme. Mas, qualquer que seja o gene, precisa de um vírus ativo para transportá-lo.

Ele estava, na verdade, falando como cientista, mas, por trás das palavras, sua emoção era evidente. Ele estava lívido.

— Sabe quem aplica as injeções do tratamento contra a fibrose cística no St. Anne? — perguntei.

— Não tenho acesso a essas informações. No Chrom-Med, somos mantidos em nossas tocas. Não é como uma universidade, não há cruzamento de ideias ou de informação. Portanto, minha resposta é não, não sei quem é o médico. Mas, se eu fosse ele, ou ela, administraria o tratamento contra a fibrose cística em fetos que genuinamente têm a doença e, ao mesmo tempo, testaria o gene ilícito. Talvez esse médico, ou médica, tenha sido negligente ou simplesmente não houve pacientes suficientes. — Interrompeu-se e percebi a raiva e a mágoa nele. — Alguém está tentando fazer bebês ainda mais perfeitos. Mas um bebê sadio já é perfeito. *Sadio já é perfeito.* — Vi que ele estava tremendo.

Perguntei-me se você não teria descoberto a fraude e a identidade do fraudador. Por isso foi assassinada?

— Você precisa contar à polícia.

Ele sacudiu a cabeça, sem me encarar.

— Mas você *precisa* contar.

— Ainda é uma conjectura.

— Minha irmã e seu bebê estão mortos.

Ele olhou fixamente para o para-brisa, como se estivesse dirigindo, não se escondendo.

— Primeiro, preciso de provas de que o estudo clínico falso matou Tess e o bebê. Assim, poderei salvar meu estudo. De outra maneira, ele será suspenso em todos os hospitais até descobrirem o que está acontecendo, o que pode significar meses ou anos. Talvez nunca seja retomado.

— Mas o estudo clínico de fibrose cística não deve ser afetado. Com certeza...

Interrompeu-me.

— Quando souber, com sua sutileza e inteligência, a imprensa não responsabilizará um experimento louco pela morte de bebês e por só Deus sabe o que mais: o culpado será minha pesquisa.

— Não acho.

— Não, mesmo? Grande parte das pessoas é tão pouco informada e instruída que não vê diferença entre aprimoramento genético e terapia genética.

— Mas isso é um absurdo...

Interrompeu-me novamente.

— Uma turba de imbecis perseguiu pediatras e chegou até a agredi-los porque achou que *pe*diatra era o mesmo que *pe*dófilo, portanto, sim, vão atacar o estudo clínico de fibrose cística também, porque não vão compreender a diferença.

— Então, por que investigou o uso do vírus no hospital? — perguntei. — Se não vai fazer nada com o que descobriu?

— Investiguei porque disse a você que responderia suas perguntas. — A raiva estava faiscando em seu rosto quando olhou para mim, furioso por colocá-lo nessa posição. — Achei que nada seria descoberto.

— Então, terei de procurar a polícia sem seu apoio, é isso? — perguntei.

Ele pareceu extremamente desconfortável fisicamente, tentando alisar os vincos de sua calça cinza, que não sumiam.

— O pedido de um vírus ativo como vetor pode ser um engano. Falhas de computador ocorrem. Erros administrativos ocorrem, de maneira preocupante e com frequência.

— E o que vai dizer à polícia?

— É a explicação mais verossímil. De modo que, sim, é o que direi a eles.

— E não acreditarão em mim.

O silêncio entre nós pareceu frágil.

Quebrei-o.

— Do que se trata realmente: de curar bebês ou de sua reputação?

Destravou as portas do carro e virou-se para mim.

— Se seu irmão estivesse para nascer, o que desejaria que eu fizesse?

Hesitei, mas apenas por um instante.

— Desejaria que fosse à polícia e contasse a verdade e que, depois, trabalhasse como um mouro para salvar seu trabalho.

Ele saiu do carro, sem esperar por mim e sem se preocupar em trancá-lo.

A mulher de cabelo espigado reconheceu-o.

— Que Deus aja como Deus!

— Se Deus houvesse feito seu trabalho direito, não precisaríamos fazê-lo — respondeu-lhe, rispidamente. Ela cuspiu nele.

O manifestante de rabo de cavalo grisalho gritou:

— Diga não a bebês projetados!

Ele abriu caminho e entrou no edifício.

Não achei o professor Rosen mau, e sim fraco e egoísta. Simplesmente não conseguia abrir mão de seu prestígio recém-adquirido. Mas ele tinha um álibi mental para sua inação, circunstâncias exoneratórias que podia alegar: a cura da fibrose cística *é* muito importante. Você e eu sabemos.

Cheguei à estação do metrô e, somente então, percebi que o professor Rosen me dera uma informação crucial. Quando perguntei se sabia quem aplicava as injeções no St. Anne, respondeu que não sabia, que não tinha acesso a essas informações. Mas falou sobre essa pessoa escolher pacientes "*que genuinamente têm a doença* e, ao mesmo tempo, testar o gene ilícito". Em outras palavras, a pessoa que aplicava a injeção era quem dirigia o estudo clínico no St. Anne. Precisava ser, se essa pessoa era responsável por escolher quem se submeteria. E descobrir quem estava encarregado do estudo no St. Anne era anos-luz mais fácil do que descobrir quem aplicou uma única injeção.

O dia está lindo; o céu tem um puro azul Wedgwood. Enquanto os funcionários retornam lentamente ao trabalho, lembro-me de como, no St. Mary, tínhamos aulas ao ar livre quando fazia calor — as crianças e a professora fingiam estar interessadas num livro enquanto se deliciavam com o verão —, e, por um momento, esqueci-me de como eu sentia frio.

— Acha que o professor Rosen teve a intenção de deixar essa informação escapar? — pergunta o Sr. Wright.

— Sim. Ele é inteligente e pedante demais para ser descuidado. Acho que aliviou sua consciência soltando essa pequena informação e caberia a mim ter inteligência para percebê-la. Ou, quem sabe, seu lado melhor venceu exatamente nesse ponto da conversa. Mas, seja o que for, eu só precisava descobrir quem estava administrando o estudo clínico no St. Anne.

Minhas pernas estão quase que completamente entorpecidas. Não sei se conseguirei ficar em pé.

— Liguei para William. Ele disse que descobriria quem estava encarregado do estudo clínico e me ligaria, se tudo desse certo, no final do dia. Então, liguei para o celular de Kasia, mas estava ocupado. Devia estar falando com sua família — embora, a essa altura, seus créditos provavelmente estariam esgotados e seriam eles que estariam ligando para ela. Eu sabia que ela se encontraria com amigos poloneses da igreja, portanto pensei em contar a ela o que descobri quando voltasse. Quando saberíamos quem estava por trás daquilo, e ela estaria a salvo.

Nesse intervalo, encontrei-me com mamãe na estufa de Petersham, para escolhermos uma planta para seu jardim, como havíamos combinado. Fiquei feliz pela distração. Precisava fazer alguma coisa que não fosse andar de lá para cá no apartamento, esperando William telefonar.

Kasia voltou a insistir que eu colocasse flores para você no prédio dos banheiros públicos.

Disse-me que eu estaria pondo minha *odcisk palca* de amor em algo ruim. (*Odcisk palca* é impressão digital na tradução mais próxima e mais adorável que encontramos.) Mas isso era para outros, não para mim. Eu precisava achar esse mal e enfrentá-lo, cara a cara, não com flores.

Depois de semanas de frio e de umidade, era o primeiro dia quente e seco do começo de primavera e, na estufa, camélias, prímulas e tulipas desabrochavam, coloridas. Beijei mamãe; ela me abraçou com força. Caminhar sob a copa das plantas nas velhas estufas foi como retroceder no tempo para um jardim de uma casa majestosa.

Mamãe verificou coisas como a resistência das plantas ao frio e a repetição da floração enquanto eu estava absorta em outros pensamentos — depois de quase dois meses, eu saberia quem a matou.

Pela primeira vez desde que cheguei a Londres, senti calor e tirei meu casaco pesado e caro, expondo as roupas que usava por baixo.

— Essas roupas são horríveis, Beatrice.

— São de Tess.

— Foi o que pensei. Não tem dinheiro?

— Não, na verdade, não. Quero dizer, tenho um pouco, mas está atrelado ao apartamento, até ser vendido.

Tenho de admitir que uso suas roupas há algum tempo. Meus trajes nova-iorquinos pareceram ridículos aqui, além de suas roupas serem muito mais confortáveis. Deve parecer estranho, e definitivamente grave, usar as roupas de uma irmã morta, mas tudo o que imagino é como você acharia engraçado me ver em roupas usadas, completamente gastas. Logo eu que sempre tive de usar a última moda, que mandava lavar todas as roupas a seco depois de usá-las uma única vez.

— Já sabe o que aconteceu? — perguntou mamãe. Foi a primeira vez que me fez essa pergunta.

— Não, mas vou descobrir. Em breve.

Mamãe passou os dedos pelas pétalas de uma clematite que floresceu prematuramente.

— Ela gostaria desta.

E ficou muda, de repente; um espasmo de dor, que parecia insuportável, atravessava seu corpo. Coloquei os braços ao seu redor, mas ela estava inacessível. Abracei-a, por algum tempo, até virar-se para mim.

— Ela deve ter sentido tanto medo. E eu não estava lá.

— Era uma mulher adulta. Você não poderia estar sempre com ela.

Suas lágrimas foram um grito molhado.

— Eu deveria estar com ela.

Lembrei-me de sentir medo quando era criança e do som do robe de mamãe farfalhando pelo escuro, do cheiro de seu creme para o rosto e de como essas sensações afugentavam o medo, e também quis que ela houvesse estado com você.

Abracei-a, com força, esforçando-me para soar convincente.

— Ela não teve consciência do que aconteceu, juro, absolutamente nenhuma. Ele pôs um sedativo na bebida de Tess, para que adormecesse. Ela não sentiu medo. Morreu em paz.

Finalmente, assim como você, eu havia aprendido a colocar o amor à frente da verdade.

Continuamos a percorrer a estufa, examinando as plantas, e mamãe pareceu um pouco confortada por elas.

— Então, você vai embora — disse ela. — Já que vai descobrir o que aconteceu.

Magoou-me ela achar que eu seria capaz de abandoná-la.

— Não, vou ficar aqui. Amias disse que posso ficar no apartamento, sem pagar o aluguel, pelo que entendi.

Minha decisão não foi totalmente altruísta. Eu havia decidido estudar arquitetura. Na verdade, não preciso colocar a frase no tempo verbal passado, é o que quero fazer quando o julgamento for concluído. Não sei se me admitirão, como financiarei o curso ou como cuidarei de Kasia e de seu bebê ao mesmo tempo, mas vou tentar. Sei que meu cérebro matemático, obcecado pelo detalhe, fará bem a parte estrutural. E vou procurar em mim alguma coisa de sua capacidade criativa. Quem sabe?

Talvez esteja adormecido em algum lugar, um código não examinado para o talento artístico apertado num cromossomo espiralado, aguardando as condições apropriadas para se tornar ativo.

Meu telefone indicou a entrada de uma mensagem: William queria me ver com urgência. Respondi-lhe, enviando o endereço do apartamento. Senti-me dominada pela expectativa.

— Você precisa ir? — perguntou mamãe.

— Daqui a pouco, sim. Desculpe-me.

Ela passou a mão em meu cabelo.

— Ainda não cortou.

— Eu sei.

Sorriu para mim, ainda passando a mão em meu cabelo.

— Você se parece tanto com ela.

VINTE E DOIS

Quando cheguei ao apartamento, William me esperava ao pé da escada. Ergueu o olhar para mim; estava lívido e a apreensão contraía sua expressão franca habitual.

— Descobri quem está encarregado do estudo clínico de fibrose cística no St. Anne. Posso entrar? Acho que não deveríamos...

Sua voz, normalmente controlada, soou ansiosa e irregular. Abri a porta. Ele entrou atrás de mim.

Passou-se um instante até ele falar. No silêncio, ouvi o relógio de pêndulo da vovó bater duas vezes.

— Hugo Nichols.

Antes que eu tivesse tempo para fazer qualquer pergunta, William, com a voz acelerada e andando de lá para cá, disse:

— Não compreendo. Por que ele incluiu bebês que não tinham fibrose cística? O que está fazendo? Não consigo entender.

— O estudo clínico no St. Anne está sendo usado para outros propósitos — respondi. — Para testar outro gene.

— Meu Deus. Como descobriu?

— Professor Rosen.

— E ele vai procurar a polícia?

— Não.

Houve uma pausa antes que ele falasse.

— Então vai caber a mim contar a eles sobre Hugo. Preferia que fosse outra pessoa.

— Não é uma conjectura, é?

— Não. Não é. Lamento.

Mas eu ainda não via sentido naquilo.

— Por que um psiquiatra dirigiria um estudo clínico em terapia genética?

— Ele trabalhou com pesquisa no Imperial College. Antes de se tornar clínico. Já te contei, não?

Confirmei com um movimento de cabeça.

— Sua pesquisa era concentrada em genética — prosseguiu William.

— Você não me contou.

— Nunca pensei... Meu Deus!... Nunca pensei que fosse relevante.

— Fui injusta. Desculpe-me.

Lembrei-me dos rumores de que o Dr. Nichols era brilhante, "destinado a ser grande", e de que, quando William me contou, achei que o boato "estava errado", defendendo minha opinião de que ele era incorrigivelmente desajeitado. Ao lembrar-me de minha opinião sobre ele, percebi que o desprezara como suspeito não somente por considerá-lo incompetente demais para ser violento e por achar que não havia motivo, mas por minha convicção de que ele era fundamentalmente decente.

William sentou-se, com o rosto tenso, batendo com a mão contra o braço do sofá.

— Certa vez, falei com ele sobre sua pesquisa, muitos anos atrás. Ele mencionou um gene que havia descoberto e que uma companhia comprara.

— Sabe que companhia era?

— Não. Nem tenho certeza de que ele disse o nome. Foi há muito tempo. Mas lembro-me de parte do que falou, porque estava muito empolgado, completamente diferente de seu normal. — William voltou a andar de lá para cá, em movimentos espasmódicos e enraivecidos. — Disse-me que a ambição de sua vida era... Não, na verdade disse que o *propósito* de sua vida era introduzir seu gene em seres humanos. Disse que queria deixar sua marca no futuro.

— Marca no futuro? — repeti, com repulsa, pensando no futuro que você não teve.

William achou que eu não havia entendido.

— Quero dizer, ele queria introduzir seu gene nos gametas, de modo que fosse transmitido a gerações futuras. Disse que queria "aprimorar a ideia do que é ser humano". Mesmo que os testes em animais tenham corrido bem, ele não foi autorizado a testar seu gene em seres humanos. Disseram-lhe que se tratava de aprimoramento genético, o que é ilegal em pessoas.

— Qual era "seu" gene? — perguntei.

— Ele disse que aumentava o Q.I.

William disse que não acreditou, pois seria uma realização extraordinária, espantosa, para alguém tão jovem, mas não prestei atenção. Eu estava pensando em minha ida ao Chrom-Med.

Lembrei-me de que o Q.I. era medido pelo medo.

— Achei que ele havia inventado a maior parte — prosseguiu William. — Ou, pelo menos, exagerado bastante. Quero dizer, se sua pesquisa era tão brilhante, por que abandoná-la pela medicina enfadonha de um hospital? Mas provavelmente tornou-se clínico deliberadamente, esperando, todo esse tempo, pela oportunidade de testar seu gene em humanos.

Fui ao jardim, como se eu precisasse de mais espaço físico para acomodar a enormidade desses fatos. Não queria ficar sozinha com eles, mas gostei quando William se juntou a mim.

— Ele deve ter destruído as anotações sobre o caso de Tess — disse ele. — E forjado a razão para a morte dos bebês, de modo que não fosse associada ao estudo clínico. E, de alguma maneira, conseguiu se safar. Cristo, parece que estou falando, não sei, de outra pessoa, de alguém que apareceu na televisão ou coisa parecida. Estou falando sobre Hugo, pelo amor de Deus! De um homem que pensei conhecer. De quem eu gostava.

Eu estava falando nessa língua estrangeira desde que seu corpo foi encontrado. Compreendi a impossibilidade de que o vocabulário anterior descrevesse o que estava acontecendo nesse instante.

Olhei para o pequeno canteiro onde mamãe e eu decidimos plantar a clematite que dá flores no inverno para você.

— Mais gente deve estar envolvida, não? — perguntei. — Ele não poderia estar com Tess quando ela deu à luz.

— Todos os médicos trabalham durante seis meses na obstetrícia, como parte de seu treinamento. Hugo deve saber como fazer um parto.

— Mas, com certeza, alguém estranharia. Um psiquiatra fazendo um parto?

— A ala de partos é movimentada e nossa equipe é desesperadoramente insuficiente. Quando vemos um jaleco branco no quarto, ficamos gratos e passamos para a próxima calamidade potencial. Muitos médicos são substitutos temporários e sessenta por cento de nossas parteiras são comissionadas, então não sabem quem é quem. — Sua expressão era pura apreensão. — E ele estava usando uma máscara, lembra-se, Bee?

— Mas certamente alguém...

William pegou minha mão.

— Somos todos tão terrivelmente ocupados. E confiamos uns nos outros, porque é exaustivo e atormentador demais para fazermos qualquer outra coisa e somos ingênuos o bastante para acreditar que nossos colegas estão ali com o mesmo propósito que nós: tratar pessoas e tentar que fiquem bem.

Seu corpo estava tenso e suas mãos seguravam as minhas com força.

— Ele também me enganou. Pensei que era um amigo.

Apesar do sol e da manta que usamos para o piquenique, estou tremendo.

— Percebi que sua posição era perfeita durante todo esse tempo — digo. — Quem melhor do que um psiquiatra para enlouquecer alguém? Para forçar alguém ao suicídio? E eu só tinha sua palavra sobre o que realmente aconteceu na sessão com Tess.

— Achou que ele tentou forçar Tess a tirar a própria vida?

— Sim. E como não conseguiu, embora ela estivesse sendo mentalmente torturada a um grau sádico, ele a assassinou.

Achei que não era surpreendente que o Dr. Nichols se mostrasse tão inflexível em relação a falhar em seu diagnóstico de depressão pós-parto: a perda da imagem profissional era um preço baixo a pagar por um assassinato.

O Sr. Wright olha brevemente para uma anotação que o vi fazer mais cedo.

— Você disse que o Dr. Nichols não estava entre seus suspeitos das cantigas de ninar gravadas na secretária eletrônica de Tess, não disse?

— Sim. Como eu disse, não achei que houvesse motivo. — Faço uma pausa. — E porque achei que, mesmo incompetente, era um homem decente que havia cometido um erro terrível.

Continuo a tremer. O Sr. Wright tira o paletó e coloca-o sobre meus ombros.

— Achei que Tess havia descoberto a fraude no estudo clínico e que, por isso, ele a assassinou. Tudo se encaixa.

"Encaixar-se" parece tão claro, a peça que completa o quebra-cabeça, e tão satisfatório, em vez de metal transformado em pó e do sangue cor de ferrugem no chão.

Ficamos em silêncio em seu pequeno jardim e vi que os brotos haviam crescido alguns centímetros, apoiados em galhos antes mortos, e que havia botões de flores de verão.

— É melhor ligarmos para a polícia — disse William. — Ligo eu ou você?

— Você, provavelmente, será mais digno de crédito. Não tem histórico de alarmes falsos ou histeria.

— Tudo bem. Qual é o nome do policial?

— Inspetor Haines. Se não conseguir falar com ele, tente o detetive Finborough.

Ele pegou celular.

— Vai ser muito difícil. — William discou o número que dei a ele e perguntou pelo inspetor Haines.

Enquanto falava com ele, contando-lhe tudo o que me dissera, tive vontade de gritar com o Dr. Nichols. Vontade de esmurrá-lo, espancá-lo, matá-lo realmente, e a sensação foi estranhamente libertadora. Finalmente, minha raiva tinha um alvo, e foi um alívio render-me a ela: tirar o pino da granada que seguramos por tanto tempo, que ameaçava destruir-nos, e libertar-nos da carga e da tensão ao lançá-la com força.

William desligou.

— Pediu para irmos à delegacia daqui a uma hora, para que ele possa reunir os oficiais superiores.

— Quer dizer que pediu para você ir?

— Desculpe-me, Bee, mas cheguei na última hora, os americanos no fim da guerra, essas coisas.

— Mas, se formos francos, eles são a razão por que vencemos.

— Acho que nós dois precisamos ir. E fico feliz por ainda termos um pouco de tempo.

Ele estendeu a mão para meu rosto e afastou uma mecha de cabelo diante de meus olhos.

Beijou-me.

Hesitei. Eu conseguiria pisar além de minha montanha ou dessa corda bamba moral em que você me pôs?

Entrei no apartamento.

Ele me seguiu; virei-me e beijei-o. Eu estava agarrando o momento com toda a minha força e vivendo-o com toda a intensidade, pois como saber quando ele me seria tirado? Sua morte me ensinou que o presente é precioso demais para desperdiçá-lo. Finalmente compreendi o sacramento do momento presente, porque é tudo o que temos.

Ele me despiu e desfiz-me de meu antigo ego. Expus-me completamente. A aliança não pendia ao redor de seu pescoço; seu peito estava nu. E, quando minha pele fria sentiu seu calor, meus cabos de segurança se soltaram.

De uma sacola de compras, o Sr. Wright tira uma garrafa de vinho e dois copos de plástico, pegos junto ao filtro de água do CPS, e penso em como ele sempre é atencioso e organizado. Serve-me um copo e bebo-o de uma só vez, o que provavelmente não é sensato. Ele não faz qualquer comentário, assim como não comenta sobre minha transa com William, e gosto tanto dele por não julgar meus atos.

Ficamos deitados em sua cama; os raios de sol do começo da primavera entram pela janela do subsolo. Recosto-me nele e bebo o chá que preparou, tentando que esse instante dure o máximo possível e ainda sentindo o calor de sua pele, sabendo que precisaríamos retornar ao mundo. E pensei em Donne repreendendo o velho e tolo sol por obrigá-lo a deixar sua amante, maravilhada por sua poesia aplicar-se a mim.

Por um momento, o vinho me dá um pouco de coragem e posso senti-lo aquecendo meu corpo.

— William foi ao banheiro e examinou o armário, encontrando um frasco de comprimidos com a etiqueta de um hospital. Era PCP. A droga esteve ali o tempo todo. Ele disse que muitas drogas ilegais são receitadas por médicos, por razões terapêuticas.

— Havia o nome do médico que a prescrevera?

— Não, mas William disse que a polícia poderia facilmente chegar ao Dr. Nichols através dos registros arquivados pela farmácia do hospital. Senti-me uma idiota. Achei que drogas ilegais seriam escondidas, não expostas dessa maneira. Estiveram ali o tempo todo.

Desculpe-me, estou repetindo o que já disse. Minha mente está perdendo o foco.

— E depois? — pergunta ele.

Estamos quase no fim, portanto reúno a energia mental que me resta e prossigo.

— Saímos do apartamento. William prendera sua bicicleta nas grades do outro lado da rua, mas ela havia sido roubada, embora a corrente estivesse ali. Ele pegou-a e fez uma piada, dizendo que aproveitaria para registrar o roubo na delegacia.

Decidimos atravessar o Hyde Park até a delegacia, em vez de seguirmos pela feia avenida. Havia um florista nos portões do parque. William propôs colocarmos flores no lugar onde você morreu e foi comprá-las.

Enquanto ele falava com o vendedor, mandei uma mensagem de texto para Kasia, com duas palavras: *odcisk palca.* Sabia que ela entenderia que, finalmente, eu estava deixando minha impressão digital de amor.

William virou-se para mim, segurando dois buquês de narcisos.

— Você me disse que eram as flores preferidas de Tess. Porque o amarelo do narciso podia salvar a visão de crianças.

Senti-me feliz e surpreendida por ele se lembrar.

Ele pôs o braço ao meu redor, e, enquanto caminhávamos, achei que ouvi você mexer comigo e admiti que eu era uma grande hipócrita. A verdade é que eu sabia que aquilo não duraria, que ele continuaria casado, mas eu também sabia que não seria destruída. Não estava orgulhosa, mas me sentia libertada de uma pessoa que eu já não era nem queria ser. E, enquanto caminhávamos, senti pequenos brotos de esperança e decidi deixá-los crescer. Como eu havia descoberto o que aconteceu com você, podia olhar para a frente e ousar imaginar um futuro sem você. Lembrei-me de estar ali havia quase dois meses, quando me sentei na neve e chorei por você entre as árvores desfolhadas, sem vida, mas, agora, havia gente jogando bola, rindo, fazendo piquenique e uma folhagem viçosa e recente. O lugar era o mesmo, mas a paisagem estava completamente mudada.

Chegamos ao edifício onde ficavam os banheiros públicos e removemos o celofane que protegia os narcisos, querendo que parecessem colhidos em casa. Quando os coloquei na porta do edifício, uma lembrança — ou falta dela — impôs-se, sem ser convidada.

— Mas nunca te contei que ela gostava de narcisos, nem a razão.

— É claro que contou. Por isso escolhi os narcisos.

— Não. Contei a Amias. E a mamãe. Não a você.

Na verdade, contei a William muito pouco sobre você ou sobre mim.

— Tess te contou — continuei.

Segurando o buquê de narcisos, ele se aproximou de mim.

— Bee...

— Não me chame assim. — Recuei.

Ele se aproximou e me empurrou, com força, para dentro do prédio.

— William fechou a porta atrás de nós e pressionou uma faca contra minha garganta.

Soltei-me, tremendo por causa da adrenalina. Sim, seu telefonema para o inspetor Haines fora falso. Provavelmente, copiou a ideia de uma entre as novelas exibidas durante o dia em todas as alas — lembrei-me desse detalhe por causa de Leo. Talvez fosse puro desespero. Talvez eu estivesse distraída demais para dar atenção ao que quer que fosse. O Sr. Wright tem consideração e não aponta minha excessiva credulidade.

Os adolescentes haviam trocado sua ruidosa partida de *softball* por uma música barulhenta. Os funcionários de escritórios, que faziam piqueniques, haviam sido substituídos por mães com crianças pequenas: as vozes agudas, ainda não formadas, transformavam-se rapidamente de gritos de felicidade em lágrimas, e novamente em risos, num som temperamental. E quero que as crianças gritem mais alto, que as risadas sejam mais estrondosas, que a música soe a todo o volume. E quero que o parque esteja cheio de gente e que quase não exista lugar onde se sentar. E quero que a luz do sol seja ofuscante.

Ele fecha a porta do prédio e usa a corrente da bicicleta para trancá-la. A bicicleta nunca existiu, existiu? A luz infiltra-se pelas janelas imundas e rachadas e torna-se suja, irradiando a obscuridade de um pesadelo. Os barulhos do parque — crianças rindo e chorando, a música saída de um aparelho de CD — são abafados pelos tijolos úmidos. Sim, é sinistro como esse dia é semelhante a hoje, quando estou no parque com o Sr. Wright; talvez os sons num parque sejam mais ou menos os mesmos todos os dias. E, nesse edifício frio e cruel, eu quis que as crianças gritassem mais alto, que as risadas fossem mais ruidosas e que a música tocasse a todo o volume. Talvez porque assim, se conseguisse ouvi-los, eles poderiam, por sua vez, escutar meus gritos. Mas não, não poderiam, pois eu sabia que, se gritasse, ele me silenciaria com a faca. Portanto, acho que desejei apenas o conforto de ouvir a vida enquanto morria.

— Você matou Tess, não matou? — perguntei.

Se eu tivesse bom senso, talvez houvesse lhe dado meios para escapar, fingindo que achava que ele me empurrara para fazer algum tipo de sexo sádico, mas ele me deixaria ir após acusá-lo? Ele nunca me soltaria. Não importava o que eu fizesse ou dissesse. Pensamentos desvairados sobre como fazer amizade com um sequestrador passaram rapidamente por minha cabeça. (De onde vieram essas informações? E por que todos acham que a população precisa saber essas coisas?) Extraordinariamente, eu sabia, mas eu não podia ser sua amiga porque ele havia sido meu amante e não havia para onde evoluirmos.

— Não sou responsável pela morte de Tess.

Por um momento, achei que não era. Que eu o havia interpretado completamente errado, que tudo se desenrolaria como imaginei com tanta certeza: iríamos à polícia e o Dr. Nichols seria preso. Mas essa ilusão não era possível com uma faca contra o pescoço e uma corrente do outro lado da equação.

— Eu não quis que acontecesse. Não *planejei*. Sou um médico, pelo amor de Deus! Não quis matar ninguém. Faz alguma ideia do que é matar alguém? É como viver num inferno.

— Então pare, agora. Por favor.

Ele ficou em silêncio. O medo espicaçou minha pele em milhares de bolinhas, milhares de pelos eretos e arrepiados, oferecendo-me uma proteção inútil.

— Você cuidou de Tess?

Eu precisava que ele continuasse a falar — não por achar que alguém estava a caminho para me salvar, mas porque viver mais um pouco, mesmo nesse edifício, com esse homem, era precioso.

E porque eu precisava saber.

— Sim, cuidei dela durante toda a gravidez.

Você nunca mencionou o nome dele — dizia apenas "médico" —, e eu não havia perguntado, ocupada demais com outras coisas.

— Tínhamos uma boa relação. Sempre fui gentil com ela.

— Você fez o parto de Xavier? — perguntei.

— Sim.

Pensei no homem mascarado em suas telas atormentadas, escurecidas pela ameaça.

— Ela ficou aliviada quando me viu no parque — prosseguiu William. — Sorriu para mim. Eu...

Interrompeu-se.

— Mas ela estava com medo de você.

— Estava com medo do homem que fizera o parto, não de mim.

— Mas ela certamente sabia que era você, não sabia? Mesmo com a máscara, ela teria reconhecido, pelo menos, sua voz. Se você cuidou dela durante toda a gravidez, com certeza...

Ele continuou em silêncio. Eu não havia percebido que poderia ficar ainda mais horrorizada com ele.

— Você não falou com ela. Quando entrou em trabalho de parto. Quando deu à luz. Nem quando o bebê morreu. Você não falou com ela. Voltei à sala e confortei-a, mais ou menos vinte minutos depois. Eu disse que sempre fui gentil com ela.

Ele tirara a máscara e reassumira o papel do homem atencioso que você achava que ele era. Que eu pensei que ele era.

— Ofereci-me para ligar para alguém — prosseguiu ele. — E ela me deu seu número.

Você achou que eu sabia. Você sempre achou que eu sabia.

O Sr. Wright me olha, preocupado.

— Você está pálida.

— Sim.

Sinto-me pálida, por dentro e por fora. Penso na expressão "empalidecer até a insignificância" e em como se ajusta a mim — uma pessoa opaca num mundo brilhante que me torna invisível.

Ouço pessoas no parque, ao sol da tarde, mas, no edifício dos banheiros públicos abandonados, sou invisível. Ele havia tirado a gravata e amarrado minhas mãos atrás das costas.

— Você usou o primeiro nome dela quando o conheci.

Continuo a obrigar-lhe a falar — é a única maneira de permanecer viva. E ainda quero saber mais.

— Sim, foi um deslize — respondeu ele. — Que mostra que não sou bom nessas coisas, não é? Sou incompetente em subterfúgios e mentiras.

Mas ele havia sido bom. Manipulou-me desde o começo, conduzindo as conversas e esquivando-se sutilmente de perguntas. Em minha busca por suas anotações, ele se certificou de que eu não obtivesse qualquer informação real ao perguntar quem estava encarregado do estudo clínico de fibrose cística no St. Anne. Até deu uma desculpa, caso sua atuação não fosse convincente.

Cristo, parece que estou falando, não sei, de outra pessoa, de alguém que apareceu na televisão ou coisa parecida.

Porque era o que ele estava imitando.

— Não *planejei* o que aconteceu. Um vândalo jogou uma pedra contra a janela de Tess, não fui eu. Ela simplesmente achou que havia sido lançada para feri-la.

Ele estava usando barbante para amarrar minhas pernas.

— E as cantigas de ninar? — perguntei.

— Eu estava em pânico e fiz tudo o que me veio à cabeça. O CD estava na ala pós-parto. Levei-o para casa, sem saber, na verdade, o que eu estava fazendo. Sem pensar nas consequências. Não parei para pensar que ficariam gravadas numa fita. Quem tem uma secretária eletrônica com fita cassete? Todo mundo usa o serviço de mensagens de seu provedor.

Ele oscilava entre minúcias cotidianas e o horror do assassinato. A enormidade do que fizera se enredava em pequenos detalhes domésticos.

— Você sabia que o resultado dos exames de Mitch era inútil porque jamais acreditariam em Kasia.

— Na pior hipótese, você levaria as anotações à polícia. E faria papel de boba.

— Mas precisou que eu acreditasse em você.

— Foi você quem insistiu. Quem me obrigou. Não me deixou alternativa.

Mas eu acreditei nele antes que me mostrasse as anotações sobre Mitch, muito antes. E minha insegurança o ajudara. Pensei que minha desconfiança em relação a ele fosse causada por minha apreensão habitual diante de homens bonitos, não por uma suspeita genuína de ser ele seu assassino, e, portanto, abandonei-a. Ele era a única pessoa relacionada a mim — não a você.

Mas eu estava pensando havia tempo demais e não podia deixar o silêncio crescer entre nós.

— Foi você quem descobriu o gene?

— Sim. Hugo é uma boa pessoa, mas não é brilhante.

Sua história sobre o Dr. Nichols havia sido tanto uma ostentação quanto um artifício. Percebi que ele compôs uma imagem do Dr. Nichols desde o começo, lançando, cuidadosamente, uma sombra de culpa sobre ele, de modo que não caísse sobre si mesmo. O plano a longo prazo foi maliciosamente calculado.

— O Imperial College e seu absurdo comitê de ética não permitiriam o teste em humanos — prosseguiu William. — Eles não têm visão. Ou coragem. Imagine um gene que aumenta o Q.I., pense no que ele significaria. Então, o Chrom-Med me procurou. Minha única exigência foi testarem o gene em humanos.

— O que fizeram.

— Não. Mentiram. Eles me enganaram. Eu...

— Acredita realmente que não fizeram os testes? Os diretores do Chrom-Med são brilhantes. Li suas biografias. Certamente são inteligentes o bastante para quererem que outra pessoa faça o trabalho por eles e seja responsabilizada caso alguma coisa dê errado.

Ele sacudiu a cabeça, mas percebi que o atingi. Uma avenida abria-se e corri por ela.

— Aprimoramento genético. É aí que o dinheiro está, não é? — continuei. — Assim que se tornar legal, será incalculável. E o Chrom-Med quer estar na frente, quer estar pronto.

— Mas não podem saber.

— Eles usaram você, William.

Apavorada demais para ser dissimulada como deveria, cometi um erro. Simplesmente golpeei seu ego e provoquei uma nova raiva. Ele estava segurando a faca de maneira quase casual, mas seus dedos se apertaram em volta do cabo.

— Fale sobre o estudo clínico em humanos. O que aconteceu?

Seus dedos continuaram segurando a faca, mas as juntas não estavam tão lívidas, portanto ele não fazia tanta força. Com a outra mão, segurava uma lanterna. Ele estava equipado: faca, lanterna e a corrente da bicicleta, uma paródia grotesca de uma excursão de escoteiros. Perguntei-me o que mais teria trazido.

O Sr. Wright segura minha mão e, mais uma vez, sinto-me extremamente grata e não coro ao receber um gesto de carinho.

— William me contou que seu gene codifica duas coisas completamente diferentes em seres humanos, afetando não somente a capacidade de memória, mas a função dos pulmões. Ou seja, os bebês não conseguem respirar ao nascer.

Lamento tanto, Tess.

— Disse-me que, se forem imediatamente entubados e receberem ajuda para respirar por algum tempo, os bebês ficam bem. Sobrevivem.

Ele me obrigou a deitar no chão, sobre o lado esquerdo do corpo, no concreto frio e úmido. Tentei mover-me, mas minhas pernas pesavam demais. Ele provavelmente colocou alguma coisa no chá que preparou. Só me restava usar as palavras para permanecer viva.

— Mas você não ajudou os bebês a respirar, ajudou? Xavier. O bebê de Hattie.

— A culpa não é minha. Tinham um distúrbio pulmonar raro e poderiam levantar suspeitas. Só preciso estar sozinho. Então, não há problemas. Foram as outras pessoas, ao meu redor, sem me dar espaço.

— Então mentiu para elas sobre a verdadeira causa da morte de seus bebês?

— Eu não podia correr o risco de me fazerem perguntas.

— E quanto a mim? Certamente não vai encenar meu suicídio, como fez com Tess, vai? Forjará uma prova para meu suicídio, como fez com minha irmã? Porque, se acontecer duas vezes, a polícia vai suspeitar.

— Encenar? Você faz a coisa parecer tão calculada. Não planejei, já disse. Pode perceber em meus erros, não pode? Minha pesquisa e meu estudo clínico foram planejados nos mínimos detalhes, mas isso, não. Fui obrigado. Até paguei a elas, pelo amor de Deus, sem pensar que poderia parecer suspeito. E nunca pensei que conversariam entre si.

— Então, porque pagou?

— Apenas por generosidade. Nada mais. Só queria que tivessem uma dieta decente, que o feto em desenvolvimento tivesse as condições mais favoráveis. O dinheiro deveria ser gasto com comida, não com malditas roupinhas.

Não me atrevi a perguntar se havia outras mulheres ou quantas. Não queria morrer com essa informação. Mas havia algumas coisas que eu precisava saber.

— Por que escolheu Tess? Por que era solteira? Pobre?

— E católica. Mulheres católicas são muito menos propensas a abortar quando descobrem que seu bebê tem um problema.

— Hattie é católica?

— Milhões de filipinos são católicos. Hattie Sim não colocou o nome do pai do bebê no formulário, mas colocou sua religião.

— O bebê tinha fibrose cística?

— Sim. Sempre que pude, tratei a fibrose cística enquanto testava meu gene, mas não havia muitos bebês que se ajustassem a todos os critérios.

— Como Xavier?

Ele ficou em silêncio.

— Tess descobriu seu experimento? Por isso você a matou?

William hesitou por um instante. Seu tom foi quase de autocomiseração. Acho que pensou, genuinamente, que eu compreenderia.

— Eu não havia previsto outra consequência. Meu gene penetra os ovários da mãe. O que significa que a mesma mudança genética acontece em cada óvulo e todos os filhos dessas mulheres terão o mesmo problema nos pulmões.

Racionalmente, eu não podia esperar estar presente no nascimento do próximo bebê ou dos outros. As pessoas mudam-se, vão embora. Alguém descobriria o que estava acontecendo. Foi por isso que Hattie sofreu uma histerectomia. O trabalho de parto de Tess, porém, foi rápido demais. Quando chegou ao hospital, o bebê estava pronto para nascer. Não houve tempo para uma cesariana, muito menos para uma histerectomia emergencial.

Você não havia descoberto absolutamente nada.

Ele a matou porque seu corpo era uma prova viva contra ele.

As pessoas começam a ir embora do parque, a grama verde aos poucos se torna cinza, o ar esfria ao anoitecer. Meus ossos doem no frio e concentro-me no calor da mão do Sr. Wright, que segura a minha.

— Perguntei por que agia assim. Insinuei que fosse por dinheiro. Ele se enfureceu e respondeu que seus motivos não eram avarentos. Impuros. Disse que não poderia vender um gene que não houvesse sido legalmente testado. Tampouco fizera aquilo por reconhecimento. Não podia publicar seus resultados.

— Ele lhe disse a razão?

— Sim.

Vou contar a você o que ele disse, aqui, nesse parque verde-cinza, no ar frio. Não precisamos retornar àquele edifício para ouvi-lo.

— Ele disse que a ciência tem o poder que a religião reivindicou no passado, mas é real e demonstrável, não superstição ou beatice. Que milagres não acontecem nas igrejas do século XV, mas em laboratórios de pesquisa e em hospitais. Disse que mortos foram trazidos à vida em unidades de UTI. O manco volta a andar depois da substituição dos quadris; o cego volta a ver após uma cirurgia a laser. Disse-me que há novas divindades no novo milênio com poderes reais, demonstráveis, e que os cientistas estão aprimorando o que significa ser humano. Que seu gene, um dia, se introduzirá com segurança no grupo de genes, e seremos irrevogavelmente mudados para melhor.

Sua arrogância vaidosa era enorme, flagrante e chocante.

Ele apontava a lanterna para meu rosto, e eu não podia vê-lo. Eu tentava mover-me, mas meu corpo havia sido seriamente drogado para responder às ordens gritadas por meu cérebro.

— Você seguiu Tess até o parque?

Tive medo de ouvir a resposta, mas eu precisava saber como você morreu.

— Quando o garoto foi embora, ela sentou-se num banco e começou a escrever uma carta, sob a neve. Uma coisa extraordinária, não acha?

Ele olhou para mim, esperando uma resposta, como se fosse uma conversa trivial, e percebi que seria a primeira e a última pessoa a quem ele contaria sua história. Nossa história.

— Esperei um pouco para me certificar de que o garoto não voltaria. Uns dez minutos, talvez. Eu contei que ela ficou aliviada ao me ver, não? Sorriu. Tínhamos uma boa relação. Eu tinha uma garrafa térmica com chocolate quente e ofereci-lhe um copo.

O parque cinza está escurecendo, passando ao púrpura suave de um amor-perfeito e a tons de preto.

— William me disse que dissolvera sedativos na bebida. Depois de drogá-la, levou-a para os banheiros públicos.

Sinto-me esmagada pela exaustão; minhas palavras soam lentas. Imagino-as avançando vagarosamente, palavras feias.

— Então, cortou-a.

Vou contar a você o que ele disse. Você tem o direito de saber, embora seja doloroso. Não, doloroso não é a palavra. Até a lembrança da voz dele me causa tanto medo que me sinto com cinco anos, sozinha, no escuro, com um assassino batendo à porta.

Para um médico, é fácil cortar. Não no início. Na primeira vez que corta uma pele, o médico sente uma violação. A pele, o maior órgão humano, que cobre, intacta, o corpo todo, e você a danifica deliberadamente. Mas, depois, não parece uma agressão, pois você sabe que corta a pele para possibilitar um procedimento cirúrgico. Cortar não é violento ou profano, mas um passo necessário para a cura.

O Sr. Wright aperta minha mão.

Minhas pernas estão entorpecidas.

Posso ouvir meu coração batendo, acelerado e forte, contra o concreto. A única parte alerta em meu corpo enquanto eu olhava para ele. E, então, espantosamente, vejo-o guardar a faca no bolso de seu casaco.

O otimismo aqueceu meu corpo entorpecido.

Ele me ajuda a me sentar.

Disse que não me cortaria porque uma overdose é menos suspeita do que o uso de uma faca.

Não consigo usar suas palavras reais. Simplesmente não consigo.

Disse que me dera uma quantidade de sedativo suficiente para impedir meus movimentos e minha fuga e que me daria uma dose fatal. Assegurou-me de que seria tranquilo e indolor, mas a falsa bondade de suas palavras tornou-as insuportáveis, porque estava confortando a si mesmo.

Ele disse que trouxera seus próprios sedativos, mas que não precisaria usá-los.

Então, tirou do bolso um frasco dos soníferos que Todd trouxe dos Estados Unidos, receitados para mim por meu médico. Deve tê-los encontrado no armário do banheiro. Assim como a corrente da bicicleta, a lanterna e a faca, o frasco de soníferos demonstrava seu planejamento minucioso, e percebi como um assassinato premeditado é muito pior do que se fosse espontâneo. Ele havia sido diabólico por muito mais tempo do que levaria para me matar.

O crepúsculo trouxe o frio da escuridão. Estão fechando os portões do parque, os últimos adolescentes estão guardando suas coisas. As crianças já devem estar em casa, tomando banho e deitando-se, mas o Sr. Wright e eu ficamos; ainda não terminamos. Não sei por que não nos mandaram sair. Talvez não tenham nos visto. Sinto-me grata, porque preciso continuar. Preciso chegar ao fim.

Minhas pernas perderam toda a sensibilidade e preocupa-me que o Sr. Wright precise me carregar, como um bombeiro, pelo parque. Ou talvez chamar uma ambulância.

Mas, primeiro, vou concluir.

Implorei-lhe. Você implorou? Acho que sim. Acho que, assim como eu, você estava desesperada para viver. Mas é claro que não funcionou; apenas o irritei. Quando girou a tampa do frasco de soníferos, reuni o que me restava de energia física num argumento lógico.

— Se eu for encontrada aqui, a polícia fatalmente suspeitará. O que fará com que questionem a morte de Tess. É loucura me matar aqui, não é?

Por um momento, a irritação abandonou sua expressão, e ele parou; conquistei uma trégua nesse debate delicado e pervertido.

Então, sorriu, como se tranquilizasse a si mesmo e a mim.

— Não pensei nessa questão, mas a polícia sabe como você se comportou desde a morte de Tess. Já acham que é um pouco desequilibrada, não acham? E, mesmo que não, qualquer psiquiatra dirá que você *escolheu* este lugar para se matar. Quis se matar onde sua irmã morreu.

Ele tirou a tampa do frasco de soníferos.

— Afinal, se usarmos a lógica, quem, em seu juízo perfeito, optaria por dar fim à vida de duas pessoas no mesmo edifício?

"Dar fim à vida." Ele estava transformando um assassinato brutal em algo passivo, como se fosse uma eutanásia assistida, não um crime.

Quando pôs os comprimidos na mão em forma de concha, perguntei-me quem questionaria meu suicídio ou defenderia minha sanidade mental. O Dr. Nichols, a quem cantei, enfurecida, a cantiga de ninar?

Mesmo não me considerando suicida em nosso último encontro, provavelmente teria dúvidas de seu diagnóstico, como teve com você, e se culparia por não perceber os sinais. O inspetor Haines? Ele achava que eu era excessivamente emotiva e irracional, e eu duvidava que o detetive Finborough, mesmo que quisesse, conseguisse convencê-lo do contrário. Todd achava que eu não conseguia "aceitar os fatos", com o que muitos outros concordavam, ainda que, por delicadeza, não me dissessem. Pensariam que, emocionalmente perturbada após sua morte, perdida e deprimida, eu facilmente cometeria suicídio. A pessoa sensata e convencional que fui até alguns meses atrás nunca seria encontrada morta, por overdose, nesse lugar. Questionariam sua morte, mas não o suicídio da pessoa que me tornei.

E mamãe? Eu disse a ela que estava prestes a descobrir o que havia acontecido com você, e sabia que ela contaria à polícia. Mas também sabia que não acreditariam nela ou, melhor, no que eu disse a ela. E achei que, passado algum tempo, mamãe também não acreditaria, pois optaria por carregar a culpa de meu suicídio a pensar que senti um momento desse medo. E achei insuportável imaginar sua angústia quando tivesse de prantear por mim também, sem ninguém para confortá-la.

Ele pôs o frasco vazio no bolso de meu casaco. E disse-me que a necropsia mostraria que eu havia engolido todos os comprimidos, porque assim o ato pareceria voluntário. Tento calar sua voz, mas ela se impõe, recusando-se a ser silenciada:

— Quem pode obrigar uma pessoa a engolir comprimidos contra a vontade?

Ele segurou a faca contra minha garganta. No escuro, senti o gume frio do metal em minha pele quente.

— Não sou essa pessoa. É como um pesadelo e me tornei um estranho.

Acho que ele esperava que eu sentisse pena.

Ele levou a mão com os comprimidos à minha boca. O frasco estava cheio; eram, no mínimo, 12 comprimidos. A dose era um comprimido a cada 24 horas. Qualquer aumento era perigoso. Lembrei-me de ler essa informação na bula. Sabia que 12 comprimidos seriam mais do que suficientes para me matar. Lembrei-me de que Todd me pediu para tomar um comprimido e de minha recusa, porque queria estar alerta, porque eu não tinha o direito de algumas horas de esquecimento narcotizado, por mais que o desejasse. Porque sabia que ingerir um sedativo seria uma prorrogação covarde, algo que eu desejaria repetir várias vezes. Era no que eu estava pensando quando ele forçou os comprimidos em minha boca, enquanto minha língua tentava, em vão, detê-lo.

Em seguida, ele virou uma garrafa de água mineral em minha boca e mandou que eu engolisse.

Está escuro, escuro como no campo. Penso em todas as criaturas noturnas que estão aqui, agora que os humanos foram para casa. Penso no livro de histórias em que os ursinhos de pelúcia saem à noite para brincar no parque. *Lá vai o urso número três, deslizando no escorregador.*

— Beatrice...?

O Sr. Wright está me ajudando, motivando-me e adulando-me, para que eu consiga terminar o depoimento. Sua mão ainda segura a minha, mas não consigo ver seu rosto.

— Não sei como consegui manter os comprimidos atrás de meus dentes e nas bochechas, mas a água desceu por minha garganta, levando um, talvez dois, acho. Mas eu sabia que os outros não demorariam a se dissolver em minha saliva. Queria cuspi-los, mas sua lanterna continuava iluminando meu rosto.

— E depois?

— Ele pegou uma carta no bolso. Tess escrevera para mim. Devia ser a que ela estava escrevendo antes de morrer.

Faço uma pausa. Minhas lágrimas caem na grama, talvez no Sr. Wright; no escuro, não posso afirmar.

— Ele iluminou a carta para que pudesse lê-la para mim. Tive uma breve oportunidade e deixei minha cabeça pender em direção aos joelhos, cuspindo os comprimidos em meu colo. Caíram nas dobras do casaco e não fizeram barulho.

Você sabe o que me escreveu, mas ouvi a voz de William, não a sua. A voz de William contando-me sobre seu medo, seu desespero, seu sofrimento. A voz de seu assassino dizendo-me que você andava pelas ruas e atravessava parques porque tinha muito medo de estar no apartamento, que gritava ao céu escuro do inverno para um Deus em que não mais acreditava, gritava-lhe para que devolvesse seu bebê. E que achava que era um sinal de sua loucura. Foi seu assassino quem me contou que você não conseguia entender por que eu não fui vê-la, não telefonei, não respondi suas ligações. Foi o homem que a matou quem me contou que você tinha certeza de que eu tinha uma boa razão, e a voz dele violou a fé de suas palavras em mim. Mas, no fim da carta, sua voz baixa, Tess, sussurrou para mim, sob a voz dele:

Preciso de você, agora, nesse momento, por favor, Bee.

Naquela hora, e agora, suas palavras fizeram as lágrimas correr por meu rosto.

— Ele guardou a carta no bolso, supostamente para destruí-la mais tarde. Não sei por que a guardou ou a leu para mim.

Acho que porque, assim como eu em relação ao Sr. Wright antes, sua culpa estava desesperada por companhia.

Preciso de você, agora, nesse momento, por favor, Bee.

Ele quis me tornar, de certa maneira, tão culpada quanto ele.

— E depois? — pergunta o Sr. Wright, precisando incitar-me a falar, a lembrar-me de tudo. Estamos quase terminando.

— Ele desligou meu telefone e colocou-o perto da porta, onde eu não poderia alcançá-lo. Em seguida, tirou, do bolso, uma echarpe minha, que provavelmente pegou no apartamento. E, com ela, me amordaçou.

Amordaçada, pensamentos aterradores me dominaram, batendo-se, numa estrada de seis vias, ocorrendo-me simultaneamente, engarrafando o trânsito, para-choque com para-choque, sem poderem escapar, e pensei que alguns seriam liberados simplesmente gritando; outros, chorando; outros, se eu fosse abraçada. Meus pensamentos eram primitivos e físicos. Eu não sabia que nosso corpo pensa com mais força e que, por isso, é tão cruel ser amordaçada. Não por não poder pedir socorro — quem me escutaria num prédio vazio no meio de um parque deserto? Mas por não poder gritar, soluçar ou gemer.

— Então, seu pager tocou. Ele ligou para o hospital e disse que estava a caminho. Suponho que pareceria muito suspeito que ele não fosse.

Ouço-me recuperando o fôlego no escuro.

— Beatrice?

— Preocupei-me que Kasia estivesse no hospital, tendo seu bebê.

A mão do Sr. Wright parece sólida no escuro. Sou reconfortada pela definição de suas juntas contra minha palma macia.

— Ele verificou a mordaça e os laços que atavam meus pulsos e pernas. Disse-me que voltaria para removê-los, de modo que nada levantasse suspeitas quando eu fosse encontrada. Ele ainda não sabia que eu havia cuspido grande parte dos comprimidos. Mas eu sabia que, se ainda estivesse viva quando retornasse, ele usaria a faca, como fez em Tess.

— *Se* ainda estivesse viva?

— Eu não sabia quantos comprimidos havia engolido ou quanto sedativo se dissolveu em minha boca; não sabia se havia sido o bastante para me matar.

Tento concentrar-me na mão do Sr. Wright.

— Ele saiu. Minutos depois, meu pager tocou. Ele havia desligado meu telefone, mas não sabia sobre o pager. Tentei convencer-me de que Kasia estava mandando uma mensagem trivial. Afinal, seu bebê nasceria dali a três semanas.

Sim, como você.

O Sr. Wright acariciou meus dedos; sua delicadeza quase me fez chorar.

— E então? — pergunta ele.

— Ele levou a lanterna. Nunca estive numa escuridão como aquela.

Fiquei sozinha no breu. Breu completo.

A escuridão tinha o cheiro podre, pútrido, do medo, que cobriu meu rosto, entrando em meu nariz e em minha boca. Eu estava me afogando e pensei em você, nas férias, saindo do mar em Skye, engasgada e com as bochechas rosadas: *Estou bem! Apenas a água do mar na direção errada!* E respirei profundamente. A escuridão asfixiava meus pulmões.

Vi a escuridão se mover — uma coisa viva e monstruosa ocupando o edifício e a noite, sem céu para contê-la. Senti-a arrastando-me para um vazio de medo infinito — para longe da luz, da vida, do amor, da esperança.

Pensei em mamãe em seu robe de seda farfalhante, cheirando a creme para o rosto, vindo até nossas camas, mas a lembrança estava trancada na infância e não podia iluminar o escuro.

Espero o Sr. Wright me estimular a falar. Mas não há aonde ir. Finalmente, chegamos ao fim.

Agora, acabou.

Tento mover as mãos, mas estão atadas com muita força. Os dedos de minha mão direita estão apertados dentro da mão esquerda. Penso se, por eu ser destra, a mão direita assumiu o papel de confortadora.

Estou sozinha na escuridão completa, deitada no concreto frio.

Minha boca está seca como um pergaminho. O concreto frio e áspero infiltrou-se pelo meu corpo, adormecendo-me até os ossos.

Começo uma carta para você, minha querida irmã mais nova. Finjo que é domingo à noite, minha hora mais segura, que estou cercada pela imprensa e que todos querem contar nossa história.

Querida Tess,

Eu faria qualquer coisa para estar agora, neste exato momento, com você, para segurar sua mão, olhar seu rosto, escutar sua voz. Como o toque, a visão e a audição — todos esses receptores sensoriais, nervos ópticos, tímpanos vibrantes — podem ser substituídos por uma carta? Mas já usamos palavras como intermediárias antes, não usamos?

Lembro-me de quando estudei no colégio interno e da primeira carta que você me enviou, aquela com tinta invisível. Desde então, a bondade tem cheiro de limão.

E, conforme penso em você e falo com você, posso voltar a respirar.

VINTE E TRÊS

Acho que se passaram horas, portanto ele pode chegar a qualquer momento. Não imagino a quantidade de sedativos que engoli, mas, durante toda a noite, senti um torpor de exaustão sugar o calor de meu corpo e a clareza de meu cérebro. Acho que perdi e recuperei a consçiência algumas vezes; como saber, estando na total escuridão? Mas, se foi assim, continuei a falar com você em meu sono forçado, e foi quando, talvez, meus pensamentos tornaram-se peculiarmente vívidos.

Agora, sinto-me completamente desperta; todos os sentidos retesados, nervosos e agitados. Deve ser a adrenalina — hormônio que luta, potente o bastante para reativar o coração depois de uma parada cardíaca, potente o bastante para devolver minha consciência.

Tento mover-me, mas meu corpo continua dopado e entorpecido, e os laços estão apertados demais. A escuridão parece quase sólida — não é aveludada, como nos livros de histórias, não é macia e suave, mas tem pregos feitos de medo e, se a cutucarmos, encontraremos o pontiagudo infortúnio. Deitada no concreto, ouço alguma coisa a centímetros de meu rosto. Um rato? Um inseto? Perdi a perspectiva auditiva. Minha bochecha parece ferida; provavelmente comprimiu-se contra alguma irregularidade no concreto.

E se não for a adrenalina o que me mantém desperta, mas estar realmente consciente? Talvez eu tenha engolido menos sedativo do que pensei — ou, de alguma maneira, sobrevivi a uma overdose.

Mas não faz diferença. Mesmo que meu corpo não tenha sido fatalmente drogado, estou amarrada e amordaçada, e William voltará. E descobrirá que estou viva. E usará a faca.

Portanto, antes que ele volte, preciso esclarecer algumas coisas para você. Tudo aconteceu como contei: começando com a ligação de mamãe dizendo-me que você estava desaparecida até William me abandonar, para morrer, aqui. Meu fim será o mesmo que o seu, aqui, neste edifício, sem ser contada. Não tive coragem para enfrentar esse fato ou, talvez, eu simplesmente ame a vida demais para largá-la tão tranquilamente. Não consegui imaginar um final "felizes para sempre", mas imaginei um final justo. E tornei-o tão real quanto consegui; meu imaginado futuro seguro, com cada detalhe em seu lugar.

Preocupa-me que você tenha esperado que o detetive Finborough me salvasse, mas acho que sentiu uma vibração quando contei a você sobre nosso almoço no Carluccio's. Foi apenas a manta confortadora de um devaneio, sobre o que eu poderia me deitar, em vez do concreto frio, e nada tão admirável ou tão corajoso de minha parte, mas sei que você entende.

E acho que percebeu, algum tempo atrás, que não existe nenhum Sr. Wright. Inventei um advogado não somente para representar meu papel num final justo — um julgamento e uma condenação —, mas porque ele me manteria ligada a fatos verificáveis e a uma rígida cronologia. Eu precisava que alguém me ajudasse a compreender o que aconteceu e por que — e não permitisse que eu enlouquecesse. Não sei exatamente o motivo, mas, enquanto morro, estar sã é importante para mim, é irresistivelmente importante. Sei que, sem ele, minha carta para você seria um fluxo de consciência, um desespero feroz em que eu me afogaria.

Eu o compus, atencioso e infinitamente paciente, enquanto contava nossa história a você. E desolado, de modo que compreendesse. Talvez eu seja mais católica do que imaginava, tornando-o também meu confessor, mas alguém que, mesmo quando soubesse tudo sobre mim, pudesse, num futuro imaginado, me amar. E, durante as longas horas, ele se tornou mais real para mim do que o escuro ao meu redor. Tornou-se mais do que uma ficção desesperada, adquirindo personalidade própria e caprichos com os quais precisei concordar, pois ele nem sempre cumpriu minhas ordens ou serviu aos propósitos que lhe pedi. Em vez de ajudar-me a fazer uma pintura pontilhista do que aconteceu, permitiu que eu fizesse um espelho e me visse, corretamente, pela primeira vez.

E, à sua volta, coloquei uma secretária apaixonada, unhas pintadas, narcisos, máquinas de café e detalhes inconsequentes, que, trançados, formaram um cordão de normalidade — porque, quando caí no precipício do terror, e meu corpo tornou-se descontrolado, vomitei e tremi, e precisei segurar-me em alguma coisa.

E imaginei seu escritório exageradamente iluminado, com a luz elétrica permanentemente acesa e sempre aquecido.

Meu pager soa. Tento não o escutar; eu queria tampar os ouvidos, mas, com as mãos amarradas, é impossível. Tocou a noite toda, a cada vinte minutos, eu acho, embora não possa ter certeza do tempo que passei completamente consciente. É insuportável não poder ajudá-la.

Ouço o barulho das árvores, das folhas farfalhando, dos arbustos chiando. Não sabia que as árvores faziam tanto barulho. Mas ainda não há som de passos.

Por que ele não voltou? Por que Kasia está tendo o bebê e ele está ao lado dela? Vou enlouquecer se pensar assim em vez de tentar convencer-me de que há mil razões para chamarem-no ao hospital. Ele é médico; seu pager toca o tempo inteiro. Seu hospital faz cinco mil partos por ano. Ele foi chamado para atender outra pessoa.

E talvez o detetive Finborough tenha investigado aquela "dúvida" sobre sua morte, como disse que faria, e prendeu William e, agora, está procurando por mim. Não é simplesmente minha imaginação. Ele *é* um policial diligente e um homem decente.

Ou talvez o professor Rosen tenha decidido fazer a coisa certa no presente e arriscado sua marca no futuro. Talvez tenha arriscado seu estudo clínico de fibrose cística e sua glória acadêmica e procurado a polícia. Ele realmente quer fazer algo bom, quer curar, e suas ambições — fama, glória e até dinheiro — são muito humanas em comparação à cobiça ostensivamente arrogante de poder absoluto de William. E ele foi ao seu funeral e tentou descobrir o que estava acontecendo, mesmo que, inicialmente, não fizesse muita coisa com suas descobertas. Portanto, escolho acreditar que o professor Rosen é, no fundo, um homem bom, tanto quanto um homem vaidoso. Escolho pensar o melhor sobre ele.

Sendo assim, talvez um desses homens tenha posto em ação a suspeita que resultaria na prisão de William e em minha salvação. E, se me esforço bastante, é uma sirene o que ouço na quietude da noite?

Ouço a folhagem das árvores e os gemidos do parque, e sei que não há sirenes para mim.

Mas me permitirei um último sonho e uma esperança. Kasia não entrou em trabalho de parto. Ela voltou para casa, como sempre, para ter sua aula de inglês, suas páginas de vocabulário otimista a serem aprendidas e ditas. William não sabe que ela mora comigo, nem que, depois de sua morte, minha conversão a ser uma pessoa atenciosa foi realizada *com perfeição*. De modo que, quando não me vir no apartamento e não conseguir entrar em contato pelo celular nem pelo pager, ela saberá que algo está errado. Meu castelo no céu parece egoísta; preciso avisá-la de que seu bebê precisa de ajuda para respirar. Portanto, imagino que ela foi à polícia e exigiu que me procurassem. Ela já me defendeu, embora soubesse que apanharia, portanto enfrentará corajosamente o inspetor Haines.

Meu pager soa novamente e minha fantasia estilhaça-se em lascas cortantes.

Ouço pássaros. Por um momento, penso que é o coro do alvorecer e que já é manhã, mas continua escuro, de modo que os pássaros se enganaram. Ou, provavelmente, estou imaginando seu canto, um zumbido de pássaros induzido por drogas. Relembro a sequência ensinada por Amias: sabiás, uirapurus, pintassilgos, mariquitas, tordos canoros. Relembro que os pássaros urbanos perdem sua capacidade de cantar uns para os outros, associando essa incapacidade a mim e a Todd, e espero colocar essa lembrança em minha carta para você. Contei que pesquisei sobre pássaros canoros? Descobri que, não importa se está escuro ou se a vegetação é densa, o canto de um pássaro pode penetrar objetos e ser ouvido até a grande distância.

Sei que nunca conseguirei voar como você, Tess. Na primeira vez que tentei, ou pensei tentar, acabei aqui, amarrada, sobre o chão de concreto. Se isso é voar, meu avião despencou de maneira espetacular. Mas, surpreendentemente, não me quebrei. Não estou destruída. Sou uma tola apavorada, tremendo e vomitando por causa do medo, sim. Porém, não mais insegura. Durante minha busca para entender como você morreu, descobri, de alguma maneira, que sou uma pessoa diferente. E se, por um milagre, eu for libertada e minha fantasia se concretizar —

se William for preso e Kasia e seu bebê estiverem num trem para a Polônia, comigo —, então essa montanha a que me agarrei se inclinará até se tornar plana e não precisarei de apoio para os pés nem de cabos, pois estarei andando, correndo, dançando. Vivendo minha vida. E não terá sido meu sofrimento por você o que derrubou a montanha, mas meu amor.

Acho que ouço chamarem meu nome, alto e claro, na voz de uma garota. Deve ser imaginação, uma alucinação auditiva gerada por meu pensamento em você.

Sabia que existe um coro do amanhecer bem distante, no espaço? É provocado por elétrons de alta energia captados pelos cinturões de radiação da Terra, que caem na Terra como ondas de rádio, soando como o canto de pássaros. Acha que é o que os poetas do século XVII ouviam e chamavam de música das esferas? Pode escutá-la onde você está?

Ouço meu nome, mais uma vez, na periferia do canto das aves, quase compreensível.

Acho que o escuro está se tornando cinza-escuro.

Os pássaros continuam a cantar, mais claramente.

Ouço vozes de homens, de um grupo de homens, chamando meu nome. Acho que também são imaginados, mas, se não forem, devo responder. A mordaça está muito apertada, mas, de qualquer forma, minha boca não conseguiria emitir qualquer som. No início, tentei cuspir, com medo da quantidade de sedativo que poderia estar dissolvida na saliva, mas, então, minha boca se ressecou e, em minha imaginação, a secretaria do Sr. Wright me traz copos e mais copos d'água.

— Beata!

Sua voz parece clara entre as vozes dos homens. Kasia. Inequívoca e real. Ela não está tendo o bebê. William não está com ela. Quero rir alto, aliviada. Sem poder rir, por causa da mordaça, sinto as lágrimas quentes em minhas bochechas frias.

William provavelmente estava certo ao dizer que a polícia acreditaria em meu suicídio, portanto levariam a sério a queixa de Kasia sobre meu desaparecimento. Talvez, como ele também predisse, adivinharam que eu escolheria esse lugar. Ou terão sido simplesmente as duas palavras — *odcisk palca* — que escrevi para Kasia que os trouxeram aqui?

Distingo uma mancha no concreto. Está realmente clareando. Está amanhecendo.

— Beata! — Sua voz está muito mais perto.

O pager soa mais uma vez. Não preciso responder; percebo que se tornou um dispositivo localizador e que seguirão o som até mim. Então, Kasia usou o pager para me localizar durante a noite toda; não porque precisasse de mim com ela durante o parto, mas porque estava preocupada. É o último fragmento do espelho. Porque, durante todo esse tempo, foi ela quem, na verdade, cuidou de mim, não foi? Ela foi ao apartamento naquela noite porque precisava de proteção, mas ficou porque eu estava sofrendo, solitária e carente. Foram seus braços, com manchas vermelhas, que me confortaram naquela noite — a primeira noite em que dormi desde sua morte.

E, quando me fez dançar e sorrir quando eu não queria, ela estava me forçando a sentir, por algum tempo, algo diferente de dor e raiva.

O mesmo vale para você. Apenas o cheiro de limões seria suficiente para lembrar-me de que você também cuidou de mim. Segurei sua mão durante o funeral de Leo, mas, em troca, você segurou a minha, com força. E foi você quem me ajudou a passar a noite, Tess; eu estava pensando em você, conversando com você. Foi você quem me ajudou a respirar.

Ouço uma sirene, a distância; depois, mais próxima. Você tem razão: é o som da civilização cuidando de seus cidadãos.

Enquanto espero ser resgatada, sei que sofro a perda de alguém muito querido, mas sei que não me tornei mais fraca com sua morte. Porque você é minha irmã em cada fibra de meu ser. E essas fibras são visíveis — fitas de DNA retorcidas numa hélice dupla em cada célula de meu corpo —, provando que somos irmãs. Outras fitas também nos ligam, que não seriam vistas nem através do mais potente microscópio de elétrons. Penso em como estamos ligadas pela agonia de Leo, pela partida de papai e por deveres perdidos quando estávamos atrasadas para a escola. Pelas férias em Skye e pelos rituais de Natal (às cinco e dez, podíamos abrir um presente do alto de nossa meia; às quatro e cinquenta, podíamos senti-lo, mas, antes, só podíamos olhar, e, antes da meia-noite, nem mesmo olhar furtivamente). Estamos unidas por milhares e milhares de recordações que se sedimentaram em nós, tornando-se parte do que somos. E, dentro de mim, está a garota de cabelo caramelo, passando veloz em sua bicicleta, enterrando seu coelho, pintando telas com explosões de cores, amando seus amigos e telefonando-me em horas inconvenientes, implicando comigo, cumprindo perfeitamente o sacramento do momento presente, mostrando-me a alegria da vida. E, porque você é minha irmã, todas essas coisas fazem parte de mim, e eu faria qualquer coisa para voltar dois meses no tempo, e ser eu, lá fora, gritando seu nome, Tess.

Deve ter sido tão mais frio para você. A neve abafou o som das árvores? Estava gelado e silencioso? Meu casaco ajudou a aquecê-la? Tomara que, enquanto morria, sentisse que amo você.

Ouço passos. A porta é aberta.

Foram horas de terror na escuridão e inúmeras palavras, mas, no fim, tudo se reduz a tão pouco.

Desculpe-me.

Amo você.

Sempre a amarei.

Bee.

AGRADECIMENTOS

Não sei se alguém lê os agradecimentos, mas espero que sim, pois sem as pessoas que citarei este romance nunca teria sido escrito ou publicado.

Em primeiro lugar, quero agradecer à minha editora, a maravilhosa Emma Beswetherick, o apoio e criatividade e não somente por ter coragem em suas convicções como por inspirar outras pessoas a partilhá-las. Sou igualmente sortuda por ter uma agente fantástica, Felicity Blunt, da Curtis Brown — criativa, inteligente e que atende às ligações!

Gostaria também de agradecer a Kate Cooper e a Nick Marston, também da Curtis Brown, e ao resto da equipe da Piakus e da Little, Brown.

Agradeço imensamente a Michele Matthews, Kelly Martin, Sandra Leonard, Trixie Rawlinson, Alison Clements, Amanda Jobbins e Livia Giuggioli, que me ajudaram em tantas maneiras práticas.

Obrigada, Cosmo e Joe, pela compreensão quando precisei escrever e por ficarem orgulhosos.

Por último, e mais do que a todos, agradeço à minha irmã mais nova, Tora Orde-Powlett: a inspiração para o livro e uma bênção contínua.

Este livro foi composto na tipologia Minion Pro,
em corpo 11,5/15,5, e impresso em papel off-white
no Sistema Cameron da Divisão Gráfica
da Distribuidora Record.